UN AUSSI
LONG CHEMIN

JULIETTE BENZONI

UN AUSSI LONG CHEMIN

CHRISTIAN DE BARTILLAT

ISBN 2-266-07150-5

A ma mère

« Il vint vers moi malgré l'éloignement de nos demeures, la
longue route et les affres du
voyage... »

Ibn HAZAN (XIᵉ siècle).

Préface

Juliette Benzoni n'est pas seulement l'amie de toujours et la compagne d'édition. Elle est aussi pour moi un personnage peu commun, une personnalité singulière, tonique et cordiale, à laquelle on s'attache d'autant plus qu'elle est susceptible de vous dérouter. Elle sait aussi bien se dérober lorsqu'on la cherche, et vous reprend au lasso quand on pourrait s'éloigner.

Avec sa chevelure blonde et argentée, ses yeux rayonnants, son visage épanoui, sa silhouette généreuse, elle nous fait penser à ces dames que les peintres du XVIIe siècle faisaient apparaître en Diane Chasseresse dans les galeries de châteaux du Val de Loire.

Cela me porterait à croire que Juliette est une chasseresse de personnages, une véritable cavalière de la plume. Elle enfourche ses livres, et sa plume est un aiguillon. La galopade commence au premier mot, et s'arrête au poteau d'arrivée où se trouve inscrit le mot «faim».

Alors Juliette descend de cheval, et pour peu qu'on soit là au moment où il faut, elle sait vous mitonner devant le fourneau – qui n'est plus celui des rêves et de la sorcellerie – des cuisines moyenâgeuses revues et corrigées par Brillat-Savarin.

Mais le mot fin, signifie aussi commencement : cela fait cinquante fois en trente ans, qu'elle remonte sur son cheval imaginaire, pour conduire dans les châteaux, les masures, les landes et les forêts, ces hordes d'amantes passionnées, de sorcières endiablées, de chevaliers bretteurs et fornicateurs, afin que l'héroïne, entre les moines et les démons, les roublards et les assassins, finisse toujours par avoir le dessus. Dans les écuries de course romanesque, cinquante chevaux piaffent dans l'attente de nouvelles aventures, de nouvelles images.

Car Juliette n'est pas seulement la magicienne des mots, elle est aussi et surtout l'alchimiste des images ce qui lui vaut une attention toute particulière des faiseurs d'épopée cinématographique.

Alors que tant d'autres montent et redescendent au gré des modes et des sondages, elle se maintient dans le giron du succès et possède sans l'avoir cherchée, une manne d'adeptes qui ne cesse de l'implorer en disant : « encore une, et vite, s'il vous plaît ».

La passion est son lot, et l'Histoire son lieu de référence permanente. La vérité du temps y côtoie sans cesse la vérité du cœur... Et ses romans rejoignent aisément les propos de son professeur de métaphysique, qui dans le pensionnat de jeunes filles en fleurs où séjourna Juliette, terminait ses cours en lisant à ses élèves époustouflées, les romans d'Agatha Christie ! Le Bon Père ne savait peut-être pas qu'une de ses élèves saurait un jour mêler les bons sentiments aux terreurs haletantes des romans policiers.

Ainsi ses romans imaginaires sont-ils pour toutes les femmes, et ses romans historiques sont-ils de tous les temps.

Née dans le monde des petites filles modèles, Juliette sait nous entraîner dans le monde des femmes passionnées. Élevée dans le monde des jeunes filles amoureuses, elle a vécu dans le monde des hommes autoritaires et impitoyables. Aussi puise-t-elle dans sa propre vie, un roman neuf, toujours recommencé.

Avec *Un aussi long chemin*, j'ai suivi Juliette de part en part. C'est un de ses plus beaux romans, que l'on commence, et que l'on poursuit en demandant à l'auteur de ne jamais en terminer.

La belle Marjolaine qui fait mourir d'amour tous ceux qui la rencontre, suscite la passion d'un de ces hauts barons du Moyen Age, aussi prompt à courir les femmes qu'il les abandonne, et cette passion, ses flux et ses reflux, suit le chemin de Compostelle, où derrière les protagonistes, se dessine cette épopée médiévale à la fois noble et populaire, divine et mécréante.

Un vrai roman d'époque, qui n'en finit pas d'être présent, un vrai tableau animé qui bouge devant notre regard ébloui.

Christian de BARTILLAT.

Première partie

Deux cœurs lointains

1

Marjolaine et son fantôme

Marjolaine se réveilla en sursaut et regarda autour d'elle. Le feu était mort et la chambre plongée dans les ténèbres. Seule, l'étroite fenêtre garnie de parchemin huilé se dessinait très vaguement dans l'obscurité.

La jeune femme se sentait mal à l'aise, tout à coup, et envahie par une curieuse angoisse. C'était comme si une main, encore nouée autour de sa gorge, était venue la prendre au fond de son sommeil pour la ramener sans douceur à la réalité de cette nuit d'hiver. Une main, mais aussi un bruit inhabituel qu'elle ne parvenait pas à définir.

Elle tendit l'oreille et n'entendit que le vent. Chargé de pluie, il enroulait ses bourrasques autour de la grande tour carrée neuve où s'abritaient les cloches de l'abbaye de Saint-Denis toute proche. Habituellement, ses hurlements faisaient apprécier infiniment l'abri d'une chambre bien close et les douceurs d'un lit moelleux...

Le silence se prolongeant, la jeune femme, rassurée, allait se réinstaller dans le nid chaud et douillet où l'attendait son sommeil interrompu quand un bruit de pas, au-dessus de sa tête, la fit se dresser, plus tremblante que jamais. Cette fois elle n'avait pas rêvé. Quelqu'un marchait là-haut, à pas lents et lourds, qui ne songeait aucunement à se dissimuler et qui faisait craquer les planches du grenier.

La gorge sèche, Marjolaine sentit une coulée de sueur froide glisser le long de son dos nu. Comme si sa vie même dépendait du moindre bruit, elle ramena le drap et la couverture de peau de loup contre sa poitrine avec d'extrêmes précautions et en s'efforçant désespérément d'empêcher ses dents de claquer.

Là-haut, les pas s'arrêtaient, mais un autre bruit se faisait entendre par-dessus les plaintes du vent : celui de peaux desséchées que l'on défroisse, que l'on plie et que l'on jette en tas avant de les lier ensemble pour les emporter. Cette fois, Marjolaine gémit de terreur et, lâchant drap et couverture, appliqua sur sa bouche ses deux poings fermés dans lesquels elle planta ses dents.

Ce bruit, elle l'avait entendu de nombreuses fois, mais de jour. C'était le même exactement que faisait Gontran Foletier, son époux, lorsqu'il venait choisir, pour une commande, parmi les paquets de peaux qu'il entassait à chacun de ses retours des grandes foires aux sauvagines. Il préférait, en effet, entreposer le plus gros de ses achats dans sa maison de Saint-Denis où les risques d'incendies étaient beaucoup moins grands, à cause du verger, du jardin et des communs dont s'entourait la demeure, que dans sa très belle mais étroite et fragile maison de la Cité. C'était bien le bruit familier de son pas pesant, solennel même pour les déplacements les plus simples et qu'il voulait majestueux. A croire que Gontran était revenu, bien qu'il eût rendu à Dieu son âme et que, depuis trois jours, son corps épais eût commencé à redevenir poussière sous les dalles de l'église Saint-Barthélemy, à Paris, dont il était marguillier !

La première idée de la jeune femme avait été qu'un voleur s'était introduit dans son grenier pour faire main basse sur la réserve des précieuses fourrures. Mais c'était à peu près impossible. Il aurait fallu, pour cela, franchir le mur qui entourant la propriété et qui était d'une belle hauteur sans atteindre toutefois celle des murailles de l'abbaye auxquelles le petit domaine s'appuyait par un côté. Et puis il y avait les chiens du jardinier, des molosses capables de dévorer un homme tout vivant et qu'on laissait libres de vagabonder à leur aise la nuit tout autour de la maison. Or, justement, Marjolaine venait d'en entendre un qui fonçait en grondant à travers les flaques d'eau, courant sans doute après un matou imprudent. Personne ne pouvait atteindre la maison quand ces deux fauves étaient lâchés, hormis Gontran lui-même.

Quant à ladite maison, le pelletier, en homme de précautions craignant aussi bien les voleurs pour ses fourrures que les galants pour sa trop jeune et trop jolie femme, avait pourvu ses portes de grosses pentures de fer et de bonnes serrures servies par des clefs qui ne quittaient pas sa chambre ou sa poche. Enfin, l'échelle qui permettait d'atteindre les greniers par l'extérieur était retirée chaque soir et enfermée dans une grange dont les portes étaient encadrées justement par les niches des chiens.

Au grenier, les allées et venues continuaient, tout à fait délibérées. C'étaient celles d'un homme qui est chez lui et qui agit en maître ; Marjolaine, ses grands yeux bleus dilatés par la crainte, s'efforçait désespérément de trouver une explication au phénomène, cherchant dans sa mémoire quelles pouvaient bien être les oraisons jaculatoires contre les esprits malins car, pour elle, la chose ne faisait aucun doute : tout mort qu'il était, c'était Gontran qui se promenait au-dessus de sa tête.

Mais elle avait si peur qu'aucune bribe de latin, si petite fût-elle, ne lui revenait et elle restait là, incapable de bouger, serrant les dents pour les empêcher de claquer tandis que se poursuivait là-haut le sabbat des peaux défroissées. Il fallait pourtant faire quelque chose ! Au moins appeler Guillot, le valet qui couchait dans une soupente près du poulailler et puis, peut-être, essayer d'avoir un peu de lumière car, dans cette obscurité, l'inexplicable vacarme devenait affolant.

Tremblant de tous ses membres, Marjolaine trouva tout de même le courage de s'extraire tout doucement de son nid moelleux. Le froid humide lui tomba sur le dos comme un suaire mouillé et elle eut la chair de poule. En tâtonnant, elle chercha la longue robe de drap bien fourrée de menu vair qu'elle avait l'habitude de mettre au saut du lit, ne la trouva pas, chercha ses pantoufles et ne les trouva pas davantage. Pourtant, elle était certaine de les avoir disposées, l'une sur l'escabeau disposé non loin du lit et les autres au pied même de son lit.

A genoux sur la jonchée de paille qui couvrait le carrelage, la jeune femme avança avec précaution, glacée jusqu'à la moelle, cherchant toujours ses vêtements. La robe avait dû glisser à terre. Et puis, quand elle s'était couchée, le chat Grimbert était venu ronronner sur son lit. Comme il n'était plus là, c'était peut-être lui qui, en s'en allant, avait déplacé la robe et les pantoufles. Et cette maudite chambre, à présent, paraissait immense !

Au bord des larmes, Marjolaine songeait sérieusement à regagner son lit et à s'y blottir en remontant la couverture par-dessus sa tête pour ne plus rien entendre quand un faible rai de lumière glissa sous sa porte accompagné de pas légers mais précipités.

La porte grinça à peine en s'ouvrant. Une forme

blanche, tenant une chandelle qui semblait agitée par un vent de tempête tant elle tremblait, parut sur le seuil, entra tandis qu'une voix chevrotante chuchotait :

– Dame... Dame Marjolaine ! Êtes... êtes-vous éveillée ?

Un cri de satisfaction lui répondit. La flaque de lumière répandue sur le sol par la chandelle avait permis à Marjolaine d'apercevoir sa robe et ses pantoufles disséminées à travers la chambre ; elle se rua dessus.

Une fois sa fragile nudité bien à l'abri dans les chaudes fourrures, Marjolaine considéra la jeune fille qui se tenait toujours sur le seuil, ses nattes rousses raides d'effroi, serrant d'une main contre sa poitrine la couverture qui l'enveloppait et s'efforçant de maintenir, de l'autre, sa chandelle toujours agitée par la tempête de sa frayeur.

– Vous... vous avez entendu ? grelotta-t-elle.

– Oui. Entre, ferme cette porte et essayons de ranimer ce feu, dit assez calmement Marjolaine qui, à ne plus se sentir seule et noyée dans l'obscurité, reprenait courage.

Et comme Aveline, sa jeune chambrière, semblait incapable du moindre mouvement, elle alla la prendre par la main, récupérant au passage la chandelle que sa visiteuse venait de lâcher. Elle la conduisit jusqu'au lit où elle la fit asseoir, puis se redressa, l'oreille au guet.

– Écoute ! On n'entend plus rien.

En effet, un silence total régnait à présent au grenier. Plus un bruit de pas, plus un froissement de peau. Le son des voix sans doute avait effrayé le mystérieux visiteur et, en ce cas, il s'agissait peut-être bien d'un voleur :

– Le... fantôme est parti ? souffla Aveline.

– Sotte ! Pourquoi serait-ce un fantôme ?

– Notre maître a... été assassiné. Il est mort sans avoir eu le temps de faire sa paix avec le Dieu tout-puissant. Sa pauvre âme doit être en peine.

– On ne lui a pourtant ménagé ni les prières, ni l'encens, ni les cierges, ni les aumônes aux pauvres, et j'ai déjà donné une belle somme à l'église afin qu'une messe soit dite, chaque jour, pour son repos, fit la jeune veuve avec rancune. Moi, je crois plutôt qu'on en veut à ces belles peaux de martre et de renard qu'il gardait là-haut.

– Un voleur ? Qui ne prendrait pas plus de précautions pour n'être pas entendu ? Oh ! c'est... c'est impossible !

– Alors, il faut voir.

– Voir ? Oh non !

Recroquevillée sur le lit, roulée en boule comme un hérisson poursuivi, ses nattes rousses dépassant seules du paquet de couverture, Aveline avait choisi de ne plus rien voir, de ne plus rien entendre. Mais une petite réserve de vaillance insoupçonnée, héritée peut-être de ses ancêtres, petits seigneurs indigents mais braves, était venue à Marjolaine. Se précipitant à la fenêtre, elle l'ouvrit et, passant à demi le corps par l'étroite ouverture, sans se soucier du vent ni de la pluie, elle se mit à hurler :

– Guillot ! Colin ! Jeannet !... Au secours !... A l'aide !

Un double et féroce aboiement lui répondit. Elle aperçut, en bas, les deux molosses de Colin qui, leurs pattes arrière plantées dans une flaque d'eau, s'efforçaient de monter à l'assaut de la maison en s'étranglant à moitié de fureur. Le tableau de ces fauves déchaînés fortifia son courage. Si quelqu'un avait réussi à s'introduire dans le grenier, il aurait du mal à en sortir vivant. Puis, pensant à la trappe qui ouvrait sur l'intérieur de la maison et que desservait un petit escalier, elle y courut, emportée par une poussée d'héroïsme parfaitement inattendue, après avoir raflé au passage la hachette à fendre les bûches posée contre le manteau de la cheminée.

L'imprudence qu'elle commettait lui sauta à l'esprit quand elle se retrouva au pied dudit escalier, sa hachette d'une main, sa chandelle de l'autre. Si quelqu'un lui tombait dessus de là-haut, elle atteindrait sans doute son heure dernière, d'autant que, la porte de la maison étant verrouillée, personne ne pouvait venir à son secours du dehors. Rebroussant chemin, elle regagna sa chambre dont elle barricada la porte de son mieux au moyen d'une bancelle puis retourna à sa fenêtre, juste à temps pour voir surgir le valet, le jardinier et le porcher qu'elle avait appelés. Vêtus seulement de leurs braies et d'un sac jeté sur le dos contre la pluie, ils accouraient, encore mal réveillés.

La voix enrouée de Guillot monta de la cour vers la fenêtre éclairée :

– Qu'est-ce qu'il y a, dame ? C'est vous qui avez appelé ?

– Qui voulez-vous que ce soit ? Je crois qu'il y a un voleur dans le grenier. Prenez des bâtons et des haches et allez voir !

– Comment qu'y serait entré ? flûta Jeannet le jeune porcher. L'échelle n'a point quitté la grange. J'viens de la voir !

– Où est dame Aubierge ? reprit Guillot. Est-ce qu'elle n'aurait pas bien veillé à la fermeture de la maison après que j'ai eu fait ma dernière ronde, avant le couvre-feu ?

– Qui parle ici de dame Aubierge ? gronda une sorte de faux-bourdon dans les profondeurs de la bâtisse.

Ce fut immédiatement suivi d'un grand remue-ménage de clefs tournées et de verrous tirés puis la porte de la maison s'ouvrit et une imposante personne apparut avec la majesté d'une nef de haute mer entrant au port les cales pleines. Elle en avait la coque noire et pansue et le couronnement de toile blanche. Dame Aubierge venait de faire son entrée sur la scène du drame.

C'était, dans la maison, une puissance et même une espèce de génie tutélaire. Elle avait été la sœur de lait de Gontran Foletier et, depuis la mort de dame Foletier mère, Aubierge la remplaçait aux commandes des deux maisons du pelletier royal. Femme de tête autant que de décision, il n'était aucun détail domestique qui ne lui fût étranger, qu'il s'agisse du nombre des torchons, des pots de confitures ou des poules de la basse-cour. Colin, le jardinier, prétendait même qu'il ne faisait pas bon être une mite dans la maison de Gontran car dame Aubierge connaissait le nombre exact de poils composant chacune des fourrures de la garde-robe de son maître, et elle était capable d'en demander compte à l'imprudente qui oserait en consommer un seul.

Telle qu'elle était, la grosse dame se savait à peu près irremplaçable, et l'idée d'abandonner si peu que ce soit de ses attributions entre des mains trop jeunes, donc inexpérimentées, ne l'avait même pas effleurée lorsque Gontran avait épousé, par pure concupiscence, la jeune et ravissante Marjolaine des Bruyères, fille d'un petit seigneur besogneux des environs de Laon. Il eût été sans doute absurde, et peut-être dangereux, de remettre entre les mains d'une gamine des intérêts d'une telle importance.

Celle-ci n'avait même pas songé, d'ailleurs, à en réclamer la charge. Elle était encore très jeune – à peine quinze ans ! – lorsqu'on l'avait pratiquement vendue à Gontran et elle s'était installée dans la belle maison de son époux avec le naturel d'un petit chat, tout juste sorti d'une froide rivière et qui trouve un coin bien chaud pour se sécher et passer la mauvaise saison. Pour rien au monde elle se serait avisée de réclamer la plus infime parcelle d'un pouvoir domestique dont elle n'avait pas la moindre envie. Même si son époux lui inspirait une sorte d'horreur, c'était assez agréable de n'avoir rien à faire d'autre que de se parer pour aller aux offices ou siéger dans la grande salle où Gontran aimait à recevoir amis et clients, s'asseoir pour déguster la bonne cuisine ordonnée par dame Aubierge – une cuisine aux épices rares dont on n'avait pas la moindre idée chez les Bruyères – et se promener ou dormir quand l'envie lui en prenait. Évidemment, il y avait les nuits et elles représentaient autant de cauchemars, plus ou moins longs d'ailleurs suivant la quantité de vin ingurgitée au souper par le pelletier. Cela constituait une pénible corvée, mais guère plus rude, au fond, que celles dont Marjolaine était chargée dans le vieux manoir paternel où les fumées de cuisine passaient encore par un trou pratiqué dans le toit [1] et où ses occupations les plus habituelles, en dehors de la prière, consistaient à mener les oies au pré et à éplucher les légumes, principalement les raves qui constituaient le fond ordinaire des soupes et ragoûts au lard dont se nourrissait une famille qui comptait plus d'enfants que d'écus.

L'apparition d'Aubierge, dans la cour de la maison, ramena un silence momentané. Elle leva la tête, aperçut Marjolaine à sa fenêtre.

1. La cheminée n'étant apparue que depuis peu, il n'y en avait que dans les maisons riches.

— C'est vous qui avez appelé, dame Marjolaine ? Qu'y a-t-il donc ?

— Il doit y avoir un voleur dans le grenier. J'ai entendu remuer les peaux qui y sont rangées. On les a traînées vers l'ouverture où est la poulie !

— Ça me paraît difficile ! marmonna la grosse femme en s'efforçant de distinguer l'ouverture incriminée qui semblait toujours aussi hermétiquement fermée par son volet de bois. Par où diable aurait-il pu passer ? Mais on va voir ça ! Ne bougez pas, dame ! Allons, Guillot, Jeannet ! Avec moi ! Toi, Colin, reste ici avec tes chiens et veille à ce que personne ne sorte par là-haut !

— N'ayez crainte, dame Aubierge, personne ne passera ! dit le jardinier qui rassemblait déjà dans sa poigne les colliers de ses molosses, lesquels d'ailleurs s'étaient calmés comme par enchantement à l'apparition d'Aubierge dont Colin prétendait qu'ils avaient une peur bleue.

Le groupe formé par la femme de charge, Guillot et Jeannet, disparut à l'intérieur de la maison. L'escalier protesta comme sous une charge de cavalerie. En dépit du conseil d'Aubierge, Marjolaine quitta sa chambre, timidement suivie par Aveline dont la curiosité avait été plus forte que la peur, à présent qu'elle se sentait défendue par une vraie puissance. Tout le monde se retrouva sous l'échelle aboutissant à la trappe du grenier.

— C'est à moi de passer le premier, dit Guillot dans un beau mouvement de courage, dicté par la certitude qu'Aubierge ne manquerait pas de l'envoyer en tête de file.

Elle s'écarta avec un hochement de tête. Guillot grimpa comme un chat, éclairé par les chandelles de ceux qui, le nez en l'air, suivaient son ascension. La

24

trappe, sans doute bien graissée, n'émit pas le moindre cri quand, avec un soin prudent, le valet commença à la soulever. Sa tête et le haut de ses épaules disparurent dans le trou noir tandis qu'en bas chacun retenait son souffle.

– Alors ? émit dame Aubierge.

– Je... je ne vois rien !

– Tu ne risques pas de voir grand-chose, poltron, si tu restes là ! Allons, avance ! J'arrive !

Avec une agilité étonnante chez une femme si imposante, Aubierge se lança sur les échelons qu'elle gravit rapidement, non sans les faire crier de douleur sous son poids. Marjolaine suivit, relevant d'une main sa dalmatique et s'appuyant de l'autre aux montants. Pour ne pas être en reste, Jeannet et Aveline grimpèrent à leur tour et, bientôt, tout le monde se retrouva dans le grenier plus ou moins courbé suivant la hauteur de sa taille.

– Il n'y a vraiment rien, dit Aubierge qui venait d'éprouver la fermeture de planches de la lucarne sous pignon. Personne n'est entré. Vous êtes certaine de n'avoir pas rêvé, dame Marjolaine ?

– Non, je n'ai pas rêvé ! s'insurgea la jeune femme. Et la preuve, elle est là ! Regardez ces paquets de peaux de renard et de menu vair ! Ils étaient bien rangés, bien empilés là et, à présent, les voilà dispersés.

Aubierge fronça les sourcils. C'était vrai. De son vivant, Gontran Foletier avait toujours veillé à ce que sa réserve de peaux fût toujours bien en ordre, et elle-même y donnait ses soins depuis qu'il avait quitté ce monde, n'ayant guère confiance dans le jeune Étienne Grimaud, le neveu du défunt pelletier, qui devenait naturellement son successeur à la tête de la pelleterie après avoir été son premier garçon.

Un long moment, elle contempla l'éparpillement des peaux semblables à de grandes feuilles abandonnées par quelque arbre géant au seuil de l'hiver. Puis son regard tourna sous ses épaisses paupières rougies et plissées par trop de travaux fins accomplis à la chandelle, rejoignit Marjolaine qui se tenait debout au milieu du grenier, très droite dans sa longue robe couleur de ciel d'orage, les mains au fond de ses manches mais si pâle, tout à coup vivante image d'une terreur contrôlée par un miracle de volonté. Elle sentit que dans un instant la jeune veuve s'effondrerait.

– Aucun voleur n'est entré ici, dit-elle à regret. Redescendons s'il vous plaît, dame Marjolaine, vous allez prendre froid.

Et puis, comme tout de même elle était bonne et pieuse chrétienne et qu'il est des gestes de protection que l'on ne maîtrise pas en face d'un danger, surtout obscur, elle traça sur elle-même un large signe de croix qui eut le don étrange de déchaîner un double hurlement : Aveline et Jeannet qui venaient enfin de comprendre se ruaient dans l'escalier au risque de se rompre le cou.

Le grenier fut déserté avec quelque précipitation. Bien qu'il soit assez courageux, Guillot était aussi gris que la robe de Marjolaine. Il resta le dernier pour refermer la trappe, murmurant qu'il viendrait ranger tout ça le lendemain.

– Certainement pas ! grogna Aubierge. Demain, maître Étienne sera prié de venir emporter tout cela à Paris. Ça n'a plus grand-chose à faire ici, d'ailleurs, et au moins notre maîtresse ne sera plus réveillée par ces peaux quand... quand le vent les dérange !

Se penchant vers Marjolaine, elle ajouta, baissant la voix de plusieurs tons :

– Au jour venu, dame Marjolaine, il faudra aller à l'abbaye demander des messes... beaucoup de messes, j'en ai peur. Et aussi faire aumônes. Quelque chose me dit que votre défunt époux a bien du mal à se faire ouvrir la porte du Paradis par Monseigneur saint Pierre. Faut l'aider un peu si l'on veut dormir tranquille.

Marjolaine sentit ses cheveux se dresser sur sa tête. Un fantôme ! C'était bien un fantôme qui habitait ce grenier, qui avait erré au-dessus de sa tête et qui le ferait sans doute nuit après nuit. Ne disait-on pas qu'un homme assassiné ne trouve pas le repos tant que justice n'a pas été rendue ? Le fantôme de Gontran ! Ainsi, non content de lui avoir fait vivre des années de dégoût physique, il allait continuer d'une autre façon à lui empoisonner l'existence ? Jamais elle ne pourrait le supporter.

Luttant contre la panique qui s'emparait d'elle, la jeune femme trouva seulement la force de hocher la tête puis, resserrant autour de son corps l'épais tissu doublé de fourrure, elle reprit d'un pas mal assuré le chemin de sa chambre. Elle avait froid, tout à coup, froid jusqu'à l'âme, bien plus froid qu'elle n'avait jamais eu chez son père quand le vent du nord entrait par les fissures de la chambre haute, située au sommet de l'unique tour trapue où elle s'entassait avec ses sœurs, comme une portée de jeunes chiots, dans le pêle-mêle d'un châlit grand comme un enclos à moutons. C'est qu'alors ses rêves lui tenaient chaud.

C'étaient des rêves d'adolescente, pleins d'innocence et de naïveté, des rêves un peu fous aussi où le rôle principal était tenu par le jeune comte Adam de Marchais, le maître du puissant château voisin. Un vrai château, celui-là, avec de gros murs faits de parpaings bien appareillés que le père du comte Adam avait fait venir à grands frais et à grandes suées de ses serfs des carrières de Compiègne, dans les premières années de ce XIIᵉ siècle. Un château qui avait quatre tours d'angle et un énorme donjon bien carré, si haut que, lorsqu'on le voyait de loin, dominant la plaine chevelue de forêts, il avait l'air d'un doigt menaçant brandi vers le ciel, plus imposant, bien sûr, que la modeste tour de l'église paroissiale de Marchais. Pas grand-chose à voir avec le modeste manoir de la Pêcherie, domaine de sa famille, qui bossuait à peine l'étendue herbeuse des marais de Samoussy !

Et le seigneur Adam, lui aussi, était un vrai seigneur. Dût-elle vivre mille ans, Marjolaine n'oublierait jamais ce jour d'hiver où elle l'avait vu passer sur les petites levées des marais de Samoussy à moitié gelés.

Il venait vers elle à contre-jour d'un gros soleil rougeaud et poussif, marchant au pas précautionneux de son destrier moreau, un peu tassé sur sa selle comme le font les hommes trop grands. Sous la cape d'épaisse laine brune bordée d'un galon doré, ses larges épaules encore anguleuses tendaient la tunique de cuir où s'étalait – croissants d'or sur fond rouge – l'emblème que son grand-père avait, à la croisade, choisi pour lui-même et ses descendants [1].

En le voyant venir vers elle, Marjolaine avait eu peur, si peur qu'elle avait bien failli tomber dans le marais pour chercher refuge derrière une touffe de roseaux. Barbe, sa nourrice, lui avait appris depuis longtemps la crainte de ces soudards errants qui hantaient parfois les campagnes, ribauds maraudant pour leur propre compte et plus habiles à trousser une fille qu'à faire la charité. Elle allait donc se précipiter dans

1. Les emblèmes peints sur les écus allaient devenir rapidement des armoiries.

l'eau quand quelque chose de plus fort qu'elle l'avait retenue : le visage du cavalier, à présent assez proche pour qu'elle pût le distinguer. Un visage mince aux traits fins, étonnant sur pareille carrure, des yeux glauques, gris-vert comme l'étendue trouble du marais, et par-dessus tout cela une tignasse noire que le vent échevelait. Tel qu'il était, il était apparu à l'adolescente comme la plus belle chose du monde, détrônant d'un seul coup le seigneur Aubry, son père, que Marjolaine avait jusqu'à présent considéré comme l'échantillon le plus achevé de la beauté mâle.

Le petit chemin, tracé sur la levée, n'était pas large et bientôt promeneuse et cavalier se trouvèrent face à face. Tiré de la vague méditation où l'avait plongé le pas paisible de son cheval, Adam de Marchais fronça un sourcil mécontent et grogna à l'adresse de la gamine en sabots qui l'empêchait de passer.

– Allons, petite, fais-moi place !

– Je... je voudrais bien, seigneur, mais il faudrait que j'entre dans l'eau et elle est bien froide.

La voix était douce avec des inflexions qui ne sentaient pas la campagne. Le jeune homme se pencha sur sa selle pour mieux voir celle qu'il avait prise d'abord pour une petite serve quelconque. Sous le capuchon, il aperçut de doux cheveux d'un blond presque blanc, un petit nez rougi par le froid et, sous de grands cils soyeux, les prunelles les plus bleues qu'il eût jamais vues.

– Qui es-tu ? Et que fais-tu dans le marais à cette heure ? La nuit va bientôt tomber.

– Je m'appelle Marjolaine des Bruyères. J'habite là-bas, ajouta-t-elle, tendant le bras vers la silhouette trapue de la Pêcherie.

Il avait eu un rire bref, un peu dédaigneux.

– Ah ! La nichée de messire Aubry et de dame Richaude ! Et quel âge as-tu, damoiselle ?

— Douze ans, messire. Bientôt treize. A la prochaine Saint-Jean.

— Quelle grande personne !

Brusquement, le comte se pencha sur le cou de son cheval, tendit les bras et enleva de terre la fillette qui, dans sa soudaine ascension, perdit l'un de ses sabots. Il l'assit devant lui et scruta son visage.

— On dirait que tu es déjà mignonne. Tu as de bien beaux yeux, petite, de beaux cheveux et...

De sa main libre, car de l'autre il la tenait contre lui, il caressa doucement sa poitrine, s'attardant aux rondeurs naissantes avec un petit rire tandis que ses yeux pers devenaient plus troubles encore.

— Tudieu ! fit-il d'une voix un peu rauque. Tu feras une belle fille qu'il fera bon mettre dans son lit, plus tard.

Sans cesser sa caresse, il la serra plus fort contre lui, l'enveloppant de sa chaleur d'homme et d'un agréable parfum de cuir et de paille fraîche, puis posa soudain sa bouche sur les lèvres tendres qu'il sentit trembler.

Il s'y attarda longuement sans que l'enfant, stupéfaite et vaguement inquiète, réagît. Alors il la détacha de lui et la reposa à terre, mais de l'autre côté de son cheval.

— On se reverra plus tard, Marjolaine des Bruyères, quand tu seras assez grande pour savoir rendre un homme heureux. A présent, rentre vite. Le soleil est parti et la lumière baisse. Ta nourrice a dû te dire que les mauvaises fées erraient la nuit sur les marais...

Néanmoins, elle le regarda s'éloigner, au trot allègre de son cheval cette fois. Elle tremblait des pieds à la tête, mais le froid n'y était pour rien. Le tremblement venait du plus profond d'elle-même. On aurait dit qu'il prenait naissance dans son ventre et, en même temps, elle se sentait triste tout à coup, avec une horrible impression d'abandon. Elle aurait voulu être encore contre Adam, sentir encore son odeur et la dureté de son bras autour d'elle et la douceur de sa main sur ses petits seins qui lui faisaient un peu mal, et la caresse de sa bouche...

Bientôt, il disparut complètement et Marjolaine se trouva vraiment seule. Elle chercha alors son sabot mais, ne le retrouvant pas, comprit qu'il avait dû tomber dans l'eau. Il allait falloir rentrer sur un sabot et un bas de laine, sans compter l'algarade qu'elle aurait avec sa mère pour lui apprendre à avoir soin de ses affaires.

Pour comble de malheur, il se mit à neiger et le vent souffla plus fort. La terre se couvrit d'une mince couche blanche, les branches des arbres qui poussaient ici ou là craquèrent dans le vent, mais Marjolaine ne sentait ni le froid humide ni la douleur que les pierres du chemin causaient à son pied. Elle revivait encore l'instant merveilleux où Adam de Marchais l'avait prise dans ses bras et, sans cesse, elle se répétait la promesse qu'il lui avait faite. «On se reverra!» Et, dès ce jour d'hiver, le jeune comte habita la grande chambre de la tour, bien caché au fond de la mémoire et du cœur de Marjolaine. Mais elle ne revit pas Adam de Marchais.

En épiant les nouvelles qui venaient à la maison, en écoutant parler son père qui avait assisté à l'événement, elle apprit que, peu après leur rencontre, il avait été armé chevalier par le comte de Vermandois et qu'il était parti avec lui pour rejoindre le roi à Paris. C'était en l'an 1137 et le jeune roi Louis VII, qui venait d'épouser la duchesse Aliénor d'Aquitaine ramenait sa jeune épouse dans la ville. Il fallait que les plus grands seigneurs d'alentour vinssent faire leur cour, saluer la nouvelle reine qui arrivait avec une grande réputation de beauté et d'élégance. Une réputation qui se communiqua bientôt à sa cour, son entourage et à la vie que l'on menait à Paris.

Mais tout cela, ces bruits lointains du temps, ne parvenait à la Pêcherie que par petits fragments qui n'apaisaient pas la faim de savoir habitant Marjolaine et ne faisaient qu'emballer à vide son imagination. A mesure que s'éloignait dans le temps sa rencontre dans le marais hivernal, les rêves de la fillette devenaient douleur et désenchantement. Comment, à la brillante cour de la reine, Adam de Marchais pourrait-il se souvenir encore de la promesse qu'il lui avait faite? Il devait y avoir tant de belles dames autour de lui, tant d'accortes damoiselles portant soies et velours. Toutes choses auxquelles les filles du pauvre sire Aubry ne pourraient jamais atteindre, sinon en rêve.

La vie, dans le manoir au bord des eaux dormantes, des joncs, des roseaux et des lis d'eau, n'avait vraiment rien de comparable avec ce qu'elle devait être chez le roi.

Vêtues comme moinillons, de bure l'hiver, de grosse toile l'été, Marjolaine et ses sœurs devaient, entre les interminables prières et offices auxquels les obligeait la dame des Bruyères, participer aux travaux ménagers multiples rendus nécessaires par la vie quotidienne d'une famille ne comportant pas moins de onze enfants et par une désespérante absence d'or ou d'argent, parfois même de bronze, dans l'escarcelle paternelle.

Les terres du seigneur des Bruyères étaient pauvres, avares et se composaient surtout de marais. Elles consentaient tout juste – et encore en rechignant beaucoup! – à produire de quoi nourrir la maisonnée et à empêcher de mourir tout à fait de faim les trois ou quatre serfs qui les cultivaient. Aussi le personnel domestique du manoir se limitait-il à Barbe, la nourrice des enfants et à sa nièce Jeannette, une gamine de l'âge de Marjolaine qui ne montrait guère plus de dispositions qu'elle pour le travail domestique.

Dame Richaude, la mère de la nichée, s'efforçait néanmoins de tenir son rang. Cela consistait pour elle à garder de sévères distances avec son entourage, même avec ses enfants, à préserver autant que faire se pouvait la blancheur de ses mains en leur évitant les travaux pénibles et en les enduisant quotidiennement de graisse de mouton, à fréquenter l'église beaucoup plus que la cuisine et à rendre de temps à autre, vêtue de ses meilleurs habits, de cérémonieuses visites à sa parentèle de Laon ou des environs.

Ces jours-là, elle empruntait l'unique cheval du domaine, se faisait escorter par l'écuyer de son époux, le vieux Géraud monté sur l'unique âne, ce qui gênait considérablement les travaux du jour et obligeait le baron à errer, morose et à pied, sur ses terres. En résumé, dame Richaude planait sur sa maisonnée comme un grand oiseau noir dont les coups de bec étaient toujours à craindre, bien que l'on eût, en sa présence, l'impression que ses regards, braqués en permanence vers le ciel, ne voyaient pas grand-chose de ce qui se passait sur la terre.

Ce parti pris d'indifférence agaçait prodigieusement le baron Aubry son époux, car c'était un homme sans imagination et uniquement attaché aux biens de ce monde qui cependant lui faisaient si souvent défaut. Il aimait manger, boire, faire l'amour et chasser. Aussi les aspirations spirituelles, si prodigieusement éthérées de son épouse lui échappaient-elles complètement. Il lui arrivait même de se demander si elle se serait jamais aperçue de son existence si, d'aventure, il ne s'était avisé de lui faire onze enfants.

Pourtant, quand il l'avait épousée, un quart de siècle plus tôt, sire Aubry s'était senti en droit d'espérer des nuits réconfortantes, à défaut de jours fastueux puisque Richaude n'était pas plus fortunée que lui. Grande et déjà plantureuse dès l'âge de seize ans, elle avait nourri pendant plusieurs semaines les rêves amoureux du solide garçon de vingt ans qu'il était alors.

C'était à Laon, à la procession de la Fête-Dieu, qu'il avait vu la jeune fille pour la première fois. Vêtue de lin candide, ses cheveux bruns épars couronnés d'églantines, elle suivait à pas comptés, une chandelle de trois livres à la main et chantant un cantique, la chape dorée de l'évêque entourée de toute une troupe de filles de son âge.

Mais Aubry n'avait vu qu'elle et, tout de suite, l'avait admirée passionnément. Non à cause de ses yeux baissés dont les cils mettaient une ombre bien douce sur ses joues, ni à cause de son maintien modeste et virginal mais bien à cause des deux seins épanouis, drus et gonflés de sève, qui relevaient agressivement le tissu de sa robe, et du balancement envoûtant d'un bassin somptueux porté sur de hautes jambes dont les plis du tissu dessinaient parfois la forme fugitive.

Il n'était d'ailleurs pas le seul à la regarder avec émoi et, s'il ne s'était agi de la nièce d'un chanoine, les propositions déshonnêtes ne lui eussent certainement pas manqué. Mais, pour pauvre qu'elle fût, la maison de Pasly imposait le respect et, sur le passage de la procession, les hommes, les moines et même les enfants de chœur devaient se contenter de jeter, par en dessous, des regards fort peu chrétiens à l'étonnante adolescente.

34

Aubry, lui, en avait perdu le boire et le manger. Il s'en était ouvert à son confesseur qui s'en était ouvert à une vieille tante de la damoiselle, qui s'en était elle-même ouverte au chanoine. Toutes ces ouvertures avaient abouti à une demande en mariage en bonne et due forme qui avait été acceptée d'autant plus volontiers que la jeune Richaude n'avait pas un denier de dot et que l'on se demandait même s'il se trouverait un couvent pour l'accepter.

C'est ainsi qu'un beau soir, Aubry des Bruyères, le sang à la tête et des fourmis au bout des doigts, avait pu contempler dans son lit et dans toute leur splendeur naturelle les seins, les hanches et les cuisses qui l'avaient si longtemps empêché de dormir. Il s'en était emparé avec l'ardeur d'un chamelier mourant de soif qui trouve une cruche d'eau fraîche en plein désert, s'attendant au moins à rencontrer, les premières formalités de dépucelage accomplies, un enthousiasme convenable car il s'entendait assez bien aux choses de l'amour. Sans être bâti sur le modèle d'un dieu grec, il arborait une figure agréable sur un corps blond, mince et bien musclé.

Or, à cette belle brune si évidemment faite pour les joies de l'alcôve, il n'avait pas arraché le plus petit soupir de contentement. Les yeux grands ouverts, raide comme un bâton et rigoureusement inerte, elle avait subi sans broncher les assauts flatteurs qu'il lui avait prodigués. Bien plus, quand elle avait pensé que son époux en avait terminé pour cette nuit, elle avait sauté à bas du lit, s'était revêtue hâtivement d'une chemise et, pieds nus, avait couru jusqu'au petit oratoire attenant à la chambre nuptiale pour s'y abîmer dans une prière agrémentée de tous les signes d'une fervente contrition. Aubry, éberlué, put même la voir se frapper la poitrine à plusieurs reprises avec une certaine énergie. Le tout en vue d'obtenir de Dieu le pardon des pratiques condamnables et même damnables auxquelles venait de se livrer son époux.

Et il en fut ainsi chaque fois qu'Aubry prétendit exercer sur Richaude ses devoirs d'époux. Naturellement, avec une femme aussi pieuse, les enfants vinrent avec une grande régularité. Richaude les bénissait d'ailleurs car ils lui permettaient, à partir du troisième mois de grossesse de se refuser à Aubry, bien obligé alors de s'en aller voir ailleurs si l'herbe était plus verte.

Le résultat fut qu'il y prit de plus en plus de plaisir car, à mesure que passait le temps et que grandissait la famille, les charmes opulents de la belle Richaude fondaient et s'aplatissaient considérablement. Au bout d'un certain nombre d'années, la trop affriolante damoiselle de Pasly donna naissance à la dame des Bruyères, grande et sèche personne, macérée dans la dévotion, parfumée à l'encens et à la cire d'église, et plate comme une planche.

Au milieu de cette vaste nichée d'enfants, Marjolaine qui était la cinquième, après deux garçons et deux filles, constituait une réussite exceptionnelle. Tous les autres étaient soit très bruns comme leur mère, soit un peu rousseaux comme leur père. Elle seule fut d'une blondeur argentée de clair de lune. Elle seule eut ces magnifiques cheveux de lin soyeux que les légendes prêtaient aux fées. Elle seule eut, au milieu d'une collection d'yeux noirs ou couleur de châtaigne, de larges prunelles d'un étonnant bleu-vert, lumineux et changeant comme les profondeurs marines lorsqu'un rayon de soleil les traverse. Elle seule eut un visage comme on en imagine aux anges avec, tout de même, dans le dessin des yeux en amandes légèrement étirés vers les tempes et dans celui des lèvres quelque chose qui n'était pas sans évoquer les stigmates quelque peu soufrés d'un diablotin.

Sans hésiter, dame Richaude avait attribué cette exceptionnelle beauté à ses prières et à sa longue contemplation intérieure des splendeurs célestes car elle se croyait inspirée et n'était pas très loin de se prendre, sinon pour une sainte, du moins en bonne posture de le devenir un jour. Cette enfant si belle ne pouvait être que le signe tangible de la dilection céleste et, tout naturellement, elle avait pensé que, le Seigneur Jésus lui paraissant le seul gendre souhaitable, Marjolaine irait orner l'un des couvents de la région lorsque le temps en serait venu pour elle.

Sire Aubry, lui, ne voyait pas la chose de la même façon. L'étrange blondeur de sa fille lui donnait à penser parce qu'il se souvenait clairement d'une vieille histoire entendue dans sa famille aux jours bienheureux de l'enfance : l'une de ses aïeules aurait été congrûment violée, entre un incendie et le sac d'une abbaye, par un géant blond aux yeux bridés, sentant furieusement la graisse d'armes et l'huile de poisson, qui était arrivé jusqu'à elle dans un curieux bateau pourvu d'une arrogante tête de dragon. De cette aventure, heureusement sans lendemain, étaient sortis deux jumeaux aux cheveux de lin et aux yeux couleur de mer, ceux-là mêmes qui paraient si royalement la petite fille. Et le brave Aubry espérait, pour sa part, que la lumineuse beauté de son enfant attirerait quelque riche et puissant seigneur qui saurait lui donner – car il aimait beaucoup sa Marjolaine – un cadre digne de sa beauté et de sa gentillesse. Le comte de Marchais, par exemple, lui aurait bien plu mais, sitôt armé chevalier, le séduisant Adam avait quitté la région pour suivre son suzerain naturel afin de se trouver plus près du soleil, et l'on parlait vaguement, dans le pays, d'un éventuel mariage avec une damoiselle de Marle. Aubry avait alors rengainé ses rêves sans se douter le moins du monde du fait que sa fillette avait déjà attiré l'attention du puissant seigneur. Pas pour le bon motif malheureusement, mais de cela non plus il ne se doutait pas. Et Aubry, sans renoncer pour autant à trouver un époux selon ses vœux, avait remis à plus tard l'obligatoire bagarre avec Richaude, se contentant d'opposer un veto formel quand elle avait mis sur le tapis la question du couvent convenable pour Marjolaine. Un veto tellement net même que la dame, peu habituée à de telles manifestations d'énergie chez son époux, en était demeurée pantoise, montrant une mine si offensée que le brave homme s'était hâté de corriger son interdiction par un : «Nous avons bien le temps...»

Et il avait repris ses études comparatives touchant la noblesse un peu argentée des environs de Laon.

Il n'avait pas eu le temps de les mener bien loin car, de la façon la plus imprévisible qui soit, un épouseur s'était présenté. Celui-là n'était pas noble le moins du monde, mais il était fort riche. C'était un bourgeois de Paris, un maître pelletier de quarante-cinq ans. Il se nommait Gontran Foletier et, pour sa première rencontre avec sa future épouse, il avait bien failli se faire écharper...

Un jour d'été où la chaleur était particulièrement lourde, Marjolaine, qui gardait les oies, s'était endormie à l'ombre d'un saule dont la verte chevelure descendait jusqu'à l'eau morte du marais ourlant la levée de terre qui rejoignait la Pêcherie et l'ancienne voie romaine reliant Reims à Laon. A cause de la température, le costume de l'adolescente était assez sommaire et se composait uniquement d'une chemise de toile coulissée autour du cou et d'un jupon de futaine. Ses jambes étaient nues et, pour mieux sentir la fraîcheur de l'herbe, elle avait retiré ses sabots qui pendaient à une branche, au-dessus de sa tête.

Elle dormait de si bon cœur qu'elle ne sentait même pas les mouches qui se posaient tour à tour sur son petit nez ou sur son mollet découvert. De même, elle n'entendit pas approcher le cavalier qui venait par le chemin. Cette fois, d'ailleurs, il ne s'agissait ni d'un beau jeune homme ni d'un puissant destrier, mais d'un bourgeois déjà mûr et d'une paisible mule digne d'un abbé mitré.

En fait, n'eût été le haut bonnet agrafé d'une belle escarboucle qui le coiffait et d'où dépassaient des frisons aussi grisonnants que prétentieux, l'homme aurait fort bien pu passer pour un chanoine. Il en avait la mine matoise, le teint fleuri et la bedaine somptueuse largement étalée sur de vastes cuisses, le tout enveloppé d'une belle robe de soie bleu outre-mer bordée d'un superbe galon brodé à mille fleurs mais regrettablement marquée, aux aisselles, des auréoles de la transpiration.

Tel qu'il était, l'ensemble présentait l'image terrestre de maître Gontran Foletier, pelletier du roi, qui s'en revenait de faire oraisons à Notre-Dame de Liance [1] dont la réputation miraculeuse s'étendait alors sur tout le royaume.

Non que maître Foletier eût une grâce particulière à obtenir de la Mère de Dieu, mais le révérendissime abbé Guy de Liance, seigneur du lieu et doyen du chapitre de Laon, était de ses bons clients et il venait

---

1. Actuellement Notre-Dame de Liesse.

de lui livrer, en vue de l'automne à venir, une pelisse doublée de renard. D'un récent pèlerinage en Terre sainte, le seigneur Guy avait en effet rapporté, en sus de maux divers, une grande frilosité qui, même au cœur de l'été et dès que le soleil disparaissait, le faisait se couvrir comme un oignon. Par la même occasion, le pelletier, quelque peu mécréant quand personne ne le voyait mais fort pieux, avait profité du voyage pour brûler quelques cierges et se faire octroyer de ces nobles bénédictions toujours utiles à engranger lorsqu'on est l'un de ces marchands qui déplaisaient si fort au Seigneur Jésus au cours de sa vie terrestre.

Engourdi par la chaleur et par le vin dont, après vêpres, on lui avait octroyé de généreuses rasades au moutier de Liance, Gontran somnolait doucement, laissant au pied sûr de sa mule le soin de suivre le chemin étendu comme un ruban capricieux entre les marais de Samoussy. Ce fut seulement quand l'animal, arrivé à un petit carrefour où le sentier se divisait en deux, s'arrêta, ne sachant lequel choisir, que le pelletier ouvrit un œil.

Or, il entrevit soudain un si joli spectacle qu'il se hâta d'ouvrir l'autre. A quelques pas du chemin, une jeune fille, la plus jolie qu'il eût jamais vue sans doute, dormait à l'ombre d'un saule, sa joue reposant sur son bras replié. Elle était même si jolie que le cœur de l'homme se serra : un petit visage aux traits délicats, auréolé par la masse soyeuse d'une chevelure d'un rare blond argenté, une bouche tendre qui souriait dans le sommeil, révélant des dents fraîches, de douces paupières prolongées de cils incroyablement longs.

Le corps empaqueté dans de grossiers vêtements sans forme définie était invisible, mais les jambes que révélait la jupe retroussée par un involontaire mouvement du sommeil étaient si fines, si blondes, si roses que Gontran n'eut plus la moindre envie de dormir. Bien réveillé, il descendit doucement de sa mule et s'approcha à pas de loup, envahi par la brutale envie de goûter à cette petite paysanne endormie comme à une source fraîche rencontrée en chemin.

Le cœur lui cognait lourdement dans la poitrine. Il se pencha, souleva d'un doigt la futaine qui n'en montrait pas assez à son idée. Ce qu'il découvrit dans l'ombre bleue du tissu lui mit la tête en feu et sans plus de formalités, avec un grognement qui anticipait celui du plaisir, il s'abattit sur Marjolaine.

Réveillée à son tour par cette masse étouffante qui lui tombait dessus, l'enfant poussa un hurlement.

– Tais-toi, petite, tais-toi ! bafouilla Gontran qui essayait de se dépêtrer de sa belle robe un peu trop longue. Tais-toi... je te donnerai des dragées.

Il aurait dit n'importe quoi, emporté par un désir qu'il entendait assouvir à tout prix, mais le cri de la fillette avait réveillé les oies qui dormaient un peu plus loin dans les grandes herbes du marais.

Croyant à un appel, les dignes volatiles rejoignirent docilement leur gardienne mais, ne trouvant plus à sa place qu'une masse agitée de soubresauts dont partaient des cris et des halètements, elles se lancèrent bravement à l'attaque du postérieur de Gontran. Mordu, pincé, assailli de battements d'ailes, le pelletier affolé ne songea plus qu'à se débarrasser de ses tourmenteuses. Il réussit à se relever, libérant sa victime qui en profita pour en faire autant, quand il se retrouva brutalement rejeté dans la poussière : la lanière d'un fouet brutalement enroulée autour de son cou, qu'il crut arraché, venait de le cueillir au moment où il retrouvait son équilibre et le rejetait à terre, la peau brûlée par la cruelle lanière.

Geignant et endolori, il se retrouva le nez sur les guêtres poudreuses du manieur de fouet, un long garçon brun qui le guignait avec gourmandise, dardant sur sa grasse personne le double feu meurtrier d'un curieux regard jaune.

Pendant ce temps, retranchée derrière le saule où elle avait cherché refuge dès qu'elle s'était sentie libérée de l'étreinte du gros homme, la fille s'efforçait, en rassemblant ses oies, de maîtriser le tremblement nerveux qui secouait tout son corps. Elle sanglotait nerveusement sans pouvoir s'arrêter, encore ravagée de dégoût au souvenir de ce corps suant qui avait prétendu la soumettre à son caprice. D'un doigt machinal, elle frottait, à travers le tissu de sa jupe les endroits de ses jambes où s'étaient posées les mains de son agresseur. Et, à voir celui-ci écrasé dans la poussière aux pieds de son frère, elle éprouvait une sorte de joie sauvage ; il était bon qu'il payât la peur affreuse qu'il lui avait fait sentir.

Mais quand le fouet claqua pour la seconde fois, arrachant un hurlement à sa victime, quand elle comprit, à l'expression des yeux de Renier, qu'il allait sans doute battre à mort le gros homme comme elle l'avait vu faire une fois à l'un des rares serfs du domaine paternel, elle retrouva la peur que lui avaient toujours inspirée son frère aîné et sa froide cruauté. Alors, d'une petite voix timide, elle osa murmurer :

— Laissez-le aller, mon frère, je vous en prie ! Les oies m'ont gardée. Il n'a pas eu le temps de me faire de mal.

— Cela prouve que vos oies ont plus d'esprit que vous ! Quant à savoir s'il vous a fait dommage ou non, qu'en savez-vous ? Notre mère en vous examinant nous renseignera là-dessus. D'ailleurs, seule l'intention compte à mes yeux et, tout compte fait, j'ai bonne envie de brancher ce gros cochon puis de le saigner, rien que pour voir s'il ferait du bon boudin !

Maigre comme un chat sauvage et presque aussi méchant, Renier des Bruyères, l'aîné de la nichée, était redouté dans toute la région. La pauvreté des siens qui lui interdisait le chemin fort onéreux de la chevalerie le faisait souffrir comme une brûlure mal soignée qui se creuse et s'enflamme toujours davantage. Il s'en vengeait, ou du moins il essayait car rien ne parvenait à apaiser cette incessante irritation, en ne permettant à personne d'ignorer sa noblesse ou de lui manquer. A défaut de l'épée, il avait fait du fouet et de la hache ses armes favorites, lançant l'un ou l'autre avec une égale habileté.

Sans le connaître, rien qu'au son de sa voix, Gontran ne se trompa pas sur la réalité de sa menace.

– Je jure par la bonne dame de Liance que je n'ai rien fait que bousculer un peu cette jouvencelle, bredouilla-t-il. Est-ce péché, pour un homme, que de vouloir prendre un peu de plaisir avec une petite paysanne rencontrée d'aventure ?

Un sourire hargneux découvrit les dents aiguës de Renier.

– Non, s'il s'agit d'une paysanne, encore que nos filles terriennes ne soient pas faites pour les porcs tels que toi. Mais quand un malandrin s'attaque à fille noble, c'est le gibet qui l'attend et tu vas avoir le tien. Au fait, qui es-tu ?

Terrifié, Foletier déclina fébrilement ses titres, fonctions et qualités, allumant un tremblant espoir en constatant que le terrible regard dont il avait si peur perdait peu à peu de sa cruauté au profit de la ruse.

– Un bourgeois de Paris, hein ? dit enfin Renier.

– Oui, seigneur ! Pelletier de notre Sire le roi Louis, que Dieu nous veuille garder en santé.

– Tu es riche, alors ? C'est l'évidence, d'ailleurs.

Du bout de sa lanière, il désignait la robe de soie et les chaussures de beau cuir souple et ouvragé.

– On le dit, fit le pelletier rendu prudent, en bon commerçant, par le marché qu'il sentait venir, mais je le suis moins qu'on ne le prétend. Si une petite somme pouvait apaiser votre juste colère et me faire pardonner de la damoiselle.

Cette fois le frère de Marjolaine rit franchement, mais ce rire-là réveilla les craintes de Gontran : si les loups riaient, cela devait donner quelque chose d'approchant.

– Une petite somme ? Tu n'estimes pas ta vie à très haut prix, marchand ! Quoi qu'il en soit, c'est à mon père qu'il appartient de te dire ce que ça va te coûter. Marche devant et ne bronche pas. Je conduirai ta mule. Quant à toi, Marjolaine, passe en tête et file à la maison ! Tu diras à Barbe de t'appliquer vingt coups de verge pour t'apprendre à courir les chemins à moitié nue, comme une serve.

La petite ouvrit de grands yeux. Elle n'était jamais vêtue autrement l'été, sinon pour entendre messe ou vêpres, et c'était bien la première fois que Renier lui reprochait son costume car aucune de ses sœurs n'allait autrement. Mais sachant qu'il ne faisait pas bon répliquer lorsque son aîné prenait un certain ton, elle baissa la tête, rameuta ses oies et s'en alla le plus vite qu'elle put vers un châtiment qu'elle ne craignait guère. Barbe était sa nourrice et l'aimait trop pour lui faire grand mal. Et elle avait hâte de s'éloigner du théâtre d'une scène dont elle tremblait encore.

Cependant Gontran, imaginant que des flots de sang allaient couler, trouvait le courage de plaider pour elle :

– Oh non ! gémit-il. Il ne faut pas lui faire de mal. Elle a une si jolie peau.

44

– A laquelle tu aurais bien voulu goûter, hein ? gronda Renier de nouveau menaçant. Allons ! Avance si tu ne veux pas tâter encore de mon fouet.

Poussant un soupir à faire envoler les feuilles, maître Foletier se mit en marche mais, curieusement, il n'avait plus très peur. Il oubliait ce qui le menaçait pour contempler la jeune fille qui avançait devant lui, à la tête de son troupeau d'oies. Quand elle s'était relevée et qu'il avait pu la voir en pleine lumière, il avait, en dépit de sa terreur, reçu un choc violent. Elle était encore plus belle, plus désirable qu'il ne le croyait... Sous la chemise rude, il distinguait parfaitement deux petits seins ronds et drus, aux pointes insolentes et une taille si fine que les paquets de fronces de la jupe en forme de sac ne parvenaient pas à l'épaissir. Et puis il y avait ces yeux, ces larges prunelles transparentes couleur d'eau claire, ces cheveux de soie nacrée, ces longues jambes dont il se rappelait si bien la nerveuse finesse. Et Gontran, matérialiste sanguin aux appétits grossiers facilement éveillés et aussi vite apaisés par la magie de sa fortune, se retrouva soudain confronté à un problème trop difficile pour son arithmétique sentimentale habituelle.

Jusqu'à présent, quand il avait envie d'une fille, il la prenait moyennant une pièce d'argent ou quelques peaux bien fourrées, suivant le prix auquel s'estimait la belle. Cette fois il devinait que, ni pour or ni pour argent, il ne pourrait obtenir ne fût-ce que quelques minutes auprès de cette adorable créature. Une fille de la noblesse ! Plus belle que toutes les plus belles ! Et lui qui se jugeait aisément irrésistible, qui se trouvait volontiers magnifique et grand quand il faisait un présent en échange d'un moment d'abandon, voilà qu'il découvrait l'humilité. Cette petite Marjolaine était aussi inaccessible que les vierges sévères aux draperies savantes dont se peuplaient peu à peu les églises.

Il en éprouvait un dépit amer qui augmentait à mesure que se rapprochaient les toits verdis de la Pêcherie. Il en oubliait presque le garçon aux yeux mauvais qui marchait sur ses talons. La vie l'avait gâté, jusqu'à présent et il n'aimait pas, il ne savait pas essuyer un échec. Inaccessible, la petite gardeuse d'oies, qu'il eût sans doute oubliée une heure après l'avoir violée, lui devenait à présent indispensable et, plus il la regardait, plus il se refusait à y renoncer.

En bon commerçant, il savait le prix des choses et la puissance de l'or judicieusement distribué et, quand il franchit la barbacane rustique ouvrant sur la basse-cour du manoir, il avait décidé de ce qu'il allait faire.

Un coup d'œil aux murs où les lézardes dessinaient d'étranges réseaux, à la cour mal nivelée, à la volaille lancée à l'assaut du tas de fumier, à tout ce qui proclamait l'évidente pauvreté du maître des lieux, le confirma dans ses intentions. Il y avait peut-être là une partie intéressante à jouer.

Aussi quand Renier, d'une bourrade vicieuse, lui fit franchir la porte basse d'une salle qui l'était encore plus et l'envoya pratiquement bouler aux pieds d'un homme en souquenille brune qui buvait de la cervoise, assis à même la pierre d'un âtre éteint pour avoir plus frais, Gontran ne se laissa-t-il pas abattre par l'adversité. Avec une étonnante souplesse pour un homme de sa corpulence il se releva et fut debout presque aussitôt après avoir touché le sol. Et, sans laisser à son bourreau le temps de placer un mot, il dévida à messire Aubry le petit discours qu'il avait préparé chemin faisant et qui tenait en trois phrases : il était riche, il aimait Marjolaine et il avait l'honneur de la demander en mariage.

Le mot frappa tellement les deux autres qu'ils restèrent un instant sans réaction. Renier eut une sorte de hoquet. Son père déglutit trop vite, s'étrangla et torcha à sa manche une moustache dégoulinante de mousse. Tous deux considérèrent le pelletier avec une sincère stupéfaction.

– Qu'est-ce qu'il a dit ? s'informa le maître de la Pêcherie ?

– Il dit qu'il est riche et qu'il veut épouser ma sœur, traduisit Renier.

– Et d'où sort-il ?

– De Paris ! coupa Gontran qui commençait à se fatiguer de se voir traiter avec une humiliante désinvolture. De Paris où je suis pelletier du roi ! Cela vaut bien, j'imagine, un hobereau désargenté.

Dédaignant de lui répondre, Aubry se tourna vers son fils.

– Où l'as-tu trouvé ?

– Sur le chemin de Liance, père. Il...

Le jeune homme hésita. Il n'était pas stupide et la proposition inattendue du Parisien avait non seulement fait tomber sa colère, mais ouvert devant lui une étrange perspective, une perspective qui se refermerait immédiatement si jamais Aubry apprenait dans quelle posture le pelletier avait été découvert.

– Eh bien ? fit Aubry impatiemment.

– Il était auprès de Marjolaine et lui contait fleurette. Cela ne m'a pas plu. Je me suis fâché. Je l'ai un peu malmené et l'ai obligé à venir jusqu'à vous.

Tandis qu'il parlait, son regard impérieux mettait Gontran au défi de présenter une autre version des faits. Mais il pouvait être bien tranquille de ce côté-là : il y avait, au mur de la salle et au-dessus de la tête du maître de céans, tout un assortiment de haches, d'épées, de glaives qui semblaient, eux, en parfait état et avec lesquels il n'avait pas la moindre envie de faire connaissance. D'autant que cet ours n'avait rien de bien rassurant.

Aubry considéra d'un œil dubitatif la masse somptueuse du nouveau venu, sa belle robe de soie un peu ternie évidemment, mais qui n'en annonçait pas moins un possesseur de bourse bien remplie. Et il y avait si longtemps qu'il n'avait vu un homme vraiment riche qu'il ne résista pas à l'envie de rester en sa compagnie quelques instants encore.

Posant son gobelet vide entre ses pieds, il tira de côté sa lourde carcasse pour faire à l'autre une place sur la pierre grise.

– Seyez-vous là ! grogna-t-il. Et causons ! Va dire qu'on nous apporte encore de la cervoise fraîche, ordonna-t-il à son fils.

En dépit de l'envie qu'il avait de surveiller la conversation, Renier quitta la salle sans trop se faire prier. Il y avait urgence pour lui d'aller dire deux mots à sa sœur afin que, par des gémissements intempestifs, elle ne vînt pas s'aviser de jeter bas le brillant mais fragile édifice qu'il était en train de mettre sur pied. Pour ce garçon pauvre mais affamé de richesse et de gloire, menacé de traîner interminablement une vie misérable au milieu des marais de Samoussy, le gros Gontran représentait une chance inespérée. S'il voulait vraiment épouser la blonde Marjolaine, il faudrait qu'il crache une grosse somme d'argent grâce à laquelle la famille reprendrait quelque figure dans le pays. Renier pourrait alors, sans avoir honte de ses loques, entrer dans quelque noble et riche maison pour y faire l'apprentissage des armes et, plus tard, se faire acheter le ruineux haubert et le non moins ruineux apparat qui entourait l'adoubement d'un chevalier. Le père pourrait avoir, lui aussi, des armes neuves et participer aux tournois locaux dont sa pauvreté l'éloignait mais qui, grâce à sa force, lui permettraient sans doute de gagner quelque argent. Ensuite, on pourrait partir faire croi-

48

sade en Terre sainte, s'y tailler peut-être un fief, tandis que les jeunes frères et sœurs trouveraient de bons moutiers pour y mener sainte vie.

Les rêves du garçon l'emportaient plus loin, toujours plus loin, vers une gloire dorée qui l'arrachait à lui-même. Hélas, ces beaux rêves se heurtèrent brutalement à la figure horrifiée de Marjolaine quand il vint lui dire que le gros homme l'aimait, voulait l'épouser et que l'attaque répugnante dont elle gardait le vilain souvenir n'était que la manifestation un peu maladroite d'un amour qui ne savait plus se contenir.

– Moi ? Épouser ce gros homme suant ? J'aimerais mieux être nonne à Laon comme le voudrait notre mère.

Considérant ses espérances en miettes, Renier qui un instant s'était senti devenir bon, généreux, sociable et fraternel – chose qui depuis l'enfance ne lui était jamais arrivée – retrouva d'un seul coup toute sa méchanceté. Empoignant les longues nattes que Barbe, après avoir appliqué vaguement deux ou trois coups de verge à Marjolaine, venait de tresser de frais avec un soin amoureux, il s'en servit pour soulever de terre la jeune fille qui gémit tandis que des larmes jaillissaient de ses yeux. Mais ni les plaintes ni les larmes ne pouvaient attendrir Renier qui, n'eût été la valeur marchande qu'il venait de lui découvrir, aurait volontiers étranglé sa sœur.

– Pauvre sotte ! Qui vous permet de dire ici votre volonté ? Cet homme est riche, très riche ! Grâce à lui nous pourrions tous sortir de ce taudis boueux, vivre enfin, manger de bonne nourriture et porter de beaux vêtements. Et vous, vous malheureuse idiote, vous auriez une vraie maison, chaude et bien ornée, de belles robes, des servantes, vous seriez riche et considérée.

– Ce n'est qu'un bourgeois et je suis fille noble !

– A quoi vous sert votre noblesse ? A croupir ici jusqu'à ce que vos cheveux tombent, que les maladies du marais pourrissent votre corps ? Qui viendra vous chercher ici ? Adam de Marchais, au nom duquel vous rougissez chaque fois que notre père le prononce ? N'y comptez pas ! Il épouse à la prochaine Pentecôte une cousine du comte de Vermandois, riche de bonnes terres et de beaux écus. Il n'a que faire d'une souillon de marais, fût-elle aussi noble qu'une fille du grand Charlemagne. Quant à vous, n'imaginez pas que vous pourrez entrer au couvent de Laon comme le rêve follement notre mère : la dot qu'il faudrait payer nous jetterait tous sur les grands chemins.

Les paupières closes, Marjolaine, les traits tirés par la souffrance, ressemblait à une jeune martyre. Mais elle avait encore plus mal à son amour qu'à sa pauvre tête.

– Lâchez-moi, balbutia-t-elle. J'épouserai qui vous voulez.

Stupéfait d'une si rapide victoire et incapable de deviner la part de désespoir qui entrait dans une décision aussi soudaine, Renier reposa sa sœur à terre avec une douceur inattendue et même, d'une main maladroite, essuya les larmes qui coulaient encore.

– Vous êtes une bonne fille, bafouilla-t-il, ne sachant plus trop quoi dire. Un jour vous me remercierez quand vous vous apercevrez que j'ai fait votre bonheur.

2

Un seigneur en Vermandois

— Frotte plus fort ! grogna le baron. Après toutes ces journées à cheval je dois bien avoir un pied de crasse ! Allons, du nerf !

La Perrine gloussa et redoubla d'énergie. La brosse, presque aussi dure qu'une étrille, mais soigneusement enduite de bon savon de Marseille fait de suif et de fines cendres de hêtre, frictionna vigoureusement le dos que lui tendait Hughes de Fresnoy, assis dans le grand bac de pierre empli d'eau chaude. Pour mieux atteindre son objectif, Perrine s'était agenouillée sur le bord, ce qui lui assurait un équilibre instable mais permettait d'atteindre toute la large surface de peau qui rougit d'un seul coup, tandis que l'eau se criblait de flocons grisâtres.

Quand dos et poitrine furent de même couleur, et que les longues jambes poilues eurent été soigneusement étrillées l'une après l'autre, Hughes se leva pour que la fille pût laver le reste de son individu, mais il ne se rassit pas. L'eau avait disparu sous une épaisse couche grise et, pour le rincer, Perrine lui jeta sur la tête trois ou quatre seaux d'eau.

Hughes sortit alors du bain et s'enveloppa pour essuyer le plus gros dans un drap de toile rude qui n'épongeait pas grand-chose. Il le rejeta au bout d'un instant et, tandis que Perrine lâchait la bonde de la cuve qui commença de se vider dans la rigole creusée en plein milieu de l'étuve, il alla s'étendre à plat ventre sur une grande planche où il attendit, la tête reposant sur ses bras repliés.

Rejetant en arrière, du poignet, la longue mèche blonde trempée de sueur qui lui retombait obstinément dans la figure, Perrine le rejoignit, tenant dans ses mains de grosses poignées d'herbes sèches et odorantes avec lesquelles elle entreprit de le frictionner de nouveau pour achever de le sécher. La peau du baron atteignit la couleur d'un homard tout juste sorti de l'eau bouillante.

Ouvrant un œil, il s'exclama :

— Cette fois, tu n'y as pas été de main morte ! M'as-tu seulement laissé encore un peu de peau ? Ça commence à cuire.

Le gloussement de Perrine se changea en une sorte de hennissement joyeux.

— Ce que vous êtes douillet pour un chevalier ! Mais l'huile va arranger ça.

Dans une niche creusée dans le mur, elle alla prendre une petite jarre de terre. L'huile rousse et parfumée coula sur le dos rouge. Puis Perrine en enduisit ses mains et se mit à masser doucement, longuement, le grand corps abandonné devant elle. C'était un corps magnifique, aux muscles longs et durs mais dont la peau, aux endroits que n'envahissaient pas les toisons noires et dévorantes, avait des douceurs enfantines. La fille aimait ce moment de son ouvrage qui la récompensait du rude effort accompli durant le bain et qui préludait, de si troublante façon, à ce qui allait venir quand, dans un moment, dans une seconde, Hughes se retournerait et, en s'étirant avec un bâillement de fauve, soupirerait :

– Continue.

Les mains chaudes et douces recommencèrent leur lent va-et-vient sur chaque muscle de la poitrine, du ventre plat, des cuisses gonflées de chair solide. Perrine haletait doucement, trempée de transpiration autant que par le brouillard chaud qui emplissait l'étuve. Elle guettait les signes avant-coureurs de l'émotion qu'elle savait si bien faire naître. Le plaisir d'amour faisait partie, découlait tout naturellement de la détente qu'apportait le bain, et le maître, Perrine le savait bien, n'en avait jamais assez.

Étalé sur sa planche, Hughes avait l'impression de flotter sur un nuage, tandis que les mains de la fille disposaient de lui à leur gré. Personne ne savait, comme elle, effacer la fatigue, insuffler une nouvelle ardeur à un corps exténué. Les yeux clos, le seigneur de Fresnoy retenait son souffle, uniquement attentif au cheminement lent mais de plus en plus précis des caresses sur sa peau. Il ne sentait même plus la blessure, encore fraîche cependant, que la lance de cet imbécile de Jean Pellicorne lui avait infligée à la cuisse lors du dernier tournoi de Saint-Quentin.

Soudain, sans même ouvrir les yeux, il leva les bras. Ses doigts rencontrèrent la toile trempée qui couvrait les épaules de Perrine et la firent glisser aisément car elle ne portait qu'une chemise largement ouverte. Elle mit à l'aider un empressement presque sauvage, tandis que les grandes paumes emprisonnaient ses seins aux mamelons durs comme des billes d'agate. Puis avec un soupir plein d'attente, elle vint se glisser contre lui pour qu'à son tour il pût disposer d'elle à son plaisir.

Trois quarts d'heure plus tard, Hughes de Fresnoy poncé, coiffé, parfumé, rasé, à l'exception de la longue et mince moustache noire qui retombait de chaque côté de la bouche et lui donnait un peu l'air d'un Mongol, faisait son entrée dans la grande salle du donjon où l'on venait de corner l'eau.

Se sentant d'humeur aimable, il s'était vêtu avec plus de soin que d'habitude, poussé peut-être par un léger remords envers sa femme, Hermelinde, qui ne cachait pas son dégoût lorsqu'il venait à table avec des houseaux crottés et sa tunique de cuir où demeuraient, indélébiles, les traces de graisse d'armes laissées par la broigne de fer, ou même l'une des tuniques de laine ou de lin sans beaucoup d'ornements qu'il affectionnait. Enthousiasmée par les nouvelles modes apportées par la coquette reine Aliénor, Hermelinde s'efforçait de les implanter chez elle et d'y plier son époux.

S'y conformant, pour une fois, Hughes avait revêtu, sur de longues et étroites braies de lin blanc, une chemise brodée au col et un long bliaud de « velous [1] » dont le bleu éclatant était encore relevé par de larges bandes de broderies noires et blanches ornant le bas du vêtement, les deux longues fentes de devant et de derrière et les larges manches pendantes. Mais aucune force humaine n'aurait amené Hughes à chausser les pigaches dont il jugeait parfaitement grotesques les longues pointes recourbées et, sous sa robe élégante, il portait une paire de heusses, de hautes bottes en souple cuir d'Espagne d'un beau rouge incarnat. Ses cheveux noirs soigneusement peignés et lustrés descendaient en souples volutes jusqu'à son cou puissant. Une large ceinture de cuir retenait un glaive court à la romaine.

Son entrée ainsi équipé souleva un vif intérêt chez ceux qui l'attendaient groupés auprès de la monu-

1. Velours.

mentale cheminée où brûlait un tronc d'arbre. Gerbert, son jeune frère, qui mâchonnait un brin de paille à demi étendu sur un banc eut un léger sifflement admiratif, assorti d'un clin d'œil amusé révélant que le jeune homme n'était pas dupe de ce grand déploiement de somptuosité. Ersende, la femme de Gerbert, sourit franchement tandis que les damoiselles qui servaient la châtelaine et sa belle-sœur baissaient les yeux et rougissaient comme si le baron leur avait fait quelque proposition déshonnête. Seule, Hermelinde, après avoir considéré un moment sans rien dire les six pieds de splendeur de son époux, fronça le nez, renifla et, le plus imprévisiblement du monde, éclata en sanglots qui jetèrent un froid sur l'assemblée.

Les damoiselles et Ersende entourèrent la châtelaine pour lui prodiguer leurs bons offices, tandis que Hughes, d'abord surpris par le curieux résultat de ses efforts vestimentaires, haussait les épaules avec agacement et rejoignait son frère.

– Qu'est-ce qu'elle a ? Je suis en retard, je le sais bien, mais est-ce une raison pour fondre en larmes ?

Les yeux verts de Gerbert, qui étaient sa seule ressemblance avec son frère, pétillèrent de gaieté.

– Je ne sais pas si tu l'as remarqué ou si tu le fais exprès, mais chaque fois que tu réclames la Perrine pour l'étuve, tu arrives en retard et tu fais toujours toilette comme si tu allais à un festin !

– Tous les repas, chez moi, sont des festins ! grogna Hughes. Et il est normal, après le bain, d'aimer à revêtir des vêtements propres, confortables et même élégants.

– Allons, allons ! Pas avec moi. Je te connais trop bien, reprit le cadet en baissant la voix. Oserais-tu jurer que tu n'as pas couché avec Perrine dans l'étuve ?

– Je ne me parjurerais pas pour ça ! Bien sûr que j'ai fait l'amour avec elle ! De plus chaude garce, je n'en connais pas à dix lieues à la ronde.

– ... où cependant tu connais tout ce qui porte cotillon ! susurra Gerbert.

Ignorant l'incident, Hughes jeta un regard noir sur Hermelinde qui semblait reprendre peu à peu ses esprits.

– C'est une vraie femme, elle ! Je n'en dirais pas autant de tout le monde.

Pourtant, quand il l'avait épousée, dix ans plus tôt, il était bien persuadé de faire le meilleur mariage possible. Il avait alors dix-huit ans et Hermelinde en avait seize. Elle était assez belle alors, d'une beauté saine et vigoureuse de fruit encore vert, mais qui promettait un bel épanouissement, et qui pouvait tenter un homme sensuel, surtout doté d'un appétit d'amour aussi vorace. Et puis elle était la fille du puissant comte de Ribemont et elle apportait, en terres et en argent, un beau douaire.

La première fois qu'Hughes l'avait vue, c'était à un tournoi donné dans les lices de Saint-Quentin, assise auprès de sa mère dans la tribune des dames. Sous une chevelure châtain clair tressée en nattes épaisses et entrelacées de fils d'or et de perles, Hermelinde montrait un visage très rose aux maxillaires puissants, mais où la bouche, très rouge, saignait comme une blessure. Les yeux, gris et brumeux, étaient alors apparus au jeune homme pleins de mystère, d'un mystère presque aussi attirant que les seins durs et pointus qui tendaient la soie de sa robe à longs plis.

Il avait eu brusquement envie de cette fille qui lui jetait, par en dessous, des regards furtifs tout en passant nerveusement, de temps en temps, un bout de langue rose sur ses lèvres gonflées de sève. Et, durant les joutes, il avait accompli des prouesses plus grandes qu'il ne s'en serait cru capable. Les adversaires tombaient devant lui comme épis de blé au temps des moissons et il avait remporté un énorme succès, plus la couronne du vainqueur que, du bout de sa lance, il avait déposée sur les genoux de la jouvencelle afin qu'elle eût la gloire de la poser sur sa tête aux acclamations de tous.

Le mariage s'était décidé très vite. Le comte de Ribemont avait accueilli avec faveur les ouvertures que deux parents âgés du candidat étaient venues lui faire. Le baron de Fresnoy était de bonne et antique race, sa châtellenie était riche, puissante et étendue et, comme par un fait exprès, les terres que Ribemont destinait à sa fille cadette en étaient proches voisines. On tomba donc rapidement d'accord et, Hermelinde ayant fait savoir qu'elle n'avait aucune répugnance à mettre sa main dans celle d'un si preux chevalier, les noces eurent lieu à la Saint-Jean suivante.

Quand l'épousée avait ôté pour lui sa chemise, dans la chambre d'honneur de Ribemont ornée de belles toiles brodées et de grands bouquets de fleurs champêtres, de lys d'eau et de chèvrefeuille, Hughes avait cru, de bonne foi, que son mariage allait vraiment lui apporter une félicité totale. Sa femme lui plaisait et les premières nuits furent agréables.

Malheureusement, les suivantes le furent de moins en moins car si Hermelinde était vraiment amoureuse de son époux, lui ne l'était guère : elle lui plaisait, sans plus. En outre, et en dépit des leçons qu'il tenta de lui donner, elle avait, de l'amour, une conception essentiellement égoïste et, si elle exigeait beaucoup de son mari, elle ne faisait rigoureusement rien pour lui rendre la pareille. Enfin, étant de plus haute maison que lui, elle considérait comme une chance pour le baron de l'avoir épousée et entendait qu'il lui exprimât, sous forme d'étreintes répétées, une éternelle gratitude.

Hughes, qui aimait les filles ardentes, fut bientôt las de ce corps geignant qu'il retrouvait, chaque nuit, les bras en croix dans son lit et qu'il lui fallait labourer fastidieusement pendant des heures, sans aucun profit d'ailleurs, car les mois passèrent sans que la nouvelle dame de Fresnoy fît seulement mine d'être enceinte. Les mois, puis les années...

La déception d'Hughes fut amère. Que lui servait d'être le maître d'une des plus puissantes et des plus riches châtellenies du Vermandois et même du nord de la France s'il était dans l'impossibilité de la transmettre, un jour, à ses enfants? Son frère Gerbert, de trois ans plus jeune que lui et qui, étant de constitution délicate (il avait coûté la vie à leur mère), fût peut-être entré dans les ordres s'il n'était tombé amoureux d'Ersende de Cérizy et ne l'avait épousée deux ans après le mariage Ribemont, avait déjà un fils, Robert, et deux filles, Isabelle et Mahaut, alors que le ventre d'Hermelinde restait désespérément plat.

A vrai dire, plat, il ne l'était plus guère. Pour se consoler de ses déboires conjugaux, l'épouse d'Hughes se mit à grignoter des sucreries à longueur de journée, et des déboires, elle en avait. Plus le devoir conjugal devenait pour son époux... un devoir qu'il rendait le moins souvent possible et plus, se sentant frustrée d'un plaisir dont elle se montrait gloutonne, elle devenait acariâtre et gourmande. Les scènes et les crises de larmes alternaient avec de grandes débauches de pâtisseries. La cuisine du château ne cessait de confectionner pour elle fouaces, tartes, beignets et pains d'épice qu'elle dégustait avec délices, oubliant d'ailleurs le plus souvent d'en offrir à Ersende, aux enfants ou à ses damoiselles.

Dans les débuts, quand elle avait commencé à s'arrondir doucement, Hughes avait trouvé un certain regain de plaisir sur un corps devenu merveilleusement blanc et moelleux comme un édredon. Mais quand un édredon est trop gonflé, on flotte dessus ou l'on s'y perd, et le baron se déclara bientôt excédé de cette trop grande abondance de chairs molles et improductives. Il conseilla donc à Hermelinde de reprendre la saine habitude de le suivre à la chasse, bien qu'il doutât de trouver un cheval assez solide pour la porter. Une vigoureuse mule peut-être, dans les premiers temps, ferait l'affaire.

Cette proposition eut le don de déchaîner des déluges de larmes et une consommation intense de prunes de Damas fourrées que la comtesse de Ribemont avait envoyées en présent à sa fille. Hughes, alors, abandonna la question, laissant à Ersende le soin d'essayer de faire entendre raison à sa belle-sœur. Mais il dut offrir une nouvelle robe pour se faire pardonner.

Car, devenue obèse, Hermelinde n'en était pas moins coquette. Non seulement ses femmes ne cessaient d'élargir ses robes, mais les marchands flamands avaient appris le chemin du château de Fresnoy et ne semblaient pas disposés à l'oublier. Pailes, samits, cendals [1], damas, velours et mousselines s'entassaient par larges pièces dans ses coffres et coûtaient fort cher au baron qui eût volontiers répudié une épouse aussi dispendieuse qu'encombrante. Mais

1. Les pailes étaient des tissus brochés provenant d'Orient comme les samits qui se présentaient sous forme de demi-satins faits de six fils de couleur. Le cendal était une sorte de taffetas.

le retour d'Hermelinde au logis paternel eût offensé la famille de Ribemont et, outre qu'il était fort puissant, Hughes aimait bien le comte Anselme IV. Et puis, il n'avait aucune envie d'amputer ses terres d'une dot qui concourait largement à la richesse et à la splendeur de sa maison. Mais, quand il voyait la frêle et gentille Ersende occupée à quelque broderie avec ses damoiselles, chantant avec elles une chanson de toile, tandis que ses enfants, assis à ses pieds, les écoutaient bouche bée ou s'efforçaient d'attraper les beaux écheveaux de couleur et que, d'autre part, il portait ses regards sur Hermelinde étalée sur le large banc abondamment garni de coussins qu'il lui avait fait faire ou couchée dans son lit, un beignet ruisselant de miel au bout des doigts, il lui prenait des envies de meurtre et il préférait alors rejoindre l'une des servantes dans la paille des écuries ou quelqu'une de ses jolies vassales dans les environs du château.

Il ne rencontrait guère de cruelles. Bien que ses cheveux noirs et sa peau brune, éclairés il est vrai par des yeux vert-océan, fussent en opposition formelle avec l'idéal masculin d'une époque attirée surtout par les héros solaires des chansons de geste ou des romans de la Table ronde, sa haute taille et sa musculature puissante attiraient les regards féminins que retenait l'éclat d'un ironique sourire à belles dents blanches. En outre, ses mains, son corps savaient à la perfection les tendres rites de l'amour et, une fois tombées dans le piège de ses bras, les belles y fondaient comme beurre au soleil.

Une fois la semaine, pour ne pas offenser sa belle-famille, il s'astreignait à honorer sa femme d'une visite nocturne qui le laissait plus rompu qu'une longue chevauchée. Il dormait ensuite comme une souche car il avait besoin, pour s'encourager à l'ouvrage, d'ingurgiter force pots de vin cuit aux herbes, bien assaisonné au poivre et autres épices orientales propres à stimuler l'ardeur amoureuse. Hermelinde l'accueillait alors avec un mélange d'enthousiasme et de dégoût car si elle aimait qu'il lui fît l'amour, elle détestait la puissante odeur de vin qu'il traînait alors avec lui.

Le lendemain, en général, Hughes avait mal au cœur et mal à la tête, mais il s'en libérait en piquant une tête dans l'eau froide de l'étang du château, en avalant là-dessus une bolée de bouillon chaud puis, enfourchant son cheval Roland, s'en allait courir la campagne en quête de quelque jolie fille dont le corps ferme et frais le remettrait complètement d'aplomb.

Pendant ce temps, Hermelinde se traînait jusqu'à la chapelle du château afin d'y confier au père Rinaldo, le chapelain, ses douleurs, ses déceptions et même ses angoisses car, à mesure que passait le temps, elle en venait à penser qu'Hughes était un suppôt de Satan, ce qui n'avait rien d'étonnant pour un homme au poil si noir ! et qu'elle se damnait petit à petit en s'abandonnant à une étreinte dont, cependant, elle ne pouvait se passer.

Ce père Rinaldo était un petit bonhomme d'environ quarante-cinq ans, brun et joufflu, que le comte de Ribemont avait ramené de Sicile quand il s'y était arrêté au retour de la quarantaine qu'il avait effectuée en Terre sainte. Il avait suivi Hermelinde au moment de son mariage pour continuer à veiller sur une âme qu'il proclamait d'élite et propre à coiffer, avec le temps, l'auréole de la sainteté. Rinaldo avait un curieux nez en trompette mais des yeux de velours sombre et des mains d'une extrême douceur qui traçaient les bénédictions avec une onction sans pareille. Quant à ses oreilles, elles accueillaient larmes et plaintes avec une sérénité admirable, tandis que ses lèvres un peu fortes distillaient suavement, par l'organe d'une voix de jouvencelle, consolations lénifiantes et exhortations à la sainte patience qui ouvrirait un jour, devant la châtelaine, les portes d'or du Paradis.

Les confessions d'Hermelinde duraient toujours un temps interminable car le père Rinaldo exigeait qu'elle mentionnât tous les détails de ses nuits avec le baron avant de lui donner l'absolution. La dame y prenait d'ailleurs un certain plaisir car elle avait l'impression de revivre, alors, ces minutes diaboliques mais savoureuses. Tel qu'il était, elle adorait le chapelain dont le secours, au fil des années, lui devint indispensable.

Hughes, pour sa part, le détestait. Il n'aimait guère la gent ecclésiastique qu'il trouvait trop riche, trop puissante et trop envahissante, et son aversion trouvait son point culminant avec le chapelain de sa femme. Mais il le tolérait comme un mal nécessaire, au même titre que la gourmandise d'Hermelinde et ses dépenses vestimentaires car, au retour de ses tête-à-tête avec le petit prêtre, la châtelaine lui paraissait plus calme et plus détendue. Il avait à peu près la paix jusqu'à la semaine suivante où tout recommençait.

Ce jour-là, quand il jugea que sa femme avait suffisamment pleuré, il se dirigea d'un pas ferme vers le banc où elle gisait, rompit doucement le cercle des dames qui lui bassinaient les joues et les yeux puis, lui offrant son poing fermé, déclara gracieusement :

– J'ai faim ! Me permettez-vous, ma mie, de vous mener à table ? La venaison froide ne me vaut rien et à vous non plus.

Hermelinde renifla, se moucha, regarda le poing brun et nerveux qui attendait qu'elle y posât sa main avec des yeux gonflés de larmes et pleins de réprobation, puis revint au visage souriant de son époux.

— Co... comment, hoqueta-t-elle, pouvez-vous me faire cela ?

— Vous faire quoi, ma mie ?

— Ne prenez pas cet air innocent ! Je sais bien pourquoi vous réclamez presque toujours la Perrine pour vous donner le bain quand vous allez aux étuves !

— Moi aussi. Parce qu'elle est la meilleure masseuse de tout le pays, fit Hughes imperturbable, et que j'aime, lorsque je me lave, que ce soit bien fait. Ne me reprochez-vous pas sans cesse d'être peu soigné de ma personne ?

— Se laver ne prend point autant de temps ! Vous couchez avec elle ! Je le sais ! On vous a vus.

— Qui « on » ? dit le baron dont la voix se durcit légèrement.

— Vous n'imaginez pas que je vais vous le dire ? Je le sais, voilà tout.

— Quand on accuse, mieux vaut apporter des preuves ou, à défaut, faire entendre ses témoins. Dame, reprit-il d'un ton moins cassant, si vous souhaitez que notre bonne entente dure encore de longues années, évitez de prêter l'oreille à des ragots de basse-cour. Vous devriez savoir que le maître d'un grand château, comme la maîtresse d'ailleurs, est en butte à bien des ambitions, bien des calculs, bien des jalousies aussi. Rien n'est trop perfide, ni trop vil pour tenter de nous séparer. Allons, séchez vos larmes ! Vous les versez en pure perte et le dîner sera immangeable.

Soutenue par Ersende dont les yeux bleus riaient mais dont le petit visage demeurait grave, Hermelinde consentit enfin à quitter son nid de coussins, mais elle refusa la main que lui offrait son époux et se dirigea d'un pas solennel vers le bassin et l'aiguière que deux de ses damoiselles lui offraient, balayant la jonchée de paille fraîche qui couvrait le sol sous les plis lourds du bliaud de samit pourpre rehaussé de riches broderies de Chypre qu'elle portait sous un pélisson d'hermine. Ses longues nattes qu'elle gardait toujours pendantes comme les jeunes femmes, se refusant à les relever en chignon comme le faisaient les femmes plus mûres, étaient entremêlées de fils d'argent et de pierres fines assorties à celles qui bosselaient le cercle d'or posé sur son front.

En dépit de la graisse, elle gardait grande allure et eût pu prétendre encore à une certaine beauté car la peau de sa gorge, de ses épaules et de ses bras, objet de soins constants et préservée des intempéries, demeurait blanche et satinée, si une couperose précoce n'eût déjà envahi ses joues et les ailes de son nez. Hughes la suivit en soupirant et alla prendre place auprès d'elle dans le banc seigneurial, tandis que les valets chargeaient la table bien nappée de blanc de poissons et de pâtés de toutes sortes.

Le repas se déroula en silence. Hughes et sa femme partageaient le même tranchoir comme Gerbert et Ersende et les damoiselles ou les écuyers deux par deux, mais ils évitaient soigneusement de se regarder, se détournant fréquemment pour boire chacun à sa coupe. Celle d'Hermelinde était plus souvent vide que celle d'Hughes qui se défiait un peu du vin blanc de Laon qui était traître et lui coupait les jambes. Il lui préférait la bière que l'on brassait au château ; aussi, la plupart du temps, faisait-il coupe à part.

Le châtelain et la dame gardant le silence, personne n'osa parler, même Gerbert et son épouse qui se contentaient de se sourire des yeux. Seuls le pas des serviteurs, le cliquetis des couteaux, le bruit mat des plats que l'on posait sur la table ou celui des mâchoires exerçant leur office se faisaient entendre.

Ce silence était inhabituel car Hermelinde, prenant toujours un vif plaisir aux repas, en profitait pour bavarder comme une pie, commentant la qualité de la cuisine ou du vin, donnant ses préférences et comparant, la plupart du temps, avec les fastes culinaires du château de Ribemont qu'elle proclamait sans égal. Ce jour-là, elle n'ouvrit la bouche que pour y introduire la nourriture et garda les paupières obstinément baissées.

Cette attitude agaça Hughes, lui coupa l'appétit à mi-repas et, quand on apporta les desserts, il se leva brusquement, pria les dames de continuer à festoyer et se dirigea rapidement vers le lave-mains, suivi immédiatement par son écuyer Bertrand armé d'une serviette et les yeux en points d'interrogation.

– Va me seller Roland et attends-moi dans la cour, lui dit le baron tout en s'essuyant les mains, gardant les yeux sur la table, où, à son ordre, nul n'avait bougé.

Hermelinde, les paupières toujours baissées, continuait à manger comme si de rien n'était, mais les autres femmes ne savaient trop quelle contenance prendre. Gerbert en profita pour rejoindre son frère après avoir vivement pressé la main de son épouse.

– Où vas-tu ? lui demanda-t-il. Nous ne jouerons pas aux échecs, cet après-dîner ?

– Non. Nous jouerons ce soir, si tu le veux bien. Il faut que je sorte. J'étouffe ici.

Les yeux sur Hermelinde, Gerbert murmura :

– Tu ferais peut-être mieux de rester. Prends garde, Hughes ! Tandis qu'elle lui bassinait les yeux, tout à l'heure, ta femme a dit à Ersende qu'elle était lasse de toi, qu'elle irait se plaindre à sa mère et lui demander refuge !

Le baron haussa les épaules.

– Anselme de Ribemont ne le lui permettra jamais ! Il sait que si quelqu'un doit se plaindre, c'est moi et non elle qui n'a pas rempli ses devoirs envers moi et la châtellenie en ne nous donnant pas d'enfants !

– Il le sait, oui. Mais les femmes se soutiennent entre elles et Ida ne t'aime guère. Elle espérait mieux pour sa fille.

Sarcastique, le rire d'Hughes claqua.

– Le comte de Bohain ? Je sais ! Mais il a le double de mon âge et l'on dit qu'il a pris, devant Edesse, une mauvaise maladie ! Si c'est là ce qu'Ida de Ribemont souhaite à sa fille.

– Il est plus riche que toi et si l'on t'enlevait les terres d'Hermelinde, tu ne ferais pas une très bonne affaire. Anselme t'aime bien, oui, mais il aime encore plus la paix et, contre Ida, il ne gagne pas souvent la partie.

– Cesse de trembler, comme un gamin, devant une femme ! Qu'Hermelinde retourne chez sa mère, qu'Anselme l'accepte et j'en appelle au comte de Vermandois, notre suzerain à tous. Et s'il faut aller jusqu'au champ clos, j'irai ! Mais on ne me reprendra pas ce qui m'appartient de bon droit.

Écumant de rage, il quitta la salle sans rien vouloir entendre de plus. Gerbert préféra ne pas insister et le laissa aller. Avec un haussement d'épaules résigné il rejoignit sa femme, tandis que le baron dévalait l'étroit escalier du donjon, franchissant le pont-dormant qui le reliait à sa « chemise [1] » et atterrissait dans la cour où

---

1. Enceinte de murailles qui isolaient le donjon à l'intérieur même du château.

Bertrand, impassible, tenait en bride Roland, le puissant cheval moreau, qui était le compagnon favori de son maître. Bertrand était d'ailleurs toujours impassible. Peu causant, au point que parfois on pouvait le croire muet, employant plus volontiers les grognements et les interjections que les paroles, c'était un garçon du Nord. Placide et blond autant que le baron était brun et turbulent, sec et long comme un échalas, il avait un visage agréable que ne déparait pas un long nez fouineur dénonciateur du péché mignon de l'écuyer qui, pour être discret et peu bruyant, n'en était pas moins curieux comme un chat et avide de se renseigner sur tous et sur toutes choses. Sa grande faculté de demeurer immobile le faisait parfois confondre avec une tapisserie et il arrivait que, trompé par son silence, on se laissât aller à parler devant lui, oubliant que, s'il était volontairement muet, il n'était pas sourd pour autant. Un courage tranquille et une humeur égale en faisaient pour le baron un serviteur qu'il appréciait autant que son cheval.

Quand Fresnoy apparut, Bertrand lui tendit la bride, mais déjà il s'enlevait en voltige avec une telle impétuosité qu'un sinistre bruit de soie déchirée souligna le mouvement : les élégantes mais fragiles braies de soie n'avaient pas résisté à l'ardeur cavalière de leur propriétaire. Une flamme joyeuse s'alluma alors dans l'œil bleu de Bertrand qui n'alla pas jusqu'au sourire : il avait depuis longtemps appris à apprécier la densité exacte des nuages d'orage qui chargeaient parfois le regard du baron.

Déjà en selle, celui-ci essaya de se retourner pour constater le désastre, n'y parvint pas naturellement et demanda :

– C'est grave ?

– C'est ouvert jusqu'à la taille. Mais la robe cache bien.

– Cela m'apprendra à m'attifer comme un damoiseau pour apaiser les humeurs d'une pécore.

Et, piquant des deux, il fonça vers le grand pont-levis, mettant en fuite les poules et la portée de jeunes cochons qui s'ébattaient dans la basse-cour. Habitué à ces sorties fracassantes, Bertrand suivit à la même allure.

Pendant un moment, tous deux galopèrent à travers la large vallée coupée de boqueteaux noircis par l'hiver. Bertrand, toujours silencieux, se gardait bien de poser la moindre question. Il attendait simplement que l'on fût à certaine croix de chemins pour savoir quelle serait leur destination. Si l'on prenait à droite, cela voudrait dire que l'on allait chasser – en équipant Roland, il n'avait eu garde d'oublier l'épieu accroché à la selle –, mais si l'on prenait à gauche – côté cœur – cela aurait une tout autre signification.

Il fut vite délivré de ses doutes : arrivé à la croix Hughes embouqua le chemin de gauche à un train d'enfer et plongea, les cottes au vent, à travers une basse futaie. L'écuyer suivit avec un soupir. C'était bien du baron de choisir tout juste un jour où le torchon brûlait chez lui pour s'en aller conter fleurette à cette jolie dinde ! Comme si sa partie de main chaude avec la Perrine ne lui suffisait pas pour la journée !

Dix minutes plus tard, les chevaux freinaient des quatre fers à l'entrée d'un long bourbier qui s'enfonçait sous un tunnel de branches si bas de plafond et si étroit qu'il ne pouvait être question de le parcourir à cheval. Il fallait mettre pied à terre, et cheminer à la queue leu leu. La forêt, à cet endroit, était dense et enveloppait comme une épaisse courtine une tour solitaire, lieu de résidence habituelle d'un chevalier,

Gippuin Le Housset, dont les exploits en tournois avaient occupé les échos de la province et même de la cour durant le précédent règne.

Résidence habituelle mais non actuelle car le seigneur Gippuin, alléché par les récits, tous plus fabuleux les uns que les autres, de ceux de ses amis ayant fait «le voyage» et saisi par le «mirage doré» de l'Orient, s'en était allé faire quarantaine sous la bannière de Foulque d'Anjou, roi de Jérusalem. Cela, à seule fin de se prouver à lui-même sa valeur intacte, aux soldats infidèles de l'émir Zengi qu'il valait à lui tout seul tous les preux de la Table ronde et à ses habituels compagnons de beuverie qu'il était capable, autant qu'un autre, de meubler son donjon d'aiguières et de plats d'or, de soies brodées et d'affriolantes esclaves sarrasines qui lui tiendraient chaud au lit quand sa dame aurait ses mauvais jours. Et, raflant la majeure partie des écus de la maison, il était parti tout fringant pour Marseille d'abord, et pour les grandes aventures ensuite, laissant au logis ladite dame sous la garde conjuguée et concentrique de sa teigneuse forêt, d'un large fossé vaseux, d'une muraille de huit pieds d'épaisseur, de quatre soldats à la limite d'âge, et d'une nourrice plantureuse dont l'air endormi cachait la ruse d'une portée de renards. Plus épisodiquement enfin, d'un ermite de la forêt qui abritait ses patenôtres dans une hutte de bûcheron à quelques toises du château où il occupait la double fonction de confesseur et de pique-assiette.

La dame de la tour répondait au doux nom d'Osilie. Passablement sotte comme l'attestait le vide absolu de ses larges yeux de génisse, elle n'en était pas moins de ces créatures dont les formes moelleuses attirent irrésistiblement la main de l'homme. Riche en tétons qu'elle avait hauts et fermes, et plus encore en croupe, dame Osilie représentait comme une rente que la nourrice Brusseline avait entrepris d'exploiter convenablement – avec la bénédiction tacite de l'ermite Gobert – pour le plus grand bien de la maisonnée.

En effet, trois ou quatre mois après le départ de son maître, Brusseline s'était avisée d'une grande disette d'argent au fond du vaste coffre, bien bardé de serrures où l'on avait l'habitude de le conserver. Elle en avait éprouvé un coup terrible. Le chevalier n'étant plus là avec ses grands coups de lance ou d'épée qui faisaient bouillir si richement la marmite, de quoi allait-on vivre? Les bois couvraient la majeure partie des terres des Le Housset et le reste ne rapportait pas grand-chose. Il y avait le gibier, bien sûr, mais les rhumatismes faisaient des ravages dans la « garnison » et l'on avait toutes les peines du monde en hiver, à tirer les hommes de leur coin de cheminée. Et si l'on ne trouvait pas bien vite une solution, sire Gippuin, en rentrant de guerre – s'il rentrait jamais –, ne retrouverait plus au logis que de petits tas d'os desséchés au lieu de la belle créature qu'il y avait laissée.

Questionnée, la belle créature en question avait écarté les bras d'un geste navré, traduisant une impuissance totale à résoudre le problème et s'était mise à pleurer. Elle avait toujours été accoutumée à une savoureuse paresse qui la tenait au lit de longues heures avec, pour distraction, de petits repas qu'on lui montait à n'importe quel moment du jour, avec une prédilection marquée pour les pâtisseries légères. C'était ce régime qui entretenait l'éclat de son teint et la douceur de sa peau et, quand il apparut qu'il allait falloir en changer, Osilie ouvrit les vannes d'un profond chagrin qui acheva d'affoler sa nourrice. Le matin où Brusseline s'aperçut, en bouclant la ceinture d'Osilie, que cette ceinture commençait à flotter, elle décida de passer à l'action après en avoir conféré avec le saint homme qui, dans sa hutte, commençait à s'inquiéter de sa nourriture à venir.

Ce fut l'ermite qui, s'arrachant à sa solitude, s'en alla trouver le haut et puissant seigneur de Fresnoy pour attirer son attention sur la grande misère qui menaçait une noble dame et faire appel à sa charité. Brusseline, en effet, n'ignorait pas plus que les autres commères de la région le penchant marqué du baron pour les jolies femmes.

– Si jeune, si belle, abandonnée dans cette tour forestière cernée par les loups ! pleura l'ermite. Cela fend le cœur et, certes, Notre Seigneur bénirait celui qui viendrait en aide à cette détresse et lui permettrait d'attendre dignement le retour de son valeureux époux.

De tout ce discours, Hughes n'avait retenu que quatre mots : « si jeune » et « si belle ».

– J'irai demain, promit-il.

Il n'y manqua pas.

Quand il arriva, peu avant l'heure de sexte, il se trouva en face d'un spectacle – soigneusement mis en scène par Brusseline – qui lui parut plein d'intérêt.

Assise au coin d'une énorme cheminée où brûlait un maigre feu, ses longs cheveux blonds croulant sur ses épaules et sa gorge curieusement découvertes, si l'on tenait compte de la température, Osilie regardait tristement, de ses grands yeux mornes, une platée de raves fumantes posée sur ses genoux et qui était censée représenter son unique repas. Une robe de velours violet, fort usée, un voile troué l'habillaient et, quand Hughes s'approcha d'elle pour la saluer, il put voir que de grosses larmes roulaient sur ses joues.

C'étaient de vraies larmes et la dame Le Housset n'avait aucunement besoin de se forcer à pleurer car, peu confiante dans ses talents de comédienne, Brusseline venait de lui dire que c'était tout ce qui restait à manger dans la maison.

Ce tableau navrant émut d'autant plus le baron que, voyant surgir devant elle cet inconnu, Osilie se mit à sangloter et qu'à chaque sanglot ses seins, mal protégés par une robe négligemment lacée, menaçaient d'apparaître dans toute leur gloire.

Pour mieux consoler la dame, Hughes s'agenouilla devant elle ce qui, compte tenu de sa haute taille, lui permit de dominer de près le phénomène. Quant à Osilie, l'apparition dans une si lugubre circonstance de ce jeune et beau seigneur richement vêtu le lui fit prendre pour un envoyé du Ciel et, quand il la prit dans ses bras pour baiser ses lèvres, elle n'eut pas le plus petit réflexe de défense, s'abandonnant au contraire avec un soupir bienheureux. Refuse-t-on quelque chose à un messager céleste ?

Un instant plus tard, tous deux faisaient l'amour avec enthousiasme sur la jonchée de paille fraîche que Brusseline, toujours prévoyante, avait doublé d'épaisseur ce matin-là. Ils n'avaient pas encore échangé une seule parole mais, de cet instant, dame Osilie et sa maisonnée n'eurent plus de soucis à se faire pour le contenu de leur garde-manger et le renouvellement de la garde-robe.

Cette première expérience avait ouvert, en effet, au baron des horizons inattendus. Osilie était peut-être sotte, elle n'en était pas moins femme et pourvue d'avantages non négligeables. Sans doute sa conversation était-elle limitée mais, pour tout ce qui touchait aux jeux de l'amour, elle faisait preuve d'une érudition exceptionnelle. Enfin, ayant retrouvé une vie exempte de soucis matériels, elle montrait un caractère d'une grande égalité et c'était toujours avec le même sourire lent qu'elle accueillait un amant dont les visites n'étaient pourtant pas d'une extrême régularité tant il se montrait éclectique dans ses goûts amoureux. Mais Osilie n'aurait jamais eu l'idée de lui en faire reproche, ce qui le reposait des aigreurs conjugales.

C'était donc vers ce havre, à la fois douillet et silencieux, qu'Hughes se précipitait après la scène du château. Il venait, comme cela lui arrivait plusieurs fois le mois, chercher auprès de la moelleuse Osilie le calme et le voluptueux confort qu'elle s'entendait si bien à lui dispenser. Aussi fut-il presque scandalisé de la trouver en larmes.

Étendue à plat ventre sur son lit, dame Le Housset pleurait à creuser les cailloux et avec tant de constance qu'elle ne releva même pas la tête quand le pas, pourtant bien connu, froissa la jonchée de paille qui couvrait le sol de sa chambre.

Fort ennuyé car il avait son compte de drames et de criailleries pour la journée, Hughes faillit rebrousser chemin sur la pointe des pieds pour s'en aller chercher réconfort auprès de certaine belle meunière des environs, mais Osilie avait négligé de s'habiller ce matin-là et son corps dodu formait, avec la fourrure noire dont était couvert le lit, un si joli paysage blond que l'appétit du baron s'en trouva réveillé.

Négligeant alors les formules de politesse, il tendit les mains vers les monts roses qui le tentaient, mais quand il voulut s'en emparer, Osilie poussa un long cri d'horreur, glissa sur le lit comme une anguille et, saisissant sa chemise, la plaqua contre son corps.

– Ah ça, ma mie, quelle mouche vous pique ? protesta Hughes déçu. N'êtes-vous plus ma douce amie ?

— Non, je ne le suis plus et n'aurais jamais dû l'être ! Dieu me punit, Dieu me punit !

Et de pleurer de plus belle, tout en essayant de venir à bout de la vaste chemise dont elle ne trouvait pas l'entrée, ce qui donnait lieu à toutes sortes de contorsions bien agréables à regarder.

— Vous tenez vraiment à la remettre ? fit Hughes hypocritement. Je vous aime mieux sans.

— Plus jamais vous ne me verrez sans ! Plus jamais ! Il faut faire pénitence en attendant la mort qui ne saurait manquer de m'advenir lorsque sire Gippuin reviendra de guerre.

Agacé, Hughes saisit Osilie d'une main, la chemise de l'autre, et entreprit d'introduire l'une dans l'autre, serra le cordon qui coulissait le haut du vêtement et obligea Osilie à s'asseoir sur le lit.

— Vous dites des folies, grommela-t-il. A présent, causons !

Il s'assit auprès d'elle et l'attira contre lui pour la rassurer en lui tapotant les cheveux. Le nez contre son aisselle, Osilie se remit à larmoyer, trempant sans vergogne le beau bliaud de soie et entrecoupant ses sanglots de mots apparemment incompréhensibles mais qui, à la longue, finirent par composer une phrase somme toute assez claire : la dame était enceinte.

Il ne fallut pas longtemps à Hughes pour comprendre le problème dans son ensemble. Et il était de taille ! En effet, il y avait au moins huit mois que le seigneur Gippuin était parti pour les grandes aventures et, bien que son intelligence ne dépassât pas une honnête moyenne, il serait peut-être difficile de lui faire avaler un enfant à naître, même s'il se présentait au pont-levis le soir même.

Pour se donner le temps de réfléchir, Hughes demanda :

– Savez-vous, ma mie, de quand date cet événement ?

– Bien sûr je le sais, répondit Osilie avec empressement. Cela remonte au jour de ma fête quand vous m'avez fait présent de cette belle ceinture parfilée d'or et si merveilleusement ornée de grenats. J'étais si heureuse et nous nous sommes aimés avec tant d'ardeur.

Hughes sentit ses cheveux se dresser sur sa tête et, pour la première fois, regretta ses générosités.

– Mais, cela fait trois grands mois, il me semble ?

– Vous croyez ? Ah, c'est bien possible.

– Comment si je crois ? Et vous ne vous en êtes pas aperçue plus tôt ? C'est incroyable ! Toutes les femmes savent, et tout de suite, quand elles sont enceintes.

– Ah ?

Il la regarda avec une surprise vaguement inquiète. Était-elle vraiment aussi sotte ou faisait-elle semblant ?

– Mais enfin, vous avez bien dû constater que vos... que les petits ennuis de chaque mois ne se présentaient plus ? Et, sinon vous qui êtes innocente, Brusseline a dû s'en apercevoir ?

– Elle ne m'en a rien dit. Et puis ces choses ne sont pas toujours très régulières.

– Dans ce cas, comment vous en êtes-vous aperçue ?

Ce simple mot eut le don de lâcher à nouveau les vannes des larmes.

– J'ai mal au cœur ! J'ai affreusement mal au cœur et les confitures que j'aime tant me font horreur. Oh, messire Hughes, qu'allons-nous faire ? Que vais-je devenir ?

Elle s'accrochait à lui et, sentant venir une crise de panique, il s'efforça de lui prodiguer toutes sortes d'apaisements et de lui jurer qu'il ne l'abandonnerait pas. Cela prit du temps mais quand, une heure plus tard, il se disposa à la quitter. Osilie, apaisée, reposait sur son lit, ses petites mains dodues jointes sur un ventre qui semblait déjà un peu moins plat. Au moment où il lui posait sur le front un dernier et chaste baiser, la dame releva sur lui un regard où pétillait une certaine satisfaction.

– C'est une catastrophe pour moi, mais vous, cher seigneur, vous devez être content ?

– Content de vous voir pleurer ?

– Non. Content de savoir que vous pouvez avoir un enfant et que si vous n'en avez pas encore, c'est uniquement parce que la dame de Fresnoy est bréhaigne.

– Mais je n'en ai jamais douté.

Il avait, pour cela, les meilleures raisons. A travers la province, on pouvait en effet trouver ici et là, en cherchant bien, trois ou quatre enfants de blonds pourvus de cheveux noirs et d'yeux verts.

– En outre, ajouta-t-il, il va falloir cacher cet enfant lorsqu'il naîtra, ne fût-ce que pour le soustraire à la légitime colère de sire Gippuin. Et j'espère de tout cœur qu'il ou elle n'aura pas le mauvais goût de me ressembler. Donc, je n'ai aucune raison d'être content.

Les yeux pâles d'Osilie le considérèrent avec une espèce d'avidité rusée qu'il ne leur connaissait pas encore.

– Ce ne serait pas un si mauvais goût ! Je veux dire, de vous ressembler.

– Comment l'entendez-vous ?

Osilie laissa retomber ses paupières comme un rideau et considéra attentivement ses doigts croisés.

– Oh, c'est simple. Puisque votre épouse ne peut porter de fruits, la venue d'un enfant de noble lignage pourrait être pour vous une excellente occasion de la répudier. En outre, ne serait-ce pas la meilleure solution pour moi ? Sire Gippuin, mon époux jusqu'à ce jour, ne pourrait s'en prendre à l'enfant d'un si haut seigneur et il ne lui resterait qu'à me répudier pour me punir. Ensuite, rien ne s'opposerait plus à notre bonheur.

Hughes la considéra avec une stupeur qu'il ne songeait même pas à dissimuler.

– Cette brillante idée est-elle de vous ?

Elle lui jeta un coup d'œil offensé.

– Mais naturellement. C'est une idée toute naturelle, il me semble. La dame ne peut vous donner d'enfant, moi je vous en donne un, il est donc tout naturel que je prenne sa place.

« Miséricorde ! » pensa Hughes. Ainsi c'était cela qui couvait dans cette cervelle qu'il avait toujours jugée légèrement obtuse. Lui faire répudier la fille du puissant comte de Ribemont – et la dot qu'elle lui avait apportée – au bénéfice d'une Osilie Le Housset qui ne lui apporterait même pas de quoi acheter un haubert neuf. Cela expliquait en tout cas que l'on eût attendu tout ce temps pour s'apercevoir d'une grossesse que l'on espérait bien fructueuse.

Hughes sentait monter en lui une colère folle mais, au lieu de s'y abandonner, il s'obligea à une douceur pleine de bénignité mais quelque peu narquoise.

– Il y a pourtant une chose qui semble vous échapper, ma chère. C'est que mon mariage avec dame Hermelinde ayant été béni et consacré – comme le vôtre d'ailleurs – il ne se peut rompre aussi aisément.

– Bien sûr que si ! Et justement au cas où l'épouse est incapable de procréer. L'époux est alors tout à fait en droit de demander sa répudiation et notre Sainte Mère l'Église y souscrit d'autant plus volontiers.

– Qu'on la paie plus cher ! grogna Hughes de plus en plus méfiant.

Cette sotte d'Osilie donnait tout à fait l'impression de réciter une leçon. Restait à savoir qui avait bien pu la lui souffler et il voulut en avoir le cœur net.

— Vous me tenez là langage de clerc ou même de procureur. Cela ne vous ressemble guère. Et surtout ne vous convient pas. Vous vous trompez.

— Et moi je vous dis que non, s'écria la dame qui commençait à s'énerver. Je vous dis que cela se peut ! Brusseline et surtout le bon père Gobert me l'ont bien expliqué.

Hughes faillit pousser un soupir de soulagement. C'était donc cela. L'ermite qui savait si bien attendrir les âmes sensibles sur le sort cruel des jolies femmes esseulées par la croisade, et ces deux drôlesses avaient soigneusement mitonné leur petite affaire dont le but, éclatant d'évidence, tendait à les installer tous derrière les murs solides et bien pourvus de toutes choses du château de Fresnoy.

— Ainsi, c'est le bon père Gobert ? fit Hughes au bout d'un moment. Eh bien ma chère, tenez-vous en repos. Je vais me mettre à sa recherche afin de parler de tout cela avec lui. Est-il chez vous à cette heure ?

— Oh non ! Il doit être à son ermitage à prier pour les pécheurs et pour le bien de tous ceux que sa sainteté protège. Voyez-le vite, mon doux ami, et mettons-nous d'accord au plus tôt afin que notre fils puisse venir au monde dans des conditions dignes d'un futur baron de Fresnoy.

Elle parlait comme un livre à présent. Ricanant intérieurement, Hughes quitta Osilie avec la ferme intention d'avoir avec le malencontreux ermite un entretien qui ne manquerait pas de laisser au saint homme un cuisant souvenir. Il n'aurait pas trop de toute sa sainteté pour se protéger de l'orage qui était en train de s'accumuler sur ses imprudentes épaules.

Un peu surpris de voir son maître revenir si vite, Bertrand quitta docilement le coin de feu où il se chauffait tout en faisant un sort à un gros oignon méthodiquement étalé sur une tranche de pain en compagnie d'une tranche de lard et d'un pot de vin de Laon. L'écuyer ne détestait pas ces haltes un peu longuettes dans la cuisine du Housset où régnait habituellement Brusseline qu'il tenait pour une femme avisée et bien-disante car elle connaissait quantité de chansons et de contes bien propres à faire passer joyeusement le temps avec l'appoint d'un pot de bière ou de vin frais. Le tout d'ailleurs sans que Bertrand cultivât le moindre doute sur la moralité de la nourrice qu'il avait toujours jugée plutôt douteuse.

Mais, ce jour-là, Brusseline était absente et, réduit à la seule compagnie d'une souillon, Bertrand se disposait à s'ennuyer stoïquement quand le retour du baron vint changer le cours légèrement somnolent de ses pensées. Un baron qui paraissait tellement en colère que Bertrand jugea plus prudent de ne poser aucune question. Il se contenta de vider son pot d'un trait et, emportant le reste de sa tartine, il suivit Hughes au-dehors.

On repartit donc mais, au lieu de prendre l'habituel chemin du retour, on s'en alla battre les taillis d'alentour avec tant de désordre et d'agitation, d'ailleurs, que l'écuyer, de plus en plus surpris, se hasarda à demander ce que l'on cherchait.

– L'ermite Gobert ! gronda Hughes. Le damné ermite, que le diable l'emporte ! Je croyais savoir que sa tanière était de ce côté ? ajouta-t-il avec un geste vague qui englobait, en gros, les quatre horizons.

– C'est par là, dit Bertrand en montrant un étroit sentier à demi caché par les branches des buissons mais qui longeait un ruisseau.

– Comment le sais-tu ?

– On apprend de ces choses quand on fréquente les cuisines.

Suivant le sentier, ils trouvèrent en effet sans peine le repaire de l'ermite, un petit oratoire à demi ruiné auprès d'une sorte de hutte assemblant bizarrement le bois, la pierre et le chaume. Mais de Gobert point ; l'habitant de ces lieux ne se trouvait ni en prières dans son oratoire ni dans sa champêtre demeure dont d'ailleurs la porte, faite de grosses planches bien jointoyées, s'ornait d'un solide loquet renforcé d'un cadenas que Bertrand, amusé, agita.

– Qu'est-ce qu'un ermite peut bien avoir à renfermer si soigneusement ? fit-il en riant. Pour quelqu'un qui a dû normalement faire vœu de pauvreté il a l'air de s'entendre à protéger son absence de biens terrestres.

– En tout cas, il n'est pas là, grogna Hughes après avoir, pour la forme, secoué vigoureusement la porte qui ne bougea pas d'un pouce.

– Vous tenez beaucoup à rencontrer ce bonhomme, sire Hughes ? Il n'est pourtant guère intéressant.

– Il l'est beaucoup plus que tu ne l'imagines. Je te jure qu'il m'intéresse en ce moment et qu'il a, lui, tout intérêt à me rencontrer le plus vite possible et à me laisser mettre bon ordre à ses sottises.

On attendit un peu. C'est-à-dire que le baron exécuta à grandes enjambées cinq ou six tours de l'ermitage, dans un sens puis dans l'autre, ce qui ne fit qu'augmenter son impatience et son irritation. En plus, il avait froid. Un nuage s'installa au-dessus des arbres et quelques gouttes d'une pluie glaciale se mirent à tomber. Hughes en eut assez et se dirigea vers son cheval.

– Rentrons ! Il se fait tard. On reviendra demain.

Les deux cavaliers coupèrent à travers la forêt pour rejoindre le grand chemin dans lequel ils s'élancèrent au galop. Tout au long du parcours, Hughes remâcha silencieusement sa colère et son inquiétude. Il ne desserra pas les dents, mécontent de lui-même, des autres en général et singulièrement de cette Osilie qu'il avait crue si sotte et si commode et qui venait de se révéler bien plus encombrante qu'il ne l'imaginait. Comment diable allait-il faire pour s'en débarrasser, car c'était cela qui importait ! Et le plus tôt serait le mieux.

Si Gippuin Le Housset consentait à ne pas reparaître au logis avant la naissance de l'enfant, celui-ci pourrait être discrètement confié à une bonne nourrice avant d'être remis, plus tard, à quelque couvent afin d'y vivre dans la quiétude et le recueillement une existence qui n'aurait jamais dû voir le jour. En admettant toutefois que la mère soit d'accord, ce qui n'était pas certain, tant s'en faut, si l'on s'en tenait aux dernières et si étranges idées que l'on avait installées dans sa tête légère. Évidemment, si Gippuin revenait avant l'événement, il n'y avait aucun doute sur la suite qu'il conviendrait de donner à l'affaire : Hughes et lui se retrouveraient en champ clos jusqu'à ce que l'un d'eux mordît définitivement la poussière.

Dans un sens, Hughes aimerait assez cette solution car, autant il se sentait assuré sur le terrain des armes, autant il redoutait le marais piégeur des ruses féminines. Mais, s'il n'en mourait pas, il aurait encore à faire face au juste courroux d'Hermelinde aux oreilles de laquelle il fallait à tout prix éviter que cette affaire ne vînt. Car les oreilles d'Hermelinde n'étaient que le prolongement de celles de sa mère, la dame de Ribemont qui était tout à fait capable d'ameuter la province pour la lancer aux basques d'un gendre qu'elle n'aimait pas.

Ces pensées amères n'arrangeaient pas l'humeur du baron et nourrissaient la rancune que lui inspiraient les bons conseils de l'ermite quand, juste au moment où il débouchait dans la basse-cour de son château, il aperçut Gobert droit devant lui. Appuyé sur un long bâton, le capuchon de sa robe de bure rejeté sur le dos et la tête en arrière, la figure de fouine de l'ermite contemplait le donjon de Fresnoy de l'air indécis de quelqu'un qui ne se résigne pas à prendre un parti.

Le bruit que firent les chevaux en franchissant le pont-levis le fit retourner et, reconnaissant le baron, il se précipita vers lui en agitant son bâton et en donnant tous les signes d'une joie extravagante que l'autre ne partagea guère. Et pas davantage Bertrand.

— Qu'est-ce qu'il fait là ? marmotta l'écuyer.

C'était exactement ce que se demandait Hughes, non sans inquiétude, mais déjà Gobert arrivait.

— Ah ! sire baron ! Que vous voilà donc à propos ! J'étais venu jusqu'ici pour vous parler d'une affaire grave et on m'a dit que vous étiez sorti. En dépit de ma déception, j'hésitais à vous attendre encore, vu l'heure tardive.

— Vous avez à me parler, saint homme ? Ça tombe bien parce que moi aussi j'ai à vous parler. Par ici, s'il vous plaît.

Et pêchant Gobert par son capuchon, il le décolla de terre et, mi-voltigeant, mi-sautillant, il lui fit parcourir au trot de son cheval toute la vaste cour jusqu'aux étuves dans lesquelles il le propulsa un peu rudement après avoir jeté sa bride à Bertrand.

— A nous deux, maintenant ! s'écria-t-il, tandis que l'ermite allait s'étaler plutôt que s'asseoir sur la large planche où, ce matin, Hughes avait reçu les soins attentifs de la Perrine...

— Que vous ai-je fait, sire baron ? bredouilla Gobert, affolé par une entrée en matière si peu conforme à

82

son éthique personnelle et par l'allure franchement menaçante de ce beau seigneur dont il n'avait eu pourtant qu'à se louer jusqu'à présent. Pourquoi me traiter si mal, moi qui vous suis si dévoué ?

A vrai dire, Hughes, planté au seuil de l'étuve, qu'il barrait de ses larges épaules, les poings sur les hanches et les jambes écartées, avait l'air aussi peu rassurant que possible.

— Je vais te dire ce que tu m'as fait, saint homme. Ou plutôt ce que tu n'as pas fait. Pourquoi ne m'as-tu pas dit que dame Le Housset était enceinte ? Tu as bien su venir me trouver quand vous creviez tous de faim ?

— Mais je venais justement vous l'apprendre, monseigneur !

— Aujourd'hui ! Au bout de quatre mois ! Et pourquoi pas plus tôt ?

— Eh bien, justement, parce que je n'en savais rien. C'est seulement ce matin que Brusseline m'a appris ce malheur, tandis que notre pauvre dame pleurait à faire pitié. Alors j'ai pensé qu'il fallait faire quelque chose et ma première pensée...

— A été pour moi ? Il fallait venir m'apprendre tout de suite la grande nouvelle, n'est-ce pas ? flûta Hughes, contrefaisant le fausset de l'ermite. Puis, changeant de ton : Eh bien, mon bonhomme, tu mens effrontément pour un homme soi-disant voué à Dieu ! Ta première pensée – en admettant que ce soit vraiment la première –, tu l'as employée à donner d'étranges conseils. Des conseils dont le plus beau est celui-ci : me faire répudier mon épouse pour donner sa place à celle de Gippuin.

— Euh, l'idée était de Brusseline, mais je l'ai approuvée entièrement comme étant peut-être la volonté de Dieu.

83

— Ah non ! Ne va pas mêler Dieu à cette histoire.

— Pourquoi pas ? fit l'autre avec une douceur si mielleuse qu'elle acheva d'exaspérer le baron. Si dame Osilie vous donne le fils que votre malheureuse épouse n'a jamais pu vous offrir, n'est-il pas normal qu'elle devienne dame de Fresnoy après une double répudiation ?

— Et Gippuin, dans tout ça, qu'est-ce que vous en faites ? Il pourrait avoir envie de trucider son épouse adultère. Ce n'est pas un personnage spécialement commode et ça m'étonnerait que les infidèles aient arrangé son caractère.

— Il ne reviendra peut-être pas ?

— Que voilà encore une pensée chrétienne, saint homme ! Mais je veux bien raisonner avec toi. D'abord rien ne dit qu'Osilie accouchera d'un fils et rien ne dit non plus que la dame de Fresnoy, mon épouse, ne me donnera jamais d'héritier. Nous sommes jeunes l'un et l'autre. Quant à la répudier, elle et la riche dot de bonne terre et de bons écus qu'elle m'a apportée, il n'en est pas question ! Oublies-tu de qui elle est la fille ? On ne remplace pas une Ribemont par une Osilie. Qu'est-ce que celle-ci m'apporterait en échange ?

— Je vous l'ai dit : un fils. C'est un trésor.

— Ouais. Assez de fariboles ! Écoute-moi attentivement, Gobert.

Et, pour mieux fixer, sans doute, l'attention de son adversaire, Hughes alla l'empoigner de nouveau par le col de sa robe et le secoua vigoureusement en dardant sur lui des yeux féroces.

— Tu vas retourner d'où tu viens et tu vas employer toute ta cervelle et toute ton adresse à persuader dame Osilie et Brusseline d'abandonner leurs rêves fumeux. Jamais, tu as bien compris, jamais je ne donnerai à Osilie la place de mon épouse. On rirait encore de moi dans deux ou trois siècles.

– Mais enfin, l'enfant ?

– Quoi l'enfant ? Je donnerai l'argent pour que sa mère l'élève ou le fasse élever comme elle voudra. Si c'est un fils, quand il sera en âge, je le prendrai peut-être ici comme page. D'autre part, si Gippuin Le Housset revient avant l'accouchement, je me battrai avec lui comme le veut l'honneur d'un chevalier, ce qui veut dire que j'engagerai ma vie pour la réputation de la dame. Mais rien de plus ! Tu as bien compris ?

– Oui, j'ai compris. Mais je prierai pour que vous changiez d'avis s'il vient un beau garçon.

– On n'en est pas là. File à présent. Et ne t'avise pas de parler à qui que ce soit en sortant. Et surtout ne reviens plus si tu tiens à ta peau car je suis très capable de te l'arracher pour l'accrocher à ce beau chêne qui est près de ton ermitage où elle fumera gentiment, tandis que ta cabane flambera !

Gobert ne se le fit pas dire deux fois et disparut avec la vivacité d'une souris poursuivie par le chat. Poussant un soupir de soulagement et persuadé d'avoir convenablement réglé une situation délicate, Hughes sortit à son tour pour regagner la chambre des hommes et s'y débarrasser de ses oripeaux définitivement hors d'usage.

Dans la cour, il rencontra Bertrand qui revenait de l'écurie.

– Je ne sais pas ce que vous avez fait à Gobert, fit celui-ci, mais je n'aurais jamais cru qu'un ermite pouvait courir si vite !

Cependant, dans l'étuve, quand la porte eut claqué et que le bruit des pas du baron se fut éloigné, le frère Rinaldo déplia précautionneusement son corps replet et légèrement ankylosé, qu'il avait aplati provisoirement derrière les grandes cuves lors de l'entrée tumultueuse du seigneur des lieux et de son captif. Heureusement, la robe noire qu'il mettait pour ce genre d'expédition se fondait bien dans les ombres de l'étuve qu'aucun feu n'éclairait.

Le chapelain était venu là pour y rencontrer discrètement, comme cela lui arrivait de temps à autre les jours où l'on avait chauffé l'étuve, certaine fille de basse-cour, solide commère aux formes généreuses, appliquée au travail comme à l'amour, peu farouche et forte en gueule, à laquelle il se plaisait à administrer des sacrements d'un genre bien particulier.

D'abord terrifié par l'arrivée inopinée du baron Hughes, Rinaldo avait bientôt trouvé un intérêt si vif à la conversation que le hasard lui permettait de surprendre, qu'au bout d'un moment il aurait refusé de donner sa dangereuse place même pour la plus riche abbaye des environs.

Rendu à la solitude, il se retint de danser de joie car, avec ce qu'il venait d'entendre, il tenait enfin le moyen, si longtemps cherché, d'amener dame Hermelinde à en finir avec un mariage qui ne lui causait que déboires et que lui, Rinaldo, avait toujours déploré car il abhorrait Hughes de Fresnoy au moins autant que celui-ci le détestait.

Le plan du chapelain était simple : obliger Hermelinde à se plaindre à sa mère, dont il savait parfaitement comment elle réagirait et obtenir ensuite la dissolution du mariage. A condition d'être habile et d'y mettre le prix, c'était une chose très possible et Rinaldo, pour sa part, se faisait fort, en fouillant les généalogies des deux époux, d'y découvrir un empêchement majeur par cousinage à un degré prohibé. Ensuite de quoi, Hermelinde et Rinaldo retourneraient vivre pour un temps dans cet admirable château de Ribemont où la vie était plus agréable qu'à Fresnoy – trop militaire au goût du moine – avant que la jeune femme ne convolât de nouveau en beaucoup plus justes noces avec celui que Rinaldo souhaitait lui voir prendre pour époux : le riche, puissant, et vieux comte de Bohain qui n'était ni très beau ni en très bon état, mais qui convoitait la dame et sa dot depuis longtemps et qui saurait récompenser généreusement l'habile homme capable de lui apporter les deux. Et surtout, on serait débarrassé à jamais de cet odieux baron Hughes, qui donnait toujours au chapelain l'impression affligeante de n'avoir chez lui d'autre importance que celle d'une vieille croûte de pain oubliée par une servante négligente.

C'étaient là de ces choses qu'un Sicilien de bon cru ne pouvait pardonner. Eût-il été plus courageux qu'il eût, par une nuit sans lune, poignardé discrètement son ennemi. Mais le courage n'était pas sa vertu dominante et il avait une peur horrible des conséquences toujours possibles de son acte : s'il était pris, il périrait dans les supplices que lui administreraient joyeusement les hommes du baron, trop heureux de venger sa mort, d'abord, et ensuite de se distraire un moment. C'était un trop gros risque et, à la réflexion, Rinaldo en était venu à penser que priver Hughes de Fresnoy de la riche dot de sa femme serait une vengeance presque aussi savoureuse que de l'entendre gargouiller un court instant avant d'expirer. Et combien plus subtile !

Or, voilà qu'elle venait d'apparaître, cette possibilité de vengeance, il convenait donc de ne pas la laisser filer.

En sortant des étuves, frère Rinaldo s'assura que personne ne le voyait puis, retroussant sa robe à deux mains, il prit sa course vers la barbacane d'entrée, bien décidé à rattraper coûte que coûte le curieux visiteur de tout à l'heure et à le ramener chez la dame de Fresnoy. Tout en courant, il combinait déjà, dans sa cervelle rusée ce qu'il allait dire à cet homme, visiblement terrifié, pour le ramener au château. Le mieux serait sans doute de dire que le baron, ayant oublié un détail important, le réclamait. Cet ermite, qui semblait simple comme une chèvre, ne mettrait certainement pas en doute la parole d'un religieux paré du titre prestigieux de chapelain du château.

Au moment où il franchissait le pont au triple galop sous l'œil intéressé des soldats de garde, il aperçut la petite silhouette brune qui, appuyée sur sa canne, commençait à se fondre dans les ombres du soir. Craignant de le perdre, il accéléra encore l'allure et appela :

— Hé ! Là-bas ! Holà saint ermite ! Attendez-moi !

Un point de côté lui coupa momentanément le souffle et il dut s'arrêter pour reprendre haleine, peu habitué à mener pareil train. Mais, au bout du chemin, Gobert s'était arrêté auprès de la corne d'un bois et attendait. Dédaignant alors la douleur et pleurant presque de joie à l'idée de la scène qu'il allait déclencher, Rinaldo reprit sa route et le rejoignit.

En dépit de l'espèce de tranquillité d'esprit qu'il avait tirée de son entrevue avec Gobert, Hughes passa une soirée morose. En rentrant, il avait eu l'idée de faire sa paix avec Hermelinde, mais elle ne parut pas au souper et fit savoir qu'elle était souffrante et ne souhaitait pas être dérangée. Même la douce Ersende toujours prête à aider les cœurs ou les corps en détresse ne fut pas admise auprès de la dame.

— Je crois qu'elle boude, confia-t-elle à son beau-frère. Cela ira mieux demain. Vous n'avez qu'à vous arranger pour lui faire un menu présent.

Hughes fit la grimace. Hermelinde, justement, n'aimait pas les menus présents et ne daignait sourire que lorsque le cadeau était d'importance, donc coûteux. Et Hughes en était justement parvenu à un moment où il trouvait les femmes par trop ruineuses.

Seule consolation : ce soir-là il ne vit pas davantage don Rinaldo. Le chapelain, à ce qu'on lui dit, était enfermé chez lui où il s'abîmait en prières pour le rétablissement de sa paix conjugale. Hughes ignorait totalement qu'après avoir mis Gobert en lieu sûr, le Sicilien, altéré de vengeance, avait quitté discrètement le château muni d'une lettre d'Hermelinde et galopait, sous une pluie battante, en direction de Ribemont. Tandis qu'Hughes passait la soirée à jouer aux échecs avec son frère Gerbert, Rinaldo, insoucieux pour une fois des incommodités d'une chevauchée, courait après sa vengeance comme un âne après une carotte.

L'orage que le Sicilien avait si soigneusement préparé allait éclater le lendemain.

3
Le crime

Marjolaine des Bruyères épousa maître Gontran Foletier un jour de mai fleuri de l'an 1140.

La fête fut belle car le pelletier, tout fier d'avoir conquis – aisément somme toute – si ravissante et si noble créature, fit les choses en grand et ne lésina pas. Ainsi Marjolaine put voir s'aligner, ce jour-là, autour de la table du plantureux repas, toute sa parentèle vêtue de neuf et arborant la mine béate des âmes fraîchement sorties du Purgatoire qui voient s'ouvrir devant elles les portes du Paradis.

Il n'y avait pas que la famille : la maison elle aussi avait sa part. Des ouvriers travaillaient sans relâche – sauf pour le jour du mariage – à redonner un brin de jeunesse à la vieille Pêcherie. Quant à l'artisan de cette heureuse fortune, Renier des Bruyères, il venait de prendre du service comme écuyer chez le seigneur de Marle. Il n'assistait pas au mariage car il ne tenait pas à ce que l'on sache trop, parmi ses nouveaux camarades, que sa sœur épousait un bourgeois.

Celle-ci, pourtant, avait vraiment l'air d'une reine. Vêtue d'une superbe robe de soie d'un beau pourpre profond, un voile de mousseline de même couleur retenu par un cercle d'or et de rubis posé sur ses cheveux blonds dénoués, Marjolaine ressemblait tout à fait à une image de sainte quand elle apparut à la tête de son cortège de fillettes et de jeunes filles où figuraient en bonne place ses deux sœurs aînées, Marie et Madeleine, partagées entre le contentement et l'envie, et les quatre plus jeunes : Marthe, Micheline, Mathilde et Monique, la petite dernière de la famille dont les yeux noirs brillaient comme des étoiles aux approches de la belle fête. Quant aux jumeaux de dix ans, Nicolas et Augustin, ils n'étaient pas loin de se prendre pour des hommes et posaient sur toutes choses des regards impérieux de propriétaires.

Seul, messire Aubry devait faire effort pour cacher sa tristesse. Si riche qu'il fût, le fiancé se voyait fort loin de l'idéal caressé par son beau-père, et il avait fallu l'insistance de toute la famille – dûment chapitrée et entraînée par Renier qui avait su circonvenir même l'altière Richaude, sensible à l'idée de faire de nouveau figure auprès de ses parents laonnois – pour qu'il se laissât arracher son consentement. Au repas de noces, il bâfra sans mesure et but comme une éponge à seule fin d'oublier que dans bien peu d'heures, le gros Gontran allait poser ses mains grasses et son ventre en futaille sur le joli corps frais et pur de sa petite fille.

Il y réussit assez bien et, quand les dames emmenèrent Marjolaine jusqu'à la chambre nuptiale, Aubry des Bruyères, ivre à faire peur, choisit de rouler sous la table pour y cuver, au rythme de ronflements en faux-bourdon, la plus gigantesque beuverie de sa vie.

Malheureusement pour elle, Marjolaine n'était pas ivre quand, après lui avoir dénoué les cheveux et l'avoir parfumée, les dames la glissèrent nue entre les draps de belle toile de Flandres sur lesquels on jeta des fleurs et des guirlandes. Elle était même très éveillée quand Gontran, rouge comme une citrouille, de vin et de désir trop longtemps contenu, vint se camper auprès du lit et, d'un doigt un peu tremblant, rejeta les draps pour contempler sa jeune femme.

Émerveillé par tant de blondeur et par cette douce chair nacrée qui brillait dans l'ombre du lit, tendrement dorée par la lumière de la chandelle qu'il tenait haut, mais pas tellement ferme, le pelletier resta là un long moment, soufflant et hoquetant, bavant de concupiscence. Les yeux agrandis d'horreur, Marjolaine le regardait, osant à peine respirer, les doigts crispés sur l'une des fleurs qui parsemaient le drap. Tout son être n'était que prière affolée, prière pour que la mort vînt la prendre, tout de suite, et lui évite l'affreux contact. D'ailleurs, eût-elle été moins pieuse et moins effrayée par les flammes de la damnation éternelle, qu'elle l'eût choisie, cette mort tant souhaitée, quand elle avait appris que l'on allait la donner en mariage à celui que Renier voulait tuer pour avoir tenté de la prendre. Elle avait tant regretté alors de n'avoir pas laissé son frère le pendre à l'arbre voisin ! A présent, elle lui était livrée avec tous les droits de disposer d'elle, simplement parce qu'une bénédiction était tombée sur leurs deux têtes et que le bourgeois avait donné de l'or !

Au bout d'un moment, Gontran posa sa chandelle au chevet, fit glisser l'espèce de dalmatique brodée et parfumée dont il s'était emballé et apparut monstrueusement nu à la pauvrette qui, cette fois, ferma les yeux de toutes ses forces, cherchant contre toute espérance à disparaître dans les profondeurs du matelas et souhaitant sincèrement que cette masse énorme l'étouffât sous son poids afin que la prochaine aurore, ni aucune autre, ne brillât plus jamais pour elle.

Hélas, elle ne mourut pas ! Ni quand les mains grasses et indiscrètes de l'époux pressèrent ses jolis seins, ses douces cuisses, son ventre si tendre, ni quand sa bouche aspira la sienne en baisers gloutons et mouillés, ni quand le gros corps s'affala sur elle, ouvrant ses jambes nerveusement serrées d'un coup de genou brutal, ni enfin quand il la déflora avec la bestialité maladroite du mâle qui ne peut plus se contenir. Sans même paraître s'apercevoir des larmes qui trempaient le petit visage convulsé. Ce fut seulement quand il l'abandonna pour se mettre à ronfler, largement étalé sur le dos, qu'elle eut un peu l'impression de remonter des profondeurs de l'enfer.

Non, elle n'en mourut pas. Ni cette nuit-là ni les suivantes qui furent tout aussi abominables car Gontran, doué d'un appétit fort gourmand, se gorgea sans retenue de ce printemps qu'il tenait dans son lit, obligeant, soir après soir, sa femme-poupée à une bataille nocturne aussi rebutante qu'épuisante. Le résultat en fut qu'après deux mois de mariage Marjolaine, qui avait finalement choisi de se laisser mourir de faim, n'était plus que l'ombre d'elle-même et avait pris en horreur ce qu'elle s'imaginait être l'amour.

Ce fut Aubierge qui la sauva en tançant vertement son ancien nourrisson.

— Voulez-vous donc la tuer ? Si vous ne la laissez reposer et se remettre, non seulement elle ne vous donnera jamais les beaux enfants que vous êtes en droit d'espérer, mais encore je ne la vois guère durer plus que la prochaine Toussaint.

— Quel mal y a-t-il à ce qu'un époux prouve chaque nuit son amour à sa jeune et jolie petite femme ?

— Aucun, si la jeune et jolie petite femme est assez solide pour le supporter. Celle-ci est trop jeune et jolie, elle ne le sera plus bien longtemps si vous ne vous contenez. Mais regardez-la donc ! Elle tient à peine debout et les cernes de ses yeux lui mangent toute la figure ! Vous êtes lourd à porter pour un corps aussi menu.

La grosse figure poupine de Gontran s'allongea (il ne maigrissait pas, lui, et rattrapait à table ses exploits nocturnes, pillant deux fois plus vite que d'habitude le garde-manger de la maison). Un instant, Aubierge crut qu'il allait se mettre à pleurer.

– Que vais-je devenir si je ne peux faire l'amour chez moi ? Sûrement, je tomberai malade.

– Hé ! Que ne reprenez-vous le chemin des bourdeaux, pour un temps tout au moins ? Allez user votre trop grand appétit avec quelques filles solides, bien membrées, aux tétons bien épanouis et à la cuisse charnue. Pendant ce temps, je referai une santé à votre petite dame qui en a grand besoin. Cela ne doit pas être tellement agréable de coucher avec un petit chat écorché.

– C'est vrai ! admit Gontran. Elle est si menue qu'à certains moments je la perds dans le lit. Et puis il faut avouer qu'elle n'est guère experte au déduit, ni bien experte ni bien vaillante. Tu as raison, nourrice, je vais aller, à la nuitée, faire visite à la Loisel. Il y a longtemps qu'elle ne m'a vu. Et puis je vais bientôt partir pour les foires aux sauvagines. Ça te laissera largement le temps de requinquer ma dame. Prends-en bien soin !

– N'ayez crainte. Et, quand vous reviendrez, usez-en avec plus de modération : une fois la semaine par exemple jusqu'à ce qu'elle ait dix-sept ou dix-huit ans et soit devenue une belle plante bien solide à laquelle vous ferez une ribambelle de marmots !

De ce jour, l'enfer de Marjolaine se mua en une sorte de paradis douillet dont Aubierge se révéla

94

l'efficace ange gardien. Bien soignée, bien nourrie, dormant presque toutes ses nuits seule dans le grand lit, la jeune femme retrouva rapidement sa belle mine et le goût de la vie. Elle prit plaisir aux jolies robes, à la maison confortablement feutrée de grandes tapisseries représentant des scènes religieuses et même – luxe inouï rapporté en Europe par les Croisés ! – de quelques tapis d'Alep ou de Damas qui faisaient la gloire des murs de la grande salle. Car il ne serait venu à l'idée de personne de jeter ces rares merveilles sur le sol pour y être souillées journellement. Les dalles de pierre, toujours rigoureusement frottées et aussi blanches que le lait, devaient se contenter de paille en hiver et de jonchées d'herbes odorantes quotidiennement renouvelées l'été.

Autant pour tenir compagnie à la jeune femme que pour s'occuper plus spécialement de son service, dame Aubierge engagea une chambrière pour Marjolaine et c'est ainsi qu'Aveline fit son entrée dans la maison du pelletier. Fille d'un des paysans de l'abbaye de Saint-Denis avec laquelle Foletier entretenait d'excellentes relations, elle était rousse comme une carotte, ronde comme une noisette, avec des yeux de même nuance perpétuellement étonnés quand ils n'étaient pas terrifiés. Car Aveline, froussarde de nature, avait peur de tout : des souris, de la justice divine, des hommes à cheveux noirs, des chiens, des chevaux et par-dessus tout de dame Aubierge dont le regard sévère et la voix forte lui causaient d'horribles transes quand, par hasard, ils s'adressaient à elle. Mais elle était gentille, affectueuse, dévouée et, justement à cause de cette grande peur qu'elle avait de la gouvernante, elle s'initia à son travail à une vitesse prodigieuse. En outre, elle s'attacha tout de suite à sa jeune maîtresse dont elle était à peine l'aînée et dont elle admirait passionnément la beauté et la blondeur irréelle.

Amusé par le joli contraste que faisaient, dans sa maison, ces deux adolescentes, Gontran Foletier les avait surnommées la lune et le soleil. Il eût d'ailleurs volontiers goûté aux taches de rousseur et aux fossettes d'Aveline, mais sachant que cela risquerait de lui attirer les foudres d'Aubierge qui ne badinait pas sur la tenue respectable de la maison, il avait jugé plus prudent de s'abstenir. La vieille femme pouvait être extrêmement désagréable quand l'envie lui en prenait.

Et le temps était passé. Marjolaine avait grandi et s'épanouissait comme une fleur de serre. Mais, à la grande déception de Gontran, elle n'avait pas encore donné de fruits. Il la traitait à présent avec grande révérence, s'obligeait à ne lui rendre visite que deux fois la semaine et avait mis une sourdine à sa passion amoureuse si fatigante pour elle. Cela avait créé d'ailleurs en lui une sorte d'ennui dû à une trop grande monotonie. C'était un peu comme s'il allait à la messe. Encore les offices où abondaient jolies filles et femmes accortes lui paraissaient-ils plus réjouissants que cette Vénus aux yeux de Sainte Vierge, aussi totalement inerte qu'une poupée de bois sur laquelle il s'évertuait à jour et heure fixes et qui ressemblait si fort à une martyre livrée aux lions.

Lassé de cet exercice mais attaché tout de même par le peu qu'il avait de cœur à cette ravissante créature, il finit par la considérer comme le plus bel ornement de sa maison et s'en alla voir ailleurs si l'air était plus pur. Des filles de bourdeaux il passa aux femmes mariées, prit une maîtresse, puis une autre. La dernière en titre était tout juste l'opposé de Marjolaine.

Grande et plantureuse, Jacqueline Ancelin était de ces femmes qui font retourner sur leur passage n'importe quel homme. La croupe ample, le sein provocant, le cheveu nocturne attestant, chez cette fille de Poitevins, les bontés d'une aïeule pour l'un des cavaliers infidèles d'Abd-el-Rahman, une ombre de duvet couronnant ses fortes lèvres rouges, elle avait en marchant certain balancement des hanches capable de donner des idées au plus soliveau des soliveaux. Ce n'était pas le cas de Gontran. A peine eut-il vu Jacqueline dans la maison de son époux qu'il prit feu encore plus vite que le jour où il avait rencontré Marjolaine.

Ausbert Ancelin, le propriétaire de cette merveille, était tonnelier de son état. Un bon tonnelier d'ailleurs, avantageusement connu à plusieurs lieues à la ronde mais, travaillant surtout pour l'abbaye de Saint-Denis, il avait choisi de s'installer au hameau de Cercelles [1] connu, comme son nom l'attestait, pour l'excellence des cercles de tonneaux que l'on y fabriquait. Et c'est en allant commander des tonneaux que Gontran rencontra Jacqueline.

La belle ayant répondu par des œillades assassines à ses travaux d'approche rendus forcément discrets par les six pieds de muscles et de nerfs du mari, il poussa plus loin son avantage et, le temps des vendanges venu, alors qu'Ausbert travaillait à pleins bras pour la cave de l'abbé Suger, il culbuta Jacqueline dans un petit bois touffu, un peu émerveillé d'arriver si vite à ses fins. Mais à vrai dire le tonnelier n'était pas un propriétaire heureux car, bien qu'il fût de belle mine, de plus cocu que lui, cela ne devait pas se

1. Aujourd'hui Sarcelles.

trouver facilement dans toute la province. Et, naturellement, il ne s'en doutait même pas.

Étant douée d'une riche nature, Jacqueline aimait les hommes, même le sien auquel elle ne ménageait pas les heures savoureuses quand elle avait le temps. Mais il suffisait qu'une main habile sût l'effleurer aux bons endroits pour lui mettre la tête à l'envers et le ventre en folie. En outre, elle s'ennuyait ferme dans son village et rêvait d'habiter Paris. Avoir mis la main sur Foletier, l'un des plus riches bourgeois de la ville, lui donnait des espérances. D'autant que, pris pour elle d'une véritable passion, il se mit à lui faire des cadeaux comme toutes les femmes aiment à en recevoir, mais que Jacqueline pouvait difficilement porter parmi les siens.

La mauvaise saison étant venue mettre un terme obligatoire aux ébats champêtres que, d'ailleurs, Gontran n'aimait guère, le pelletier avait déniché, à Stains, près des étangs qui avaient donné leur nom au village et à la limite des vignobles de Pierrefitte, un cabaret où l'on pouvait se réjouir sur de bonnes couettes de plume en buvant le vin nouveau entre deux tendres assauts. De larges rétributions assuraient au couple la discrétion de l'hôte et Jacqueline n'avait guère qu'à traverser le fameux bois de leurs premières étreintes pour retrouver son amant.

Or, un jour de mars 1143, huit jours avant la nuit d'angoisse vécue par Marjolaine et sa maisonnée, Gontran qui se trouvait alors dans sa maison de Saint-Denis (où, à cause du voisinage, il se rendait de plus en plus souvent et où il entreposait beaucoup de marchandise) vit venir à lui une vieille femme. Elle était chargée, par Jacqueline, d'un message urgent : Ancelin était convoqué chez le prieur de Saint-Ouen qui tenait les terres et les vignes pour la puissante abbaye tourangelle de Marmoutiers, afin d'y donner tous ses soins à une grande tonne qui faisait la gloire de cette cave réputée. Il en avait au moins pour deux jours et naturellement coucherait sur place. Le bien-aimé Gontran ne voudrait-il pas venir passer avec sa tendre Jacqueline cette nuit qui serait leur première nuit d'amour complète et qui permettrait à l'ardente créature de gâter son amant plus encore que de coutume ? Et puis, pour une fois, elle pourrait enfin se parer de toutes les belles choses qu'il lui avait offertes et qu'à son grand regret elle devait tenir cachées. Elle porterait ses bijoux et rien d'autre, et tous deux feraient l'amour sur les belles fourrures qu'il lui avait données.

Mis ainsi en appétit, Gontran eut bien du mal à attendre la tombée de la nuit. Enfourchant sa mule, il se hâta dès que le pâle soleil hivernal eut disparu, vers ce qu'il pensait être la grande nuit de sa vie. Mais il ne devait jamais la vivre.

Alors qu'il s'avançait à pas de loup vers la porte de la maison après avoir dissimulé sa mule à l'abri d'un boqueteau, il reçut à la nuque un coup si violent qu'il l'envoya non seulement à terre mais dans l'éternité.

Un voyageur attardé qui passa peu après sur le chemin le trouva là, les bras en croix, le nez sur la pierre du seuil et fit grand vacarme pour appeler à l'aide. Ausbert Ancelin, qui n'était jamais parti pour Saint-Ouen, sortit au bruit que faisait l'autre, découvrit le cadavre et, tout naturellement, se baissa pour ramasser l'arme abandonnée à côté. Avec une immense stupeur, il découvrit que c'était, taché de sang et souillé de cheveux gris, son plus lourd maillet de tonnelier. Dès lors son sort était scellé : l'assassin ne pouvait être que lui, qui, las de porter ramures à faire envie à un dix-cors, avait abattu le larron qui s'en venait à domicile lui voler sa femme et son honneur. Tout le monde à Cercelles lui donna raison, mais il n'en fut pas moins arrêté et conduit dans la geôle de l'abbé de Saint-Denis, seigneur haut et bas-justicier de toute la région dépendant de sa grande abbaye. Depuis, le malheureux Ancelin attendait le jugement qui, selon toute vraisemblance, l'enverrait à la potence si aucune voix ne s'élevait pour tenter au moins de le défendre.

Marjolaine, pour sa part, apprit avec étonnement mais sans le moindre chagrin la fin tragique d'un époux auquel, en dépit de la vie confortable qu'elle lui devait, elle n'avait jamais pu s'attacher. Qu'il eût des maîtresses ne la gênait pas, bien au contraire, et, au fil des jours, elle en était venue à les considérer comme des assistantes de bonne volonté qui la déchargeaient en partie des obligations pénibles d'une vie d'épouse. Même réduits à deux par semaine, les épanchements amoureux de Gontran lui étaient toujours un cauchemar et ce n'était jamais sans une profonde angoisse qu'elle voyait venir la nuit lorsque c'était jeudi ou dimanche.

Bien plus, dans les circonstances particulières créées par la mort de Foletier, elle avait découvert, non sans se le reprocher sévèrement, que sa sympathie allait tout entière au meurtrier et même qu'elle lui était reconnaissante de l'avoir délivrée d'une chaîne qui lui semblait de plus en plus lourde à traîner. Aussi, quand on lui eut montré Ausbert Ancelin, les fers aux pieds et aux mains, pleurant désespérément sous la garde de deux archers et jurant sur son âme qu'il n'avait pas tué Foletier, l'avait-elle plaint de tout son cœur. Un instant, il avait relevé la tête et elle avait rencontré un regard si douloureux que sa conviction en avait été emportée : un assassin ne pouvait avoir ce candide regard de bête perdue. Aussi décida-t-elle dès cet instant de tout faire pour le sauver.

— Quiconque se conduit comme un larron doit s'attendre à être traité comme un larron, déclara-t-elle fermement.

Cette attitude inhabituelle eut pour résultat immédiat de surseoir au procès d'Ancelin qui eût été suivi d'une rapide exécution. Cela valut aussi à dame Foletier les critiques prudentes des commères du quartier Saint-Barthélemy, encore que l'on mît le plus souvent sa réaction sur le compte du dépit et de la jalousie – c'était un si bel homme que maître Foletier ! – mais, chose curieuse, cela lui valut aussi une sorte de respect de la part d'Aubierge. La femme de charge était à cent lieues d'imaginer que ce joli bibelot rapporté de pèlerinage par Gontran pût avoir sur la justice et l'humanité des idées d'une sagesse aussi austère. Et elle se rangea à son point de vue avec la vigueur qu'elle mettait en toutes choses, ce qui fit taire instantanément tous les caquets. Il n'était jamais sain de se faire une ennemie de dame Aubierge.

D'ailleurs, après avoir vu, elle aussi, le prisonnier, elle se prit à réfléchir et n'hésita pas à confier à sa jeune maîtresse le fruit de sa pensée.

— Monseigneur Jésus et Madame la Vierge ont dû vous inspirer, dame Marjolaine, quand vous avez si hautement refusé d'exercer votre droit de vengeance.

— La vengeance n'appartient qu'à Dieu, coupa vertueusement la jeune femme, toujours aussi fermement accrochée à ses hautes idées.

— D'abord, oui ! Et puis, si vous voulez le fond de ma pensée, je n'arrive pas à croire que cet Ancelin soit coupable. Il sue l'innocence par tous les pores de sa peau, ce malheureux.

– C'est aussi l'impression que j'aie eue. Pourtant, il faut bien qu'il y ait un coupable. Quelqu'un a tendu un piège à maître Foletier. Et si ce n'est le mari trompé...

– Ça pourrait bien être quelqu'un d'autre, quelqu'un qui aurait intérêt à voir maître Foletier quitter ce monde.

Aubierge avait parlé lentement, doucement, en détachant bien les mots, comme quelqu'un qui pense à haute voix et sans regarder Marjolaine ; peu à peu son regard rejoignit celui de la jeune femme et s'y planta. Le soupçon qui habitait Aubierge s'y épanouit brusquement et les yeux de Marjolaine s'agrandirent car elle venait de comprendre à qui la gouvernante pensait. Or, elle avait eu elle-même cette idée-là mais, la jugeant téméraire et peu chrétienne, elle s'était bien gardée de la formuler. Cette fois, elle osa.

– Vous pensez à Étienne, n'est-ce pas ? Moi aussi j'y ai songé mais cela paraît impossible. Il aurait fallu qu'il soit au courant de l'aventure de mon époux et personne ne la savait.

Aubierge haussa les épaules.

– Étienne sait toujours tout ce qu'il a besoin de savoir. Quant à moi, il y a beau temps que je m'en méfie. Il est trop calme, pour son âge, ce garçon-là. Trop docile aussi, et il l'a toujours été. Un caractère que l'on cache si bien – car ses regards ont parfois démenti ses actes ou ses paroles quand il ne se croit pas observé – ne peut que réserver des surprises.

Marjolaine regarda Aubierge avec stupéfaction.

– Pourtant, il vous traite comme une seconde mère, avec respect et affection ?

– Trop ! Je suis assez vieille pour savoir faire la différence. Or, il est l'héritier de son oncle puisque celui-ci est mort sans enfants. Et je sais qu'il craignait de vous voir donner un fils à maître Foletier.

102

Cette fois, Marjolaine ne répondit rien car Aubierge venait d'exprimer tout haut ce qu'elle pensait tout bas. Étienne Grimaud, fils de Gerberge, la sœur de Gontran, et d'un écrivain public, avait été recueilli par son oncle à la mort de ses parents victimes tous d'eux d'une mortelle épidémie du mal des ardents qui avait ravagé Sens en l'an 1126. L'enfant avait alors trois ans et Gontran, son unique parent, le confia à Aubierge qui l'avait élevé. Sans grande peine d'ailleurs : peu bavard, silencieux même, riant rarement, écoutant beaucoup, observant encore plus, le garçon s'était plié, sans élever jamais la moindre protestation, à la vie qu'on lui imposait, qui n'avait d'ailleurs rien de pénible, et au métier qu'on lui préparait. Car, tout naturellement, quand Étienne avait eu dix ans Gontran avait commencé à l'initier au travail de la pelleterie.

Adroit et intelligent, le garçon était vite devenu le bras droit de son oncle et caressait doucement l'idée d'en être un jour l'héritier, quand le pelletier, revenu de son expédition à Notre-Dame de Liance, avait annoncé son mariage bientôt suivi de l'entrée effective de Marjolaine dans l'empire domestique de la rue Saint-Barthélemy et du clos de Saint-Denis.

Si Étienne avait éprouvé quelque déception, il n'en montre rien, accueillant au contraire sa jeune tante avec la déférence normale d'un subalterne envers la nouvelle maîtresse du logis. Par contre, si maître de lui-même qu'il fût déjà, il n'avait pu cacher tout à fait l'admiration que lui inspirait sa beauté et la jeune épousée n'avait pas aimé le regard plein d'une avidité féroce qu'elle avait surpris parfois posé sur elle. Ils auraient pu être amis, voire complices car trois ans seulement les séparaient mais, à cause de ce regard-là, Marjolaine avait toujours préféré se tenir à l'écart d'Étienne.

A présent que Gontran n'était plus là, Étienne lui faisait peur, bien qu'il n'eût strictement rien changé à son attitude envers elle, et c'était pour cette raison qu'elle avait choisi de s'établir à Saint-Denis, lui laissant la libre disposition de la maison de la Cité que d'ailleurs le commerce des peaux occupait en grande partie. Par souci des convenances, Aubierge suivit la jeune veuve, laissant à sa fille Péronelle, qui était fort entendue en la matière, le soin de la maison et du nouveau maître.

Cependant Marjolaine découvrit qu'aucune preuve possible n'étayait ses soupçons et qu'elle ne pouvait apporter le moindre secours au malheureux Ausbert Ancellin. Celui-là n'avait que sa bonne foi et ses larmes.

En pensant à toutes ces choses, la jeune femme acheva enfin la longue nuit qu'avait troublée si fort le mystérieux visiteur du grenier. Aveline, qu'elle garda auprès d'elle, finit par s'endormir, roulée en boule à l'un des bouts du vaste lit, remplaçant le chat Grimbert qui avait dû profiter du remue-ménage de tout à l'heure pour chercher aventure sur les toits alentour. Marjolaine, pour sa part, était restée étendue sur le dos, bien droite, dans la chaleur douillette du lit, les couvertures remontées jusqu'à ses yeux qui n'avaient pas réussi une seule fois à se refermer, l'oreille au guet, cherchant à démêler, par-dessus les plaintes du vent, si les peaux recommençaient à s'agiter au-dessus de sa tête. Mais plus aucun bruit suspect ne se fit entendre jusqu'à ce que le chant du premier coq, bientôt relayé par tous ceux des environs, vînt donner le signal du lever pour les travailleurs des champs, des vignes et des courtils. Il y avait longtemps déjà que, dans l'abbaye voisine, les moines avaient chanté matines. Ils devaient à présent se préparer pour laudes qui se chantaient quand paraissait l'aurore. D'ailleurs, les sons argentés de la cloche annonçant l'office s'égrenaient dans la nuit. Comme par enchantement le vent se calma, cessant ses râles comme si le son divin venait d'apaiser une souffrance. Il y eut un petit moment de grande paix que troublèrent un instant les aboiements des chiens que Colin faisait rentrer pour leur donner à manger. Puis tout se tut à nouveau.

Marjolaine ferma les yeux. Elle n'avait toujours pas sommeil, mais elle essayait de chasser une image importune qui, depuis l'aventure de la nuit, s'implantait en elle et la hantait. Elle revoyait Colin tel qu'il lui était apparu cette nuit, sous la lumière de sa lanterne : vêtu seulement de ses braies et d'un mauvais sac posé sur ses larges épaules et qui ne cachait rien de sa puissante musculature. En dépit de la frayeur qui la tenait alors, l'épouse mal déflorée de feu Gontran avait été surprise par la beauté de ce torse viril dont la peau, à la lumière de la chandelle, avait des reflets d'or. Elle en éprouvait un trouble étrange qu'elle ne comprenait pas mais qu'elle souhaitait effacer.

Elle n'effaça rien, bien au contraire car elle s'endormit et bascula sans transition dans un rêve absurde : Colin, encore plus nu que tout à l'heure, se glissait dans son lit et s'enroulait autour d'elle comme un serpent ou comme le lierre autour du vieux pommier du verger. Sur toute la longueur de son corps, Marjolaine sentait le poids de celui de Colin, sa chaleur, mais elle n'éprouvait ni dégoût ni répulsion. C'était au contraire une sensation agréable car le corps du garçon était dur et lisse et il bougeait doucement contre elle en une lente caresse presque immobile qui lui parut délicieuse et qui alluma dans les profondeurs de son corps un feu étrange qui était un besoin et un appel.

Un début de spasme la réveilla brusquement, haletante, trempée de sueur et le cœur fou.

Elle se dressa sur son lit et prit dans ses mains ses seins qui lui faisaient mal. Elle vit alors qu'Aveline, bien réveillée cette fois, était en train d'allumer le feu dans la cheminée et ne la regardait pas.

– Pourquoi allumes-tu le feu ? dit-elle d'une voix dont le peu d'assurance lui fit honte. Il me semble qu'il fait terriblement chaud ici.

– Chaud ? Vous êtes certaine de n'avoir pas la fièvre, maîtresse ? La pluie et le vent qui ont fait rage toute cette nuit étaient si froids que tout est glacé et humide dans la maison. Dame Aubierge a ordonné de grandes flambées partout.

Marjolaine ne l'écoutait pas. Rejetant draps et couvertures, elle courait vers la fenêtre dont elle arracha presque le panneau dans sa hâte de trouver l'air frais et, fermant les yeux avec un soupir de soulagement, l'aspira à longues goulées avides.

– Dame ! fit Aveline scandalisée, songez que l'on peut vous voir.

La jeune femme ouvrit les yeux et constata, non sans horreur, que quelqu'un en effet la regardait. Colin était là. Planté devant l'étable, ses yeux pleins d'étoiles étaient levés vers la fenêtre et contemplaient, émerveillés, le joli spectacle de ce corps dont il ne voyait que la moitié. Avec un gémissement de détresse, Marjolaine se rejeta en arrière, claqua le panneau et ordonna :

– Fais-moi monter un bain ! Je veux aller à la première messe !

– Il faut le temps de chauffer l'eau, maîtresse. Le bain ne sera pas prêt avant un moment.

– Qui te parle d'un bain chaud ? Je veux un bain froid. Et tout de suite !

L'effarement ouvrit d'un même mouvement les yeux et la bouche d'Aveline.

– Maîtresse, vous êtes sûre de n'être point souffrante ? Un bain froid, par ce temps, et quand vous avez sûrement un peu de fièvre ? Ce n'est pas...

– C'est toi qui vas être souffrante si, dans cinq minutes, tu ne m'as pas obéi ! Et prépare-toi à me suivre à l'église ! A moins que tu ne préfères le fouet ?

Le fouet, jamais Marjolaine n'en avait fait usage. L'idée même ne lui en serait pas venue, mais elle avait un air si résolu tout à coup qu'Aveline jugea prudent de ne pas discuter. Elle disparut, ses nattes rousses volant derrière elle, bien persuadée que l'aventure de cette nuit avait complètement dérangé l'esprit de sa jeune maîtresse.

Elle fit si bien qu'une demi-heure après, Marjolaine était dehors, Aveline sur ses talons, trottant vers la grande basilique encore en construction. Elle marchait vite, le nez dans le vent qui s'était réveillé, moins rude que cette nuit heureusement, essayant d'éviter les énormes flaques d'eau et cherchant à maîtriser, en vue de la confession qu'elle voulait faire avant l'office, la déroute de son esprit. Son corps, lui, s'était calmé. Le bain froid – moins qu'elle ne l'aurait cru toutefois car Aveline avait tout de même jeté dedans, sournoisement, un seau d'eau chaude pour quatre d'eau froide – avait calmé sa brûlure mais n'avait pas apaisé le sentiment de honte et de dégradation qu'elle éprouvait.

C'était de cette honte qu'elle voulait se laver en allant s'agenouiller au tribunal de la pénitence. De cela et, peut-être aussi de la peur que lui laissait cette nuit inquiétante, une peur qui reviendrait, elle en avait la certitude, lorsque tomberait le jour. Jamais elle n'avait eu autant besoin de Dieu. C'était du moins ce qu'elle pensait, traduisant en appel vers la divinité le profond désir de protection qu'elle éprouvait.

Tout en marchant, elle se livrait à un sévère examen de conscience pour être sûre de ne rien oublier quand elle serait devant le prêtre. Elle pensait que, peut-être, la solution au problème que lui posait Gontran pourrait être celle que sa mère avait, jadis, choisie pour elle. A l'abri des murailles d'un couvent, plus rien ne l'atteindrait, homme ou fantôme, car personne n'a jamais entendu parler d'un couvent hanté et rien non plus n'évoquerait les dégoûtantes manifestations de l'amour charnel, si dégradant, même en rêve.

Comme chaque fois qu'elle se rendait à l'église, Marjolaine s'était habillée avec un soin tout particulier dans son inconscient besoin d'être belle et admirée. Sur une chemise de fine toile des Flandres, si fine que la teinte de sa peau apparaissait en transparence, Aveline lui avait passé une robe d'épaisse soie noire brodée ton sur ton, puis elle avait déposé sur ses épaules une grande cape de drap fin doublée de vair, attachée sur la poitrine par un large fermail rond en or ciselé. Quant au grand voile de tête qui enveloppait sa chevelure sévèrement tressée et ses épaules, il était de cet arachnéen tissu de Mossoul dont les Croisés avaient rapporté l'usage et le secret en Europe. Qu'il fût noir ne faisait qu'exalter la lumineuse blondeur de la jeune femme, et plus d'un regard admiratif ou envieux la suivit au long du chemin encombré de bestiaux, de villageois et d'ouvriers charriant des pierres ou du sable quand elle pénétra dans l'enceinte de l'abbaye pour gagner la chapelle provisoire où se disaient les offices en attendant que les travaux de la basilique fussent achevés.

Six ans plus tôt, en effet, en 1137, l'abbé de Saint-Denis qui était déjà le grand Suger, conseiller très écouté du feu roi Louis VI et fort peu écouté du jeune roi Louis VII, avait entrepris la reconstruction de l'église dont la dernière inauguration datait de Charlemagne. Elle était devenue beaucoup trop petite et nettement insuffisante pour les grandes foules qui s'y entassaient à chaque pèlerinage. En outre, elle menaçait ruine. Il y avait eu des accidents : des femmes, des enfants, des hommes même avaient péri piétinés, étouffés ou assommés au pied des châsses où reposaient les reliques des saints.

Jusqu'à l'an 1140, Suger, décida de conserver la nef centrale édifiée jadis par ordre de Pépin le Bref et à se contenter d'allonger l'église par les deux bouts, avait fait élever la superbe façade, les deux tours qui la surmontaient et l'étonnant narthex où, pour la seconde fois en France, la croisée d'ogives faisait son apparition, ce qui donnait à l'ensemble une extraordinaire légèreté. Ensuite, Suger s'était attaqué au transept, au chœur et à la crypte, ce qui constituait un énorme ouvrage. Mais grâce au grand rassemblement d'artisans, d'ouvriers et d'artistes que le bouillant abbé avait su réunir, son œuvre avançait vite et il espérait bien, avec l'aide de Dieu, pouvoir l'inaugurer dans un an, c'est-à-dire en 1144.

Cette construction fascinait Marjolaine et elle s'y intéressait comme tous les gens d'alentour, prenant plaisir à voir s'élever les grandes merveilles qui allaient chanter si haut la gloire de Dieu et l'habileté de ses maîtres d'œuvre. Et, quand elle se rendait aux offices, elle ne manquait jamais de faire quelques pas en direction des chantiers pour voir naître, sous les mains calleuses des tailleurs de pierre et des sculpteurs, les fleurs, les rinceaux, les animaux fantastiques et les figures de saints. Cela, jusqu'au jour où elle se reconnut dans un petit visage de pierre qu'un jeune homme achevait de polir avec des gestes presque tendres. Or, ce visage paré de longs cheveux s'érigeait sur un corps de femme, mince et délié mais sans autres vêtements que ladite chevelure.

Sous le coup de l'émotion, Marjolaine était devenue toute rouge et elle ouvrait la bouche pour faire entendre son indignation quand le jeune homme qui la regardait en souriant avait dit, sans s'émouvoir :

– Notre mère Ève ! Elle est belle, n'est-ce pas ?

– C'est là notre mère Ève ? balbutia la jeune femme.

– Elle-même ! Dans sa redoutable et divine beauté. Elle prendra place dans l'un des tympans, trop haut pour qu'on la reconnaisse, avait-il ajouté avec un petit clin d'œil.

Il semblait si content de son œuvre que Marjolaine n'avait pas eu le courage de se fâcher. D'ailleurs, peut-être se trompait-elle, peut-être n'était-ce pas vraiment son visage. Mais, à présent, quand elle apercevait le jeune sculpteur, elle détournait son chemin pour ne pas passer auprès de lui. Depuis ce jour, d'ailleurs, elle évitait le grand chantier.

Contrairement à ce qu'elle espérait, la messe ne lui apporta pas l'apaisement et le réconfort qu'elle en attendait. Elle avait souhaité se confesser en arrivant afin de recevoir la sainte communion mais, curieusement, au moment d'aborder l'un des moines pour lui demander de l'entendre, elle se sentit retenue par une gêne inexplicable. Elle avait l'impression qu'elle n'arriverait jamais à trouver les mots qui lui permettraient, sans mourir de honte, d'avouer ses rêves diaboliques. Et puis il y avait l'histoire de cette nuit, les bruits inexplicables, le fait que, sans doute, l'âme coupable de son époux revenait hanter la maison, réclamant des prières, des messes mais peut-être aussi le châtiment du criminel. Or, celui que l'on s'apprêtait à faire expier le crime n'était pas le bon, Marjolaine en aurait mis sa main au feu. Ce n'était donc pas auprès d'un simple moine qu'il lui fallait vider son cœur et laver son esprit car si certains, en bon chemin pour la sainteté, possédaient la douceur naïve de jeunes agneaux, d'autres, elle le savait d'expérience, étaient de redoutables imbéciles et totalement obtus.

Celui qu'elle avait failli aborder était l'un de ceux-là et la jeune veuve préféra se passer de communion plutôt que d'avoir affaire à lui. Après la messe, elle verrait le révérend abbé. Lui seul avait assez de sagesse pour démêler ses idées embrouillées.

Forte de cette résolution, elle écouta l'office avec une distraction tout à fait inhabituelle, mélangeant les répons, en oubliant certains et se trémoussant sur ses genoux qui lui semblaient envahis par les fourmis, sous l'œil de plus en plus inquiet d'Aveline qui ne comprenait rien à l'attitude étrange d'une jeune femme qui, ordinairement, se conduisait à l'église avec la sagesse émerveillée d'un ange.

Mieux encore : à peine le célébrant eut-il, se retournant vers les fidèles, prononcé l'*ite missa est*... et tracé sur leurs têtes inclinées une large bénédiction que Marjolaine, se relevant, se précipitait vers la sortie sans même prévenir sa servante qui, tout à fait effarée cette fois, la suivit en courant.

A peine hors de la chapelle, la jeune femme se dirigea avec décision vers le chantier et interpella le premier ouvrier qu'elle rencontra :

– Je désire voir le seigneur abbé. Pouvez-vous me dire où il se trouve ?

– Le seigneur abbé est vieux et sage, moi je suis jeune et fou. Ne préférez-vous pas parler avec moi ?

– Oh ! c'est vous ? fit Marjolaine qui, très contrariée, venait de reconnaître, trop tard, son admirateur au ciseau.

– Qui, moi ? Vous ne savez même pas mon nom...
dame Foletier !

– Puisque vous savez le mien, vous savez aussi que
je pleure mon époux mort et je trouve bien hardi à
vous d'oser me parler !

– C'est vous qui m'avez parlé la première ! Pour
votre gouverne, on m'appelle Gilbert. Vous pourriez
faire comme tout le monde et m'appeler ainsi.

Agacée, Marjolaine ne put s'empêcher tout de
même de constater que l'insolent sculpteur était de
visage avenant, de corps bien découplé et qu'il avait
les yeux bruns, assortis à ses cheveux, les plus vifs et
les plus gais qu'elle eût jamais vus.

– Je n'ai aucune raison de vous appeler. A présent,
répondez à la question que je vous ai posée ou laissez-moi passer ! L'un de vos compagnons mettra
peut-être meilleure grâce à me renseigner.

Avec un soupir, Gilbert laissa retomber le bras qu'il
avait étendu devant lui jusqu'à toucher un pieu
d'échafaudage pour barrer le chemin devant la jeune
femme.

– Quand on est aussi belle, on devrait être plus
généreuse, fit-il, et votre défunt ne mérite pas tant de
larmes, en admettant que vous les versiez vraiment.
Allez, à présent ! Le seigneur abbé est à la maison
d'œuvre. Je viens de l'y voir entrer.

Et se détournant sans attendre qu'elle se fût éloignée, il reprit son maillet et son ciseau, et se remit à
son ouvrage : un chapiteau dont il faisait fleurir la
pierre blanche.

Étonnée de se voir plantée là sans plus de façons,
Marjolaine le regarda travailler un instant, ouvrit la
bouche pour une parole admirative touchant le talent
du jeune homme puis, se ravisant, la referma, haussa
les épaules et reprit son chemin de l'allure digne qui

convenait à une grande bourgeoise. Aveline, muette, trottait toujours sur ses talons.

La jeune femme trouva en effet l'abbé de Saint-Denis dans la grande maison servant à la fois d'entrepôt, d'atelier et de bureau pour les maîtres d'œuvre de la basilique. Debout devant un grand coffre dont il avait, d'un geste vif, rejeté les rouleaux de plans qui l'encombraient, il alignait avec un ravissement visible toute une collection de pierres précieuses, topazes et grenats particulièrement beaux qu'il tirait d'un sac en peau de daim.

C'était un petit homme roux, faible de constitution et même malingre, et qui semblait toujours sur le point de passer de vie à trépas, mais son énergie n'en était pas moins active. Il la tirait de son origine terrienne et entendait bien continuer à vivre son étonnante existence le plus longtemps possible, cette existence qui l'avait mené de la maisonnette de torchis d'un paysan d'Argenteuil jusqu'au Conseil des rois et jusqu'à cette puissante abbaye de Saint-Denis à laquelle, étant mal vu du jeune roi et surtout de la reine Aliénor, il consacrait à présent tout son temps.

Entendant derrière lui les pas du moine qui introduisait Marjolaine, il s'écria sans se retourner :

– Voyez comme Dieu est bon, frère Augustin ! Nous manquions de pierres fines pour satisfaire à la demande des orfèvres lorrains que nous avons chargés de ciseler cette grande croix d'or qui doit rayonner dans le chœur de notre église et voilà que le comte Thibaut de Champagne vient de nous faire porter toute une collection de pierres superbes ! Elles sont toutes plus belles les unes que les autres, et quelle lumière magnifique elles prendront dans la lumière des cierges ! En vérité, le comte est d'une grande générosité.

– Il doit avoir quelque chose à se faire pardonner !

marmonna frère Augustin qui, apparemment, ne croyait pas à la gratuité des dons seigneuriaux.

Sans cesser de mirer ses pierres, Suger se mit à rire.

– Ne préjugeons pas, mon frère, ne préjugeons pas ! Pourquoi donc le comte Thibaut, nous sachant en peine, n'aurait-il pas simplement, et pour l'amour de Dieu, décidé de nous aider ?

– Une chose est certaine : Votre Révérence a de la chance, il suffit qu'elle ait besoin de quelque chose pour qu'il se trouve tout de suite quelqu'un disposé à lui venir en aide. Mais puis-je rappeler à Votre Révérence que je lui amène dame Foletier ?

Lâchant ses pierres, l'abbé se retourna, ébauchant un sourire confus.

– C'est vrai, mon Dieu ! Pardonnez-moi, ma fille. J'étais en train de pécher par orgueil. Pour la maison de Dieu, bien sûr, mais ce n'est pas une raison pour laisser attendre les âmes en peine. Laissez-nous, frère Augustin.

Le moine se retira tandis que Marjolaine s'agenouillait devant l'abbé pour baiser l'anneau qu'il offrait à ses lèvres puis, au lieu de se redresser, gardait sa pose d'humilité. Il s'en étonna :

– Relevez-vous, voyons ! Et prenez place, ajouta-t-il en poussant vers elle l'unique escabeau.

– C'est que... je suis venue demander une grâce.

Suger sourit.

– Une grâce se demande aussi bien assis qu'à genoux, sauf, bien sûr, lorsque l'on s'adresse au Seigneur ! Allons, mettez-vous là et dites-moi ce qui vous tourmente.

Il n'ajouta pas « dites-le vite ! » mais, au regard qu'il jeta vers le coffre, Marjolaine comprit qu'il avait hâte de retourner à ses pierres.

– Je suis venue, Monseigneur, demander la grâce de l'homme que l'on accuse d'avoir tué maître Foletier.

La pensée de ce qu'il endure en prison m'ôte le sommeil. Souffrir dans son corps lorsque l'on souffre déjà dans son cœur...

– Vous connaissez cet homme ?

– Non.

– Alors comment pouvez-vous savoir qu'il souffre dans son cœur ?

– Comment ne souffrirait-il pas, ayant appris de façon si publique le péché de sa femme ?

Elle mit tant de compassion dans ses dernières paroles que Suger releva un sourcil surpris.

– On dirait que votre sympathie va davantage au meurtrier qu'à sa victime ? N'est-ce pas étrange si l'on considère qu'il s'agit de votre époux ?

– Je n'ai jamais prétendu aimer maître Foletier. Il m'a achetée comme n'importe quelle peau de bête et si ma sympathie va plutôt à ce malheureux Ausbert Ancelin, c'est parce que je suis certaine qu'il n'est pas le vrai coupable.

– Où prenez-vous pareille idée ?

Sentant venir une bataille, Marjolaine prit une profonde respiration et serra ses mains l'une contre l'autre.

– S'il avait tué, je crois qu'il aurait pris la fuite. Quel homme sensé resterait tranquillement dans son lit en sachant un cadavre couché à sa porte ?

– Il a dit qu'il était au lit, mais qui l'assure en dehors de la femme adultère dont c'est l'intérêt ? Le crime venait peut-être tout juste d'être commis lorsque le corps a été découvert.

– Je ne crois pas. D'après ce que l'on m'a dit, maître Foletier était roide. Un mort ne le devient pas tout de suite.

L'abbé considéra la jeune femme avec curiosité.

– Vous avez déjà vu beaucoup de morts pour savoir cela ?

Elle leva sur lui l'eau claire de son regard.

– Notre temps n'est guère pitoyable et les justices seigneuriales sont rudes. Il n'est pas rare, dans les campagnes d'où je viens, de trouver des pendus aux arbres ou d'autres sortes de morts dans les buissons. Il y a aussi les loups, et l'hiver et la misère.

– Vous oubliez l'arme du crime. Votre mari, ajouta Suger en appuyant intentionnellement sur le possessif, a été tué avec l'un des outils d'Ancelin.

– Pour mieux le désigner à la justice. Bien que cela soit d'un raisonnement enfantin. S'il avait tué, maître Ancelin, fit-elle en retournant sa perfidie à l'abbé et en insistant sur le « maître », n'aurait pas choisi l'un de ses outils et, à plus forte raison, ne l'aurait pas abandonné auprès de sa victime. Vous qui n'hésitez pas à œuvrer, de vos mains, à cette belle église, Monseigneur, vous savez bien à quel point l'homme qui travaille aime et respecte ses outils. Dans n'importe quelle maison on peut trouver un couteau, une serpette ou une cognée pour la vilaine besogne.

Cette fois, Suger ne répondit pas tout de suite. Visiblement, le raisonnement de Marjolaine faisait son chemin.

– Il se peut que vous ayez raison, admit-il enfin mais, en ce cas, qui est le criminel ?

Marjolaine garda le silence quelques instants. C'était chose grave que porter une accusation de meurtre et elle se rendait parfaitement compte de ce qu'elle ne possédait rien sur quoi étayer sa conviction. Il était plus facile, en s'appuyant sur la logique, de défendre Ausbert Ancelin que désigner un coupable.

– Je n'ai aucune preuve, soupira-t-elle enfin. Je sais seulement que quelqu'un d'autre avait le plus grand intérêt à la disparition de maître Foletier.

– Quel intérêt ?

– Sa maison de pelleteries, sa fortune.

116

Elle n'ajouta pas «sa femme», craignant que l'abbé ne la pensât trop présomptueuse.

– N'êtes-vous pas héritière ?

– Certes, mais seulement du douaire que l'on m'avait constitué, ce qui représente une belle fortune. Mon époux avait un neveu qu'il a fait élever comme son fils. Ce garçon qui est entendu aux affaires de la maison se trouve désigné pour en devenir le maître puisque Foletier n'avait pas de fils.

– Et il est mort sans en avoir. En revanche, il avait une jeune et bien jolie femme capable d'en tenter plus d'un. Une femme que sa mort fait libre et riche mais qui ne saurait tenir commerce de pelleterie. Comment s'appelle ce garçon ?

Les quelques syllabes eurent du mal à passer. Marjolaine avait l'impression qu'en les prononçant elle les criait sur la place publique, appelant le bourreau à les entendre. Mais il y en avait un autre que le bourreau attendait déjà et elle se décida.

– Étienne Grimaud. Mais, encore une fois, Monseigneur, je n'ai aucune preuve. Rien qu'une impression.

– Il vous plaît, cet Étienne Grimaud ?

Les yeux gris de l'abbé s'enfoncèrent brusquement comme une vrille au fond du regard de la jeune femme qui sentit son cœur s'affoler.

– Mais non, pas du tout ! Je ne l'ai jamais aimé.

– Tandis que vous en aimez peut-être un autre ?

– Un autre ? Mais quel autre ?

– C'est à vous de le savoir. Un autre que vous aimeriez épouser après vous être débarrassée de ce Grimaud qui, selon la coutume corporative devrait, pour le bien de la maison, épouser la veuve ?

Un flot de sang empourpra le visage de la jeune femme. Oubliant le respect qu'elle éprouvait l'instant précédent pour cet homme, elle se releva brusquement et jeta :

– Je ne veux épouser personne, Votre Révérence ! Personne, vous entendez ? Ce que mon époux m'a appris de l'amour ne me donne pas envie d'en savoir davantage et je serais peut-être déjà partie pour un couvent afin d'y vivre dans le seul amour valable s'il ne s'était produit, cette nuit, un fait étrange.

– Lequel ? fit Suger toujours aussi raide.

– Le fantôme de maître Foletier est venu hanter le grenier. Il a essayé d'emporter les peaux précieuses qui s'y trouvent. Et ne me regardez pas comme si j'étais folle : toute la maison l'a entendu et nous avons fouillé le grenier. C'est pourquoi je suis venue ce matin. Son âme est mal contente parce que vous ne tenez pas le vrai coupable...

– ... ou parce que nous tardons trop à le punir ! Je ne crois pas aux fantômes, dame Foletier, mais je sais que d'étranges choses peuvent se produire s'il plaît à Dieu. Vous comprendrez néanmoins que je ne peux, sur des données aussi fumeuses, relâcher Ausbert Ancelin.

– Mais vous ne pouvez pas davantage le pendre ! Ce serait un crime. Et si vous me supposez des pensées suspectes, demandez à dame Aubierge ce qu'elle en pense, Marjolaine à bout d'arguments.

Elle regardait avec angoisse ce petit homme tout-puissant qui, pareil à Dieu lui-même, pouvait d'un mot, d'un geste, décider du sort de centaines d'êtres humains ? Il n'en avait pourtant pas l'air. Toujours assis sur son coffre, la mine soucieuse, il se rongeait les ongles.

– C'est peut-être une idée, fit-il enfin. Puis il poursuivit, comme se parlant à lui-même : Ausbert Ancelin a demandé à être entendu en confession et il jure de son innocence. C'est la raison pour laquelle je ne lui ai pas encore fait appliquer la question.

– Un bon moyen pour faire avouer un innocent, fit amèrement la jeune femme.

– Il arrive surtout qu'elle fasse avouer un coupable. Et il faut que je prenne une décision. Rentrez chez vous, ma fille, et envoyez-moi dame Aubierge ! Il y a longtemps que je la connais et j'ai grande confiance dans son jugement.

Il descendit enfin de son coffre et, tournant le dos à Marjolaine, reprit le sac de peau dont il recommença à sortir les pierres, une à une. Comprenant qu'il n'y avait rien à ajouter, la jeune femme salua et sortit si rapidement qu'elle faillit renverser Aveline qui bayait aux corneilles en faisant les cent pas devant la maison d'œuvre.

– Viens-t'en ! lui jeta-t-elle. Nous rentrons.

4
Hughes,
son chapelain, son évêque...

On venait de corner l'eau pour le repas du milieu du jour quand le son d'une trompe se fit entendre à trois reprises devant le château. Arrivé pour une fois le premier devant les bassins, Hughes était occupé à se laver les mains.

– Qui donc nous arrive là ? fit-il avec bonne humeur car, d'un naturel hospitalier, il ne détestait pas les arrivées inattendues qui mettaient un peu d'animation dans une existence fatalement monotone quand il n'y avait ni tournoi en vue ni autre occasion d'en découdre avec les voisins.

Il s'essuya les mains puis, rejetant la serviette sur le bord du bassin que lui tenait Bertrand, il se hâta vers l'escalier afin d'accueillir lui-même, comme le voulait l'usage, l'hôte que le hasard, sa réputation d'hospitalité ou l'amitié lui envoyait.

Hélas, sa belle humeur ne résista pas à la vue d'une vaste litière aux rideaux d'épaisse toile brodée, solidement fermée, qui faisait son entrée dans la cour escortée d'une troupe armée dont les hommes portaient la marque de Ribemont. Une litière qui ne pouvait raisonnablement contenir que sa belle-mère car c'était là le moyen de transport pour une femme ou pour un ecclésiastique.

Quand les rideaux s'ouvrirent, force fut de constater que c'était bien Ida de Ribemont, redoutable et redoutée entre toutes les belles-mères, qui lui arrivait là et Hughes, étouffant un soupir accablé, s'en alla en traînant les pieds jusqu'à l'équipage pour y offrir, toujours comme le voulait la politesse du temps, la main à l'arrivante.

Geste que, d'ailleurs, elle refusa avec la grimace de dégoût que l'on réserve généralement aux choses malpropres.

– Ma fille est là ? demanda sèchement la dame.

– Où voulez-vous qu'elle soit ? repartit aimablement Hughes qui sentait la moutarde lui monter déjà au nez.

– Évidemment ! Bien que j'eusse préféré qu'elle fût ailleurs.

Sans plus s'occuper de son gendre, Ida de Ribemont entreprit de gravir dignement l'escalier du donjon et force fut à Hughes de la suivre. Cela lui évita de voir le frère Rinaldo sortir discrètement de la litière dans laquelle il avait dormi tout le temps du voyage et se perdre dans la petite foule que les nouveaux arrivants avaient réunie. Le frère souhaitait avant tout regagner son logis où il avait à faire.

– Quel bon vent vous amène, ma mère ? dit le baron en s'efforçant de se montrer courtois.

– Un vent de justice. Et cela m'étonnerait beaucoup que vous le trouviez bon, baron. Ah, ma fille, vous voilà !

Hermelinde accourait au-devant de sa mère, guérie comme par enchantement. Les deux femmes s'étreignirent au seuil de la grande salle avec un enthousiasme qui trahissait, au moins chez Ida de Ribemont, une intense jubilation.

Ainsi rapprochées, la ressemblance entre mère et fille apparaissait : toutes deux possédaient les mêmes mâchoires légèrement carnassières, les mêmes yeux couleur de nuage, mais le goût forcené de la puissance marquait chaque trait de la dame de Ribemont, tandis que le visage de sa fille reflétait seulement l'obstination et un autoritarisme puéril. Mais, peu observateur, Hughes se contentait de déplorer les seules ressemblances qui, lorsqu'il regardait sa belle-mère, lui offraient une idée assez nette de ce que serait un jour son épouse.

Donnant toutes les marques de la joie la plus vive, Hermelinde voulut conduire sa mère vers les bassins avant de la mener à la table toute dressée, mais celle-ci refusa.

– Je suis venue vous chercher, ma fille, non m'asseoir à la table d'un homme sans foi dont les débauches sont la fable de la province et qui vous trahit ouvertement. Vous ne sauriez rester ici plus longtemps sans manquer à la dignité de votre sang !

Les mots avaient sonné comme un défi en champ clos et la figure du baron s'empourpra sous la poussée d'une brusque colère.

– Puisque vous semblez n'être venue que pour m'insulter, dame, soyez certaine que je ne vous prierai aucunement de vous asseoir à ma table. Vous pouvez repartir comme vous êtes venue. Quant à votre fille, elle restera ici.

– J'ai droit autant que vous, s'écria Hermelinde, d'inviter ma mère à une table qui est mienne autant que vôtre. Sa place y sera toujours marquée au plus haut !

– Si je veux ! A présent, taisez-vous, Hermelinde ! Quant à vous, dame Ida, j'attends que vous m'expliquiez votre arrivée tempétueuse car vous semblez en user ici comme si vous étiez chez vous, ce que je ne tolérerai pas.

— Je suis la mère de votre femme. J'ai le droit de veiller à son bonheur.

— Si vous avez quelque chose à me reprocher, d'où vient que ce soit vous qui veniez ici ? Les affaires d'hommes se règlent entre hommes. Où est le comte Anselme ?

— A Lille, auprès du comte de Flandre qui l'a prié à une grande chasse aux loups. Voilà pourquoi je suis ici car cette affaire ne souffrait aucun retard !

— Quelle affaire ?

Hughes avait conscience de l'espèce de stupeur que la dispute provoquait chez ceux, familiers ou serviteurs, qui assistaient à la scène, mais il puisait un certain réconfort dans le fait que son frère Gerbert, Ersende, Bertrand et ses principaux officiers se regroupaient tout naturellement derrière lui, exactement comme s'il s'agissait de livrer bataille. En fait, c'en était bien une.

— On va vous expliquer ! fit aigrement Ida de Ribemont.

Puis, se haussant sur la pointe des pieds, elle parut chercher quelqu'un dans l'assemblée et appela :

— Frère Rinaldo ! Frère Rinaldo, êtes-vous là ?

— Je... je suis là, noble dame, fit le chapelain en s'avançant, les yeux baissés et les mains au fond de ses manches.

— Allez donc nous chercher cet homme de Dieu que le Seigneur, dans sa justice, a daigné mettre sur votre chemin.

Rinaldo s'esquiva un instant et revint, traînant après lui Gobert visiblement terrifié et qui roulait des yeux effarés. Des yeux qui s'affolèrent en reconnaissant le baron Hughes. Du coup il voulut échapper à la poigne de Rinaldo pour s'enfuir, mais celui-ci le tenait bien.

— Non, saint ermite, dit le moine. Un homme de Dieu se doit de proclamer la vérité en tout lieu et à toute heure, même si cela est difficile.

— Mais quelle vérité ? gémit le malheureux qui n'osait même pas tourner les yeux vers le baron dont le visage n'avait rien de rassurant. L'entrée inattendue de l'ermite venait de faire naître chez Hughes l'une de ces terribles colères, rares heureusement mais qui, parfois, s'emparaient de lui et le menaient aux limites de la folie. Que ce misérable qu'il avait menacé des pires sévices osât paraître sous son toit, en sa présence et en position d'accusateur, voilà ce qu'il ne tolérerait pas. Il eut un mouvement pour s'élancer vers lui, mais Gerbert le retint.

— Que veux-tu faire ? souffla-t-il. Il faut que tu le laisses parler si tu veux avoir une chance de sauver ton mariage.

Hermelinde d'ailleurs prenait la parole.

— Je veux, dit-elle, que vous répétiez ici, devant tous, ce que le frère Rinaldo a entendu dans l'étuve de ce château et que vous m'avez déjà rapporté.

— Dame, plaida Gobert, j'ignorais qui vous étiez. Le moine est venu me chercher quand je repartais chez moi pour me dire que le seigneur baron voulait me dire quelque chose. Vous m'avez joué et fait manquer à la parole que j'avais donnée.

— La parole d'un bonhomme comme vous ? fit dédaigneusement Ida de Ribemont. Parlez à présent si vous ne voulez pas qu'on vous y force.

— De toute façon, s'écria Rinaldo, je peux tout répéter car j'ai tout entendu ! Il n'aura qu'à dire si c'est vrai.

Échappant à son frère d'un coup d'épaules, Hughes venait de s'élancer mais pas sur Gobert. Sa fureur à

124

présent se tournait vers le Sicilien, ce misérable prêtre capable d'aussi noires machinations et dont il découvrait à la fois la haine et la malveillance. Avant que quiconque ait pu s'interposer, l'homme râlait sous sa poigne, la gorge serrée entre l'étau de ses doigts nerveux.

– Ah, tu as tout entendu ? Ah, tu peux tout répéter !

– Grâce ! râla l'autre, pitié ! Laissez... moi ! A... à l'aide no... noble dame... Aaaah !

Ida de Ribemont n'avait pas attendu cet appel. Les griffes en avant, elle s'était jetée sur son gendre, essayant de desserrer l'étreinte qui étouffait Rinaldo.

– Lâchez cet homme ! hurla-t-elle. Lâchez-le ! C'est un moine. Un homme de Dieu. Lâchez-le ou vous en rendrez raison.

– A qui ? A vous ? Seul votre époux peut me demander raison.

Elle le griffait et, d'une bourrade, il l'envoya rouler sur le sol juste aux pieds de sa fille qui, avec un hurlement, se précipita sur elle pour lui porter secours. Pendant ce temps Gerbert et Bertrand s'étaient à leur tour jetés sur Hughes pour essayer de lui faire lâcher prise, mais le baron n'entendait rien. La mâchoire serrée, l'œil plein d'éclairs, il continuait à secouer le moine dont les plaintes devenaient de plus en plus faibles.

– Pour l'amour du Ciel, lâchez-le, mon frère, supplia Gerbert. Vous savez bien que vous ne pouvez pas faire ça !

Brusquement, comme si la foudre venait de tomber sur lui, le baron se figea. Ses mains s'ouvrirent et Rinaldo en glissa pour s'étendre, comme un pantin désarticulé, sur les dalles de la salle. Il ne bougeait plus et, sans perdre un instant, Bertrand fut sur lui, essayant de le ranimer au milieu d'un silence qui se faisait de plus en plus pesant. Au bout d'un temps que nul ne put déterminer, il releva la tête vers Hughes qui n'avait pas bougé.

— Sire, souffla-t-il, le moine est mort...

Si peu qu'ait résonné sa voix, elle alla réveiller toute la combativité de la dame de Ribemont qui, étendue sur une bancelle, reprenait ses esprits en buvant du vin épicé.

— Misérable ! hurla-t-elle. Vous avez tué un moine ! Vous avez tué un homme de Dieu. Vous en répondrez !

Le baron tourna vers elle un visage de pierre.

— Je n'ai pas à en répondre. J'ai, ici, droit de haute et basse justice. Cet homme, l'un de mes serviteurs, m'a trahi. Il n'est pas un de mes pairs qui ne me donnerait raison.

— Ce n'était pas votre serviteur, mais le nôtre qui avait suivi ici notre fille. Et les hommes d'Église n'appartiennent à personne. C'est à l'évêque, à qui je vais sur l'heure porter ma plainte, que vous en répondrez. Et l'on vous jettera en noire prison, et l'on vous...

— Dites à votre mère de se taire si elle ne veut pas subir le sort de cette racaille de moine ! fit Hughes se tournant vers sa femme.

Mais celle-ci, à présent, le considérait avec des yeux pleins d'horreur et ne pouvait rien répondre. Ida se leva.

— Nous ne resterons pas un instant de plus dans cette demeure ! Venez, ma fille ! Vous seriez ici en danger.

— Vous êtes ma femme, vous devez rester ici, dit Hughes d'un ton égal.

Hermelinde alors éclata en sanglots.

— Non ! Non, je ne resterai pas ! Vous avez tué pour rien. Je savais ce qui s'est dit dans l'étuve. Je savais que vous aviez engrossé la dame Le Housset et qu'elle veut que vous me chassiez pour prendre ma place. Eh bien, je la lui laisse ! Et je ne veux plus vous voir jamais. Jamais.

Appuyées l'une sur l'autre, les deux femmes, l'une vociférant et l'autre sanglotant, s'engouffrèrent dans l'escalier sans que Hughes ait fait la moindre tentative pour les retenir. Il se sentait las, tout à coup. Incroyablement fatigué comme il ne l'avait jamais été après les plus dures, les plus longues passes d'armes. Passant sur son front où perlait une sueur glacée une main qui tremblait un peu, il regarda tous ces visages tendus vers lui, sans autre expression que la stupeur ou le chagrin. Puis son regard tomba sur la dépouille de Rinaldo qui gisait toujours à ses pieds.

– Emportez-le ! Qu'on lui fasse des funérailles convenables...

A son tour, il se dirigea vers la porte, titubant légèrement sur ses longues jambes comme un homme pris de boisson. Mais déjà son frère l'avait rejoint et le soutenait silencieusement.

Ils allaient atteindre la porte quand l'ermite, en dépit de sa frayeur, osa s'approcher.

– Sire, fit-il d'une voix qui s'étranglait. Je vous jure que je ne savais pas... je ne voulais pas.

Hughes eut un petit rire sec.

– Ne crains point ! Il ne t'arrivera rien. Ce n'est pas toi qui avais machiné ça.

Et il passa. Aidé par Gerbert, il remonta dans sa chambre et se laissa tomber comme une masse sur le' vaste lit qui gémit sous son poids. Les fumées de sa grande colère se dissipaient tout à fait, le laissant anéanti. Il se sentait la tête vide, les membres sans force. Il fallut que Bertrand, qui l'avait suivi, le soulevât pour lui faire boire un peu du vin qu'apportait son frère. Mais quand le liquide toucha ses lèvres sèches, il en but à longs traits, vidant le gobelet jusqu'à la dernière goutte avec l'impression rassurante que la vie revenait dans son corps et que le vin bousculait le sang dans ses veines.

En lui rendant le récipient, il leva les yeux sur Gerbert.

– Je n'aurais pas dû faire ça, hein ?

– Non. Tu n'aurais pas dû. Cela n'arrange rien de l'avoir fait taire. De toute façon Ida de Ribemont voulait emmener Hermelinde et savait tout. Elle voulait seulement t'humilier sous ton propre toit.

– Tu as raison. C'est elle que j'aurais dû tuer.

– Je ne crois pas que cela aurait arrangé tes affaires. C'est déjà suffisamment grave comme ça. Dieu sait ce que l'évêque dira.

– Eh ! grogna Hughes. Qu'a-t-il à faire d'un moine sicilien ?

– Tu sais bien que les gens d'Église se tiennent entre eux. Ta malchance vient surtout de ce qu'Anselme est à Lille. Lui présent, les choses ne se seraient pas passées ainsi.

– Tandis que maintenant, il peut me demander raison de l'offense faite à sa maison sans que je puisse en appeler au suzerain ! Dans quel pétrin me suis-je fourré ? Et tout ça, pour une Osilie Le Housset !

Il y eut un petit silence puis Gerbert, presque timidement, demanda :

– C'est vrai cette histoire de grossesse ? Tu as...

– Fait un enfant à la femme de Gippuin ? Oui, c'est vrai. Enfin, elle le dit !

Avec un soupir, Gerbert secoua la tête, alla se verser un pot de vin qu'il avala d'un coup, puis revint s'asseoir sur un coin du lit d'où il considéra son frère avec l'attention que l'on réserve en général à un phénomène curieux. Puis, brusquement, il se mit à rire.

— Est-ce que tu deviens fou, gronda l'aîné ? Je ne vois vraiment rien de drôle dans cette histoire.

— Si. Toi ! Ce tantôt tu envisageais superbement l'idée de renvoyer Hermelinde à sa mère et de mener le seul genre de vie que tu aimes : les filles et les batailles. Or, Ida est venue te débarrasser de ton épouse, en outre tu vas te retrouver avec au moins deux combats sur les bras : Anselme de Ribemont et Gippuin Le Housset et tu fais une tête de carême ! Tu devrais être content...

— Content ? Et l'évêque ? Crois-tu qu'il va, lui aussi, me demander raison en champ clos, les armes à la main ? Il va lâcher sur moi les foudres de l'Église si d'aventure ma belle-mère a auprès de lui quelque crédit. Il va m'excommunier. Peut-être même ira-t-il jusqu'à l'Interdit ?

— N'exagère pas ! Tu n'as pas tué un évêque ! Rien qu'un moine. Et étranger encore.

— Tu sais bien que cela ne compte pas. C'est la tonsure qui compte.

— De toute façon, l'évêque n'a pas intérêt à te frapper trop durement et à se faire un ennemi de plus. Il a déjà bien assez à faire depuis que les habitants de sa ville ont fait rétablir par le roi leur charte communale. Et aussi avec les brigandages du sire de Coucy qui ne manque pas une occasion de faire main basse sur ses biens extérieurs à la ville. Il ne souhaite guère se faire assassiner au fond d'un tonneau comme son prédécesseur.

Le bruit d'une troupe qui se rassemblait tira Hughes de son lit pour l'amener jusqu'à l'étroite ouverture qui tenait lieu de fenêtre. En bas, l'escorte d'Ida se reformait autour de la litière dans laquelle il vit monter Hermelinde drapée dans une grande mante fourrée, cependant que ses coffres étaient empilés dans un chariot. Ainsi sa femme quittait sa demeure sans un mot d'adieu, sans lui accorder à lui-même la moindre chance de se défendre. Ses poings se crispèrent d'impuissante colère. Cela ressemblait trop à un prétexte saisi au vol.

– Comment peut-elle partir ainsi ? fit-il avec un haussement d'épaules. Nous ne formions pas un très bon ménage, mais je la croyais tout de même attachée à moi.

– Mais elle l'est ! affirma Bertrand qui regardait aussi et depuis plus longtemps dans la cour.

– A quoi vois-tu cela ?

– Quand elle est sortie, elle pleurait. Elle a levé la tête pour regarder par ici.

– Elle pleure peut-être, mais elle part. A présent, il va me falloir affronter son père et je ne te cache pas que cela me sera dur. Un ami de dix ans ! L'homme que je respecte le plus au monde ! Je crois, Dieu me pardonne, que s'il me tue, il me rendra service.

Anselme IV, comte de Ribemont, apparut à Fresnoy une semaine plus tard, environné de l'appareil guerrier qui lui était habituel, ce qui ne signifiait pas qu'il eût, pour autant, des intentions belliqueuses. Mais mieux valait tout de même se méfier.

Descendant de cheval dans un grand bruit de ferraille, il s'avança pesamment vers Hughes qui, grave et sur la défensive, venait à sa rencontre suivi de son frère et de son écuyer.

A quarante-cinq ans, le comte était un homme grand et lourd dont la silhouette massive évoquait aisément celle d'un ours. Il en avait la force et la carrure. Mais, quand, dans la broussaille roussâtre qui lui mangeait les trois quarts du visage, on rencontrait l'éclat de son regard couleur de noisette, on en venait à penser que cette redoutable enveloppe pouvait servir de façade à quelque chose de beaucoup plus gai. Et c'était l'exacte vérité car, preux chevalier et redoutable guerrier, Anselme de Ribemont n'en était pas moins joyeux compagnon. Il s'était acquis en outre la réputation d'un homme foncièrement humain, ménager du sang de ses soldats comme de la sueur de ses serfs. Ce qui était loin d'être fréquent.

Hughes était aussi grand que lui et, quand ils furent face à face, leurs regards se trouvèrent à même hauteur. Pour une fois, celui de Ribemont était sévère ; Hughes le soutint sans broncher, sans même articuler une parole, attendant que l'autre annonçât ses intentions. Allait-il lui jeter au visage l'épais gant de cuir qu'il avait glissé à sa ceinture ? Mais Anselme n'était pas l'homme des gestes inconsidérés.

– Où est ta courtoisie, Hughes de Fresnoy ? grogna-t-il au bout d'un instant. Tu ne me souhaites pas la bienvenue ?

– Je te la souhaiterai de grand cœur si tu le désires. A toi de voir.

– Essaie toujours !

Hughes eut un demi-sourire.

– Soit ! Si tu viens en paix, tu es ici chez toi. Dois-je ordonner de dresser les tables où veux-tu seulement que nous allions au verger débattre de nos affaires ?

– J'entrerai volontiers chez toi si tu veux faire prendre soin de mes hommes et de mes chevaux. Et je crois que j'accepterai un gobelet de vin.

Tandis que Gerbert donnait les ordres nécessaires, Hughes précéda son visiteur jusqu'à la salle où les servantes s'activaient déjà à dresser les tréteaux sur lesquels on placerait les grandes planches et on étendrait les nappes, cependant que des valets plaçaient dans l'énorme cheminée un tronc d'arbre coupé en plusieurs morceaux. Puis il se tourna vers lui.

– Permets-tu à mon écuyer de prendre ton heaume ?

– Et aussi mon manteau, et même mon épée ! Nous n'allons pas nous battre. Mais éloigne tes gens. Nous devons parler sans témoins.

Un geste du baron fit disparaître la valetaille puis, tandis que Bertrand s'en allait chercher un pot de vin et des gobelets, Anselme de Ribemont alla offrir à la flamme ses mains rougies et ses braies de cuir qui se mirent à fumer, répandant une désagréable odeur de cuir mouillé et de graisse chaude.

Lorsque Bertrand eut quitté la salle, Anselme se retourna et considéra d'un œil inquiet son gendre qui semblait attendre qu'il parlât, à demi étendu sur un banc et apparemment indifférent à la suite de l'entretien.

– Quelle histoire ridicule ! soupira-t-il. Je n'arrive pas à comprendre comment tu as pu te fourrer dans pareil pétrin.

– Oh ! Je reconnais que c'est surtout de ma faute. Mais on m'y a aidé.

– Tu sais qu'Ida est allée se plaindre à l'évêque Martin ?

– Elle n'a pas perdu de temps. J'espérais seulement que tu pourrais l'en empêcher, qu'elle se contenterait d'un duel entre nous. Enfin... j'osais l'espérer en souvenir de notre amitié...

– Tu avais raison pour l'amitié. Quant au duel, pas question, justement à cause de ce qui nous lie. Mais je ne suis rentré de Lille qu'hier au matin. Le mal était fait. Tu vas avoir à répondre devant l'évêque du meurtre public d'un religieux.

– Un misérable qui m'a espionné, dénoncé, après avoir comploté contre moi durant des années. Je suppose qu'il était à la solde de Bohain. Celui-ci n'a renoncé ni à ta fille ni à sa dot !

132

– Bohain n'est pas près de devenir mon gendre. Jusqu'à présent c'est toi le tenant du titre.

– Pas pour longtemps. Je n'ai pas d'illusions. Tout ça parce que j'ai couché avec une autre femme !

Anselme eut un étroit sourire qui ne lui tira qu'un coin de la bouche.

– Tu sais, nous le faisons tous à un moment ou à un autre. Ne fût-ce que besogner une servante quand la dame est enceinte ! Voilà pourquoi je dis que cette histoire est ridicule ! D'ailleurs, si j'avais été là, Ida ne serait jamais venue faire ici cet esclandre qui a causé tout le drame.

Il parut lutter soudain contre des mots difficiles, déglutit plusieurs fois, puis finalement lâcha :

– D'autant que la dame Le Housset ne vaut vraiment pas une tragédie domestique. Ce n'est pas, et de loin, une vertu.

– Comment ça ? Que sais-tu d'elle ? fit Hughes choqué.

Conscient, en attaquant l'honneur d'une femme noble, de proférer une énormité, Ribemont se tiraille les moustaches, fourragea dans sa barbe et, finalement, choisit d'éclater d'un énorme rire, un peu forcé à vrai dire, mais qui s'en alla résonner jusque dans les hauteurs du donjon et fit envoler les corneilles.

– Parce que tu te croyais son seul doux ami ? Mais, malheureux, sache que si Gippuin revient un jour de croisade il aura toutes les peines du monde à passer sous la voûte de sa maison forte tant ses cornes sont hautes et drues !

– Une femme seule ! s'écria Hughes scandalisé. Comment peux-tu !

– Il est bon de faire entendre, de temps en temps, la vérité même si elle est difficile à entendre et encore plus difficile à dire. Sache que, si j'en crois ce que j'ai entendu chez le comte de Flandres, nous sommes au

133

moins trois à nous être portés au secours d'une noble dame dans la misère.

— Nous ?

Anselme prit un air modeste et retourna se chauffer.

— Eh oui ! Moi aussi je la connais. Pas autant que toi, bien sûr, car je n'ai dû aller que deux fois à sa tour où l'on m'avait dit qu'elle manquait du nécessaire. La dernière fois, c'était environ un mois avant la Noël. Ce qui fait...

— Que tu as peut-être autant de chances que moi d'être le père de l'enfant qu'elle attend ?

— Peut-être. C'est ça que je suis venu te dire, Hughes, et c'est pour ça aussi que je refuse de te rencontrer en champ clos pour nous entre-tuer. Seulement tu comprends bien que je ne peux pas me confier à mon épouse ni à ma fille. Je me suis borné à leur dire ma façon de penser à l'une comme à l'autre. Surtout à l'autre d'ailleurs qui, n'ayant pas encore porté de fruit, devrait songer à se montrer plus discrète et moins arrogante.

Le donjon s'écroulant subitement sur sa tête n'aurait pas ahuri Hughes plus que les confidences de son beau-père. Ainsi Osilie, en l'amour de laquelle il avait cru, trompait non seulement son mari, mais le trompait lui aussi ? Il éprouvait un vague dégoût à découvrir que cette eau qu'il croyait innocente et assez limpide pouvait laisser remonter des profondeurs vaseuses. Mais il était trop soulagé pour en éprouver réellement de la colère. De tout ce qu'Anselme lui avait dit, il ne voulait retenir qu'une chose : le comte de Ribemont ne pouvait que refuser de garder chez lui la dame de Fresnoy et ne lui permettrait pas la séparation.

— Alors, fit-il sans songer à dissimuler sa satisfaction, Hermelinde va revenir ici ?

134

Un nuage rembrunit le visage du comte qui secoua sa grosse tête chevelue.

– Non. Pas maintenant tout au moins. Je n'ai pas pu obtenir qu'elle m'accompagne. D'ailleurs je n'y tenais pas, étant donné ce que j'avais à dire. S'il n'y avait eu sa mère, je te l'aurais déjà renvoyée, sous escorte au besoin, car sa place est chez son époux. Mais Ida s'y oppose. Elle espère que l'évêque te punira sévèrement et elle ne veut pas que sa fille subisse les effets d'une punition qu'elle ne mérite pas.

– C'est raisonner en mère. Je ne peux pas le lui reprocher.

Se levant, le baron rejoignit son beau-père près de la cheminée.

– Quant à toi, je te remercie d'avoir eu assez confiance en moi pour m'apprendre la vérité sur Osilie. Je l'apprécie d'autant plus que tu pouvais te montrer doublement offensé de voir ta fille trompée par une femme dont tu étais l'amant...

– Pas à ce point-là, je te l'ai dit ! Je lui dois quelques moments agréables, mais ce n'était pas une habitude...

– Tu as été moins bête que moi ! C'est égal, ce pauvre Gippuin, qui est vaillant chevalier, ne mérite pas un sort pareil et j'ai regret, à présent, d'avoir contribué à l'encorner. Mais laissons cela. Accepteras-tu maintenant de prendre place à ma table ?

Apparemment soulagé lui aussi, Anselme de Ribemont s'étira largement, ce qui fit grimacer les mailles de son haubert.

– Pour sûr ! J'ai une faim du diable ! Et j'ai soif aussi. Buvons encore et fais-moi chercher mon écuyer pour qu'il vienne me débarrasser de cette ferraille. Il est temps de nous divertir.

On festoya tard dans la nuit. Ersende, qui avait tenu avec grâce la place vacante de la maîtresse du logis, s'était retirée depuis longtemps avec les damoiselles que l'on buvait encore autour des longues tables chargées de reliefs de toute sorte. Et ce fut seulement le lendemain après-midi que Ribemont, la langue pâteuse et la tête lourde, se décida à reprendre le chemin de ses domaines avec une escorte qui n'était pas beaucoup plus fraîche que lui.

Il mettait le pied à l'étrier pour se hisser sur son cheval quand un messager portant les couleurs de l'évêque de Laon sous une couche de poussière et des macules de boue fit son entrée dans la cour du château. Un instant plus tard, il remettait au baron de Fresnoy l'ordre de venir, le mardi suivant, jour de la Sainte-Félicité, répondre des accusations portées contre lui.

— J'aurais bien voulu t'éviter ça ! soupira Anselme. Si mon épouse n'était allée te dénoncer, l'évêque n'en aurait jamais rêvé. Veux-tu que j'aille avec toi ?

— Pour avoir droit à une éternité d'ennuis domestiques ? Jamais ! Ce moine est mort de ma main, même si je ne voulais pas réellement le tuer. Un homme doit savoir répondre de ses actes.

Lancée fièrement dans le vent du matin au début d'une journée qui, éclairée d'un petit soleil encore fragile, annonçait le printemps, la phrase était belle et ronde, vaguement héroïque et ne manquait pas d'allure, mais ce qu'elle sous-entendait était déjà beaucoup plus difficile à vivre. Quand, au jour fixé, le baron de Fresnoy fut introduit dans la grande salle capitulaire du palais épiscopal de Laon, il se sentit beaucoup moins assuré qu'il ne voulait le paraître. Car, même si, en apparence, Hughes avait tendance à faire étalage de quelque désinvolture en face de l'Église, il n'en était pas moins l'un de ses fils à peu près soumis et, surtout, il n'ignorait pas quelles redoutables menaces elle pouvait faire peser sur un seigneur temporel, si riche et si puissant fût-il, puisque les rois eux-mêmes comptaient avec elle au point, parfois, de se courber sous la menace de ses foudres.

Hughes avait remâché ces pensées peu récréatives, tandis qu'escorté de Gerbert, de Bertrand et de quelques soldats, il grimpait la rampe menant aux portes de Laon. L'antique ville romaine de Bibrax était bâtie sur une colline d'où l'on découvrait un immense horizon de plaines et où se rejoignaient Île-de-France, Picardie, Vermandois et Champagne. Le roi y possédait un palais où il ne venait guère, sinon jamais, et seul le puissant évêque, dont la demeure montrait sa tour carrée au-dessus des chemins de ronde, juste au bord du ravin, régnait ou s'efforçait de régner en autocrate sur un peuple turbulent de liniers, de chanvriers et de potiers d'argile qui s'entendaient à merveille à créer le désordre dès que l'on faisait mine de leur reprendre les franchises qu'ils avaient obtenues de haute lutte.

Le baron y pensait encore lorsque, franchies les défenses du palais épiscopal, il pénétra, seul, dans la grande salle capitulaire, lourdement voûtée de plein cintre, où l'évêque tenait sa justice. Elle s'ouvrit soudain devant lui, immense et vide comme une nef de cathédrale avec ses stalles rangées contre les murailles et, au bout, très loin, un siège de pierre où, mitre en tête et crosse en main, se tenait un homme sans âge, plutôt corpulent, et qui eût peut-être été petit sans sa haute coiffure. Un homme qui le regardait venir avec des yeux aussi froids que la pierre de ses murs en la seule compagnie de deux moines bénédictins en robe noire qui se tenaient de chaque côté de son trône.

Sa voix gronda jusqu'au baron qui n'avait point encore quitté l'ombre de la porte.

– Approchez, baron de Fresnoy !

Un pas, puis un autre et encore un autre, le talon des bottes résonnant sur les dalles. Le chemin semblait interminable qui menait à ce juge mitré. Hughes le parcourut, le regard fixé sur la belle croix pectorale, d'or ciselé et d'améthystes grosses comme des prunes, qui brillait d'un éclat neuf sur la soie violette. Il n'y avait pas si longtemps qu'il avait vu Martin et il ne connaissait pas ce joyau. Se pouvait-il qu'il fût le présent de certaine noble et riche dame qu'il connaissait bien, par contre ?

Enfin, il fut devant l'évêque et plia un genou respectueux, attendant ce qui allait suivre.

– Nous avons appris avec douleur, mon fils, commença l'évêque d'un ton pompeux et en omettant de l'inviter à se relever, le crime affreux dont vous vous êtes rendu coupable, crime d'autant plus haïssable qu'il a été perpétré contre la personne d'un prêtre de la Sainte Église.

Apparemment, Martin avait décidé de fulminer ses reproches sur le coupable sans lui permettre de l'interrompre un seul instant, et Hughes, rongeant son frein, dut se résigner à le laisser déverser sur sa tête, et cela pendant un grand quart d'heure, les reproches les plus sanglants et les comparaisons les plus injurieuses avec les pires sacripants dont les méfaits illustraient tristement l'Ancien et le Nouveau Testament. Comparé tour à tour à Caïn, à Goliath, à Achab, à Hérode et à Judas Iscariote, le coupable sentit passer sur sa tête le vent des catastrophes à mesure que se développaient les savantes périodes de l'évêque. Après une telle diatribe, ce petit homme rageur allait à coup sûr l'excommunier et mettre son fief en interdit, à moins qu'il ne l'envoyât lui-même, le plus simplement du monde, au bourreau.

138

Enfin Martin s'arrêta, d'abord pour reprendre haleine et ensuite parce qu'il n'avait plus rien à dire. Hughes entreprit alors de se défendre. Ce fut beaucoup moins long et beaucoup plus clair : il se borna à expliquer, aussi simplement que possible, l'affreux tour que lui avait joué Rinaldo puis exprima, avec la contrition qui convenait, ses regrets sincères de s'être laissé entraîner à un geste aussi grave. Enfin, il attendit, n'ayant, lui non plus, rien d'autre à dire.

L'évêque se pencha vers l'un de ses moines puis vers l'autre, opina du bonnet et, finalement, déclara solennellement :

– Relevez-vous, baron de Fresnoy, et préparez-vous à entendre, en bon chrétien, votre sentence. En expiation du crime exécrable dont vous vous êtes rendu coupable, vous paierez à notre Trésorier dix livres d'argent fin [1] afin que messes soient dites pour le repos de l'âme de votre victime partie vers son Créateur sans avoir reçu les consolations de l'Église...

– Oh ! Un si saint homme en avait-il tellement besoin ?

– ... après quoi, gronda Martin en le foudroyant du regard, vous prendrez la Croix et, puisque vous semblez aimer à tuer vos semblables, vous vous en irez en Terre sainte afin d'y combattre l'infidèle pour la plus grande gloire du Christ-Roi !

Miséricorde, la Croisade ! Hughes n'y avait jamais pensé car il se sentait peu attiré par les mirages brûlants de l'Orient mystérieux et leur préférait de beaucoup les petits brouillards matinaux de ses bonnes terres de Fresnoy. Les récits qu'il avait pu entendre de ceux qui revenaient le confortaient encore dans ses

1 La livre d'argent correspondait à 491 g de métal.

goûts casaniers. En effet, l'enthousiasme batailleur qui arrachait, ici ou là, un baron, un chevalier à sa tour et à sa glèbe pour l'envoyer au hasard des grands chemins et au péril de la mer jusqu'à ces terres brûlées qu'ils atteignaient parfois, lui semblait assez sujet à caution. Car s'il était inspiré par le désir sincère de servir Dieu et de protéger les pauvres pèlerins, le plus souvent ce bel enthousiasme s'adressait surtout au mirage doré du pillage et des femmes à la peau couleur d'ambre que l'on violerait joyeusement dans les maisons infidèles pour la plus grande gloire de Dieu. Maître d'un beau fief, d'un solide château et de bonnes terres, Hughes n'avait aucune envie d'abandonner tout cela à la concupiscence toujours possible d'un voisin – et malheureusement Gerbert, bien que vaillant, n'était pas un homme de guerre – pour s'en aller galoper à la poursuite d'une fortune hypothétique dont il n'avait pas grand besoin.

Bien décidé à batailler pour ne pas y aller, mais conscient du fait qu'il allait falloir mener une délicate négociation pour obtenir d'être dispensé de croisade, Hughes commença par s'incliner avec humilité.

– Les dix livres d'argent seront portées demain, seigneur Martin, mais, avant de quitter cette salle, j'ose implorer Votre Révérence de consentir à m'accorder un moment d'entretien...

– Eh bien, parlez !

– D'entretien sans témoins.

L'évêque commença par froncer le sourcil. Visiblement hésitant, il commença par tripoter sa belle croix neuve, marmonna quelque chose entre ses dents, se racla la gorge et se pencha derechef vers ses moines qui, agitant leurs têtes tonsurées d'un air grave, prirent tout de même le chemin de la sortie.

– Voilà, nous sommes seuls, fit-il avec humeur. Qu'avez-vous à dire ?

– Tout d'abord, je demande permission d'aller prendre, dans le vestibule, un petit coffre que j'ai laissé aux mains de mon écuyer.

Permission accordée, Hughes alla jusqu'à la porte, fit un signe à Bertrand et le délesta d'une boîte, de dimensions réduites, qu'il portait sous son manteau. Puis il revint à l'évêque devant lequel il plia de nouveau le genou.

– Tout-puissant et bon seigneur évêque, dit-il avec hypocrisie, je veux tout d'abord vous redire combien j'ai regret et douleur de ma lourde faute. La colère m'a emporté plus loin que je ne l'aurais voulu devant le désastre que ce malheureux avait causé chez moi en mettant ma dame au courant d'une aventure sans grande importance au fond.

– Il vous plaît à le dire ! Sans importance quand il s'agit d'adultère et que cet adultère est sur le point de porter fruit ? Votre maîtresse est enceinte à ce que l'on m'a dit... et aussi que vous songiez à lui donner la place de votre légitime épouse ? Tout cela, en vérité, est de peu d'importance !

– L'idée de me séparer de dame Hermelinde, mon épouse, ne m'a jamais effleuré, fit Hughes sèchement. Nous n'avons pas encore d'enfants, certes, mais nous attendons sans impatience qu'il plaise à Dieu de bénir notre union quand il le jugera bon. Quant à celle qui est aujourd'hui en attente, je désire pouvoir lui donner l'aide dont elle pourrait avoir besoin tout en cessant, avec elle, nos relations coupables.

Il prit une longue respiration car l'instant délicat était venu, puis ajouta aussi doucement qu'il put :

– Voilà pourquoi, j'ose supplier humblement Votre Révérence de consentir à modifier sa sentence, toute juste et bénigne qu'elle soit, en renonçant à m'envoyer pour le moment en Terre sainte.

– Quoi ! Vous osez en appeler de mon jugement ? s'écria Martin du ton qu'aurait pu prendre Salomon si un lévite quelconque s'était avisé de le contester.

– Nullement, saint évêque, nullement ! J'ai trop de respect pour vous. Tôt ou tard, d'ailleurs, j'en viendrai à prononcer le vœu de croisade pour l'honneur de Dieu et la sauvegarde des pèlerins mais, à l'heure présente, je souhaite demeurer afin de veiller, justement, à ce qu'il n'arrive aucun mal à la malheureuse que j'ai entraînée dans le péché.

– Eh bien, vous partirez quand elle aura mis l'enfant au monde !

– Ce n'est pas suffisant. Songez que son époux peut revenir. En ce cas, qui la défendra de sa juste colère ? Qui l'affrontera en champ clos comme il se doit en pareil cas ? La malheureuse est sans famille, sans défense. Il faudra bien que je me constitue son champion pour lui éviter la mort.

Martin allait dire quelque chose, mais Hughes le prit de vitesse.

– En témoignage de mon respect filial et en gage de ma bonne foi autant que de mon repentir, je me suis permis d'apporter, pour le trésor de l'Église, ce modeste présent.

Il prit le coffret sous son bras et le présenta ouvert à l'évêque. En dépit de son attitude pleine de majesté, celui-ci ne résista pas à la curiosité et tendit le cou.

– Qu'est-ce ?

– Un trésor familial, souvenir du grand roi Hughes, en l'honneur de qui j'ai reçu mon nom et qui l'avait offert à mon aïeul après son élection au trône.

Et Hughes exhiba un large cercle d'or guilloché, d'un beau travail mérovingien, enrichi de quatre améthystes et d'une topaze, qu'il avait en fait gagné à

Évrard de Fonsommes, au jeu des tables [1] quelques mois auparavant. Peut-être pourrait-on en faire une couronne pour quelque statue de la benoîte Sainte Vierge ?

– Voyons cela !

Martin prit le bracelet, assez large pour cercler le bras d'un homme vigoureux et le fit jouer un instant dans la lumière des gros cierges qui éclairaient la salle. Puis, sans en avoir l'air, il l'approcha de sa croix pectorale pour voir, sans doute, si la teinte violette des améthystes s'harmonisait. Il brûlait certainement d'envie de passer le cercle d'or à son poignet. Mais il remit la chose à plus tard, reposa le joyau dans son coffret qu'il referma et posa auprès de lui sans parvenir à dissimuler tout à fait un air de satisfaction qui l'empêcha de reprendre le ton abrupt d'auparavant.

– L'intention est louable, mon fils, et nous vous remercions de vouloir honorer Notre Dame. Mais de là à vous dispenser de partir en croisade ! Dix livres d'argent ne sont pas une punition suffisante : il est bon que vous soyez puni de façon publique et sur vous-même.

– On ne punit pas un chevalier en l'envoyant guerroyer, seigneur évêque, et je serais déjà parti si je n'étais retenu ici par les obligations que vous savez.

Un gros pli se creusa entre les sourcils de l'évêque.

– J'entends bien, j'entends bien. Mais il faut que je vous punisse. La justice l'exige et...

Il s'arrêta à temps. Peut-être allait-il ajouter : « Et je l'ai promis à la dame de Ribemont. » Il y eut un petit silence qu'Hughes se garda bien de troubler et, finalement, l'évêque s'écria, comme si l'inspiration venait de lui venir :

1. C'était en quelque sorte l'ancêtre du jeu de dames.

— Passons pour la croisade momentanément. Mais, en attendant, faites pèlerinage ! Allez à Rome, par exemple.

— C'est très loin et, encore une fois, je dois veiller à...

— A Compostelle de Galice, alors ?

— C'est presque aussi loin.

L'évêque eut un geste d'agacement.

— Prenez garde à ne pas lasser notre patience ! Vous ne faites guère preuve de bonne volonté.

Nouveau silence au bout duquel il proposa d'un ton maussade :

— Écoutez bien ceci car c'est ma dernière offre : vous irez à Tours, prier au tombeau de notre saint patron vénéré, le grand saint Martin.

Hughes n'en espérait pas tant, et il retint le large sourire qui lui venait.

— Avec joie, mon seigneur ! Avec une très grande joie et avec toute la reconnaissance...

— Je n'ai pas fini, vous irez donc à Tours, mais vous paierez douze livres d'argent !

Interloqué d'abord puis indigné, Hughes de Fresnoy se retint de dire à l'évêque ce qu'il pensait de son chantage. Mais cela aurait grandement compromis la fin d'une négociation dont il n'avait pas tellement lieu d'être fier, car il l'avait menée avec une duplicité et une fourberie qui n'avaient rien de très honorable. Il avait, lui, chevalier adoubé, menti à un serviteur de Dieu, et cela avec une constance remarquable.

Tout en se livrant aux respectueuses salutations d'usage, il songea qu'évidemment il se tirait de l'aventure quelque peu appauvri mais somme toute satisfait. Par contre, il allait lui falloir confesser son chapelet de mensonges à son chapelain. Du moins quand il en aurait retrouvé un, ce qui ne pressait pas autrement.

Huit jours plus tard, le baron de Fresnoy partait pour Tours en compagnie de son écuyer Bertrand.

5
Où Étienne propose un marché...

Une surprise attendait Marjolaine au logis. Étienne était là. Assis sur la pierre de l'âtre, une écuelle entre les genoux, il trempait des châtaignes dans du lait. Il n'était pas arrivé depuis longtemps car son nez était encore bleu de froid et de menus points de givre brillaient ici et là dans ses cheveux couleur de paille.

Il se leva poliment à l'entrée de sa jeune tante et la salua comme il convenait. Il était exactement le même que d'habitude, avec son visage plat et large où les yeux étroits mettaient deux taches verdâtres et la bouche mince qui souriait rarement mais, à partir du cou, les choses changeaient. Ainsi l'habituelle tunique de laine brune avait fait place à un beau drap d'Arras, épais et soyeux, d'une chaude couleur de prune mûre, la chaussure de cuir souple s'était affinée et, posée sur un escabeau, il y avait une cape doublée de vair, visiblement neuve et ornée d'un large fermail d'argent où brillaient des améthystes. Enfin, dans l'attitude du garçon, généralement si modeste, il y avait une assurance nouvelle, quelque chose de triomphant que Marjolaine flaira, comme le chien flaire un danger encore lointain.

Elle planta son regard clair bien droit dans celui du visiteur.

– Peste, mon neveu ! Comme vous voilà mis. Mais vous risquez de gâter vos habits sur cette pierre souillée de cendres. Dame Aubierge aurait dû vous conduire dans la salle.

L'incriminée, occupée à surveiller la préparation d'un pâté d'anguilles au verjus, releva un regard courroucé.

– Voudriez-vous pas aussi, dame Marjolaine, que je donne à ce morveux du monseigneur ? La salle ? Voyez-moi cela ! Et pour quoi faire, s'il vous plaît ?

Marjolaine se permit l'ombre d'un sourire.

– Mais, pour y recevoir comme il convient l'héritier de mon défunt époux. N'avez-vous donc rien remarqué ? Ce n'est plus notre petit Étienne qui nous arrive là : c'est maître Grimaud.

– Maître Grimaud ? Depuis quand est-il passé maître ? La mort de maître Foletier ne lui a pas pour autant conféré la maîtrise et, dans ces conditions, la cuisine est toujours assez bonne pour lui. D'ailleurs, dès son entrée, il a réclamé à manger.

– J'a... j'a... j'avais froid et f... faim ! protesta Étienne qui, lorsqu'il s'énervait, avait tendance à bégayer. Mais je... je ne refuse pas la... la salle, ma... ma tante car j'ai à p... parler de choses importantes... qu'on ne peut dire dans une cuisine ! acheva-t-il tout d'une traite en jetant à Aubierge un regard meurtrier.

– Dans ce cas, venez ! soupira Marjolaine en ouvrant la marche. Dame Aubierge nous fera porter du vin chaud pour achever de vous réchauffer.

Dans la salle, un grand feu flambait dans la cheminée neuve, éclairant les peintures géométriques des murs et la grande tenture de lin, brodée jadis par la mère de Gontran, qui constituait le principal ornement du fond de la pièce. Marjolaine vint tendre ses mains à la flamme après avoir, du geste, invité Étienne à prendre place sur une bancelle.

– Eh bien, fit-elle calmement, qu'avez-vous à me dire, mon neveu ? Je vous écoute.

Étienne ne répondit pas tout de suite. Peut-être cherchait-il ses mots ! En outre, Aubierge venait d'entrer, portant sur un plateau le vin chaud embaumant la précieuse cannelle, et des gobelets. Elle fit toute une affaire de reposer le tout sur un dressoir, d'emplir les gobelets. Étienne la regardait faire et, de toute évidence, il n'ouvrirait pas la bouche tant qu'elle serait là. De son côté, la gouvernante souhaitait visiblement pouvoir mettre son grain de sel dans la conversation. Ce fut Marjolaine qui dénoua la situation.

– J'allais oublier, dame Aubierge ! Le seigneur abbé de Saint-Denis que je quitte à l'instant souhaite recevoir votre visite le plus tôt possible. Laissez la cuisine aux filles et allez-y. Il est à la maison d'œuvre.

Le soupir d'Aubierge aurait fait tomber des murs moins solides.

– J'y vais, fit-elle.

Et elle sortit non sans jeter sur Étienne un coup d'œil qui en disait long sur ses sentiments intimes. Mais l'ordre que Marjolaine venait de donner fournissait au jeune homme une entrée en matière inespérée et il sauta dessus.

– Vous avez vu monseigneur Suger ? demanda-t-il.

– Je le quitte.

– Ah ! Et vous a-t-il dit quand il compte enfin faire justice de l'assassin de mon oncle ? Un tel retard est scandaleux et fait jaser.

– Je ne conseille pas à ceux qui «jasent» d'aller le faire trop près de ses oreilles. Le seigneur abbé est un homme de Dieu, mais il peut avoir la main lourde. Quant à pendre Ausbert Ancelin, il faudrait pour cela être sûr de sa culpabilité.

Une brusque bouffée d'indignation empourpra le visage pâle du neveu de Gontran.

– Sûr de sa culpabilité ? Mais, il a été pris pratiquement la main dans le sac.

– Vous trouvez ? S'il fallait pendre tous les gens qui, un beau matin, trouvent un cadavre à leur porte, on refuserait du monde chaque jour aux fourches patibulaires. Il y a bien assez de bandits qui courent les rues la nuit.

– Et l'outil ? L'outil qui a servi à tuer ? Il n'appartenait pas à ce misérable peut-être ?

Marjolaine répéta ce qu'elle avait dit tout à l'heure :

– Un outil se vole ou s'emprunte.

– Allons donc ! Cela ne tient pas debout ! Cet homme est l'assassin. Qui voulez-vous que ce soit d'autre ?

La sainte indignation qui s'étalait sur le visage plat du garçon souleva le cœur de Marjolaine et lui donna envie de lui taper dessus.

– Ne soyez donc pas si prompt à condamner autrui, mon neveu ! Vous savez ce que dit la Sainte Écriture : ne juge pas, si tu ne veux pas être jugé. Laissez plutôt ce soin à monseigneur Suger qui est prud'homme et plein de sagesse. S'il décide qu'un complément d'information est nécessaire, c'est qu'il a ses raisons.

– Ses raisons ? Je voudrais bien les connaître ! Quant à vous, dame Marjolaine, je vous trouve bien peu ardente à la recherche de la vengeance.

– Quel mauvais chrétien vous faites ! Voilà que vous mélangez encore tout : la vengeance appartient à Dieu. D'ailleurs, pendre un innocent ne ressusciterait pas maître Foletier. Méditez un peu tout cela, mon neveu.

148

Étienne rougit encore un peu plus : il venait d'avaler d'un coup tout le contenu de son gobelet, d'où Marjolaine conjectura que le moment était venu pour lui de faire connaître le but de cette visite inhabituelle. En effet, il se racla la gorge puis lâcha, non sans se remettre à bégayer, ce qu'il n'avait pas fait tant que la colère lui avait dénoué la langue.

– Ne... ne pourriez-vous... cesser de m'a... appeler votre ne... neveu ? Les cir... constances ne sont plus... les mêmes !

– Je ne vois pas en quoi ? Me devez-vous moins de respect parce que votre oncle n'est plus ? fit Marjolaine avec quelque hauteur.

Brusquement, la timidité d'Étienne s'envola comme se lève un voile de brume. Marjolaine en eut conscience au frisson prémonitoire qui glissa le long de son dos, à la courte flamme qui brilla un instant dans les yeux du garçon.

– Le temps du respect est passé, lui aussi, dit-il d'une voix redevenue curieusement ferme. C'est à présent celui de l'amour.

– De quoi ? dit Marjolaine qui crut avoir mal entendu. Mais, comme il se rapprochait d'elle, et que ses mains levées vers elle tremblaient bizarrement, elle jugea plus prudent de se lever du fauteuil où elle était assise pour en faire le tour et s'en instituer un rempart.

– De l'amour, répéta Étienne, pas désarçonné le moins du monde. Mon oncle est mort : je suis son neveu et l'héritier de son négoce comme vous êtes par votre douaire, héritière d'une belle part de sa fortune. La coutume veut que vous deveniez ma femme et moi je ne souhaite rien de mieux. Quand nous marions-nous ?

Le mariage ? Déjà ? Il y avait décidément quelque chose de changé dans le silencieux et timide Étienne !

Et Marjolaine comprit qu'il allait falloir se battre. En dépit de l'angoisse qui lui venait, elle s'efforça de paraître toujours aussi calme, comme il est d'usage de le faire avec les enfants coléreux ou avec les fous.

– La coutume n'est pas absolue, mon cher Étienne. Quant à vos sentiments envers moi, pour flatteurs qu'ils soient, ils n'entrent pas en ligne de compte car il y a un troisième élément que vous semblez décidé à négliger : moi. Moi, qui n'ai pas la moindre envie de vous épouser.

– Et pourquoi cela, s'il vous plaît ?

– Mais parce que je ne vous aime pas.

– La belle affaire ! Est-ce que, par hasard, vous aimiez mon oncle quand vous l'avez épousé ? Laissez-moi vous dire qu'il n'y paraissait guère.

Marjolaine comprit que sa garde était faible, qu'il fallait trouver autre chose et que seule, peut-être, une volonté bien trempée pouvait la libérer de ce garçon visiblement amoureux et qu'elle savait têtu.

– En effet, je n'aimais pas maître Foletier, dit-elle. Mais mon père avait ordonné ce mariage et je devais obéissance absolue à mon père. A présent je suis veuve et maîtresse de moi-même par-devant Dieu comme par-devant la loi des hommes. Et je dis que je ne deviendrai pas votre femme. Contentez-vous de ce qui vous revient et, d'ailleurs, vous fait riche. Et laissez-moi vivre comme je l'entends. Fondez une famille et oubliez-moi.

– Les biens de l'oncle ne doivent pas sortir de la famille. Si vous alliez vous remarier et les porter à un autre, ce serait une malhonnêteté.

– Dites plutôt que vous ne supportez pas l'idée qu'une partie pourrait vous échapper ! N'insistez pas, Étienne. J'ai déjà dit que je ne vous aimais pas. Ne m'obligez pas à le répéter car je ne veux pas vous désobliger.

150

Si Marjolaine s'attendait à le voir se troubler, bégayer, pleurer peut-être, elle se trompait lourdement. Tout ce qu'elle vit fut un insolent sourire.

– Que vous m'aimiez ou non est sans importance, Marjolaine. Ce qui compte, c'est que moi je vous aime.

– Que savez-vous de l'amour ? Êtes-vous seulement capable d'aimer ?

– Cela aussi, tout compte fait, est sans importance. Vous êtes très belle et j'ai eu envie de vous le jour de votre mariage. Ce jour-là, je me suis juré qu'un jour je vous tiendrais dans mon lit et vous n'imaginez pas ce que je suis capable de faire lorsque je me suis promis quelque chose.

Le regard vert plongea, impitoyable, dans celui du garçon qui vacilla puis se détourna.

– Je crois que si, fit tranquillement Marjolaine. Mais quoi que vous ayez fait dans ce but ou dans un autre, cela ne vous donnera pas la victoire sur ma volonté. Et ma volonté est la suivante : jamais vous ne serez pour moi autre chose que le neveu de maître Foletier.

– Vous en êtes certaine ?

– Tout à fait certaine.

– Rien ne vous fera changer d'avis ?

– Rien !

– Pas même la possibilité d'être enterrée vivante pour le meurtre de votre mari ?

Un silence pesant comme une pierre s'abattit sur la grande pièce calme. Même le feu cessa de crépiter comme si l'horreur des paroles qui venaient d'être prononcées l'avait gelé. Marjolaine pour sa part crut avoir mal entendu.

– Qu'est-ce que vous venez de dire ? articula-t-elle enfin.

– Que si vous n'acceptez pas de m'épouser, vous serez accusée d'avoir fomenté l'assassinat de votre mari. Vous serez condamnée à mort et, vous le savez, les juges, trouvant la pendaison peu bienséante pour les femmes, préfèrent les enfouir convenablement sous quelques pieds de terre.

Marjolaine eut besoin de tout son courage pour lutter contre la brusque terreur qui l'envahissait. Elle y parvint, non sans peine, en serrant très fort ses mains l'une contre l'autre.

— Il y a un instant, fit-elle d'une voix blanche, vous réclamiez la tête d'Ausbert Ancelin pour le même crime. Il faut savoir ce que vous voulez.

— Je vous l'ai déjà dit : vous ! fit l'autre avec impudence. Au fond, Ancelin ne m'intéresse que jusqu'à un certain point : il fait un coupable très convenable, mais je renoncerai à lui sans peine si vous refusez de devenir mon épouse bien-aimée.

La jeune femme haussa les épaules et se détourna pour ne plus voir cette figure qui lui faisait horreur.

— Sottise ! Je ne vois pas du tout comment vous pourriez faire.

— C'est pourtant fort simple : la Jacqueline Ancelin peut être prise de remords et, avec beaucoup de larmes se souvenir d'un fait qu'elle avait oublié à cause de la peur affreuse que lui inspire l'assassin qui l'a menacée de mort : c'est elle qui a vendu l'outil de son époux... et c'est vous qui l'avez acheté !

— Qui croira une fable pareille ?

— Tout le monde, si elle l'affirme avec assez de force et assez de larmes mais, sur ce point, je lui fais confiance : c'est une excellente comédienne. Mon oncle en a su quelque chose. En outre, que sait-on de vous ? Que vous êtes fille noble, que sans sa fortune vous n'auriez jamais, si jeune et si belle, épousé un pelletier. Dans les quartiers on aime à rester entre soi. Une créature comme vous ne peut inspirer que la méfiance ou la passion. Les hommes vous regardent trop doucement et les femmes pas assez. A part cette vieille folle d'Aubierge et votre Aveline, soyez certaine qu'il n'y en a pas une, vous m'entendez pas une seule, qui ne soit prête à vous croire sorcière ou pire encore ! La mise en accusation de la veuve trouvera tous les échos que je voudrai. Plus encore, peut-être, car une fois l'accusation lâchée, je ne pourrai plus rien pour vous ! Alors choisissez, mais choisissez vite !

Marjolaine savait qu'il avait raison, qu'on ne l'aimait guère, que ce soit à Paris ou à Saint-Denis. Les femmes, en effet, avaient pour elle plus de regards obliques et venimeux que de sourires, tandis que la concupiscence était l'expression qu'elle rencontrait le plus couramment sur le visage des hommes. Elle savait qu'il y avait là un danger réel, mais elle avait trop de courage pour se rendre ainsi sans combat.

– Confidence pour confidence, beau neveu, il ne fait plus aucun doute pour moi que vous avez, peut-être de votre propre main, tué mon époux.

– Pas peut-être ! confirma Étienne avec un sourire cruel. C'est bien moi qui l'ai tué après avoir volé le fameux maillet. Voyez-vous, il se trouve que la belle tonnelière avait aussi des bontés pour moi et, à présent, elle me mange dans la main grâce à certaines promesses que la mort de l'oncle me permet de tenir. Que voulez-vous, c'est une femme qui aime la toilette et qui en a assez de son hameau crotté. Tout comme elle en avait assez de l'oncle et même de son imbécile d'époux. Elle a d'autres ambitions. Un seigneur du voisinage, il me semble.

– Alors, elle refusera de m'accuser puisque cela signifierait le retour au logis de son mari.

– Que vous êtes simple, ma pauvre ! En ce cas, Ancelin pourrait ne plus jamais sortir de sa prison. Un suicide, cela s'achète aussi, vous savez ?

Cette fois, Marjolaine ferma les yeux, malade de dégoût et d'horreur. Elle avait l'impression de s'être penchée sur le plus puant des trous à purin. Pourtant, même contre cela elle entendait lutter encore. Elle rouvrit les yeux, toisa Étienne :

— J'ai aussi le choix du couvent. J'y songeais déjà, en vérité, car les hommes tels que je les vois ne me plaisent guère. Dieu, au moins, est sans surprise.

Le sourire s'accentua, inspirant pour la première fois à Marjolaine une folle envie de tuer. Étienne hocha négativement la tête :

— N'en soyez pas trop sûre. D'ailleurs, je ne vous permets pas le couvent ! C'est moi ou la fosse.

— Le choix est mince. Eh bien, je vous rendrai réponse demain.

— Pour... pourquoi pas tout de suite ? bredouilla Étienne visiblement déçu.

— Parce que j'ai besoin de réfléchir cette nuit. Après tout, conclut froidement la jeune femme, peut-être préférerai-je la mort. J'ai besoin de savoir si le contact de la terre ne me sera pas plus supportable que le vôtre. A présent, partez !

— M... mais !

— Demain, vous dis-je ! Même heure, même lieu ! Je vous attendrai.

Il comprit qu'il n'y avait rien de plus à en tirer et n'insista pas davantage. Reprenant sa cape, il la jeta sur son dos et sortit, non sans lancer un dernier regard à la jeune femme. Debout près de la cheminée, les bras croisés sur sa poitrine, elle fixait les flammes, sur le fond ardent desquelles son fin profil se découpait avec une grâce et une jeunesse exquises. Grimaud eut envie de se jeter sur elle, de la forcer là, sur la jonchée de paille fraîche et de foin odorant qui couvrait les dalles, mais il se maîtrisa.

Rien ne servirait de brusquer les choses. Mieux valait sans doute laisser la nuit – et ses terreurs – passer sur Marjolaine. Elle lui inspirerait une crainte salutaire des ténèbres lourdes et gluantes qui l'attendaient.

Il eut, de la main, en franchissant le seuil, un geste dérisoire.

– A demain donc ! claironna-t-il. Je crois que vous ferez le bon choix. Je suis un assez bon garçon, vous savez ? Et puis je suis jeune et je vous aime !

Cette déclaration sans tendresse, jetée presque comme une insulte, n'arracha même pas à Marjolaine un haussement d'épaules. Non qu'elle fût indifférente mais elle demeura, durant un temps dont elle ne put apprécier la durée, privée de toute réaction et de tout sentiment. La cynique et cruelle menace d'Étienne, l'impudence tranquille avec laquelle, se sachant seul avec Marjolaine, il avait avoué son crime, tout cela enveloppait le cœur et l'esprit de la jeune femme d'un carcan glacé. Elle se sentait éteinte comme si l'on avait soufflé son âme à la façon d'une chandelle.

En rentrant de l'abbaye, Aubierge la retrouva à la même place, debout près de la cheminée, le regard fixe, les bras abandonnés le long du corps et si pâle qu'elle paraissait pétrifiée. Et tout de suite la brave femme s'affola, prit Marjolaine dans ses bras, constata que ses mains étaient glacées et que de lourdes larmes glissaient lentement au long de ses joues blanches.

– Mais qu'est-ce qu'il vous a fait ce vilain, mon agneau ? Qu'est-ce qu'il vous a fait pour vous mettre dans cet état ? Sainte Vierge bénie ! Mais regardez-moi cela ! Elle est toute glacée, toute pareille à ce bonhomme que les enfants ont fait avec de la neige la semaine passée, sur le parvis de l'abbaye !

Sans que la jeune femme opposât la moindre résistance, Aubierge la fit asseoir, courut à la cuisine, revint avec un chauffe-doux qu'elle mit sous ses pieds, puis avec un bol de vin très chaud qu'elle lui fit avaler avant de se mettre à lui frictionner le dos et les bras, ne s'arrêtant que lorsqu'elle eut vu les couleurs revenir à son visage.

– Là, voilà qui est mieux ! A présent, il faut tout me dire.

Ce fut vite fait. Marjolaine avait trop besoin d'une épaule pour y poser sa tête, d'une oreille pour y déverser sa peur et son angoisse. L'une et l'autre faillirent bien lui manquer car, en apprenant l'incroyable machination ourdie par Étienne Grimaud, Aubierge crut se pâmer tout de bon. Mais c'était une femme qui récupérait vite : trois signes de croix, l'absorption vertigineuse de tout ce qui restait de vin aux herbes et elle était à nouveau prête à affronter la vie et les hommes.

Elle trouva tout de suite une solution radicale.

– Il faut nous débarrasser de ce misérable !

– C'est aisé à dire, bien moins à faire, dame Aubierge ! Qu'on le trouve mort et la femme parlera. Elle doit être bien payée. Je gage qu'il lui a donné toutes ses économies.

– ... ou ce qu'il a pu voler en vendant clandestinement des peaux ! Alors, il faut trouver la femme.

– C'est impossible ! Elle est cachée paraît-il. Peut-être même chez ce seigneur dont Étienne prétend qu'il lui veut du bien...

– Si bien cachée qu'elle soit, le seigneur abbé devrait avoir le pouvoir de la faire chercher.

– Et que dira-t-elle ? Elle m'accusera.

– A moins qu'on ne lui fasse avouer son mensonge sous la torture ! On a des moyens et, si elle avoue avoir trafiqué avec l'héritier de la victime, on pourrait lui poser d'autres questions. Ne fût-ce que si elle admet vous avoir vendu l'outil.

– Il n'y a aucun crime à vendre un innocent outil à une dame mystérieuse et riche quand on est une pauvre femme sans cesse à court d'argent. En outre, il se peut qu'Étienne ait raison quand il dit qu'on ne m'aime guère.

– Possible. Mais moi je vous aime et je suis capable de retourner les plus solides commères.

Avec un sourire triste, Marjolaine caressa sa joue ridée.

– Pas en face des hommes de justice, ma pauvre amie. On en a trop grand-peur. Et quand cette peur s'accorde avec l'envie de nuire à quelqu'un, personne ne peut grand-chose. Il faut que je trouve une autre solution.

– Vous n'allez tout de même pas accepter d'épouser ce monstre ? demanda Aubierge inquiète.

– A aucun prix ! Même si je dois y laisser la vie. Mais j'avoue que, pour l'instant, je ne sais pas du tout ce que je vais faire. Peut-être fuir cette nuit, aller m'enfermer dans un couvent éloigné dont je ne sortirai plus. Si Étienne me dénonce, cela n'aura plus d'importance puisque la justice des hommes s'arrête au seuil de la maison de Dieu.

– Autrement dit, ce sera une autre sorte d'enterrement et ce misérable pourra profiter en paix de la totalité des biens de sa victime. Je vous jure bien, moi, qu'il n'en profitera pas longtemps.

– A moins qu'il ne vous supprime vous aussi, ma pauvre Aubierge. Croyez-moi, il est capable de tout. Alors, à quoi bon vous exposer inutilement ?

– C'est ce que nous verrons. Quelle histoire, mon Dieu ! Et moi qui étais si contente de vous rapporter une bonne nouvelle !

– Laquelle ?

– Le pauvre Ancelin ne sera pas pendu ! Monseigneur l'abbé, avec qui j'ai parlé longuement, a décidé de s'en remettre au Seigneur pour trancher la question, aucune preuve n'existant de l'innocence ou de la culpabilité de ce malheureux. Un jugement de Dieu en quelque sorte.

Marjolaine fronça le sourcil.

– L'ordalie ? Je n'aime pas cela car, selon la façon dont on la pratique, elle ne signifie rien. Des innocents paient alors pour les vrais coupables qui n'y sont pas soumis. Que va-t-on faire subir à ce malheureux Ancelin ? On va le jeter à l'eau, le faire marcher sur des socs de charrue rougis au feu, lui faire traverser un buisson enflammé ?

– Rien de tout cela. L'esprit du seigneur abbé est trop éclairé pour se payer d'une telle monnaie. Il va remettre seulement le prisonnier à la merci de Dieu : maître Ancelin partira en Galice avec le pèlerinage de Saint-Jacques-de-Compostelle.

– Vraiment ? fit la jeune femme dont le visage s'éclaira comme sous un rayon de soleil. Quel homme de bien est monseigneur Suger ! La route est dangereuse à ce que l'on dit, mais la plus grande partie de ceux qui s'y engagent en reviennent vivants.

– Ce sera plus difficile pour votre protégé, dame Marjolaine. Ancelin doit partir pieds nus, enchaîné et gardé. Je crois, moi, qu'il a peu de chances de s'en tirer.

Le regard de la jeune femme se couvrit d'un nuage.

– Pieds nus et enchaîné ! Mais pourquoi ? N'est-ce pas tenter de peser sur le jugement de Dieu ? Et nous savons, nous, qu'il est innocent puisque le coupable a avoué. Qu'il parte pour Compostelle, c'est bien car, au fond, cela le mettra à l'abri des entreprises de ses ennemis, mais pas enchaîné, pas pieds nus. Il risque d'en mourir avant le tombeau de l'apôtre.

– L'abbé ne peut pas faire autrement. C'est déjà beau qu'il lui évite la corde. Songez que l'homme est réputé coupable et que c'est faire preuve d'une grande mansuétude que de le laisser en vie.

– Pour combien de temps ? sanglota Marjolaine.

– Je vous en supplie, calmez-vous ! L'homme est jeune et solide. Les autres pèlerins l'aideront. Il faut cesser de vous tourmenter pour lui à présent que vous êtes certaine qu'on ne le pendra pas. Oubliez-le ! C'est à vous qu'il faut songer, à vous qui êtes en si grand danger.

– Que puis-je faire ?

Soudain très lasse, Marjolaine se laissa tomber sur un escabeau. Un instant, elle avait oublié la menace qui pesait sur elle pour ne songer qu'à l'homme si injustement condamné. A présent le choix impossible qu'on lui infligeait s'imposait de nouveau à elle avec une insistance d'autant plus cruelle. La voix d'Aubierge lui parvint comme perdue dans le brouillard.

– Pourquoi n'iriez-vous pas à la Pêcherie ? Vous avez un père, des frères. Ils vous protégeraient.

– Pas contre les gens du roi, et c'est le premier endroit où Étienne me ferait chercher. En outre, mon père est malade. J'ai appris qu'il boit beaucoup depuis mon mariage. C'est ma mère à présent qui mène tout à la maison et elle n'a pas envie de se souvenir trop souvent de sa fille bourgeoise.

– Après tout ce que cela lui a valu ? Ce n'est pas possible, mon agneau, vous vous trompez.

– Oh si, c'est possible.

C'était même certain. Une fois le manoir de la Pêcherie rénové et les coffres familiaux plus confortablement remplis par la générosité de Foletier, dame

Richaude avait subtilement espacé des relations qui, à la mort du pelletier, étaient devenues pratiquement inexistantes. Renier, le frère aîné, qui avait brillamment servi sous le seigneur de Marle et qui promettait de devenir un guerrier exemplaire, allait être prochainement armé chevalier. Son adoubement, qui ouvrirait pour lui la voie des fructueux tournois et des aventures lointaines, était à présent la grande affaire de sa mère. D'autant que l'on parlait aussi, pour lui, d'épousailles avec la plus jeune des filles du seigneur d'Ostel.

Mais ni pour la chevalerie ni pour les noces de Renier, on ne se souciait, chez les Bruyères, de voir figurer Marjolaine et son peu décoratif époux, bien que la bourse du pelletier parisien eût été mise à contribution discrètement pour le ruineux équipement du futur chevalier. Et la mort de Gontran ne changeait rien à la chose, bien qu'elle soulageât grandement la noble dame en supprimant un créancier qui risquait, à la longue, de devenir encombrant. Quant à Marjolaine, le grand deuil où elle se trouvait dispensait de l'inviter à des fêtes. Ce que l'on n'eût pas fait de toute façon, sa situation la mettant en quelque sorte au ban de la famille.

Par la suite, sans doute, dame Richaude se réservait de faire de nouveaux appels à la bourse de sa bourgeoise de fille, tout en la maintenant tout de même à une certaine distance d'une noblesse dont elle était déchue...

Tout cela, Marjolaine le savait et s'en attristait, mais elle était certaine que, dans de telles conditions, il ne pouvait être question pour elle de demander asile à la Pêcherie, et encore moins si elle se retrouvait sous le coup d'une accusation de meurtre. Une pareille tache, en effet, se révélerait indélébile et replongerait tous les Bruyères mâles et femelles dans les ténèbres extérieures où il n'est que pleurs et grincements de dents. Autrement dit, dans une situation encore plus désastreuse que celle dont le mariage de Marjolaine les avait tirés.

Indignée, Aubierge qui, au demeurant, n'avait guère d'illusions sur les sentiments maternels de la dame des Bruyères, en appela solennellement à la vengeance du Ciel, mais admit, non sans regrets, qu'en fait on en était toujours au même point.

— Il faut pourtant trouver une solution, soupira-t-elle en se penchant pour tisonner les braises de la cheminée et y remettre quelques bûches. Vous ne pouvez épouser l'assassin de votre mari, mon agneau, ni vous laisser condamner sottement à... oh ! c'est tellement affreux que je ne peux même pas prononcer ces mots-là !

Elle s'arrêta soudain, le tisonnier brandi comme si une inspiration céleste venait de la frapper.

— Et si j'allais un peu raconter tout ça au seigneur abbé ?

— C'est inutile. Tout à l'heure, quand je lui ai confié ma conviction de l'innocence de ce pauvre Ancelin, j'ai bien vu qu'il était très surpris, sinon indigné. Il doit penser que je m'accommode trop aisément de mon veuvage et de là à accueillir favorablement une accusation d'incitation au meurtre...

— Mais elle ne tient pas, cette accusation ! Il suffit de vous connaître.

— Et justement il ne me connaît pas. Pas assez, tout au moins, dit Marjolaine doucement. Je suis, pour lui, une fille pauvre qui a épousé par intérêt un homme riche.

— ... sur l'ordre de ses parents !

— Qu'en sait-il ?

161

– Allons donc ! Comme si, de nos jours, une fille de noblesse pouvait se marier sans la bénédiction des siens.

– Peut-être. Mais je peux avoir souhaité ce mariage. Il existe aussi des enfants difficiles pourvus de parents faibles.

– C'est ridicule !

Découragée, Aubierge se laissa tomber sur la pierre de l'âtre aux pieds de la jeune femme et se mit à pleurer. Elle sentait bien qu'il n'y avait pas grand-chose à faire, que le piège, pour grossier qu'il fût, avait été bien tendu et qu'à moins d'un miracle, il faudrait que Marjolaine en passât par l'une ou l'autre voie de cette alternative : épouser l'immonde Étienne ou se laisser exécuter d'abominable façon.

Durant un long moment, le silence ne fut troublé que par le crépitement du feu, les sanglots de la gouvernante et le bruit que faisaient les servantes, occupées au ménage dans les hauteurs de la maison ou au soin de la volaille dans la basse-cour. Immobile sur son siège, Marjolaine se laissait aller à un engourdissement de tout son être qui apaisait un peu les battements angoissés de son cœur. Elle n'avait pas le courage de chercher les mots qui eussent consolé Aubierge et elle la laissait pleurer parce qu'elle ne savait pas quoi lui dire. D'ailleurs était-ce elle qui avait le plus grand besoin de secours ?

Au bout d'un moment, celle-ci se releva lourdement, essuya ses yeux à un coin de son tablier et soupira :

– Il faut que j'aille veiller au dîner, dame Marjolaine.

– Je n'ai pas faim du tout.

– Il faudra vous forcer. L'esprit marche mieux quand l'estomac reçoit son content. Ensuite, j'irai prier monseigneur Saint-Denis et madame la Vierge et la Bienheureuse Aubierge, ma sainte patronne, et Notre Doux Seigneur de nous prendre en pitié.

Elle se dirigea vers la porte en traînant les pieds, courbée sous le poids d'un chagrin qui la dépassait. Mais, au seuil, soudain elle se retourna.

– Que Dieu me pardonne ce que je vais dire, dame Marjolaine, mais il me semble que la meilleure solution est encore d'épouser ce chenapan parce que, voyez-vous, la mort n'offre pas d'issue. Un mariage, on peut toujours en sortir et, s'il ne tient qu'à moi, cela ira peut-être plus vite que vous ne pensez. Il est des recettes, des herbes que l'on peut accommoder. Il y a aussi les champignons.

Marjolaine l'arrêta d'un geste.

– N'en dites pas plus, ma bonne Aubierge. Je vous crois bien capable de mettre votre âme en péril pour me sauver. Mais cela, je n'en veux à aucun prix. Il faut que je trouve toute seule ce que Dieu attend de moi. Allez, à présent, je vais monter me changer.

En quittant la salle, Marjolaine trouva Aveline derrière la porte. Assise sur la dernière marche de l'escalier, elle pleurait comme une fontaine, sa tête rousse enfouie dans son tablier.

– Eh bien, mais que fais-tu là ? s'exclama la jeune femme.

La petite releva vers elle un visage tout brouillé de larmes.

– J'ai tout entendu, hoqueta-t-elle. Je... je ne veux pas que vous... mouriez !

Sa désolation était si évidente que Marjolaine ne put s'empêcher de sourire.

– Alors tu veux que j'épouse Étienne, toi aussi ?

– Oh non ! Pas ça non plus !

– Je n'ai pas beaucoup de choix, tu sais ? Que ferais-tu à ma place ?

– Il faut fuir ! Il faut s'en aller loin, très loin, là où il ne pourra pas nous retrouver. Car, bien sûr, j'irai avec vous !

C'était la première fois qu'Aveline la peureuse laissait paraître son affection pour sa jeune maîtresse. Il fallait qu'elle aimât bien fort Marjolaine pour lui proposer de s'en aller ainsi avec elle au loin, au péril des chemins, n'importe où mais là où ni Étienne ni le bourreau ne pourraient les atteindre.

Marjolaine se pencha sur le rond visage mouillé et l'embrassa, puis s'assit sur la marche à côté d'Aveline.

– Où pourrions-nous aller ?

– En pèlerinage, par exemple. Là où l'abbé veut envoyer le pauvre maître Ancelin. C'est loin ?

– Très loin. Et puis le pèlerinage ne part qu'à Pâques. Et, de toute façon, Étienne ne me permettra pas de m'éloigner. Tu as entendu ? Je dois lui rendre réponse demain, sinon...

– Alors il faut partir cette nuit, tout de suite.

– Toutes les deux sur les grands chemins ? A la merci des brigands ? Nous sommes trop jeunes.

– Et puis surtout vous êtes trop belle. C'est difficile de passer inaperçue quand on a votre figure. Tout le mal vient de là.

Marjolaine regarda la petite avec étonnement.

– Tu es sûre ?

– Si je suis sûre ? Je pense bien ! Si vous étiez un laideron ou simplement une fille ordinaire, l'Étienne vous laisserait bien tranquille. D'ailleurs, maître Foletier ne se serait pas assotté d'amour pour vous. Et puis, vous voyez bien qu'il y a pas beaucoup d'hommes ou de garçons qui ne vous regardent doucement.

– Tu exagères. Je m'en serais aperçue.

– Mais vous vous en êtes aperçue ! Prenez le garçon qui taille les images à l'abbaye et les amis de maître

164

Foletier qui savent si bien vous regarder par en dessous quand ils viennent festoyer à la maison. Et Colin, le jardinier qui passe des heures la nuit devant votre fenêtre à rêver aux étoiles, même quand il n'y a pas d'étoiles et qu'il pleut à plein temps, ou qu'il neige, ou qu'il gèle.

– Colin ?

Marjolaine ne put s'empêcher de rougir, se rappelant soudain le rêve qu'elle avait fait à la fin de la nuit. Ainsi, le jeune homme lui aussi pensait à elle ? Et peut-être même était-il malheureux à cause d'elle ?

– Eh oui, Colin à qui j'ai vu des larmes de colère dans les yeux quand, au verger, le maître vous baisait la bouche ou vous mettait la main sur le sein. Même que ça ne devait pas vous être tellement agréable à vous non plus.

– Pas tellement, non. Mais c'était mon époux et il avait tous les droits.

– Des droits que l'Étienne il veut s'adjuger en héritage. Marchez, dame Marjolaine ! Depuis que je vous sers j'ai bien souvent pensé que, dans certains cas, c'était pas un cadeau du ciel d'être trop jolie. Il aurait fallu que vous soyez la dame d'un jeune et beau seigneur qui vous aurait aimée, servie, adorée comme notre reine Aliénor prétend qu'il faut en user avec les dames et qui vous aurait gardée bien à l'abri d'un château où vous auriez été la reine des fêtes. Mais, à présent, vous n'avez même plus votre vieil époux pour vous protéger des galants.

– Et aucun jeune et beau seigneur n'acceptera plus jamais de prendre pour sa dame la veuve d'un bourgeois. Il faut donc me défendre seule. Le malheur, c'est que je ne sais pas comment. Je ne peux tout de même pas, en un seul jour, vieillir ou devenir laide.

Elle s'arrêta brusquement, traversée par une idée terrible mais qui, peut-être, arrangerait tout, lui laisserait une vie à consacrer à Dieu et écarterait d'elle l'impensable idée d'unir, pour éviter une mort qui l'épouvantait, son sort à celui d'un assassin.

Marjolaine se releva et obligea Aveline à en faire autant.

– Va me chercher Colin et amène-le dans ma chambre. Je veux lui parler.

Aveline brûlait visiblement de poser des questions et de se faire expliquer un ordre aussi étrange, mais Marjolaine savait prendre certain air que n'eût pas désavoué dame Richaude et qui ôtait toute envie d'indiscrétion. La petite partit sans demander son reste, tandis que sa maîtresse remontait lentement vers sa chambre tout en songeant à cette idée qui ne pouvait lui avoir été inspirée que par le Seigneur en personne.

Un instant plus tard, Colin pénétrait dans cette chambre dont il rêvait si fort, selon Aveline. Celle-ci le fit entrer puis, sur l'ordre de Marjolaine, s'éclipsa non sans désappointement. D'autant que la jeune femme lui avait formellement interdit d'écouter aux portes.

– Vous m'avez demandé, dame ? bredouilla le garçon en martyrisant le bonnet qu'il avait ôté de sa tête en entrant.

– Oui. Aveline prétend que je peux compter sur ton dévouement. Est-ce vrai ?

Une étincelle s'alluma dans les yeux gris du garçon et les fit vivre subitement d'une ardeur inhabituelle, mais ce fut tout. Sa voix demeura paisible pour répondre :

– Commandez, dame ! Vous jugerez par vous-même.

– Bien. Alors ce soir, après vêpres et quand la nuit tombera, tu selleras ma mule et tu te prépareras à m'accompagner. Mais tu ne diras rien à personne.

— Je ne dirai rien si c'est votre vouloir. Où irons-nous ?

— Je veux aller près du nouveau marché aux Champeaux [1]. Connais-tu l'endroit et ceux qui l'habitent ?

— Je le connais mais ce n'est pas un lieu où il faut aller la nuit. Surtout une dame.

— Il faut pourtant que j'y aille. J'y veux voir un homme dont on m'a parlé, qui possède d'étranges pouvoirs et sait faire bien des merveilles. On l'appelle Sanche le Navarrais, ou Sanche le Mire.

Le visage de Colin vira d'un seul coup au rouge ponceau.

— C'est Sanche le Sorcier qu'il faut dire, et tout ce qu'il mérite, c'est une pile de rondins et une brassée de fagots entassés devant sa maison pour y mettre le feu ! En tout cas, je ne vous conduirai pas chez cet homme-là. C'est déjà bien trop que vous sachiez qu'il existe.

— Que lui reproches-tu toi ? T'a-t-il fait quelque chose, à toi ?

— A moi non. Je sais même des gens qui prétendent, ou plutôt qui chuchotent, qu'ils ont été guéris par lui de vilaines maladies, mais on dit aussi qu'il sait faire des monstres pour les foires et pour les confréries de mendiants. On dit qu'il sait empêcher les enfants de grandir pour qu'ils deviennent des nains qu'on lui paie très cher.

— On dit cela, vraiment ? Comment se fait-il, alors, qu'il ne soit pas déjà en prison ou même brûlé ? Notre

---

1. Ce marché devait devenir plus tard les Halles de Paris. Il se tenait hors les murs de la ville, près de ce qui est devenu le cimetière des Innocents. Louis VI l'avait installé en 1135 et Louis VII l'avait agrandi en 1141 pour y installer les marchés de la place de Grève et de la place Baudoyer qui encombraient trop la ville.

roi Louis, que l'on dit si pieux et si prud'homme, devrait-il laisser vivre à sa porte ce suppôt du démon ?

— Notre sire l'ignore sûrement. Quant aux gens du quartier, ils en ont peur et se tiennent bouche cousue. D'ailleurs on dit qu'un important personnage le protège et qu'une fois – il y a bien six ou sept ans – il a été dénoncé. Le guet est venu le chercher. Mais le lendemain matin il était revenu chez lui comme si de rien n'était et le dénonciateur a été trouvé égorgé dans les fossés de la ville. Alors, les gens préfèrent le supporter. D'autant qu'il sait rendre quelques services.

— Quel genre de service ?

— Faire passer l'enfant d'une fille, ou guérir les coliques – ou je ne sais quoi d'autre. Moi je ne suis jamais allé chez lui et vous n'irez pas davantage. Et d'abord, pour quoi faire ?

— Cela ne te regarde pas ! fit Marjolaine avec hauteur. Ce n'est pas à toi de poser des questions. Si je veux voir cet homme c'est que j'ai, pour cela, mes raisons. Mais, dis-moi, aurais-tu peur ?

— Je n'ai peur de personne, sauf pour vous, dame ! Ce Sanche est un mauvais homme. Il porte le mal sur sa figure qui est noire et tordue mais qui doit être encore moins noire que son âme. Vous ne pouvez aller chez lui.

— Est-ce là ton obéissance, ton dévouement tant vantés ?

— C'est justement parce que je vous suis dévoué que je ne vous conduirai pas chez le diable.

Il y eut un court silence, puis Marjolaine haussa les épaules.

— Fort bien ! Tu ne m'y conduiras pas. D'ailleurs tu ne me conduiras plus nulle part car, dès demain, tu quitteras cette maison.

Le dos de Colin, si droit l'instant précédent, se plia sous sa condamnation comme sous le fouet, tandis que des larmes montaient à ses yeux.

– Dame ! implora-t-il, vous savez bien que j'aime mieux mourir que quitter votre service. Vous savez bien que je suis prêt, à n'importe quel moment, à vous suivre jusqu'en enfer si vous l'exigez.

– Je ne t'en demande pas tant. Seulement de m'accompagner chez ce Sanche. Mais je ne t'interdis pas de prendre de quoi nous défendre en cas de besoin.

Elle leva la main pour le congédier, mais il ne bougea pas.

– Eh bien, qu'attends-tu ?

– Avec votre permission, dame, j'aimerais vous demander quelque chose ?

– Quoi ?

– Qui vous a parlé du Navarrais ?

– Cela a-t-il de l'importance ?

– Oui. Parce que c'est un péché d'apprendre à une dame telle que vous qu'il existe des gens tels que lui.

– Ne dis pas de folies. Madame la reine elle-même entend parler de bandits, de sorciers et de pire encore peut-être. Je ne suis ni si fragile ni si précieuse.

– Pour moi, si !

Elle eut un sourire.

– Tu n'es qu'un enfant. Va, à présent, et songe à exécuter scrupuleusement mes ordres. Et pas un mot à qui que ce soit.

Il sortit cette fois et Marjolaine écouta décroître le bruit de ses pas. Puis étouffa un soupir. Pauvre garçon ! S'il soupçonnait seulement ce qu'elle comptait faire chez Sanche le Mire, il refuserait avec horreur et rien sans doute, ni prières ni menaces, ne pourrait le convaincre de l'accompagner, cette nuit. Pourtant c'était la seule issue que lui laissait le piège trop bien tendu dans lequel Étienne l'avait jetée, la seule qu'elle pût emprunter sans encourir la colère de Dieu.

Lentement elle se leva, alla jusqu'à un étroit miroir d'argent poli qui mettait une lumière près de la fenêtre et s'y contempla longuement, passant sur les contours de son visage et sur la douceur de ses joues une main qui tremblait un peu. Ce qu'elle avait décidé l'effrayait et l'angoissait même, mais cela représentait le prix de sa liberté car c'était l'unique et rapide moyen qu'elle possédât de faire lâcher prise à Étienne et d'éviter l'abominable mort dont il la menaçait. Elle aurait sans doute le droit, après cela, d'aller où elle voudrait. Dans un couvent peut-être, une fois rempli le devoir qu'elle se traçait afin de réparer, dans la mesure de ses moyens, le mal fait par le neveu de Gontran : partir, au jour de Pâques, avec les pèlerins de Monseigneur saint Jacques afin de veiller, autant qu'elle le pourrait, sur l'homme injustement condamné et d'essayer d'empêcher que ce terrible voyage soit pour lui le dernier.

Avec un soupir, Marjolaine s'arracha au trop joli reflet du miroir, ce miroir que demain elle donnerait à Aveline. Puis elle alla s'agenouiller devant une petite Vierge de pierre noire que Gontran lui avait offerte au moment de leurs épousailles, qui emplissait de sa silhouette une niche creusée dans le mur et devant laquelle une veilleuse brûlait aux heures d'oraisons. Sur son genou, Marie portait l'enfant-Dieu, aussi raide qu'elle-même mais, en dépit de la gravité un peu sévère de leurs deux visages, Marjolaine aimait cette petite statue et lui adressait la meilleure part de ses prières.

Cette fois, plus que jamais, elle éprouvait le besoin d'obtenir le secours divin pour affronter jusqu'au bout l'épreuve terrible qui allait venir. Durant des heures, elle demeura là, priant éperdument, presque avec affolement dans les premiers instants, puis de plus en plus calmement à mesure que le lénifiant engourdissement des longues oraisons pénétrait ses nerfs. Sa porte demeura close tout le jour car elle refusa de se laisser distraire, que ce fût par Aveline inquiète de ce soudain besoin de réclusion ou par dame Aubierge qui prétendait l'obliger à se nourrir. Mais quand revint la triste nuit d'hiver, Marjolaine avait atteint une sorte de sérénité, un peu factice peut-être mais qui, l'obligeant à se sublimer, lui faisait rejoindre ce chemin étrange qui mène au martyre joyeusement accepté.

Lorsqu'elle se releva, les genoux raidis mais l'esprit flottant très loin au-dessus de la terre, Marjolaine était plus fermement que jamais ancrée dans sa décision de rencontrer Sanche le Navarrais et d'en obtenir ce qu'elle voulait. Et quand vint le moment de rejoindre Colin, ce fut avec des gestes fermes et précis qu'elle enroula un voile sombre autour de son visage et s'enveloppa d'une épaisse et ample cape noire. Puis, sur un dernier signe de croix, elle quitta sa chambre.

6
Sanche le Mire

La maison de Sanche le Navarrais ou le Mire était située non loin de la route de Flandre, entre le nouveau marché aux Champeaux et l'antique cimetière vieux de deux siècles au moins, que l'on appelait depuis peu le cimetière des Innocents. Cela tenait à ce que l'église voisine, élevée par le feu roi Louis VI le Gros et dédiée alors à saint Michel, avait changé de nom par la grâce de son fils, Louis VII le Jeune, qui jugeait préférable de placer plutôt l'église sous l'invocation des jeunes victimes d'Hérode le Sanguinaire. C'était une maison biscornue et un peu de guingois qui ressemblait assez à une vieille en bonnet légèrement prise de boisson par la vertu d'un toit pointu et décalé. Mais c'était un logis fait de bonnes pierres car il n'était rien d'autre qu'un ancien tombeau romain écroulé dont l'habileté du Navarrais avait su tirer un logis convenable. Et, si la porte était basse elle n'en était pas moins armée de pentures de fer qui lui assuraient une solidité à toute épreuve et garantissaient l'occupant des voleurs et bandits de tout poil, auxquels la mauvaise réputation de l'ancien tombeau n'aurait pas inspiré une crainte suffisamment salutaire.

Dans les ombres incertaines de la nuit, la maison et l'unique œil rouge qui découpait l'étroite fenêtre évoquaient la forme monstrueuse d'un cyclope accroupi ; Marjolaine, en la découvrant, sentit un désagréable frisson glacé courir le long de son dos. Le lieu était sinistre avec son horizon barré par les murs de Paris. Le brouillard nocturne les grandissait encore en cachant les chemins de ronde et les feux des guetteurs. Plus lugubre était le pilori tout neuf que l'on avait installé à l'un des angles de la halle dont les carcans vides semblaient toujours attendre quelque victime et rappelaient perpétuellement la cruelle justice du temps.

Marjolaine n'avait pas besoin de ce rappel pour y songer. Pourtant, arrivée devant la porte du Navarrais, elle resta là un moment à la regarder avec autant d'angoisse que si elle eût été la porte de l'enfer. Son cœur battait à tout rompre dans sa poitrine que la peur étreignait.

Avec l'instinct de ceux qui aiment, Colin sentit son hésitation.

– Dame, souffla-t-il, retournons ! Il est encore temps. Croyez-moi, vous n'avez rien à faire dans cette maison et seul le mal peut vous y advenir.

– Il m'adviendra plus grand mal encore si je n'y entre pas. Il faut que j'y aille. Aide-moi plutôt à mettre pied à terre car je n'y vois goutte. Puis tu m'attendras ici.

– Ça, n'y comptez pas. Je ne vous laisserai pas entrer seule chez ce sorcier.

– Ne me rends pas les choses plus difficiles, Colin ! Tu sais bien que tu dois m'obéir.

– Je sais. Eh bien, vous me chasserez demain si vous voulez, mais cette nuit je resterai auprès de vous. Je dois vous garder et je ne manquerai pas à mon devoir. J'en jure le Dieu tout-puissant !

Marjolaine comprit qu'elle n'en viendrait pas à bout si facilement et elle se reprocha d'avoir choisi Colin pour cette expédition nocturne, plutôt que Guillot ou n'importe quel autre serviteur. Mais il était vraiment le seul qu'elle eût envie de traiter en ami et, pour ce qui l'attendait, c'était justement d'un véritable ami dont elle avait le plus grand besoin. Mais qu'allait-il dire, qu'allait-il faire quand il saurait quel genre d'aide elle était venue chercher auprès du Mire ?

— Écoute-moi bien, Colin. Si je te laisse entrer avec moi, ce sera à une seule condition.

— Dites toujours.

— Quoi que tu puisses voir ou entendre, tu ne diras pas un mot, tu ne feras pas un geste. Ce que je vais demander à cet homme est une chose terrible, mais retiens bien ceci : c'est pour moi une question de vie ou de mort.

— De... mort ? Vous ?

— Moi. Je te supplie de me croire, Colin. Un danger terrible me menace si cet homme ne fait rien pour moi : je devrai choisir entre un mariage abominable et le bourreau. Je ne peux pas t'expliquer.

— N'expliquez rien, mais sachez que je suis prêt à tuer quiconque vous menace. Allons-nous-en !

— Non. Tant qu'il me restera une chance d'échapper sans crime, on ne tuera personne, fit-elle si durement que Colin baissa la tête. A présent, tu choisis de rester à moi ou de partir sur-le-champ. Mais sache que si tu m'empêches de faire ce que je veux, je choisirai la mort et je te maudirai tout le temps qu'il me restera encore à vivre. A présent, choisis !

Pour toute réponse, Colin cogna sur la porte, de son poing fermé, avec tant d'énergie qu'il l'ébranla.

— Allez seule, alors ! J'attendrai ici. Vous n'aurez qu'à appeler si vous avez besoin de moi.

174

– Qui va là ? fit à l'intérieur de la maison une voix volontairement assourdie.

– Une dame, répondit Colin, une dame qui veut vous parler.

– Elle a une drôle de voix, la dame. Nommez-vous !

– Je suis dame Foletier, intervint Marjolaine. Je vous en prie, ouvrez-moi !

Silencieusement, la maison ouvrit sa bouche rougeoyante qui parut à la jeune femme la gueule même de l'enfer. Quant à l'homme qui y inscrivait sa silhouette contrefaite, il semblait tellement accordé à son ambiance que Marjolaine eut un mouvement de recul. Petit, tordu, sec comme un vieil olivier dont il avait la couleur, Sanche le Navarrais, avec son visage grimaçant, ses yeux de braise, sa barbe pointue et ses cheveux noirs qui pendaient raides sous son bonnet noir fourré, offrait du diable une image presque trop réussie. Mais sa voix, à la fois profonde et veloutée, était une joie pour l'oreille et distillait une étrange douceur.

– Entrez, dame, dit-il courtoisement. La maison vous est ouverte. Vous n'avez rien à craindre de moi.

Alors, elle entra et, avec une soudaine décision, referma la porte derrière elle, se coupant ainsi volontairement du reste de l'univers. Le sort en était jeté et elle était prête à affronter le destin qu'elle se choisissait. Plus rien ne devait la faire revenir en arrière.

Lentement et comme attirée par le regard étincelant du Mire, elle descendit les quelques marches qui menaient à l'unique pièce ronde, un peu en contrebas et qui était l'ancienne chambre funéraire. Le tout sans rien voir du décor cependant étrange de cette encore plus étrange demeure : ni la table, faite d'une dalle de pierre qui supportait un étonnant bric-à-brac de fioles, de bottes d'herbes, de pots fermés par des morceaux de vessie de porc, de vases aux formes bizarres, ni le foyer central flambant autour d'un trépied de fer dont les fumées se perdaient dans les hauteurs de la voûte pour rejoindre le trou pratiqué sur le toit, ni le grand coffre peint de couleurs vives, ni la chaire d'ébène poli garnie de coussins d'un rouge fané qui se dressait, superbe et insolite, dans cet antre de sorcier au milieu d'un menu peuple d'escabeaux plus ou moins bancals.

Ce fut pourtant vers elle que le regard de Sanche conduisit sa visiteuse avant que, du geste, il lui fît signe de s'asseoir, restant debout devant elle, les mains perdues au fond des manches de sa robe noire usagée et de coupe presque monastique, mais dont les plis étaient resserrés autour de son corps maigre par une belle ceinture de cuir ouvragé.

Un moment, tandis qu'en déroulant lentement le voile qui enveloppait sa tête Marjolaine s'efforçait de calmer les battements désordonnés de son cœur, Sanche scruta le ravissant visage, si pâle sous le cerne las des yeux, qui se révélait à lui, mais sans rien laisser paraître de ses impressions. Simplement, il attendait que sa visiteuse parlât.

— Je vous remercie, finit-elle par dire d'une voix un peu enrouée, de me recevoir à une heure si tardive car vous ne savez même pas qui je suis.

— Croyez-vous ? Comment ne pas connaître la jeune et noble épouse d'un des plus riches bourgeois de Paris quand chacun s'accorde à vanter sa beauté et que...

D'un geste agacé, la jeune femme coupa court au compliment. Entendre parler de sa beauté était bien la dernière chose qu'elle souhaitât à cette heure.

— Que savez-vous encore ? demanda-t-elle.

— Rien de plus que tout un chacun : que votre époux est mort voici peu de jours, qu'il a péri de

176

male mort et que l'on a pris son assassin. Je sais aussi que vous vous refusez à exercer votre droit à la vengeance ou à la justice.

– Je n'ai pas à me venger d'un homme qui n'a rien fait, ni à mon époux qui lui avait volé sa femme, ni à moi-même. Quant à la justice, elle est aveugle et croit n'importe quoi. Mais je ne suis pas venue ici pour parler de ce drame. Je suis venue vous demander votre aide.

– Contre qui ?

– En vérité contre personne, sinon peut-être contre moi-même.

Sanche haussa les épaules.

– Elle vous est acquise si je le peux et si vous me payez !

– Vous aurez de l'or. Puisque vous savez tout, vous devez savoir que je suis riche.

– Je le sais. Que voulez-vous ?

Cette fois, le moment vraiment difficile était arrivé et les doigts de la jeune femme se nouèrent convulsivement.

– On dit, commença-t-elle, que vous tenez commerce de philtres, de charmes et autres choses défendues par l'Église.

– Cela se peut, fit le Navarrais avec une moue dédaigneuse, mais on ne saurait avoir besoin de « ces choses » lorsque l'on vous ressemble.

– On dit aussi que vous savez empêcher les enfants de grandir, que vous savez tordre les membres pour faire un estropié, changer un visage au point qu'une mère ne pourrait plus reconnaître son enfant. Que vous pouvez à votre gré guérir ou détruire.

A l'étonnement de Marjolaine, l'homme se mit à rire.

– N'en dites pas plus ! Je sais depuis longtemps ce que l'on dit de moi et, depuis plus longtemps encore je sais à quel degré de sottise peuvent atteindre les ragots de carrefours. Mais, après tout, j'y trouve ma tranquillité : la peur est une bonne protection. A présent que voulez-vous ? conclut-il non sans rudesse.

– Je veux que vous me rendiez laide !

– Quoi ? Vous voulez...

– Devenir laide, oui ! Affreuse ! Je veux que l'on cesse de me regarder avec envie, haine ou désir. Je veux que vous fassiez de moi un monstre qu'aucun homme n'ait envie d'épouser. Voilà ce que je veux. Le pouvez-vous ?

Abasourdi, Sanche considéra longuement cette admirable créature qui, avec des larmes dans la voix, réclamait la laideur comme tant d'autres, disgraciées de nature, l'imploraient d'apporter une amélioration à leur aspect. C'était incompréhensible. A moins que cela ne représentât un nouveau piège tendu par ses nombreux ennemis. Il fallait voir.

– Il est bien plus facile de détruire la beauté que de la créer car elle est le privilège de Dieu.

– Dieu ? Vous parlez de Dieu ? Vous ?

– Pourquoi pas moi ? Parce que je suis aussi laid qu'un diable ? L'enveloppe d'un homme et son âme ne sont pas toujours en accord parfait. Et vous, vous privilégiée entre toutes, vous que le Créateur a favorisée d'une beauté comme on en rencontre peu, voilà que vous en faites fi ? Voilà que vous la repoussez ?

– Qui vous dit qu'elle est l'œuvre de Dieu ? sanglota Marjolaine. Elle ne m'a apporté jusqu'ici que souffrance et malheur et, demain, si vous ne m'aidez pas, elle m'apportera la mort, la plus horrible des morts. Elle me fait horreur.

Brusquement le Mire se pencha, saisit entre ses doigts osseux les minces poignets de sa visiteuse pour l'empêcher de cacher entre ses mains son visage, déjà ruisselant de larmes.

178

– Regardez-moi ! ordonna-t-il durement. Ouvrez les yeux et regardez-moi ! Je veux savoir, vous entendez ? Je veux tout savoir de vous si vous voulez que je vous aide car ce que vous demandez me semble le plus damnable des péchés, et je n'en chargerai pas mon âme sans savoir pourquoi. Parlez : pourquoi voulez-vous devenir un objet d'horreur ? Croyez-vous que ce soit un bonheur que de traîner à travers une vie entière un visage comme le mien ? Et je suis un homme ! Allons, parlez !

Alors Marjolaine parla. A cet homme dont la figure évoquait Satan lui-même, elle fit la confession totale qu'elle n'avait pas pu se résoudre à faire, le matin même, à un prêtre de Dieu. Elle dit tout : comment elle avait été contrainte d'épouser Foletier, l'horreur de ses nuits, puis les concupiscences incessantes qu'elle rencontrait sur son chemin et, pour finir, le meurtre de son mari et l'aveu cynique fait par Étienne Grimaud. Enfin le marché abominable qu'il lui imposait.

– A présent vous savez, conclut-elle en essuyant ses yeux au revers de sa manche, et je pense que vous pouvez comprendre. Si je deviens laide, Étienne se détournera de moi et je pourrai au moins aller m'enfermer pour le reste de ma vie dans un couvent afin d'y vivre dans la paix de Dieu.

– Quel âge avez-vous ?

– Je crois que j'ai dix-sept ans.

– Dix-sept ans ! Et vous parlez de vous enfermer pour le reste de vos jours dans un couvent. N'avez-vous donc jamais songé à l'amour ?

– Autrefois, si. Ce que j'en sais à présent ne m'inspire que dégoût et répulsion. L'amour est une monstruosité sale et répugnante. Je vivrai en paix quand les hommes se détourneront de moi et me rendront l'horreur qu'ils m'inspirent.

– Pauvre ! Vous ne savez pas ce que vous dites ! Mais pourquoi en ce cas ne pas fuir, dès cette nuit, pour un bon couvent ?

– Parce que je voudrais essayer de réparer un peu le mal fait à un innocent à cause de moi. Je voudrais partir à Pâques, avec ceux de Compostelle de Galice, afin d'adoucir le calvaire d'un malheureux et essayer de le sauver. Le couvent ne viendra qu'après.

– J'ai compris. Mais ne savez-vous pas que, pour vous rendre laide, il faudrait vous faire souffrir ? N'avez-vous pas peur de la douleur ?

– Si, mais je me suis efforcée de m'y préparer. Avec l'aide de Dieu et de Madame la Vierge, j'espère pouvoir la supporter.

Sanche se redressa et, tournant le dos à la jeune femme, se dirigea vers le foyer central qu'il tisonna avant d'y rajouter un fagot et quelques bûches. Puis il prit un pot de fer dans lequel il jeta quelques ingrédients avant de le déposer sur le trépied.

– Qu'allez-vous me faire ? chuchota Marjolaine d'une petite voix écrasée d'angoisse.

– Je vais vous montrer quelque chose. Attendez-moi ici.

Avant que Marjolaine, surprise, ait pu protester, il était sorti, fermant soigneusement la porte derrière lui. Quand il revint, au bout de quelques minutes qui parurent autant de siècles à la jeune femme, il traînait après lui un homme en haillons, encore plus laid que lui-même par la vertu d'un énorme ulcère qui lui dévorait la moitié du visage. Le nouveau venu avait une jambe de bois et puait comme l'étal d'un tripier par forte chaleur.

– Voici Adam le Picard, fit le Mire en amenant le misérable devant Marjolaine qui, révulsée reculait le plus qu'elle pouvait au fond de son fauteuil. Comment le trouvez-vous ?

– C'est vous qui ?...

– Oui, c'est moi, dit Sanche avec une note de satisfaction dans la voix que la jeune femme trouva effroyable.

– Oh non ! Tout de même pas ça !

Le Mire se contenta de sourire. Alors, un stupéfiant miracle se produisit : les doigts osseux posés sur la figure d'Adam firent quelques gestes rapides. Et soudain l'affreux ulcère disparut comme par enchantement, laissant paraître une figure matoise, pas très belle sans doute mais parfaitement saine, tandis que le magicien jetait sur la table un morceau de peau tachée.

– Ce n'est pas possible ! Je rêve ! souffla la jeune femme dont les yeux effarés allaient du Navarrais à son bizarre compagnon.

Celui-ci s'esclaffa :

– Bien sûr que si c'est possible ! Avec le Mire tout est possible, ma jolie. Du grand art, hein, ma figure ?

– Mais pourquoi ?

– Parce qu'à la porte de l'église où j'implore la charité, mes malheurs font grand effet aux âmes sensibles, surtout quand je dis que j'ai reçu de la poix sous les murs d'Antioche pour la gloire du Christ. Ça me rapporte gros. Mais faudra voir à pas me vendre, la belle. Ça pourrait te coûter cher ! En attendant, à ton bon cœur.

Il tendait une main dans laquelle Marjolaine, encore mal remise de sa frayeur et de sa surprise, mit une pièce d'argent que l'autre fit sauter avec une adresse de chat.

– Grand merci ! Dis donc, Sanche, faudrait voir à me remettre en état. J'ai à faire cette nuit.

– Assieds-toi là.

Le miracle se reproduisit mais dans le sens inverse. En quelques minutes, l'ulcère fut remis en place, consolidé, et Adam le Picard avec un clin d'œil complice à l'adresse de Marjolaine clopina vers la porte et disparut comme un cauchemar, laissant derrière lui un silence stupéfait. Mais l'angoisse s'était envolée comme par enchantement du cœur de Marjolaine qui découvrait soudain des perspectives insoupçonnées, un avenir qui pouvait ne pas être d'horreur et de souffrance vécu sur les pierres glacées d'un moutier. Perdue dans ses pensées, elle en oubliait que le temps passait et Sanche la ramena à l'heure présente.

– Eh bien, que décidez-vous ? fit-il. La nuit avance.

– Pardonnez-moi. Mais c'est tellement incroyable. Pourquoi faites-vous cela ?

– Je vous l'ai dit, pour de l'argent. Adam m'a bien payé pour ce travail et j'aime l'argent. Sans compter que, du temps où nous vivons, il vaut mieux en avoir.

Marjolaine prit alors, dans l'aumônière pendue à sa ceinture, une bourse assez ronde qu'elle mit dans la main immédiatement tendue pour la recevoir. Sanche la soupesa puis, l'ouvrant, fit couler sur la dalle une douzaine de pièces d'or qui brillèrent sur la pierre grise.

– Je crois que je vais faire merveille, jeune dame ! Votre amoureux pensera que vous vous êtes brûlée au vitriol romain ou à l'huile bouillante, comme l'avait fait cette sainte dont j'ai oublié le nom pour échapper aux entreprises d'un proconsul romain. Cela m'étonnerait qu'il ait encore envie de vous épouser. D'ailleurs, j'ai commencé à préparer ce qu'il faut, ajouta-t-il en se dirigeant vers la mixture qu'il avait mise à cuire et qu'il retira du feu.

– Dites-moi, fit-il au bout d'un moment, est-ce que l'homme qui vous accompagne est sûr ?

– Tout à fait. J'en réponds comme de moi. Il m'aime lui aussi.

– C'est bien ce que je pensais. Aussi vaudrait-il mieux le mettre dans la confidence car il s'agite beaucoup, là dehors. J'ai eu du mal à le faire tenir tranquille tout à l'heure quand je suis sorti et je n'ai pas envie qu'il me fasse un mauvais parti, ou pire encore, lorsqu'il découvrira votre nouveau visage. Ce garçon est capable de me tuer.

– J'y pensais, dit Marjolaine. Il vaut mieux l'appeler et tout lui dire.

Lorsque Colin entra, son œil orageux s'adoucit considérablement en découvrant Marjolaine assise, paisible et souriante dans sa chaire confortable. Son soupir de soulagement aurait pu s'entendre à dix pas.

– Viens ici ! ordonna la jeune femme. Prends cet escabeau et assieds-toi. Ce que j'ai à dire est grave car tu vas tenir ma vie entre tes mains.

– N'ayez crainte elle sera bien gardée.

Tandis que le Mire procédait aux préparatifs de la transformation, Marjolaine mit Colin au courant du péril qui la menaçait et lui expliqua ce qui venait d'être décidé. C'est dire qu'en quelques instants le jeune homme passa de la fureur au désespoir pour finalement s'apaiser et se mettre à réfléchir. Finalement, il se tourna vers le Navarrais.

– Tu jures qu'elle ne souffrira pas ? Qu'elle ne sera pas réellement abîmée ?

– Sur tout ce que tu voudras, garçon. Sous l'emplâtre que je vais lui mettre, elle sera aussi belle et aussi pure qu'à cet instant. Mais il vaudra mieux que tu ne la regardes pas quand j'en aurai fini. Et puis, dans quelques jours, il faudra qu'elle revienne ici.

– Pourquoi ?

– Parce que, si grave qu'elle soit, une brûlure finit toujours par guérir, il faudra que je la remplace par une cicatrice. Je suppose, ajouta-t-il en se tournant vers Marjolaine, que vous n'avez pas l'intention de retrouver votre aspect naturel avant de partir pour Compostelle ?

— Non. Cela me sera protection contre les dangers de la route et des hommes. Je ne le retrouverai qu'au moment d'entrer au couvent que je choisirai au retour. J'en jure.

— Non ! cria le Mire. Ne jurez pas. Je vous le défends. Sinon je vous laisse comme vous êtes. Vous ignorez ce que la vie vous réserve et vous n'avez pas le droit de prendre ainsi un engagement aveugle. Peut-être qu'au retour vous n'aurez plus du tout envie de devenir nonne. Et, si vous voulez mon sentiment, le tombeau de l'apôtre me semble un bon endroit pour y accomplir le miracle de votre guérison.

Marjolaine rougit de colère.

— Une tromperie ? Une tricherie ? Quelle honte ! Jamais je ne ferai pareille chose.

— Vous auriez tort. Saint Jacques ne vous tiendrait certainement pas rigueur d'un petit miracle supplémentaire ajouté à sa liste déjà longue. Et cela vous mettrait définitivement à l'abri des entreprises du neveu. Vous pensez, une miraculée ! Alors ne jurez pas car, après tout, rien ne dit que vous reviendrez vivante de ce long et dangereux voyage.

— Moi, je serai là, et je veillerai, s'écria Colin. Et peut-être qu'au bout du chemin, dame Marjolaine comprendra que vous avez raison.

Occupé à étirer la vessie de porc qu'il venait de tremper dans sa mixture, Sanche s'arrêta et regarda la jeune femme en souriant.

— Vous vous appelez Marjolaine ? Quel joli nom ! C'est celui d'une plante dont les bienfaits sont connus depuis bien des siècles. Elle a de toutes petites fleurs blanches et roses et elle répand un parfum à la fois suave et revigorant. Elle soigne quantité de maux, elle donne du goût aux mets les plus fades et les anciens Grecs pensaient même que, plantée sur les tombes, elle assurait le repos de l'âme des défunts. C'est une plante de mon pays que l'on trouve peu par ici et j'ignore qui a eu l'idée de vous nommer ainsi, mais je crois que vous êtes destinée à faire beaucoup de bien sur la terre. A présent, à l'ouvrage !

Il était bien près de minuit quand Marjolaine et Colin regagnèrent le clos de Saint-Denis où veillait dame Aubierge à qui la jeune femme avait bien été obligée de dire qu'elle sortait sous peine de retrouver toutes portes closes. A sa grande surprise, elle trouva aussi Aveline. La petite, craignant d'entendre encore le fantôme, avait refusé d'aller se coucher.

Chemin faisant, la veuve de Gontran et son serviteur étaient convenus de la nécessité qu'il y avait à mettre également dans le secret Aubierge et la jeune Aveline. Leur fidélité ne pouvait être mise en doute et leur ignorance aurait rendu les choses trop difficiles. Mais, pour tous les autres, dame Foletier, désireuse de se vouer à Dieu et d'éviter d'épouser un homme qu'elle n'aimait pas, avait choisi le martyre en détruisant elle-même une beauté qui ne lui avait causé que déboires et chagrins.

L'une impassible et sombre, l'autre les yeux écarquillés de stupeur, les deux femmes écoutèrent le bref récit que leur fit leur maîtresse. Quand ce fut fini, Aubierge se contenta de dire, désignant le voile noir qui emballait la tête de la jeune femme :

— Laissez-moi voir.

Marjolaine s'exécuta et découvrit son visage dont presque tout le côté gauche disparaissait sous ce qui ressemblait, à s'y méprendre, à une brûlure fraîche, large comme une main. Cela étirait la bouche et le coin d'un œil, s'avançait sur le menton et se perdait dans les cheveux. Aveline poussa un cri d'horreur, mais dame Aubierge se signa avec une sorte d'enthousiasme.

– Loué soit Dieu qui vous a inspiré cette idée, mon agneau, soupira-t-elle. Vous voilà sauvée ! Jamais l'Étienne n'acceptera de passer sa vie auprès d'un visage à ce point abîmé. Mais arrangez-vous pour qu'il ne voie pas trop le côté droit qui est à peu près intact. Il pourrait se contenter d'une femme de profil. A présent, reste à lui préparer une digne réception.

En dépit de l'assurance insolente dont il avait fait étalage la veille, le cœur d'Étienne Grimaud lui battait un peu vite quand il descendit de sa mule, à l'heure convenue, devant la maison de Marjolaine. Et les rencontres qu'il fit, une fois franchie la porte du courtil ne le réconfortèrent guère. Guillot et Jeannet, les deux jeunes valets, s'enfuirent avec un cri inarticulé comme s'il avait la peste, la fille de cuisine se signa précipitamment, la fille de basse-cour cracha dans sa direction et, pour finir, il trouva le seuil de la maison barré par la haute silhouette de dame Aubierge qui le regardait venir, les bras croisés sur sa vaste poitrine avec un air d'autant moins rassurant que la lame d'un long couteau brillait dans l'une de ses mains.

Quand il approcha, la gouvernante ne s'écarta pas pour lui livrer passage. Ses yeux se rétrécirent encore dans son visage où se voyaient des traces de larmes.

– Qu'est-ce que vous venez faire ici ? gronda-t-elle, vrillant sur lui deux yeux gris comme pierre qui le clouèrent au sol.

– En voilà un a... accueil ! Je... viens voir da... dame Marjolaine.

Du coup, Aubierge décroisa les bras et la pointe de

son couteau s'en vint menacer le bout du nez de l'héritier.

— Et il ose prononcer son nom, ce gueux malfaisant, ce suppôt de Satan, cette vomissure de l'Enfer ! S'il ne tenait qu'à moi, misérable avorton, tu y retournerais sur-le-champ, en enfer. J'aurais dû t'étouffer sous un oreiller ou te jeter dans un grand feu quand ton pauvre saint homme d'oncle t'a rapporté ici pour y susciter, en remerciement, le malheur et la désolation.

Fut-ce l'indignation de se voir reçu de la sorte ou la surprise, bien inattendue, d'entendre sanctifier aussi hardiment la mémoire de feu Gontran, toujours est-il qu'Étienne retrouva quelque assurance, cessa de bégayer et attaqua à son tour :

— Vous avez la langue bien pendue, ma commère ! Rangez donc votre couteau et m'annoncez à votre maîtresse car c'est à elle que j'ai affaire.

— Ma commère ? Non mais pour qui se prend-il, ce mal venu, ce chenapan ! Je t'en donnerai des commères !

Et sans autre forme de procès, Aubierge, le couteau brandi, fondit sur Étienne qui ne l'évita que de justesse et se mit à courir dans tous les sens à travers la cour, poursuivi par une furie déchaînée qui, ne se possédant plus, lui eût sans doute fait un mauvais parti si Colin n'était apparu à cet instant, sortant de l'écurie. Il attrapa Aubierge au vol, la maîtrisa et lui ôta son couteau.

— Souvenez-vous, dame Aubierge, dit-il avec une sévère tristesse. « Elle » a donné des ordres.

— Pas à moi. Personne d'ailleurs ne peut m'empêcher de faire ce que veut la justice.

— Si ! « Elle ». Il faut lui obéir et elle défend qu'on lui fasse quoi que ce soit. Sinon, ajouta Colin avec une menaçante douceur, vous pensez bien qu'il serait déjà mort.

– Mais enfin ! hurla Étienne d'autant plus furieux qu'il avait eu plus peur. Qu'est-ce que vous avez tous ? Qu'est-ce que j'ai fait ? Je... vais être... votre maître et épouser la v... veuve de mon oncle comme le prescrit... la cou... coutume !

Le poing du jardinier se noua au col du jeune homme et le souleva de terre pour l'amener au niveau de son visage.

– Jamais tu ne seras mon maître, Étienne Grimaud. J'aimerais mieux me jeter dans la Seine. Quant à ce que tu as fait, on va te le montrer. Tu veux voir ta victime ? Eh bien, tu vas la voir ! Elle t'attend. Mais arrange-toi pour ne pas lui faire plus de mal encore car, aussi vrai que je m'appelle Colin, ma cognée te fendra le crâne, malfaisant !

– Là... lâchez-moi ! râla Grimaud, lâchez-moi, vous m'étranglez !

– Vraiment ? J'ai bonne envie de continuer. Mais ça irait trop vite. Au fait, il me semble que vous avez demandé que je vous lâche, maître Grimaud ? Voilà !

Et, ouvrant les mains, Colin abandonna Étienne à la flaque de boue dans laquelle il s'étala, au grand dommage de sa belle robe neuve et de son manteau bien fourré.

– Je vous ferai pendre ! Bandit, maraud !

Colin haussa les épaules et se mit à rire.

– Et dire qu'il croit me faire peur, ce pourri ! Mais j'irai au gibet en chantant « Alléluia ! », maudit, si avant j'ai eu le bonheur de te voir les bras en croix et ta vilaine cervelle à trois pas. Allez, ouste ! Relève-toi et va voir notre pauvre petite dame.

Moitié porté, moitié traîné par Colin, Étienne, complètement éberlué et plus mort que vif, entra dans la maison et se retrouva devant la porte d'une chambre sans même savoir comment il avait monté l'escalier.

Là, Aveline, muette et triste elle aussi, ouvrit devant lui le battant de chêne. La voix de Marjolaine curieusement feutrée lui parvint comme du fond d'un mauvais rêve.

– Entrez, Étienne Grimaud. Je vous attendais.

Il entra et se crut d'abord en présence d'un fantôme. La jeune femme vêtue de blanc, la tête entièrement enveloppée d'un voile, blanc lui aussi, était à demi couchée dans le grand lit, appuyée sur des carreaux [1] et des oreillers. Le jour d'hiver entrait parcimonieusement par l'étroite fenêtre et n'éclairait que faiblement la blanche silhouette sous l'ombre des courtines. Un peu de lumière venait aussi d'une veilleuse qui brûlait sur un coffre auprès d'un pot à tisane, d'un bol et d'une boîte à onguent, mais ne faisait que renforcer l'atmosphère étrange et un peu fantastique de cette pièce close où flottait une odeur indéfinissable d'encens et d'herbes sèches.

Figé au seuil et s'efforçant de maîtriser le tremblement de ses mains, Étienne restait là, n'osant avancer, regardant cette apparition à laquelle la peur que lui avait inspirée Colin ôtait toute apparence humaine.

– Allons entrez, reprit la voix qu'il avait peine à reconnaître. N'êtes-vous pas venu chercher une réponse ?

– C'est que... je... si vous êtes souffrante, dame, je... je reviendrai plus tard !

Il se détournait, déjà prêt à courir vers l'escalier, mais la retraite lui était coupée. Par Aveline d'abord, qui n'eût pas représenté un grand obstacle et près de l'escalier par la silhouette beaucoup plus redoutable de Colin qui attendait, adossé au mur.

1. Coussins carrés.

189

– On vous a dit d'entrer, gronda-t-il sans bouger de sa place. Faut-il vous aider ?

– Je... non, c'est inutile.

Et il entra. Derrière lui, Aveline referma la porte dont il ne s'était pas éloigné, ne sachant quelle contenance prendre en face de cette forme blanche et rigide qu'aucun geste n'animait.

– Approchez. Je suis souffrante, il est vrai, mais j'ai tenu à vous annoncer moi-même que vous avez gagné, que je suis prête à vous épouser puisque c'est votre volonté.

La joie subite qu'il éprouva balaya d'un seul coup la vague angoisse qui lui serrait la gorge depuis que cette porte s'était ouverte devant lui.

– C'est vrai ? Vous acceptez ! Marjolaine ! Marjolaine, je suis si heureux. Mon Dieu, je n'aurais ja... jamais cru que c'était po... possible !

– N'avez-vous pas fait tout ce qu'il fallait pour cela ? Eh bien, à présent, venez près de moi et me donnez le baiser de fiançailles.

– Alors, ôtez ce voile. Laissez-moi vous contempler. Oh, Marjolaine ! Je suis si amoureux de vous.

– C'est tout naturel.

Avec des gestes lents, elle commença à dérouler le voile qui enveloppait sa tête. Ses yeux apparurent les premiers, et de claires et soyeuses mèches de cheveux. Puis d'un seul coup le voile tomba et Marjolaine se pencha pour qu'il la vît mieux.

Il allait s'élancer vers elle mais, brusquement, il s'arrêta, tout élan coupé, tandis qu'un cri d'horreur traversait sa gorge et éclatait, emplissant la chambre.

– Non ! Non ! Ce n'est pas vrai !

Ce qu'il découvrait était affreux : une énorme plaie qui allait d'une tempe au menton ravageait tout un côté de ce visage, si ravissant la veille encore, une plaie toute fraîche qui parut horrible à l'homme terrifié et qui, en guérissant, ne pourrait laisser que de profondes, d'irréparables cicatrices.

Impassible, Marjolaine regardait l'homme se dissoudre dans une affreuse terreur, mais sa voix demeura aussi calme, aussi froide quand elle dit :

– Eh bien, ne souhaitez-vous plus embrasser votre fiancée ?

Il eut un geste d'affolement qui repoussait l'affreuse image.

– Comment est-ce arrivé ? Qu'avez... vous fait ?

– J'ai accompli la volonté de Dieu et aussi celle de mon époux dont l'âme en peine vient chaque nuit hanter cette maison. Ce que vous avez fait l'a été à cause d'une fatale beauté qui ne doit plus causer d'autres drames. Je me suis punie d'avoir, sans le souhaiter, causé la mort de maître Foletier, mon époux. Vous serez puni en passant le reste de votre vie auprès du monstre que j'espère être devenue.

– Non ! Non ! Jamais ! Faites ce que vous voulez. Entrez dans un couvent ou restez dans cette maison à votre idée, mais je ne veux plus vous voir. Je vous rends votre parole et vous n'aurez plus rien à craindre de moi.

Il y eut un silence coupé par la respiration haletante du garçon. Puis Marjolaine murmura :

– Voulez-vous dire que je suis désormais libre de ma vie, de ma personne ?

– Oui, je le dis ! Nous ferons ce que vous vouliez. Je mènerai le négoce des peaux. Vous resterez chez vous. Mais, par pitié, re... remettez ce voile !

– Comme vous voudrez. Mais sachez que je n'ai pas l'intention de rester ici car je n'ai pas fini d'expier. Si vous me le permettez, fit-elle en appuyant intentionnellement sur le dernier mot, je souhaite me joindre aux errants de Dieu qui partiront, à Pâques prochaines, pour le sanctuaire de monseigneur saint Jacques, en Galice, afin que, par son intercession, j'obtienne le pardon d'un crime que je n'ai pas commis, mais que j'ai inspiré sans le vouloir.

– Je n'ai rien à vous permettre ! Je l'ai dit, vous êtes li... libre. Partez, si vous en avez la force. C'est une excellente idée et je veillerai à vos é...équipages.

– Merci, mais c'est inutile. Je n'ai pas l'intention de voyager comme une grande dame. Je vous sais gré de l'intention. Eh bien, adieu. Que Dieu et l'âme en peine de mon époux vous pardonnent, s'ils le peuvent !

Elle pensait qu'il allait sortir, mais il ne bougeait pas. Visiblement il avait encore quelque chose à dire, rassuré par la présence du voile blanc. Enfin, il se décida.

– Vous ne direz rien ?

– De ce que je sais ? Non. Ce n'est pas à moi à confesser votre crime, mais à vous quand le remords aura fait son œuvre. Et il la fera, j'en suis certaine. Moi, je vais essayer de racheter ce que vous avez fait. La vengeance n'appartient qu'à Dieu.

Cette fois, il sortit après l'ébauche d'un salut gêné, refermant sur lui la porte aussi doucement que si cette chambre renfermait un cadavre. Avec un soupir, Marjolaine se laissa aller sur ses oreillers et ferma les yeux, écoutant les battements désordonnés de son cœur. Elle les rouvrit au bout d'un moment, les leva vers le plafond. Cette nuit encore, elle avait entendu le bruit des peaux remuées. Gontran était sans doute très mécontent de la solution qu'elle avait adoptée, mais il faudrait bien qu'il comprenne que c'était la seule possible si elle voulait vivre encore et vivre autrement que dans la honte et le dégoût.

Peut-être allait-il se faire entendre encore cette nuit, en dépit des prières qu'elle avait fait demander à Saint-Denis ? Mais cela n'avait plus d'importance car Marjolaine n'avait plus peur du fantôme.

Bientôt, elle serait loin sur un chemin qui l'effrayait et l'attirait tout à la fois, mais elle n'y serait pas seule car, à présent plus que jamais, Colin et Aveline souhaitaient l'accompagner. Elle savait bien qu'elle n'aurait pas le courage de refuser cette affection dont la chaleur lui faisait tant de bien. Elle allait tourner, pour longtemps sans doute et peut-être pour toujours, le dos à une vie douillette mais dangereuse et qui ne lui plaisait plus, si elle l'avait jamais tentée, passant par un homme tel que Gontran Foletier.

Évoquant son défunt époux, une idée saugrenue lui vint : pour un pur esprit, il ne faisait guère preuve de clairvoyance en venant semer la terreur dans l'innocente maisonnée de sa femme au lieu de s'en prendre au sommeil de l'assassin. Une fois Marjolaine partie, il faudrait bien, s'il tenait essentiellement à hanter quelqu'un, qu'il se décidât à se manifester chez Grimaud.

On pouvait en douter. Il n'avait jamais été fort intelligent, maître Foletier, et, pour être désincarné, son esprit n'avait peut-être pas fait beaucoup de progrès.

Le voile empêchait Marjolaine de respirer. Elle l'ôta puis posa, très doucement, un doigt sur sa joue gauche. Alors seulement, elle se mit à pleurer. De soulagement sans doute en pensant au mortel péril évité, mais aussi de crainte devant un avenir qui lui apparaissait sans joie, tout entier consacré à l'austère devoir. Un avenir où il n'y avait plus de place pour la ravissante et insouciante Marjolaine des Bruyères ni pour la petite épouse trop parée de maître Foletier. Un avenir qu'il lui fallait à présent chercher par le vaste monde, au péril des grands chemins, noble qui n'avait plus le droit de l'être et bourgeoise que les bourgeois n'acceptaient pas. Alors qu'elle eût tant aimé, comme une enfant malheureuse, rentrer simplement à la Pêcherie pour y retrouver la chaleur de la tendresse paternelle et la douceur de ses rêves d'autrefois.

Les voies du Seigneur

Deuxième partie

Les voies du Seigneur

7
Deux yeux couleur de mer

C'était comme un soleil irradiant le chœur de la vieille basilique encore vaguement romaine. Le tombeau de Martin, apôtre des Gaules, reflétait la lumière des centaines de cierges allumés autour de lui sur le revêtement d'or, d'argent et de pierreries qui l'habillait. L'antique sarcophage en était tout recouvert et, chaque jour, à travers la grille dont on l'avait protégé, des mains implorantes se tendaient vers lui, avides de toucher les plaques de métal ciselé que leur contact polissait continuellement.

Il y avait alors plus de sept cents ans que, sur les bords de la Loire et tout près de la cité de Tours, le corps de Martin, soldat romain devenu par amour de l'humanité évêque et confesseur, de Martin l'homme au manteau partagé un soir d'hiver, attirait les foules venues de tous les horizons pour implorer leur guérison. On disait qu'il avait ressuscité trois morts et rendu la santé à quantité de malades incurables. Des lépreux, des infirmes, des déments que l'on appelait des lunatiques et même des possédés du démon avaient été délivrés de leurs maux par le seul contact du tombeau. Aussi, les pèlerins venaient-ils toujours plus nombreux vers cette espérance et il était de plus en plus difficile de protéger le sanctuaire.

Depuis la mort du thaumaturge, survenue vers l'an 400, trois bâtiments s'étaient succédé au-dessus de sa sépulture : un modeste oratoire de bois d'abord, puis une véritable église élevée par l'un de ses successeurs, mais qu'un incendie avait détruite en respectant toutefois le sarcophage, enfin une basilique, celle que l'on pouvait contempler, élevée, après les terreurs de l'an Mille, par la piété de l'évêque Henri de Buzançais. Pour les moines de l'abbaye voisine qui l'entretenaient, il ne faisait aucun doute qu'il allait falloir procéder bientôt à une nouvelle construction car l'église, déjà, menaçait ruine. On avait fermé le transept sud dont les trop grandes foules avaient ébranlé les murailles.

Comme d'habitude, l'église était pleine à craquer lorsque Hughes de Fresnoy et son écuyer Bertrand s'efforcèrent d'y pénétrer. Des hommes, des femmes, des vieillards, des enfants et surtout des malades s'y entassaient, attendant patiemment leur tour d'approcher le tombeau sacré par le déambulatoire qui entourait le chœur. Ils chantaient à plein gosier les louanges du grand saint Martin, tandis que des moines s'efforçaient de canaliser leur foule et de convaincre ceux qui étaient arrivés au but de laisser la place aux autres. Ce n'était pas toujours facile car certains prétendaient demeurer là jusqu'à ce que leurs vœux fussent exaucés et se cramponnaient aux grilles en suppliant qu'on voulût bien les laisser là.

Peu patient de nature, Hughes entreprit de se frayer un passage. Il voulait, comme tout un chacun, faire ses dévotions dans le célèbre sanctuaire, comme on lui avait ordonné de le faire, mais surtout il souhaitait se débarrasser de ce qu'il considérait comme une corvée : se confesser à l'un des prêtres présents et, ensuite, obtenir le «billet» signé qui attesterait auprès de l'évêque de Laon l'accomplissement de la pénitence imposée. Après quoi, il n'aurait plus qu'à rentrer aussi vite que possible dans son cher Fresnoy. Mais pas trop vite tout de même, afin de pouvoir jouir un peu des agréments de ce beau pays de Loire où la vie semblait si douce et qui, en cette mi-avril, se parait de bien jolie façon d'herbe verte et fine et de jeunes feuilles fraîches au milieu desquelles commençaient à paraître les fleurs des arbres fruitiers.

En bon noble sûr de son droit et de ses prérogatives seigneuriales, il se mit à jouer des coudes pour s'enfoncer comme un coin, dans la masse humaine et, en général, misérable, tandis que Bertrand réclamait :

– Place ! Place pour le noble baron de Fresnoy !

Certains s'écartèrent et Hughes put avancer, mais bientôt il se trouva devant une sorte de barrière : des hommes, des femmes portant uniformément de longs manteaux sombres et, pour la plupart, de larges chapeaux dont une coquille de plomb marquait le retroussis. Il était facile de voir qu'il s'agissait là d'une troupe de pèlerins de Saint-Jacques en route pour Compostelle car les vêtements étaient encore neufs et les mines vigoureuses. Ceux-là avaient dû quitter Paris à Pâques, Paris où se rassemblaient alors, chaque année, tous ceux qui venus des pays du Nord, du Nord-Ouest ou du Nord-Est souhaitaient prendre ensemble, pour être mieux protégés des dangers et des mauvaises rencontres, la longue route que l'on appelait le Chemin d'Étoiles parce qu'elle suivait la Voie lactée. Le «Chemin de Saint-Jacques» comme les Rois mages avaient, jadis, suivi l'étoile de Bethléem.

Partis pour un si noble dessein, ceux-là n'étaient nullement disposés à céder la place à un quelconque seigneur et ils firent la sourde oreille aux appels de Bertrand. Il semblait impossible de franchir la barrière des manteaux noirs. Apercevant un prêtre, Hughes, entêté, voulut forcer son chemin jusqu'à lui, donna un violent coup d'épaule qui lui attira la protestation indignée d'un homme de haute taille à la barbe grisonnante, vêtu avec une rigueur toute monastique mais dont la voix, profonde et cultivée, était de celles qui savent ordonner. En même temps, jaillissait le cri d'une femme sur le pied de laquelle Hughes venait de marcher.

Poliment mais fermement, le pèlerin pria le bouillant seigneur de se tenir tranquille et d'attendre son tour comme tout le monde.

— Tous ici, nous avons parcouru une route déjà longue, soutenus par l'espoir d'une halte vivifiante auprès de ce saint lieu. Tous ici nous attendons sans impatience en chantant les louanges du Seigneur Dieu. Faites comme nous, mon frère !

— Je veux seulement parler à ce prêtre. Laissez-moi passer !

— Vous voyez bien qu'il prie. Ne le troublez pas.

— Mais je suis pressé. Très pressé même.

Et il voulut avancer de nouveau, mais le pèlerin le retint d'une main singulièrement vigoureuse pour un homme déjà âgé.

— Néanmoins, vous attendrez, mon frère. Le Seigneur a dit que les premiers seraient les derniers. Que vous soyez baron est de peu d'importance. Il n'y a ici que des hommes et vous troublez la prière et la joie de ces pauvres gens.

En effet, plusieurs pèlerins se tournaient vers eux, mi-curieux, mi-indignés. La femme dont le pied avait reçu Hughes et qui n'avait pas pour autant interrompu sa prière se retourna. Alors Hughes oublia totalement pourquoi il était là.

200

Jamais encore il n'avait vu d'yeux semblables à ceux qui le regardaient sévèrement par-dessus le bord d'un voile blanc drapé de façon à ne laisser voir qu'eux et une soyeuse mèche de cheveux d'un rare blond argenté, qui avait glissé de la coiffure jusque sur un sourcil.

Une fois dans sa vie, Hughes avait pu contempler la mer et en avait gardé une impression inoubliable. C'était dans la baie de Saint-Valéry où il s'était rendu pour un tournoi par un beau jour d'été. Et, durant un temps dont il avait été incapable de déterminer la durée, il était resté assis sur la plage, fasciné par l'immensité mouvante dont il ne pouvait pas dire si elle était plus bleue que verte, plus verte que bleue. A la nuit tombante seulement, quand la teinte magique était devenue bleu foncé puis violette, il était allé rejoindre les autres pour le festin. Mais pour une fois, il n'avait pas bu plus que de raison et, au lever du jour, il était retourné sur la plage. Hélas, le temps était gris, la mer couleur de mercure, houleuse et crêtée d'écume. C'était beau aussi, mais ce n'était plus pareil.

Or, les yeux de l'inconnue possédaient cette merveilleuse couleur et, en les contemplant, Hughes, incrédule, retrouvait l'enivrante sensation de paix et de bonheur qu'il avait goûtée sur la plage de Saint-Valéry.

Inconsciente de l'effet produit, la jeune femme au voile blanc se retournait vers le tombeau après avoir foudroyé l'importun du regard et reprenait son cantique tout en continuant à avancer, presque imperceptiblement. Hughes, alors, trouva tout naturel de la suivre, prit rang derrière elle et n'en bougea plus, sans voir le coup d'œil surpris que lui lançait le grand pèlerin, étonné d'une si soudaine accalmie.

Un moment plus tard même, sa voix, hésitante d'abord car il y avait bien longtemps qu'il n'avait chanté de cantique, rejoignait celle des pèlerins. Habitué depuis longtemps aux imprévisibles sautes d'humeur de son maître, Bertrand en fit autant.

Malheureusement, Hughes chantait faux, et entendre soudain derrière elle ce malappris qui avait failli lui écraser les pieds se mettre à écorcher une musique pieuse qu'elle aimait particulièrement acheva d'indisposer Marjolaine. La belle et pieuse envolée de son âme partie rejoindre les hauteurs célestes s'était dissipée d'un seul coup, chassée par cet imbécile qui non seulement lui avait fait mal mais offensait à présent ses oreilles en admettant qu'il n'offensât pas celles de Dieu.

Se penchant vers Aveline qui avait mal dormi la nuit précédente à cause de la trop grande fatigue et qui somnolait appuyée à un pilier, elle chuchota :

– Viens, nous rentrons.

– Mais, et le tombeau ? Nous ne l'avons pas encore touché.

– Nous irons après les vêpres.

Habituée à suivre Marjolaine sans jamais chercher à comprendre la raison de ses évolutions parfois inattendues, Aveline quitta docilement son pilier, assez satisfaite, au fond, à l'idée de regagner la maison-Dieu de l'abbaye où les dames hospitalières prenaient si gentiment soin de vous. Se faufilant habilement et renonçant à regagner le grand portail obstrué par la foule, les deux femmes réussirent à rejoindre le portail du transept nord, proche voisin des murs d'enceinte de la petite cité de « Martinopolis », consacrée au culte du saint et édifiée tout près de Tours. Longeant la haute tour Charlemagne qui couronnait l'église, elles se dirigèrent vers l'abbaye.

Odon de Lusigny, le grand pèlerin qui était en quelque sorte le chef des pèlerins de langue d'oïl, les vit partir mais ne chercha pas à les retenir, devinant que l'intrusion du baron avait déplu à cette jeune femme à laquelle il s'intéressait depuis le départ comme à un cas peu banal, une sorte de rareté sur ce chemin de Compostelle qu'il entreprenait pour la troisième fois.

Les lamentations des servantes et les bavardages habilement dosés de dame Aubierge avaient tissé, en effet, autour de Marjolaine une sorte d'auréole tragique assez proche d'une réputation de sainteté. Le voile blanc que la jeune femme portait continuellement sur la tête et qui ne laissait libre que les yeux quand elle se trouvait dans un endroit obscur inspirait tout à la fois la crainte et le respect joints à une espèce d'horreur sacrée. On disait que la jeune veuve du pelletier avait, de ses propres mains, détruit une beauté trop parfaite afin de demeurer fidèle à la mémoire d'un époux assassiné. On disait aussi que son visage n'était qu'une plaie affreuse. On disait encore qu'elle s'en allait en Galice, moins pour obtenir une guérison qu'elle ne souhaitait pas que pour prier afin de gagner le salut et le repos de l'âme inquiète du mari volage. On disait enfin... Mais que ne disait-on pas quand, dans l'imagination populaire le goût du merveilleux se mêlait à cet étrange besoin de pénitence et d'incessante rédemption qui était l'une des caractéristiques des gens de ce temps-là ?

Pour sa part, Marjolaine avait un peu honte d'une réputation acquise à trop bon compte, mais elle découvrit aussi qu'en la lui octroyant, Aubierge avait fait preuve de sagesse en lui assurant une certaine tranquillité, sans compter le respect de ses compagnons de voyage.

D'autant que ceux-ci avaient pu remarquer, dès le départ, la sollicitude pleine de miséricorde que la veuve de la victime montrait au meurtrier supposé. On voyait là l'expression d'une charité chrétienne parvenue à son plus haut degré, bien que l'homme condamné au pèlerinage dans les pires conditions eût tout ce qu'il fallait pour inspirer la pitié.

Marjolaine, pour sa part, savait bien qu'elle n'oublierait jamais le matin d'avril pluvieux où, sous des rafales de vent aigre, les pèlerins s'étaient réunis pour entendre la messe et recevoir l'ultime bénédiction devant le portail délabré des deux vieilles églises, Notre-Dame et Saint-Étienne, qui marquaient le centre de l'île de la Cité [1]. Si délabré même, que nombre de riches bourgeois, dont feu Gontran Foletier, jugeaient ces églises indignes de leur ville et pensaient qu'il serait temps de les jeter bas pour en construire d'autres.

Pour bien montrer qu'il n'était pas un pèlerin comme les autres, Ausbert Ancelin avait été amené au lieu du rendez-vous dans une charrette, comme s'il devait aller au gibet. Un moine chargé de le surveiller tout au long du voyage l'accompagnait.

Le condamné avait dû, avant la messe, faire une sorte d'amende honorable qui d'ailleurs n'en avait pas été une, car il s'était contenté de clamer son innocence à tous les échos. Et pour la première fois, Marjolaine avait pu voir de près cet homme dont le sort tragique, et tellement injuste, la hantait depuis la mort de Foletier. Elle débordait de compassion pour lui, une compassion qui se mêlait de honte puisqu'elle

---

1. Notre-Dame de Paris, dont l'évêque Maurice de Sully devait entreprendre la construction vingt ans plus tard, occupe l'emplacement de cette double église.

n'avait pas le courage de risquer la mort pour tenter de faire éclater son innocence. Mais elle savait que les mesures d'Étienne étaient bien prises et qu'Ausbert Ancelin n'aurait pas été sauvé pour autant...

Le pèlerin forcé était un homme vigoureux, de trente-cinq ans environ, mais deux mois passés dans les geôles de l'abbaye, et surtout le chagrin et l'angoisse de son sort immérité, l'avaient considérablement amaigri et pâli. Grand et blond comme le sont souvent les Normands dont il avait du sang, il paraissait osseux et sa peau avait une vilaine couleur d'un gris jaunâtre. Il avait un curieux visage sans réelle beauté, mais non dépourvu de charme par la vertu de traits singulièrement expressifs striés d'une multitude de rides précoces. Ces rides étaient dues surtout à l'heureux caractère d'Ausbert qui, jusqu'à son malheur récent, avait aimé à rire et à chanter tout au long du jour quand il maniait les outils d'un métier auquel il portait un véritable amour. Le rire s'était éteint, mais les plis tracés par les joies d'autrefois n'étaient pas encore effacés.

Les moines de Saint-Denis avaient lavé le pénitent avant le départ et lui avaient donné une tunique et des braies décentes pour remplacer les vêtements pourris par la prison, mais ils n'avaient pas jugé bon d'y ajouter un manteau, et le malheureux tremblait visiblement sous l'aigre brise de ce matin de Pâques précoces, brumeux et froid. Ses pieds nus, qu'une chaîne, assez longue pour permettre la marche et assez légère pour n'être pas une entrave, reliait l'un à l'autre, étaient déjà maculés de boue et, s'il s'efforçait de faire bonne contenance, le chagrin marquait son visage mangé de barbe et surtout ses yeux bruns rougis par trop de larmes dont le regard avait perdu tout éclat.

Marjolaine, alors, s'était approchée de lui, fendant le cercle de curiosité qui s'était formé autour de sa misérable silhouette. Elle portait sur son bras un grand manteau de bure bien épaisse qu'elle avait jeté sur ses épaules, et un chapeau de pèlerin qu'elle avait placé sur sa tête. Le tout sans se soucier des murmures mi-approbateurs, mi-scandalisés de l'assistance. Certains savaient qui elle était et peut-être aurait-elle essuyé quelques injures s'il n'y avait eu ce masque du voile, dont, déjà, on se chuchotait la provenance.

Le moine chargé de la garde du condamné avait voulu protester.

– Si le seigneur abbé n'a pas jugé bon de donner de manteau, est-ce à vous, ma fille, de le faire ?

– Le seigneur abbé, dit-elle d'une voix haute et claire, a remis cet homme au jugement de Dieu qui, s'il le juge bon, lui permettra de revenir vivant. Il n'a pas dit qu'il était défendu de lui faire la charité, car ce serait prévenir la décision du Seigneur. D'autres auraient fait, sur la route, ce que je viens de faire ici. Et c'est mon devoir de chrétienne de porter secours à mon prochain dans le besoin.

Quelque chose alors s'anima dans le regard d'Ausbert Ancelin.

– Dame, balbutia-t-il d'une voix timide et douce qui contrastait avec sa carrure, pourquoi faites-vous cela ? pourquoi vous soucier de moi que vous seulement pouvez haïr ?

– Parce que, sur le salut de mon âme, je crois que vous n'êtes pas coupable du crime dont on vous accuse, Ausbert Ancelin, répondit-elle, haussant encore la voix pour qu'on pût l'entendre sur le parvis [1]. Et que, si Dieu doit disposer de vous, encore faut-il éviter de paraître lui dicter son jugement.

1. Qui était à peu près le sixième du parvis actuel.

206

Deux larmes roulèrent alors sur les joues ravagées du malheureux.

– Dame, fit-il encore, même si je dois mourir dans un instant, je jure sur le salut de mon âme qui m'est plus cher que tout, je jure que je n'ai pas tué votre époux.

– J'en ai toujours été certaine. Soyez en paix, pauvre homme, et songez à vous garder en vie afin que puisse éclater votre innocence.

Une acclamation avait alors salué ses paroles. Une bande d'escholiers descendus de leur montagne Sainte-Geneviève ovationnait la jeune femme, huant la justice des moines et clamant, dans le vent du matin, le nom de leur ancien maître, Pierre Abélard, mort l'année précédente au prieuré de Saint-Marcel sans avoir eu droit de reprendre un enseignement qui attirait à lui de grandes foules.

– Maître Abélard n'aurait pas permis cette honte ! cria l'un d'eux, un grand garçon qui paraissait leur chef. Enlevez la chaîne ! La route est assez dure et longue pour qu'un homme y laisse la vie.

– Les moines de Saint-Denis ne s'y connaissent pas plus en justice qu'en histoire ! cria un autre. Ils haïssaient Abélard parce qu'il les empêchait de nier les Actes des apôtres et qu'il prêchait la vraie charité !

– A bas les moines ! A bas Suger ! Honte à eux ! Et damnation si l'homme est innocent !

– Le Christ a dit : « Apprenez de moi que je suis doux et humble de cœur ! » Où est leur douceur ? Où est leur charité ?

Le tumulte commençait à s'installer. Certains, parmi les pèlerins, protestaient. Des soldats s'avancèrent vers les étudiants, mais ceux-ci, braillant de plus belle, s'égaillèrent comme une volée de moineaux et s'enfuirent à travers les vignes dont se couvrait leur montagne, regagnant en hâte leur collège où ils se savaient inexpugnables. L'agitation se calma dès qu'ils eurent disparu. Les prêtres, devant Notre-Dame, tracèrent une dernière bénédiction sur les bourdons que tendaient les pèlerins et l'on partit, justement par le chemin qui, à travers les vignes, montait vers le sommet de la savante montagne.

Le chef des pèlerins entonna l'antique chant de marche qui retentissait depuis deux cents ans déjà sur la route de Saint-Jacques et rythmait si bien la marche.

> *E ultreia*
> *E sus eia*
> *Deus aia nos* [1].

Ceux qui allaient à pied venaient en tête, groupés d'instinct derrière cet Odon de Lusigny dont les nombreuses croix et coquilles qui couvraient son manteau et son chapeau proclamaient qu'il était un habitué des chemins sacrés. Ensuite venaient ceux qui feraient la route à cheval ou à dos de mule et qui devaient retrouver leurs montures, de l'autre côté de l'eau, au chevet d'une petite chapelle dédiée à saint Séverin qui avait été jadis précepteur du jeune prince Clodoald échappé aux fureurs de son oncle Clotaire.

Colin attendait là avec trois vigoureuses mules destinées à Marjolaine, à Aveline et à lui-même. Mais quand il eut rejoint les deux femmes, tous trois continuèrent la route à pied, ainsi que Marjolaine l'avait choisi, au moins pour cette première étape, les mules ne devant servir, dans son esprit, qu'en cas de trop grande fatigue.

Ceux qui partaient étaient une soixantaine, hommes et femmes venus de Flandres, de Champagne et

1. Et outre, et sus, Dieu nous aide.

même d'Allemagne ou d'Angleterre. Ils avaient rejoint ceux de Paris qui n'étaient guère qu'une dizaine. Ils se groupaient par région ou par affinités, chaque groupe se donnant un chef, mais certains choisissaient de voyager à l'écart afin peut-être de se sentir plus seuls en face de Dieu, mais sans trop s'éloigner de façon à bénéficier tout de même de la protection des autres.

Hormis Odon de Lusigny qui l'avait accueillie, Marjolaine n'avait guère, au départ, prêté d'attention à ses compagnons de route. D'ailleurs, durant toute la première étape, on avait beaucoup prié afin que Dieu accorde à ces errants un heureux voyage et elle s'était associée passionnément à cette prière commune. Elle lui donnait une occasion nouvelle de remercier le Seigneur pour lui avoir inspiré l'idée salvatrice de rencontrer Sanche le Navarrais. Sans lui, où serait-elle à cette heure ? Liée, le désespoir au cœur, à un homme qui lui faisait horreur ou bien morte. La seule idée de ce qui aurait pu lui arriver si elle avait choisi le martyre la réveillait encore la nuit, trempée de sueur et le cœur fou, croyant sentir sur elle pour l'étouffer lentement le poids de la terre grasse.

Elle s'était efforcée de pardonner à son inquiétant neveu, comme l'exigeaient les lois de la pénitence et celles du pèlerinage et, en ce qui la concernait personnellement, elle y était arrivée, mais elle ne pouvait pardonner le crime commis et moins encore les souffrances de l'homme dont, à quelques pas derrière son dos, elle pouvait entendre tinter les chaînes. Et si elle espérait de tout son cœur qu'Ausbert Ancelin sortirait vainqueur de l'épreuve, elle ne pouvait s'empêcher d'espérer que, tôt ou tard, la justice divine s'abattrait, redoutable, sur le véritable coupable.

Passé Longjumeau, ses odorantes tanneries et son joli pont sur l'Yvette, on atteignit le prieuré clunysien de Longpont, élevé un siècle plus tôt par une pieuse dame, Hodierne de Montlhéry, et l'on y vénéra, avant de reprendre la route, une antique statue de la Vierge et de l'Enfant trouvée miraculeusement jadis au creux d'un chêne et déjà l'objet d'un culte fervent au temps des druides.

On y fit aussi l'acquisition d'un nouveau pèlerin : un jeune garçon à l'œil vif et à la mine éveillée dont le nez retroussé s'ornait d'une abondance de taches de rousseur. Il déclara s'appeler Nicolas Troussel, être le neveu du prieur de Longpont et « escholier » de son état, ainsi que l'attestaient sa robe de clerc et l'écritoire pendue à sa ceinture. Sous l'œil vaguement scandalisé de ses nouveaux compagnons, il commença, en prenant place parmi eux, par retrousser sa robe dans sa ceinture, montrant de longues jambes maigres mais solides, puis, saluant les dames du petit groupe parisien – en l'occurrence Marjolaine, Aveline, une certaine Modestine Mallet qui faisait le chemin avec Léon, son époux, et une autre femme qui répondait au nom d'Agnès –, il envoya à la ronde un ample salut accompagné d'un large sourire. Enfin, empoignant son bourdon, il se mit en marche, sifflant gaiement l'une de ces chansons de toile que les femmes aimaient à chanter en filant.

Il ne siffla pas longtemps. Non sans rudesse, Odon de Lusigny lui signifia que seuls les cantiques avaient droit de cité dans les rangs des pieux voyageurs et Nicolas se le tint pour dit.

– C'est dommage, chuchota-t-il à Aveline près de laquelle il avait déjà choisi de s'établir, sans doute par attirance pour leur commune couleur de cheveux, un cantique n'est pas très entraînant pour marcher d'un bon pas.

– Alors ? fit la jeune fille indignée, que venez-vous faire ici, messire ? Ne comptez-vous pas prier tout au long du chemin ?

– Je compte surtout voir du pays, lui confia Nicolas avec un sourire si désarmant qu'elle n'eut pas le courage de lui en tenir rigueur. Tout seul, je n'irais pas loin. Et j'ai grande envie de voir tout ce qui se cache derrière l'horizon.

Le garçon pouvait avoir dix-sept ou dix-huit ans et ses yeux bruns pétillaient de malice. Marjolaine, qui avait entendu, ne put s'empêcher de sourire sous son voile. Son premier sourire depuis bien longtemps, mais la pensée de faire route avec un compagnon aussi joyeux n'avait, après tout, rien de triste. Quant à Nicolas, il joignit de bon cœur sa voix à celle des autres qui entonnaient le premier cantique de la journée, tandis que l'on repartait, sous un vent léger et frais qui chassait les brumes matinales et laissait espérer un peu de soleil.

A présent, Marjolaine connaissait mieux ceux qui composaient le petit groupe des gens de Paris. Elle savait que le moine revêche et visiblement mécontent de la corvée, qui accompagnait Ausbert Ancelin, se nommait Fulgence. Que le couple de merciers entre deux âges, si pieux qu'ils semblaient ne connaître d'autres paroles que celles de la Bible ou les litanies des saints, avaient pour nom Léon, surnommé le Borgne à cause d'un œil perdu dans un accident, et sa femme Modestine.

Il y avait encore un petit homme rond et d'aimable figure nommé Isidore Bautru dont l'aspect extérieur était celui d'un bon vivant que l'on pouvait imaginer placide et qui, cependant, paraissait habité d'une excessive nervosité et d'une perpétuelle inquiétude. Il sursautait au moindre bruit un peu fort et, durant les marches, il ne cessait de se retourner comme s'il craignait de voir arriver quelque chose ou quelqu'un.

Un autre personnage était une veuve d'une quarantaine d'années, Agnès de Chelles, dont le maintien discret et les habits convenables annonçaient une femme de bon lieu, mais dont le visage doux et régulier trahissait une incurable tristesse. Elle parlait peu ou pas du tout, priait tout au long du chemin, mêlant rarement sa voix aux chants religieux, et il n'était pas rare de voir ses yeux se remplir de larmes. Il y avait aussi un malade dont on ne savait rien, sinon qu'il voyageait dans une grande litière fermée portée par des mules et gardée par quatre hommes aussi muets et aussi peu communicatifs que des portes. Au long de la route, la litière fermait la marche, laissant même une certaine distance entre elle et le cortège des pèlerins. A l'étape, elle était toujours portée à l'écart, dans une grange par exemple, et l'occupant n'en sortait pas. On lui portait sa nourriture et seul le chef des pèlerins allait, chaque matin, voir comment il se portait.

Un tel comportement ne pouvait qu'exciter les curiosités. Le bruit courut qu'il s'agissait de quelque grand personnage peu désireux de se mêler au commun de ses compagnons. On le laissa bientôt dans son superbe isolement, encouragé en cela par la mine volontiers hargneuse de ses gardes. Plus tard, on en vint à se poser des questions au sujet de sa maladie et l'écart se creusa davantage encore.

Enfin, il y avait un jeune couple qui s'était annoncé comme venant du village de Suresnes, à l'ouest de Paris, et s'en allant remercier monseigneur saint Jacques d'avoir fléchi l'humeur contraire de leurs familles qui ne s'aimaient pas. Eux s'adoraient visiblement. L'amour irradiait chacun de leurs gestes, chacun des regards qu'ils échangeaient.

Quant aux autres pèlerins, venus de régions plus lointaines, on ne se liait guère avec eux, les différences de langages ne rendant pas facile la communication. Mais il n'allait pas falloir bien longtemps au jeune Nicolas Troussel pour se procurer une abondante documentation sur les plus intéressants d'entre eux.

Par Orléans où les pèlerins communièrent dans le miraculeux calice de saint Euverte et où Odon de Lusigny les régala du récit des étonnants miracles d'un saint dont bien peu connaissaient l'existence, on gagna Cléry, Beaugency, Blois, Amboise et finalement Tours où il était convenu que l'on resterait au moins trois jours pour se remettre des fatigues du chemin et soigner ceux qui étaient malades, ou meurtris.

Ainsi fallut-il, en dépit des furieuses protestations du frère Fulgence, déferrer et coucher Ausbert Ancelin dont les pieds étaient en sang. L'une de ses blessures s'était infectée et le faisait beaucoup souffrir. Mais si intransigeant était le moine que Marjolaine dut faire appel à l'autorité du chef des pèlerins pour obtenir que le malheureux reçût les soins dont il avait si grand besoin.

Aussi, en quittant l'église avec Aveline, Marjolaine souhaitait-elle autant s'éloigner d'un importun que rentrer voir comment allait son protégé qu'elle n'avait pas trouvé bien ce matin. Ausbert avait de la fièvre et son pied était enflé. En outre, Marjolaine n'avait pas aperçu Fulgence dans la basilique et elle se méfiait à présent de sa hargne : cet homme devait souhaiter que son prisonnier mourût au plus vite, ce qui lui permettrait de regagner Saint-Denis sans faire l'interminable chemin.

Les deux femmes allaient atteindre le porche de l'hôtellerie abbatiale où logeaient les pèlerins quand elles entendirent quelqu'un qui courait derrière elles. En même temps, on appelait :

– Damoiselle ! Damoiselle ! Je vous en prie, attendez-moi !

Marjolaine tourna la tête et, à son grand mécontentement, s'aperçut que le rustre de tout à l'heure l'avait suivie. Voyant cela, elle hâta le pas au lieu de s'arrêter. Mais l'homme se mit à courir et, s'ils arrivèrent ensemble devant la porte, du moins réussit-il à en barrer l'accès.

– Je vous en prie, souffla-t-il un peu haletant, rien qu'un mot !

– Tout à l'heure, dit la jeune femme, j'ai quitté l'église parce que votre agitation troublait ma prière. Et voilà que vous osez me poursuivre ? Je n'ai rien à vous dire. Passez votre chemin !

– Moi aussi je voulais prier et vous m'en avez empêché.

– Quel mensonge éhonté ! Moi, je vous ai empêché de prier ?

– Vos yeux l'ont fait. Je les ai vus et j'ai oublié Dieu, saint Martin et même ce que j'étais venu faire ici.

– Vous parlez comme un insensé et je n'entends rien à ce que vous dites. Passez votre chemin, vous dis-je !

– Pas sans avoir appris de vous au moins votre nom. Je veux savoir qui vous êtes, d'où vous venez, où vous allez.

– Je vais où Dieu me mène et je n'ai, moi, aucune envie de savoir qui vous êtes.

– Pourtant, je le dirai. J'ai nom Hughes, baron et seigneur de Fresnoy et bien d'autres terres en pays de Vermandois. Jusqu'à ce jour, je me croyais ambitieux et libre. Mais depuis que j'ai vu vos yeux, je ne suis plus libre et n'ai d'autre ambition que de vous servir.

Hughes avait mis tant d'involontaire passion dans ces quelques mots, tant d'inconsciente sincérité que la colère de la jeune femme s'apaisa un peu. Elle sentit qu'en elle quelque chose vibrait d'une curieuse palpitation. Alors elle regarda plus attentivement cet inconnu qui disait des choses folles avec assez de conviction et d'ardeur pour laisser croire que sa vie risquait d'en dépendre.

Elle vit que ce grand gaillard aux yeux farouches mais d'une si joyeuse couleur de feuilles printanières était beau. Dans un genre sauvage peut-être, mais son sourire pouvait avoir toute la gentillesse et l'innocence d'un sourire d'enfant quand le pli ironique de sa bouche ne l'accusait pas.

Malgré elle, Marjolaine lui rendit son sourire, ce que le voile dissimula. Mais ses yeux étincelèrent dangereusement et Hughes crut revoir la mer sous le soleil.

– Sire baron, dit-elle plus doucement, vous ne devez pas prendre souci de moi et moins encore me servir car je suis de plus modeste condition que vous et mon chemin n'est pas le vôtre. Je ne fais que passer ici, en route pour le sanctuaire de monseigneur saint Jacques dans les terres lointaines de Galice.

– Oh non ! Ne me dites pas que vous voulez aller là-bas, que vous comptez faire cette interminable et dangereuse route, vous qui semblez si fragile, si délicate ?

– De plus fragiles que moi l'ont faite. A présent, laissez-moi passer, seigneur. Je vous en ai dit bien plus que je ne le souhaitais.

– Non, puisque vous ne m'avez pas confié votre nom.

– Alors, ce seront mes dernières paroles. J'ai nom Marjolaine des Bruyères, damoiselle en effet, mais

215

veuve de défunt maître Gontran Foletier, qui fut pelletier en la grande ville de Paris.

– Je savais bien que vous étiez fille noble, s'écria Hughes, enchanté de son propre jugement. Quant à ce pelletier dont je ne comprends pas... Oh ! Laissez-moi vous parler encore.

– Non, coupa derrière lui une voix grave. Plus un mot ! Laissez-la en paix.

Hughes, tout de suite furieux, fit volte-face et se retrouva nez à nez avec le grand pèlerin.

– De quoi vous mêlez-vous, compère ?

– De ce qui me regarde car je suis le chef de ce groupe de pèlerins. Pour le reste, je suis Odon de Lusigny, chevalier et banneret, ce qui me donne droit de parler d'égal à égal avec un baron. Aussi, je vous dis de laisser cette jeune dame aller tranquillement son chemin car elle, a pour cela, payé bien chèrement. Allez, ma sœur.

Devant Marjolaine et Aveline – qui s'était d'ailleurs désintéressée de la question pour sourire à Bertrand dont la haute silhouette doublait celle de son maître –, Odon ouvrit la porte de l'hôtellerie et les fit entrer, puis se disposa à les suivre, mais Hughes l'arrêta.

– Ne pouvons-nous parler encore un moment ?

– De quoi, mon Dieu ?

– Eh bien, de cette dame, dit Hughes avec une gêne qui lui était bien inhabituelle et qui fit lever les sourcils de Bertrand, témoin muet de la scène. Ne croyez surtout pas, ajouta-t-il vivement en voyant l'autre hausser les épaules, que je lui veuille déplaire ou l'importuner si peu que ce soit. Mais je voudrais en savoir plus. Je n'ai jamais rencontré quelqu'un comme elle.

– Je le crois volontiers.

Mais, soudain, le regard d'Odon de Lusigny s'attacha à l'annulaire gauche de Fresnoy où brillait un large anneau d'or. Il fronça le sourcil.

– Êtes-vous marié ?

– Oui, encore que mon mariage soit bien malade.

– Cela ne change rien au fait et, dans ce cas, je ne comprends pas ce que vous pouvez vouloir de dame Marjolaine.

– Je ne le sais pas moi-même, mais ce que je sais bien c'est que ce n'est rien de mal. Simplement, je l'ai vue et il me semble à présent qu'elle fait partie de ma vie.

– Non, vous ne l'avez pas vue vraiment. Vous obéissez seulement au caprice d'un instant. Alors, croyez-moi, le plus sûr moyen de lui plaire c'est encore de suivre le conseil qu'elle vous a donné : allez votre chemin et ne pensez plus à elle.

– C'est impossible ! Mais, tout à l'heure, vous avez dit que cette jeune dame avait payé chèrement le droit de suivre sa route en paix. Cela signifiait quoi ?

Le grand pèlerin hésita un instant puis, comprenant qu'il ne viendrait pas à bout de cet obstiné sans lui jeter au moins quelques miettes, il se décida.

– Dans notre groupe, nous respectons et admirons beaucoup dame Marjolaine, mais beaucoup moins pour la beauté de ses yeux que pour celle de son âme. Vous n'êtes pas de Paris et vous ignorez qu'elle est veuve depuis peu, que son époux, l'un des plus riches bourgeois de notre ville, est mort assassiné par un homme dont il avait séduit la femme, mais dont on dit aussi qu'il était épris de la très jeune épouse de son rival. Très jeune et très belle.

– Je l'avais compris.

– Non. Vous n'avez rien compris et, comme nous tous, vous ignorez ce que cette pauvre enfant cache sous son voile qu'elle ne quitte jamais. Il paraît que, pour échapper au désir des hommes et demeurer fidèle à son époux, elle a brûlé au vitriol la moitié de son visage.

Le double cri d'horreur d'Hughes et de Bertrand n'interrompit pas son récit et il continua :

– Aussi sommes-nous très honorés d'être ses compagnons pour le saint voyage qu'elle accomplit d'ailleurs, non pour elle-même, mais pour le repos de l'âme de son époux et par charité.

– Par charité envers qui ?

– Ausbert Ancelin, le meurtrier de maître Foletier, a été condamné à faire le pèlerinage pieds nus et enchaîné. Dame Marjolaine qui est persuadée de son innocence s'efforce de l'assister de son mieux.

– Pourquoi ? Elle aime cet homme ?

Le regard d'Odon pesa un univers de mépris en se posant sur le baron.

– Je vous parle d'une sainte ! Que venez-vous me parler d'amours humaines ? A présent j'en ai assez dit. Allez prier au tombeau, baron, et puis retournez chez vous. Nous sommes les errants de Dieu. Vous êtes un homme avide de jouissances terrestres comme je l'ai été moi-même jadis. Un monde nous sépare.

Et, cette fois, tournant résolument le dos à Fresnoy, Odon de Lusigny rentra dans l'hôtellerie.

En se dirigeant vers la grande salle où les dames hospitalières logeaient les femmes, Marjolaine passa devant la salle des hommes et s'arrêta, attirée par les éclats de voix qui s'en échappaient car elle avait cru reconnaître la voix aigre du frère Fulgence. Passant alors la tête par la porte entrouverte, elle découvrit la double enfilade d'alcôves fermées par des rideaux verts, vit que celle d'Ausbert Ancelin était ouverte et que le malheureux était le centre inconscient d'une véritable bataille qui mettait aux prises son geôlier et dame Léonarde, la supérieure des hospitalières.

– Cet homme n'est pas là pour se prélasser dans un lit, hurlait le frère, mais pour subir la pénitence d'un crime et apprendre si Dieu entend le laisser en vie. J'exige donc qu'il se lève à l'instant et vienne avec moi faire dévotion au tombeau du saint !

– Et moi je m'y oppose ! Se lever quand il n'a même pas sa conscience ? Ce malheureux est peut-être mort plus qu'à moitié. Croyez-vous que notre grand saint Martin serait heureux de le voir expirer auprès de son tombeau ? Il brûle de fièvre et ne peut poser pied à terre sans de grandes douleurs.

– Tant pis ! Si saint Martin souhaite le guérir, il le guérira, mais moi j'ai ordre de veiller à ce qu'il expie son forfait. Et je vais le lever.

Il se penchait pour arracher les couvertures, mais déjà Marjolaine s'était élancée et, les bras en croix, barrait l'accès du lit.

– Et moi je dis que vous n'y toucherez pas, dussé-je ameuter toute l'hôtellerie pour la prendre à témoin de votre cruauté. Vous avez l'ordre de veiller à ce qu'il ne s'échappe pas, à ce qu'il aille jusqu'au bout du chemin : vous n'avez pas reçu ordre de le tuer car je vous rappelle qu'il n'est pas condamné, sinon à s'en remettre au jugement de Dieu. Si le Seigneur veut qu'il meure, il mourra, mais sans votre assistance.

La fureur du moine se tourna instantanément vers elle.

– Une fois de plus, femme, vous vous interposez entre moi et mon prisonnier. Vous oubliez la condition de votre sexe et, en outre, il est impudique, pour une veuve, de porter tant d'intérêt à un homme, surtout quand cet homme a tué son époux.

– Je dis, moi, qu'il est innocent et je ne cesserai jamais de le dire.

219

— Ce qui vous rend suspecte au premier chef. Vous le défendez trop et l'on pourrait imaginer que votre indulgence n'est peut-être que de la reconnaissance, sinon un sentiment plus tendre. De là à penser qu'il était peut-être votre amant...

— Vous n'avez pas honte, mon frère ? tonna Odon de Lusigny qui venait d'entrer dans la salle.

— Honte de quoi ? De dire ce que chacun pense ?

— Vous aggravez votre cas en proclamant que tous ces braves gens, partis avec nous pour le service de Dieu, nourrissent les mêmes idées sordides que vous. Laissez cet homme, frère Fulgence, j'en aurai soin moi-même et allez seul au tombeau pour déverser devant lui vos péchés de cruauté, de calomnie et de jugement téméraire. Dieu serait à plaindre s'il n'avait que des serviteurs tels que vous.

— Alors, vous aussi osez vous opposer à moi, le mandataire du très haut et très puissant seigneur Suger, abbé de Saint-Denis ?

— J'ose en effet et j'oserai plus encore si vous ne vous tenez en paix. Tant que je mènerai notre troupe, ceux qui la composent recevront de moi aide et secours car je m'en tiens pour comptable. Et personne, moi vivant, n'essaiera de dicter à Dieu sa conduite. Sinon je vais trouver de ce pas l'évêque de Tours qui se trouve être un peu mon cousin pour lui demander de vous relever de votre mission et de me la confier. Choisissez.

— Vous n'avez pas le droit ! Vous n'êtes ni prêtre, ni moine, ni...

D'un geste brusque Odon écarta sa robe de pèlerin, découvrant dessous une autre robe, plus courte, barrée sur la poitrine d'une grande croix rouge.

— Je suis chevalier du Temple ! Moine et guerrier de Dieu, j'ai plus de droits que vous. Et si, pour ce

220

voyage, j'ai choisi d'oublier ce que je suis, ne m'en faites pas souvenir. Et oubliez-le vous aussi !

Comprenant qu'il était battu, Fulgence choisit de disparaître, tandis qu'Odon refermait sa robe et souriait aux deux femmes.

— Puis-je vous demander, mes sœurs, de garder le secret ? Il n'a rien de répréhensible car je fais ce voyage par ordre du Grand Maître, mais je préfère que l'on me croie simple pèlerin.

Rassuré par leurs réponses, il sortit à son tour, tandis que dame Léonarde et Marjolaine revenaient se pencher sur le blessé. Ausbert reposait dans une pénible torpeur traversée par instant de longs frissons et de paroles indistinctes. Il était très rouge et semblait souffrir.

— Il me paraît bien mal, dit Marjolaine inquiète. Ne peut-on rien faire pour le soulager ?

— Nous ne faisons que cela, bougonna l'hospitalière. Notre sœur apothicaire renouvelle trois fois par jour l'emplâtre de farine et de miel pour tenter de faire sortir l'humeur de ce pied qui est cause de tout le mal, mais cela ne semble pas donner de grands résultats.

— Si vous permettre, murmura derrière les deux femmes une voix hésitante agrémentée d'un fort accent étranger, je peut-être faire quelque chose.

Elles virent alors qu'un petit bonhomme, presque aussi bizarre que son discours, avait brusquement poussé sur les dalles du dortoir. Sur son corps aussi large que haut, il portait une robe qui avait dû être blanche autrefois, mais qui avait subi tant de vicissitudes et d'intempéries que cela ne se voyait plus guère. Ses cheveux montraient la peau du crâne par une curieuse tonsure en forme de hache. Ils ressemblaient à un toit de chaume frais et retombaient en frange sur son front. Quant à la figure, cuite et recuite par trop de soleil et de vent, elle semblait taillée un peu n'importe comment par un sculpteur négligent qui avait jugé bon de faire obliquer le nez vers la droite. Mais les yeux, du bleu candide des fleurs de lin, trouaient le cuir brun de ce visage comme deux minuscules fenêtres ouvertes sur un ciel d'été.

Voyant que les dames le regardaient avec curiosité, il rit et salua gauchement, les mains au fond de ses manches.

– Vous pouvez quelque chose pour ce malheureux, étranger ? demanda Léonarde. Pouvez-vous nous dire qui vous êtes ?

– Je être Bran Maelduin. Je venir grande monastère à Bangor, dans île d'Irlande. Je savoir un peu médecine.

Le visage sévère de l'hospitalière s'éclaira d'un sourire de bienvenue.

– Nous connaissons bien ici le puissant monastère de Bangor, mon frère. Voici peu de temps, nous avons eu le bonheur d'accueillir ici son ancien prieur, l'évêque d'Armagh. Pardonnez-moi si j'écorche son nom, très difficile : Ma... Malachie, je crois ?

L'Irlandais fronça un sourcil indigné.

– Quoi vous dire ? Quel nom ? Chez nous dire MaolMaodhog Ua Morgair. Pas difficile du tout. Je être sa cousin et je rejoindre lui, après sacré voyage, chez grand abbé Bernard.

– Si vous préférez parler latin, proposa Léonarde qui avait quelque peine à suivre le discours du petit moine que l'accent rendait d'une audition épineuse.

– Merci grandement mais facilitation coupable ! Je ici pour prière et pénitence mais aussi pour le apprendre. Montrez le pied à moi.

– A nouveau on souleva l'emplâtre qui couvrait la peau rouge et enflée par l'œdème. Bran Maelduin se pencha dessus, renifla, tâta d'un doigt aussi léger qu'une aile de papillon, hocha la tête et finalement déclara :

– Pas beau. Vous avoir racine... euh... *lilia candida ?*

– Des oignons de lis ? Nous en avons au jardin, mais naturellement ils sont enterrés en attendant de fleurir dans un mois.

– Vous chercher ça ! dit-il en montrant ses deux mains aux doigts écartés. Vous laver terre, vous porter ici.

– Vous voulez qu'on déterre dix oignons de lis ? s'écria Léonarde scandalisée. Mais le frère jardinier ne voudra jamais ! Il les réserve pour la Très Sainte Mère de Dieu.

– Si pas déterrer *lilia,* fit Bran Maelduin péremptoire, bientôt enterrer homme. Chercher racine, cuire deux dans lait et seigle farineux puis mettre sur pied. Trois le jour ! ajouta-t-il en montrant trois doigts.

– Il faut faire, trois fois par jour des cataplasmes avec deux oignons cuits dans du lait avec de la farine de seigle ? traduisit Marjolaine. C'est bien cela ?

Enchanté d'être si bien compris, l'Irlandais secoua énergiquement la tête et dédia à la jeune femme un large sourire.

– Oui. Il faut faire.

– Eh bien, soupira dame Léonarde résignée, on peut toujours essayer.

Et elle s'en alla circonvenir le frère jardinier. Puis avec l'aide de Marjolaine qui s'était mise à son service, elle prépara le premier cataplasme que l'on appliqua tiède sur le pied du malade, sous l'œil approbateur de Bran Maelduin qui s'était institué garde-malade pour surveiller l'effet de son traitement. Il s'installa sur un tabouret au chevet d'Ausbert, toujours à demi inconscient, après avoir réclamé un grand pot de tisane de sauge qu'il entreprit de lui faire boire.

— Je rester là, dit-il à la jeune femme qui lui demandait s'il avait encore besoin d'elle. Vous peut aller.

Ainsi rassurée sur le sort de son protégé, Marjolaine décida de retourner achever son pèlerinage au tombeau de saint Martin et se rendit dans la salle des femmes pour y chercher Aveline. Mais la petite suivante, trop contente d'un instant de repos, s'était roulée en boule sur sa couchette et dormait avec tant d'application que la jeune femme n'eut pas le courage de la réveiller.

Resserrant son voile autour de la tête, elle quitta la salle et suivit le large couloir qui coupait en deux l'hôtellerie abbatiale. Elle n'était pas loin de la porterie quand elle s'entendit appeler par une voix timide accompagnée d'un trottinement de souris. Elle s'arrêta et sourit à la petite femme qui accourait vers elle.

— Iriez-vous par hasard à l'église, dame Marjolaine ? demanda celle-ci.

— En effet. Je n'ai pas pu, tout à l'heure, aller vénérer le tombeau parce qu'il y avait trop de monde. Cela sera peut-être plus facile maintenant.

— Je n'ai pas pu y aller du tout. J'avais un terrible mal de tête et mon époux était très mécontent d'y aller seul. Puis-je vous accompagner ?

— Vous sentez-vous mieux ?

— Oui. Et puis si je ne rejoignais pas maître Mallet, il se fâcherait sûrement. Je ne suis pas ici pour me dorloter.

Fidèle à son nom, Modestine était une petite femme sans âge, sans aucun relief et totalement effacée par la personnalité acariâtre de son époux sans laquelle on ne l'eût jamais remarquée. Elle était grise de cheveux, de teint, de vêtements et ressemblait davantage à une ombre qu'à un être vivant. Elle et son mari, Léon Mallet, merciers dans le quartier Saint-Leufroy à Paris, avaient pris le départ pour Compostelle en accomplissement d'un vœu pour remercier de la guérison quasi miraculeuse de Modestine, ainsi qu'ils l'avaient confié à leurs compagnons de route.

A regarder la mine de la mercière, Marjolaine pensa à part elle que, sans doute, elle n'allait pas beaucoup mieux mais qu'elle redoutait suffisamment la colère du mari pour se faire violence. En outre, elle pensait certainement qu'en se faisant accompagner d'une autre femme, Léon ne manifesterait pas trop sa mauvaise humeur en la voyant arriver tellement en retard.

– En ce cas, dit-elle gentiment, allons-y ensemble.

Modestine remercia d'un sourire timide mais, comme toutes deux franchissaient le seuil de la maison-Dieu, elle s'arrêta soudain et, très confuse pria Marjolaine de bien vouloir l'attendre un instant : elle avait oublié son escarcelle dans son alcôve, ce qui l'empêchait de faire aumône comme il se devait.

– Dépêchez-vous alors, dit la jeune femme un peu contrariée, sinon nous arriverons à la fumée des cierges. Il se fait tard.

– Oh, je n'en ai que pour un instant. Attendez-moi, je vous en prie.

Demeurée seule, Marjolaine poussa un soupir puis se mit à marcher lentement, de long en large, devant la porte. Les yeux à terre, elle ne voyait rien de ce qui se passait autour d'elle.

Et soudain, il y eut un cri, un hurlement même.

– Attention !

Presque en même temps, quelqu'un jeta Marjolaine à terre et elle se retrouva à plat ventre, à demi écrasée par un corps pesant qui, d'ailleurs, la libéra aussitôt. Et, quand il se releva, la jeune femme constata, avec une stupeur indignée que son agresseur n'était encore personne d'autre que cet insupportable baron de Fresnoy qui, décidément, semblait prendre à tâche de lui être désagréable.

— Encore vous ? s'écria-t-elle furieuse. Mais est-ce que vous êtes devenu tout à fait fou ? Qu'est-ce qui vous a pris de me jeter à terre ? Regardez dans quel état vous m'avez mise ? Je suis pleine de boue.

— Mais vous êtes vivante, dit le jeune Nicolas Troussel qui était arrivé au moment même où Hughes avait jeté Marjolaine dans la boue. Une pierre s'est détachée de là-haut, ajouta-t-il en montrant l'espèce de chemin de ronde qui couronnait le mur de l'abbaye. Sans ce seigneur, elle vous arrivait droit dessus. Vous l'avez échappé belle.

En effet, un énorme parpaing occupait la place où la jeune femme se tenait un instant auparavant, menaçant à souhait. Marjolaine regarda tour à tour la pierre et celui qui l'en avait sauvée : l'une avec un frisson de crainte rétrospective et l'autre avec une sorte de gêne. Mais comme il lui tendait la main pour l'aider à se relever, elle accepta. Or, quand cette main nerveuse, chaude et ferme, enveloppa la sienne, elle en éprouva une étrange impression de réconfort. La peur qui lui était venue se dissipait et, si elle eut soudain envie de pleurer, ce fut surtout de soulagement.

— Merci, seigneur, dit-elle timidement. Merci et pardon de m'être montrée grossière.

— Ce n'est rien. N'importe qui aurait réagi de même façon dans de pareilles circonstances.

Cependant, l'accident avait fait quelque bruit. Des passants s'étaient arrêtés, deux dames hospitalières étaient sorties de l'hôtellerie et aussi Modestine qui accourait, sa bourse à la main. Les trois femmes s'empressèrent autour de Marjolaine qu'elles firent rentrer dans la maison pour l'aider à se nettoyer et la faire reposer après une telle émotion.

Avant qu'elles ne fussent rentrées, pourtant, Hughes arrêta l'une d'elles.

— Est-ce donc en si mauvais état là-haut ? demanda-t-il en désignant le sommet de la maison.

— Pas vraiment. C'est seulement en réparation. Le gel de cet hiver a fait éclater des pierres. Je ne comprends pas comment l'une d'elles a pu se détacher car les travaux sont très avancés. De toute façon, je vais demander que l'on aille vérifier. Cette jeune femme aurait pu être tuée.

C'était exactement l'avis d'Hughes et, en rejoignant avec Bertrand leur auberge des bords de Loire, il ne put s'empêcher de livrer le fond de sa pensée :

— J'ai peut-être trop d'imagination, mais je me demande si cette pierre s'est détachée toute seule ? Encore que je ne voie pas du tout pourquoi ou qui pourrait en vouloir à la vie de cette jeune dame ?

— Il y avait quelqu'un, dit Bertrand. Quand la pierre est tombée, j'ai aperçu une vague silhouette qui a disparu aussitôt.

— Tu en es sûr ?

— D'avoir vu quelqu'un, oui. Mais qu'il ait poussé la pierre, non. Néanmoins il est difficile de ne pas faire le rapprochement.

— Autrement dit, tu penses qu'il s'agit bien d'une tentative de meurtre. Mais alors qui ? Et pourquoi ? Tu as entendu le grand pèlerin, tout à l'heure. On la vénère presque. Et puis, qui peut vouloir fermer de pareils yeux ?

Il y eut un instant de silence troublé seulement par le pas tranquille des chevaux. Puis Bertrand osa demander :

— Elle vous plaît beaucoup, n'est-ce pas ?

227

— Je ne sais pas. Elle m'attire sans que je puisse comprendre pourquoi. Il y a ce merveilleux regard, sans doute, et toute cette grâce et la soie de ses cheveux.

— Il y a aussi ce voile qu'elle porte continuellement, ce voile qui cache sans doute une affreuse brûlure. Peut-être ne pourriez-vous même pas soutenir la vue de son visage si elle le découvrait pour vous.

— Tu me prends pour une femmelette ? J'en ai déjà vu des blessures horribles. J'ai vu aussi des lépreux et je n'ai jamais seulement fermé les yeux en face des pires abominations. Et puis là n'est pas la question. Ce que je veux savoir, c'est qui peut vouloir détruire aussi froidement une créature fragile dont chacun prétend qu'elle est noble et d'âme haute.

— Peut-être, après tout, sommes-nous en train de nous faire un conte. Je n'ai peut-être aperçu qu'un ouvrier passant sur le chantier et il se peut qu'une pierre, mal posée, se soit détachée juste à cet instant. Il y a des coïncidences.

— Mais tu n'y crois pas. Et moi non plus.

— Alors, tout ce que nous avons à faire, c'est aller prévenir le seigneur Odon de Lusigny, le chef des pèlerins, des soupçons qui nous sont venus. Après tout, c'est à lui de veiller sur son troupeau. Il devra prendre des précautions, veiller plus étroitement sur cette dame. Mais j'ai bien peur qu'il ne nous traite d'illuminés.

Les deux hommes longeaient la Loire et, d'un accord tacite, s'arrêtèrent sur une levée herbue qui descendait doucement jusqu'à l'eau. Le fleuve, encore gros des récentes pluies qui avaient lavé le paysage et nourri l'herbe jeune, roulait des eaux jaunâtres entre les doux coteaux où s'installait le printemps. Le soleil encore timide jouait à cache-cache parmi des

228

nuages blancs et faisait de la Loire un fleuve de nacre traversé d'étincelles. En face d'eux, au-delà de l'île que le grand pont reliait aux deux berges, ils pouvaient voir s'étager les blanches maisons de ce qui n'était plus que le faubourg de Saint-Symphorien après avoir été le berceau même de Tours, et les imposants bâtiments de la grande abbaye de Marmoutiers, jadis fondée par saint Martin lui-même. Elle était en passe de devenir l'une des plus puissantes de la chrétienté depuis que le pape Urbain y était venu, en 1095, prêcher la croisade sainte. C'était un tableau d'une grande beauté et d'une paisible majesté.

Mais, de tout cela, Hughes ne voyait pas grand-chose, s'il se laissait volontiers baigner par cette douceur de lumière et de paysage. Il suivait des yeux le vol bleu-vert d'un martin-pêcheur souligné de l'éclair argenté du poisson que l'oiseau venait de pêcher. Et il crut voir une larme au bord des yeux qui l'avaient ensorcelé.

Descendu de cheval, Bertrand vérifiait la sangle de sa selle ou faisait semblant, et ne disait rien, respectant un silence dont il savait qu'il était toujours malsain de le troubler quand le baron choisissait de se taire...

— Écoute, dit enfin Hughes, nous allons ici nous séparer.

Les doigts de l'écuyer marquèrent un arrêt, mais il ne dit rien, attendant ce qui allait venir.

— Tu vas rentrer à Fresnoy et tu diras à sire Gerbert qu'il devra veiller sur mon fief plus longtemps que je ne le pensais.

— Combien de temps ? fit Bertrand d'une voix égale.

— Je ne sais pas. Le temps qu'il faut pour aller à Compostelle de Galice et en revenir, si Dieu m'accorde d'en revenir. Tu aideras et serviras mon frère de ton mieux et puis tu iras aussi voir l'évêque Martin pour lui dire que, touché par la grâce, j'ai décidé de ma propre volonté d'allonger la pénitence qu'il m'avait imposée.

— Vous voulez partir après-demain, avec le pèlerinage ?

— Oui. Et n'essaie pas de m'en dissuader. Tu as raison, je pourrais prévenir Odon de Lusigny, le prier de veiller sur Marjolaine, mais il mène une troupe trop nombreuse pour pouvoir se consacrer à une seule personne. Et moi, je ne vivrai plus tranquille si je la sais en danger ! Je veux moi-même veiller sur elle. Et ne me dis pas que je suis fou ! Il est possible que je le sois mais, outre que personne n'aime se l'entendre dire, je tiens à ma folie.

— Aussi ne le dirai-je pas, mais...

— Pas de mais ! Je ne veux rien entendre. Je suivrai les errants de Dieu et toi, tu rentreras au logis.

— Non !

Les yeux fulgurants d'Hughes se posèrent, hautains, sur le visage paisible de son écuyer.

— Qu'as-tu dit ? J'ai mal entendu.

— Je ne crois pas. J'ai dit non. C'est clair. Cela veut dire que je ne retournerai pas à Fresnoy. Pas sans vous en tout cas. Et ne me dites pas que vous pourriez me faire périr sous le fouet pour avoir refusé de vous obéir, cela aussi je le sais. Seulement, vous n'avez plus aucun droit sur moi dès l'instant où je suis touché par la grâce, moi aussi. Depuis un instant, en effet, je me sens pèlerin dans l'âme. Et il serait injuste à vous, criminel même, de vous en aller quérir votre salut en me refusant à moi le droit de faire en même temps le mien.

Jamais de sa vie Bertrand n'avait prononcé si long discours, et Hughes, stupéfait, avait suivi ce flot de paroles débitées d'un ton tranquille d'ailleurs, sans trouver seulement la force de l'interrompre.

— Tu n'as jamais autant parlé, Bertrand !

L'autre sourit de son curieux sourire qui se contentait d'étirer les lèvres sans découvrir les dents.

— Je ne parle que dans les grandes circonstances ou quand le feu en vaut la chandelle. Il est probable que cela ne me reprendra pas avant longtemps. Ainsi donc, nous partons ensemble avec les pèlerins. Vous savez qu'il faut que le chef nous accepte ?

— S'il refuse, nous suivrons de loin. Nul ne peut nous empêcher d'aller où nous le voulons. Le chemin est à tout le monde et le saint ne refusera pas un dévot de plus.

— Même si ses desseins sont de terrestre amour et non d'amour divin ?

— Cela, je le saurai là-bas, s'écria Hughes avec passion. S'il agrée ma prière, monseigneur saint Jacques fera un miracle de plus. Il guérira cette fleur blessée que l'on appelle Marjolaine.

8
Halte
à Sainte-Catherine-de-Fierbois

Le traitement de Bran Maelduin opéra sur Ausbert
Ancelin une sorte de miracle. En vingt-quatre heures,
l'abcès mûrit et commença à suinter. Le petit moine
irlandais l'incisa alors avec une parfaite habileté, le
vida autant que possible, lava la plaie avec du vin,
puis plaça un nouvel emplâtre destiné à favoriser
l'expulsion des sanies qui pourraient se former
encore et finalement pansa le tout de linge propre.

Cette opération n'alla pas, bien sûr, sans déchaîner
l'indignation du frère Fulgence qui surveillait son prisonnier comme un chien veille sur son os et déclarait
furieusement toutes ces «douilletteries» incompatibles
avec une pénitence subie selon la règle. Mais, à
toutes ses injonctions, Bran Maelduin se contentait
de répondre : «Je ne pas comprendre», préférant de
beaucoup laisser l'autre débattre la question avec
Odon de Lusigny, dame Léonarde, Marjolaine et
Nicolas Troussel qui s'étaient pris d'un prodigieux
intérêt pour l'homme à la tonsure en forme de hache.
A eux quatre ils formaient autour du blessé un bar-
rage difficile à franchir. Mais quand Fulgence, le pansement dûment mis en place, tenta une fois de plus

d'arracher Ausbert à son lit, l'Irlandais, qui s'était écarté de quelques pas pour laver ses mains tachées de sang, se déchaîna. Attrapant son confrère par le col de sa robe, il lui fit en même temps un vigoureux croc-en-jambe qui l'envoya à terre avec la vitesse de l'éclair.

– *Miserere mei, frater,* fit hypocritement Bran Maelduin, employant le latin pour être bien certain d'être compris, tandis que son adversaire se relevait péniblement, encore éberlué de ce qui venait de lui arriver. Si vous voulez qu'il marche demain, il faut le laisser tranquille encore cette nuit, ajouta-t-il dans la même langue.

– Eh bien, nous verrons demain. Mais il faudra bien qu'il marche, dussé-je ameuter la foule contre vous.

Quand vint, pour les pèlerins, l'heure de quitter la maison-Dieu, une scène analogue faillit se reproduire lorsque Fulgence exigea que les fers, enlevés au pénitent pour pouvoir soigner son pied enflé, lui fussent remis. Bran Maelduin protesta. Il se mettait même en position de combat quand Ausbert Ancelin lui-même s'en mêla.

– Laissez-le me les remettre, mon frère, dit-il doucement à son irascible défenseur. Je crois que je pourrai les supporter puisque ma cheville n'est plus enflée. C'est déjà beau que vous ayez réussi à me soigner et à chasser le mal. Je vous en ai grande et profonde gratitude. Mais à présent je dois me soumettre. Vous vous feriez un ennemi.

Les fers furent remis puis les choses recommencèrent à se gâter. Fulgence exigeait que les linges fussent ôtés : Ancelin devait aller pieds nus. Alors les hurlements indignés de Bran Maelduin en appelant à la justice divine, contre la cruauté du moine qui voulait sans doute infecter de nouveau le pied blessé,

233

roulèrent sous les voûtes de la salle et ameutèrent tous les pèlerins dont certains étaient au réfectoire et d'autres déjà dans la cour. Odon de Lusigny accourut et régla définitivement le conflit en décidant que le pansement resterait en place.

– Il ne s'agit pas d'une chaussure, mais d'une protection contre la saleté. L'autre pied demeurera nu. Quant à vous, mon frère, c'est le dernier avertissement que je vous donne. Ou vous cessez de tourmenter cet homme, ou je vous chasse. Sœur Léonarde, veuillez, s'il vous plaît, trouver une paire de béquilles pour cet homme afin de l'aider dans une marche qui, de toute façon, sera pénible.

Aux premiers rayons du soleil qui se levait au milieu de la plus rose aurore, les pèlerins se retrouvèrent face à la basilique afin d'entendre la messe et de recevoir les dernières bénédictions avant de prendre le chemin du sud. La halte de Tours avait fait grand bien à tous. Les mines des bien-portants étaient reposées, les malades avaient repris des forces, les vêtements avaient été dépoussiérés, nettoyés, le linge lavé et, dans les besaces et les panières, fromage et pain frais libéralement distribués par les gens de la ville attendaient l'occasion de réconforter les voyageurs, tandis que les gourdes s'étaient emplies d'un joyeux vin de Loire, présent de l'évêque. Les pauvres avaient reçu aumône en vue des gués et des péages à venir et tous se sentaient pleins de courage pour entamer la seconde partie du chemin.

Cela s'entendit à l'ardeur que l'on mit dans les répons et les chants de la messe célébrée devant le grand portail afin que tous puissent y avoir part.

Pour la première fois depuis que l'on avait quitté Paris, Marjolaine suivit l'office sans vraiment s'y intéresser. L'accident qui avait failli lui coûter la vie en était cause en grande partie. Elle en avait été profondément troublée. D'abord pour une raison quasi superstitieuse, voyant dans cette pierre tombée sans raison du ciel un signe de mécontentement du Seigneur. Durant la nuit d'insomnie qui suivit, elle avait cherché la raison profonde d'une si haute désapprobation. En quoi avait-elle irrité Dieu ? Était-ce en se prêtant à une supercherie pour échapper à un sort que, peut-être, « on » lui avait de tous temps destiné ? Était-ce en tentant de secourir un homme condamné par l'Église ? Encore que cette dernière hypothèse lui parût improbable puisqu'elle avait, de ses propres oreilles, recueilli l'aveu cynique du véritable coupable. Alors ?

Au matin, elle était presque décidée à abandonner le pèlerinage, à retourner à Paris, à arracher la fausse cicatrice qui tiraillait sa joue et à s'abandonner finalement à la justice divine quand Colin était apparu. Très sombre, il avait commencé par tancer vertement Aveline en lui reprochant de ne pas veiller suffisamment sur sa maîtresse et de se prélasser tandis qu'elle courait seule les pires dangers. Il criait si fort que Marjolaine, indisposée, avait crié encore plus fort que lui. Qu'est-ce qu'il lui prenait de s'attaquer à une innocente ? Et en quoi la présence d'Aveline eût préservé sa maîtresse d'une pierre en train de glisser ?

– En rien, fit Colin. Mais elle est là pour vous aider et, comme moi-même, pour veiller à ce qu'il ne vous arrive rien. Je m'en veux assez de ne pas avoir fait mon service avec assez d'attention. Mais elle non plus. Désormais, il y en aura toujours un de nous deux qui surveillera vos entours : devant, derrière, au-dessus et sous vos pieds.

– Es-tu devenu fou ? C'était un accident simplement.

– Non. On a tenté de vous tuer. C'est le seigneur qui vous a sauvée qui me l'a dit, assez durement d'ailleurs, en m'accusant de ne pas faire mon travail. Et il avait raison.

– Il t'a dit qu'on avait voulu me tuer ?

– Exactement. Son écuyer a vu quelqu'un près de la pierre au moment où elle est tombée.

– C'est impossible. Qui peut en vouloir à ma vie ?

– Je n'en sais rien. Lui non plus, mais je vous jure que je vais ouvrir l'œil et quiconque tentera la moindre chose contre vous y laissera ses os.

Ayant ainsi appris que le fameux signe du Ciel n'en était pas un, Marjolaine ne s'était sentie que très peu soulagée. Simplement, ses questions sans réponses possibles avaient changé d'objectif. Et elle eût peut-être passé une seconde nuit blanche si Aveline, agacée de la sentir s'agiter, se tourner et se retourner sans cesse, n'avait fini par lui faire avaler une tisane calmante qu'elle était allée demander à dame Léonarde.

Le jour qui se levait promettait d'être clair et, dans la lumière pure du matin, prières et chants semblaient monter plus droit, plus aisément que d'habitude. Quand le temps était ainsi, Marjolaine adorait ces instants offerts à Dieu où la route de la journée semblait mener vers quelque paradis. Pourtant, ce jour-là, le cœur de la jeune femme demeurait inquiet et plus lourd qu'il ne l'avait été depuis le départ car, en arrivant sur le parvis, la première personne qu'elle aperçut fut le seigneur de Fresnoy et, en le revoyant, elle éprouva une curieuse émotion.

Un grand manteau sombre négligemment rejeté sur ses larges épaules, découvrant une simple tunique de laine noire ceinturée de cuir et d'argent, il se tenait très droit sur sa selle et semblait attendre quelque chose. Les longues mèches noires de ses cheveux brillaient comme la robe de son cheval dans les premiers rayons du soleil et la peau de son visage dur

236

parut à la jeune femme refléter un peu de cette lumière nouvelle. Quand elle entra dans son champ de vision, elle reçut le choc de son regard vert soudain étincelant, qui s'attacha à elle et ne la lâcha plus.

Troublée sans trop savoir pourquoi, apeurée même, comme devant un danger encore caché mais que les sens devinent, elle pressa le pas en détournant les yeux pour atteindre les rangs les plus proches de l'autel, ce qui était pour elle une manière de se protéger. Le poids du regard vert demeura sur sa nuque et elle en eut une conscience aiguë. C'était comme une brûlure à laquelle il était impossible d'échapper.

Elle n'eut pas longtemps à se demander pourquoi l'étranger était là car, aussitôt, elle entendit sa voix toute proche. Il discutait avec Odon de Lusigny auquel il venait de remettre l'agrément de l'évêque de Tours l'autorisant à prendre part au voyage vers Compostelle, ainsi que le voulait la règle pour chaque pèlerin. Or, cette nouvelle recrue ne semblait guère convenir au templier et, malgré elle, Marjolaine tendit l'oreille pour entendre ce que les deux hommes se disaient.

– Je croyais vous avoir conseillé de retourner chez vous, sire baron, reprochait Odon de Lusigny. D'où vient que je vous retrouve ici à cette heure et décidé à vous joindre à nous ?

– Ne puis-je, entraîné par l'exemple, avoir choisi de faire avec vous quelques pas sur le chemin du salut ? La route est à tout le monde, mon frère, et chacun peut choisir de s'y engager quand bon lui semble.

La voix, ironique, arrogante même, n'avait pas grand-chose de l'humilité requise pour entamer un voyage pieux. Peut-être Fresnoy cherchait-il à prendre le chef des pèlerins au piège de la colère mais il n'y réussit pas.

— Sans doute. Pourtant, avant de vous autoriser à vous mêler à ceux que je mène, je désire savoir quel est le but réel que vous poursuivez car si vous souhaitez seulement porter le trouble dans une âme innocente et chercher à l'entraîner dans le péché, je ne vous accueillerai pas.

— Sa Grandeur l'évêque de cette ville m'a autorisé...

— J'ai vu, mais cela ne suffit pas. Vous savez très bien qu'il vous faut aussi mon agrément. Tout au moins pour vous mêler à nous car je n'ai, comme vous le dites, aucun pouvoir pour vous empêcher de suivre telle ou telle route.

Il y eut un court silence durant lequel Marjolaine lutta contre l'envie de se retourner pour voir les deux hommes. Puis elle entendit :

— Je voudrais vous parler un instant à l'écart. Ce que j'ai à dire n'est pas pour toutes les oreilles.

— Alors faites vite, la messe va commencer.

Force fut à Marjolaine de refréner sa curiosité, une curiosité qui la poussa cependant à tourner la tête pour voir Hughes de Fresnoy et Odon de Lusigny retirés sous l'auvent d'une maison et parlant avec animation. Ce fut bref. Un instant plus tard, le chef des pèlerins revenait prendre sa place au pied de l'autel. Marjolaine l'avait entendu dire assez haut, quand il avait quitté son interlocuteur.

— Soit ! Vous marcherez à l'arrière du cortège avec les cavaliers car nous avons beaucoup de femmes et guère de défenseurs pour les mauvais passages. Mais veillez à ce que je n'aie rien à vous reprocher.

— Lui reprocher quoi ? chuchota Aveline qui apparemment s'était intéressée elle aussi à la scène. Je ne comprends pas pourquoi sire Odon traite si mal ce beau seigneur qui vous a parlé si doucement et vous a sauvée. Moi je suis très contente qu'il vienne avec nous.

Marjolaine ne put s'empêcher de sourire.

– Te plairait-il ?

La petite rougit.

– C'est un seigneur. Je n'oserais... Mais son écuyer est assez bel homme. Cela va être agréable de faire le chemin avec eux, ajouta-t-elle avec une satisfaction que sa maîtresse s'empressa de calmer.

– C'est surtout Colin qui fera route avec eux. Moi, j'ai décidé de continuer à pied le plus possible et j'espère que tu en feras autant.

– Oh ! pourquoi ?

– Parce que nous n'allons pas cueillir des fleurs en compagnie d'aimables jouvenceaux comme on le fait quand revient le mai nouveau. Nous allons prier au tombeau d'un apôtre du Christ. Ne confonds pas. Et tais-toi. La messe commence.

Le chant de l'*« Asperges me... »,* saluant l'arrivée du clergé, noya le gros soupir de la petite Aveline.

Quand la troupe des marcheurs de Dieu s'ébranla pour s'engager dans la route du sud et, surtout, quand passé les portes de Tours on atteignit le passage du Cher, Marjolaine vit que l'on était plus nombreux qu'à l'arrivée dans la ville de Martin. Une dizaine de nouveaux pèlerins avaient rejoint la troupe venue de Paris. Des gens simples sans doute car ils allaient à pied, à l'exception du seigneur de Fresnoy, bien sûr, que la jeune femme pouvait voir, chevauchant avec son écuyer en queue de convoi, non loin de la fameuse litière aux rideaux si bien clos.

– Les nouveaux, sait-on d'où ils viennent ? demanda Modestine qui trottait auprès de Marjolaine qu'elle entourait, depuis l'histoire de la pierre, de soins timides, celle-ci se reprochant amèrement d'avoir, par le retard qu'elle lui avait imposé, failli être cause d'un grave accident. Pour sa part, Marjolaine aurait préféré qu'elle l'entourât un peu moins, à la longue, la pauvre Modestine bavarde et un peu sotte pouvait se révéler fatigante, mais elle avait pitié d'elle car son époux montrait une tendance certaine à la rudoyer. C'était charité que permettre à la mercière de mettre quelque distance entre elle et son Léon, rendu d'ailleurs parfaitement infréquentable par des douleurs dentaires qui l'avaient pris dans la nuit.

— Ma foi, je ne sais pas, répondit Marjolaine. Je viens seulement de m'apercevoir de leur présence.

— Je peux vous répondre, dit Nicolas Troussel qui cheminait auprès du moine irlandais à quelques pas derrière les trois femmes. Il y en a trois qui viennent de Bretagne, les autres sont d'Anjou ou des marches de Normandie. Seul, ce grand pèlerin que vous voyez cheminer en tête auprès de messire Odon vient de Bourgogne.

— De Bourgogne ? s'étonna Bran Maelduin. Cela fait un grand détour.

— Il en a fait un plus grand encore car il arrive d'un lieu saint, la montagne où l'on prie monseigneur Saint-Michel-au-péril-de-la-Mer. Peut-être achève-t-il par Compostelle un pèlerinage circulaire aux grandes églises ?

— Oh, c'est un grand pèlerin alors, dit Modestine. Cela explique pourquoi il marche auprès de messire Odon qui semble lui montrer honneur et considération.

— Oui. C'est assez étonnant d'ailleurs car ce n'est qu'un simple charpentier.

Marjolaine regarda le garçon avec une curiosité amusée.

— Seigneur ! Mais comment arrivez-vous à savoir tant de choses en si peu de temps ?

– J'observe, gracieuse dame, et je me renseigne.

– C'est possible. Ainsi, pour ce nouveau venu, avez-vous observé et auprès de qui vous êtes-vous renseigné ?

– Mais, auprès de lui-même. J'avais remarqué le grand sac qu'il porte et d'où sortent des manches d'outils. Alors je lui ai demandé qui il était. Il m'a répondu très civilement qu'il se nommait Bénigne Prêt-à-bien-faire, natif de Dijon et charpentier passant du Saint Devoir.

– Passant du Saint Devoir ? Qu'est-ce que cela veut dire ?

Nicolas repoussa son bonnet et se gratta la tête avec une grimace comique.

– Ça, je n'en sais rien car je n'ai pas eu le temps de le lui demander, la messe commençait. Mais, n'ayez crainte, je me renseignerai.

La voix d'Odon entamant le chant de marche des pèlerins pour scander l'effort que représentait la montée du plateau de Champeigne, Marjolaine joignit machinalement la sienne à celles des autres, bien plus par habitude que par conviction. Elle n'avait nul besoin d'un cantique pour grimper la faible pente de l'antique voie romaine dont les dalles, où avait jadis couru le char de César, affleuraient encore de loin en loin. Marcher dans ce joli matin traversé du vol rapide des oiseaux libérés de l'hiver lui semblait l'exercice le plus agréable du monde. Et c'eût été plus doux encore sans les voix souvent mal accordées de ses compagnons de route car elles n'ajoutaient rien, bien au contraire, à la grâce d'une campagne en train de reverdir. C'eût été tellement mieux de cheminer en silence afin de mieux écouter les bruits paisibles de la terre et du ciel. Il y avait longtemps, bien longtemps en vérité, que Marjolaine n'avait ressenti pareille joie intérieure.

Elle pensa que cette joie était due, peut-être, à la sainteté du voyage, à l'espoir de l'éblouissement final lorsque l'on atteindrait la ville sanctifiée. Mais, tout à coup, elle se retourna comme si une voix secrète le lui avait impérieusement commandé. Et par-dessus le moutonnement des têtes, elle rencontra le regard du chevalier et n'en éprouva nulle colère. Tout au contraire, il lui parut que son allégresse augmentait encore. Circonstance qu'elle se hâta de se reprocher sans pour autant s'en trouver plus triste.

Vers le milieu du jour on passa l'Indre, sous la protection du gigantesque donjon carré de Montbazon. La forteresse appartenait au puissant comte d'Anjou dont les gens veillaient sévèrement à ce qu'on laissât passer les pèlerins sans péage. On avait alors parcouru trois lieues et Marjolaine se sentait un peu lasse. Mais elle n'en refusa pas moins fermement de rejoindre ses mules, non loin desquelles chevauchaient le baron et son écuyer. Le regard vert était suffisamment dangereux de loin. Elle craignait de l'approcher de trop près. A la longue évidemment, cela risquait de poser un problème : allait-elle devoir faire entièrement à pied le long chemin jusqu'à Compostelle ?

Apparemment, Aveline pensait de même. Ses yeux se tournaient fréquemment vers Colin, les mules et les cavaliers de l'arrière. Un soupir alors lui échappait, que Marjolaine se refusait à entendre.

Passé l'eau, on s'arrêta au revers d'un talus pour manger un peu de pain et de fromage. Colin rejoignit sa maîtresse avec les provisions, mais ne réussit pas plus qu'Aveline à la convaincre d'achever l'étape du jour plus confortablement. Elle refusa de les entendre et les planta là pour s'en aller porter un peu de fromage et de vin à Ausbert Ancelin auquel Fulgence ne tolérait que le pain et l'eau claire.

242

Elle trouva le pénitent effondré au bord du chemin. En dépit des béquilles procurées par le chef des pèlerins, les trois lieues de route avaient représenté une trop rude épreuve pour un homme tout juste sorti de la fièvre. Auprès de lui, Fulgence essayait, avec une maladresse agacée, de lui fourrer un morceau de pain dans la bouche, sans y parvenir.

Repoussant le moine, Marjolaine s'agenouilla auprès d'Ausbert et prit sa tête sur ses genoux sans qu'il parût seulement s'en apercevoir. La souffrance était inscrite sur les traits ravagés de son visage, dans le cerne qui marquait ses yeux clos. Il respirait difficilement et paraissait privé de conscience.

La jeune femme voulut approcher de ses lèvres serrées un gobelet de vin, mais s'attira aussitôt la protestation de Fulgence.

— Il est au pain et à l'eau de pénitence, s'écria-t-il en essayant de s'emparer du gobelet.

Avec une vigueur inattendue chez une délicate jeune femme, Marjolaine le repoussa.

— Et il mourra ici même si l'on ne fait quelque chose. Tenez-vous tranquille, mon frère !

— Ce sera alors la volonté de Dieu, fit l'autre, têtu.

— La volonté de Dieu n'a jamais exigé que l'on manque à la charité. Il serait temps pour vous de revoir vos vertus théologales. Vous en faites un curieux usage.

Ne parvenant pas à faire boire Ancelin qui, en fait, était évanoui, Marjolaine se redressa, cherchant des yeux Odon de Lusigny et le moine irlandais. Mais l'un et l'autre s'étaient éloignés vers l'arrière du convoi où une contestation s'était élevée avec des gens de Bretagne dont l'Irlandais parlait la langue. Par contre, elle ne vit pas Hughes qui l'avait suivie et se tenait à quelques pas. Il s'approcha.

– Laissez-moi vous aider, dame, puisque apparemment vous tenez tant à secourir ce misérable, dit-il.

Elle le foudroya du regard.

– Qui vous permet de le traiter de misérable ? Vous ne savez rien de lui.

– Vous ne croyez pas que ce n'est pas le moment d'en discuter ? S'il n'est pas mort, il n'en vaut guère mieux. Laissez-moi faire !

A son tour, il s'agenouilla sans que, cette fois, Fulgence impressionné par sa grande mine osât protester. Quelques claques appliquées sèchement mais sans brutalité ramenèrent le malade à la conscience. Il entrouvrit les yeux. Hughes s'empara alors de sa tête et réussit à lui faire absorber un peu de vin, ce qui ramena un peu de couleur à ses joues blêmes.

– Comment te sens-tu ? demanda le baron.

– Un... peu mieux... merci... seigneur.

– Faites-lui manger son pain, bougonna Fulgence, nous allons bientôt repartir. Puis on le remettra debout.

Les deux jeunes gens s'efforcèrent de faire absorber au malade un peu de pain et de fromage, mais la nourriture avait du mal à passer. Visiblement, Ausbert faisait de grands efforts pour faire plaisir à ceux qui voulaient le secourir. Au bout de trois ou quatre bouchées, d'ailleurs, il refusa avec un semblant de sourire timide.

– Je ne peux pas, pardonnez-moi !

– Alors debout ! dit Fulgence. Il est temps.

Le saisissant sous les bras, il l'obligea à se relever, lui glissa les béquilles mais, dès l'instant où il le lâcha, Ausbert verdit et s'écroula de nouveau.

– Quoi lui faire encore ? s'écria Bran Maelduin qui accourait, ayant vu la scène de loin. Je être absent la minute et lui commettre le abomination.

À son tour, il se penchait sur le malade dont Fulgence d'ailleurs s'écartait.

– Vous voyez bien tous qu'il est à moitié mort. Je vais l'absoudre de ses péchés et le laisser achever sa triste vie ici, en paix à la face de Dieu. On va le porter sous cet arbre.

Le petit moine irlandais se releva comme si un serpent l'avait piqué.

– Je jamais laisser mort pas encore mort et même tout à fait mort ! Je ensevelir alors.

Il s'affairait à nouveau. Ayant réclamé un peu de vin à Hughes, il y jeta un peu de poudre prise dans sa besace, mélangea le tout et obligea Ausbert à en boire une bonne gorgée. Pendant ce temps, Marjolaine avait appelé Colin et lui avait ordonné d'amener la mule qu'elle ne montait pas.

– Si nous ne voulons pas retarder tout le monde, dit-elle à Bran Maelduin, le mieux serait d'installer maître Ancelin sur cet animal. Ainsi, il atteindra sans trop de souffrances l'étape de ce soir où il pourra à nouveau recevoir vos soins.

Naturellement, le frère Fulgence ne l'entendait pas de cette oreille et le fit savoir hautement. Qui avait jamais ouï parler d'un pénitent condamné à marcher à pied et qui se prélassât sur une mule comme un chanoine ? Lui vivant, en tout cas, pareille chose ne se verrait pas ! On laisserait l'homme mourir tranquille sous un arbre. Une dispute suivit cette prise de position. Dispute qui aurait pu s'éterniser si Hughes, perdant soudain patience, n'avait empoigné le moine par sa robe et, après l'avoir secoué d'importance, ne l'avait rejeté à terre. Puis, tirant son glaive, il le mit sous la gorge de Fulgence.

– Vous vivant, dites-vous, saint homme ? C'est une chose qui peut s'arranger très vite si vous ne vous taisez pas.

– Je suis un moine, un homme de Dieu ! On ne tue pas les serviteurs du Seigneur, bredouilla sa victime.

– J'en ai déjà tué un et j'ai payé pour ça. Ce pèlerinage que je n'avais pas prévu constitue une pénitence suffisante pour me permettre d'en tuer un autre. A présent, si vous préférez nous quitter et rentrer à Paris, personne ne vous en empêche. Vous avez ma parole de chevalier que cet homme, s'il vit, ira à Compostelle.

– Non, je dois rester avec lui jusqu'au bout, quoi qu'il arrive.

– Tiens donc ! Ai-je rêvé ou bien parliez-vous à l'instant de le laisser mourir seul sous un arbre ?

– Vous n'avez rien compris ! Et ôtez cette épée, vous me blessez.

– A une seule condition : vous cessez de vous occuper de cet homme. Contentez-vous de le suivre sans plus vous mêler de rien, ni de sa santé ni de sa nourriture. On y pourvoira. C'est promis ?

Fulgence hésita un instant, mais la pointe de l'épée avança un tout petit peu et la peur le prit, d'autant plus forte que, parmi ceux qui regardaient, personne ne pipait mot ou ne faisait le moindre geste pour l'aider.

– Promis ! soupira-t-il enfin, mais à condition qu'il continue le chemin pieds nus et enchaîné comme il a été prescrit par le seigneur abbé de Saint-Denis.

– C'est d'accord ! Sur une mule, ses pieds nus ne se blesseront guère.

Hughes remit le glaive au fourreau puis, aidé de Bran Maelduin, enthousiaste et l'œil pétillant de joie, il installa Ausbert sur la mule de Marjolaine vers laquelle enfin il se tourna.

– Vous voilà démontée, dame, dit-il gentiment. Prenez mon cheval.

Les grands yeux couleur de mer qui l'ensorcelaient lui sourirent et ce fut sa récompense.

– J'ai deux autres mules, messire. Je ne marche donc que parce que je le veux bien. Mais grand merci de votre offre et de votre aide.

Odon de Lusigny revenait en compagnie de Bénigne le charpentier. Les pèlerins, leur repas achevé, se relevaient sur une prière d'action de grâces. Hughes, laissant Marjolaine cheminer à son gré, retourna reprendre son cheval et sa place auprès de Bertrand qui l'accueillit avec un sourire en coin.

– Nous faisons de grands progrès sur le chemin de la sainteté, sire Hughes, fit l'écuyer. J'en sais qui, à ma place, n'en croiraient ni leurs yeux ni leurs oreilles.

– Eh bien, fais comme eux, n'en crois ni tes yeux ni tes oreilles, mais tais-toi !

Il sauta en selle et rejoignit le petit groupe formé par les mules de Marjolaine sur lesquelles à présent veillaient Bran Maelduin bien décidé à ne plus quitter son malade et Colin. Venaient ensuite les montures de deux marchands flamands dont on ne savait trop si le commerce ne faisait pas partie de leur voyage à égalité avec la piété, celles d'un jeune Anglais qui faisait le pèlerinage par obligation pour s'assurer un héritage pour lequel le testateur avait imposé cette condition, et d'une noble dame danoise qui voyageait avec un train suffisamment imposant pour élever une barrière sensible entre elle et les autres pèlerins. Personne d'ailleurs ne comprenait son langage et, si elle se montrait d'une grande exactitude à toutes les prières et autres cérémonies, elle choisissait en général de se tenir à l'écart. La litière aux quatre serviteurs fermait la marche.

Au début, cette boîte de bois, de fer et de cuir dont ne sortait jamais aucun bruit et que transportaient de solides mules avait piqué les curiosités, mais la mine rébarbative des serviteurs les avait vite découragées. Ils s'étaient contentés de faire savoir que leur maître était un grand malade et personne n'avait jugé bon d'insister. Peu à peu, d'ailleurs, la méfiance et la crainte avaient fait le vide autour de l'équipage. Les imaginations allant leur train, quelqu'un avait avancé que le malade en question était peut-être bien lépreux et, du coup, plus personne n'avait cherché à s'approcher du véhicule. Seul Nicolas Troussel, curieux comme un chat, gardait sa curiosité intacte. Il s'était juré de savoir à quoi s'en tenir, bien avant que l'on fût au bout du voyage.

La halte du soir se fit à Sainte-Catherine-de-Fierbois, après quatre autres lieues de la belle route droite qui traversait le plateau de Sainte-Maure. Il y avait là, auprès de quelques maisons, une petite chapelle de grande réputation desservie par un prieuré. On y conservait l'épée que Charles Martel avait utilisée à Poitiers pour faire reculer les Sarrasins et qu'il avait ensuite offerte au Dieu Tout-Puissant. Un bosquet protégeait la chapelle des vents qui parcouraient le plateau.

Il y avait aussi, un peu plus loin, à la sortie du village une auberge qui s'élevait au bord de la route et, en arrivant à Sainte-Catherine, Odon de Lusigny pria ceux des pèlerins qui en avaient les moyens de choisir l'auberge afin de laisser l'hospitalité du prieuré aux plus pauvres et aux malades.

Force fut à Marjolaine de choisir l'auberge, sans enthousiasme d'ailleurs, car naturellement Hughes et son écuyer y prirent logis eux aussi. En outre, il n'y avait pas beaucoup de place car ce n'était pas une grande auberge, tout juste une halte de grand chemin où ne s'arrêtaient guère que des rouliers, des pèlerins et des colporteurs. De plus, la dame danoise, les marchands flamands et le jeune Anglais accaparèrent la meilleure part, ce qui ne plaidait guère en faveur de leur charité chrétienne. Quoi qu'il en fût, Marjolaine dut partager non seulement une unique chambre mais un seul lit, vaste comme un enclos à moutons il est vrai, avec Aveline, Agnès de Chelles, Modestine et la jeune Pernette, la nouvelle mariée de Suresnes pour laquelle, d'ailleurs, elle éprouvait une instinctive sympathie.

C'était une jolie blonde aux yeux bruns, fine et souple comme une branche de saule, aussi discrète qu'un petit chat et qui ne se mêlait guère aux autres pèlerins. Elle et Pierre, son compagnon, se quittaient le moins possible. Tout le jour, ils marchaient la main dans la main, Pierre portant double charge pour épargner les fragiles épaules de Pernette. Ils ne voyaient rien qu'eux-mêmes, tellement absorbés dans leur amour qu'il semblait leur tenir lieu de tout, de pain comme de religion. Aux étapes, on pouvait les voir assis l'un près de l'autre, l'un contre l'autre, comme deux oiseaux sur une branche, et chacun pouvait voir les attentions tendres et les regards caressants dont ils se couvraient mutuellement. Du moment qu'ils étaient ensemble, tout était bien. Ils vivaient dans une sorte de nuage irisé flottant à mi-chemin de la terre et du ciel. Un nuage qui devait s'appeler le bonheur.

Pour Marjolaine, ce couple juvénile représentait à la fois un miracle et une énigme. Un miracle parce qu'il offrait l'image d'un amour tel qu'elle ne l'aurait jamais cru possible, un amour comme celui dont elle avait rêvé jadis dans ses marais de Samoussy quand elle y gardait les oies de la Pêcherie et accrochait ses sabots et ses rêves aux basses branches d'un saule pour dormir à leur ombre durant les jours chauds.

En les regardant vivre de la même vie, respirer à l'unisson, elle se prenait à se demander où elle en serait à ce jour si sa beauté n'avait, en attirant la concupiscence de Gontran Foletier, éveillé l'avidité de son frère Renier, si elle avait eu la chance d'épouser un garçon en accord d'âge et de cœur avec elle, un garçon qu'elle eût aimé, qui l'eût aimée. Certainement pas, en tout cas, en train de courir les routes en compagnie d'une bande de pèlerins, le visage tiraillé par une fausse cicatrice.

Le jeune couple posait aussi une énigme car, bien qu'il se donnât pour paysan, il y avait, surtout chez Pernette quelque chose de trop affiné, une élégance naturelle dans la manière de porter ses grossiers vêtements, un certain ton dans la façon de s'exprimer qui s'accordaient mal avec les rudesses de la terre et forçaient la sympathie de Marjolaine, comme si Pernette eût été l'une de ses nombreuses petites sœurs.

Ce soir-là, en s'installant avec elle et les autres dans l'immense lit, elle eût été heureuse de pouvoir causer un peu avec la petite, mais seuls un bonsoir et un sourire avaient été possibles à cause des trois autres femmes, surtout Modestine qui bavardait sans arrêt, se mêlait de tout et n'aurait pas laissé une conversation se dérouler sans y mettre son grain de sel. Agnès de Chelles, pour sa part, était une silencieuse. Après avoir longuement prié, à genoux au pied du lit, elle s'étendit sur un bord, pareille à l'un de ces personnages de pierre que l'on commençait à sculpter sur les dalles des tombeaux.

La chandelle soufflée, alors qu'Aveline, Pernette et la mercière s'endormaient aussitôt, Marjolaine ne réussit pas à trouver le sommeil en dépit de la lourde fatigue due à la longue journée de marche. Cela ne tenait pas à l'inconfort du lit grossier dont le matelas de paille laissait percer de désagréables brindilles, ni même parce que Modestine s'était mise à ronfler. Cela tenait à l'excitation nerveuse, aggravée peut-être par la fatigue, qui tenait Marjolaine et qu'elle ne pouvait dominer. Ne s'étant pas déshabillée entièrement, elle avait trop chaud et surtout manquait d'air car, à cause de la crainte que professait Modestine des fraîcheurs de la nuit, on avait soigneusement fermé l'unique fenêtre.

L'envie prit la jeune femme d'aller respirer quelques instants. Peut-être, ensuite, réussirait-elle à s'endormir. Se levant aussi doucement que possible, elle prit ses chaussures, son manteau, drapa son voile autour de sa tête et, ouvrant la porte avec précaution, sortit de la chambre. Celle-ci était au rez-de-chaussée et donnait sous la galerie de bois qui desservait l'étage, dominant la cour intérieure que formaient les différents bâtiments de l'auberge.

La nuit, grâce à un beau clair de lune, était presque aussi lumineuse que le petit jour. Elle était fraîche aussi et Marjolaine respira son parfum d'herbe neuve avec délices. Sous la galerie, des gens dormaient roulés dans des manteaux, des peaux de chèvre ou des couvertures car l'auberge était bondée. La jeune femme fit quelques pas hors de l'ombre du balcon, en direction du gros arbre qui, au milieu de la cour, abritait les chevaux et les mules n'ayant pas trouvé place dans l'écurie. Les siennes faisaient partie du lot et elle évita soigneusement Colin qui dormait auprès d'elles. Elle avait remarqué, en arrivant, un banc formé de trois grosses pierres où elle voulait s'asseoir un peu. Elle alla s'y installer.

Ce fut alors que, de l'ombre épaisse de l'arbre, une forme se détacha et s'approcha, étirant soudain une grande ombre sur le lac de lumière que formait la cour sous la lune. Mais cette apparition soudaine n'arracha même pas un tressaillement à Marjolaine. C'était comme si quelque chose en elle s'attendait à une rencontre.

— Comment avez-vous deviné que je désirais telle-ment vous voir venir ici? murmura Hughes d'une voix basse. Est-ce parce que vous avez senti que je vous appelais de toutes mes forces?

Elle leva sur lui un regard surpris.

— Je ne souhaite pas me montrer impolie, sire baron, mais ce n'est pas vous que je cherchais. Sim-plement un peu d'air pur car on étouffe dans l'étroite chambre où nous devons dormir à quatre.

— Quelle que soit la raison qui vous a conduite, je la bénis puisque vous êtes là.

Sous le fragile rempart du voile blanc, il l'entendit rire.

— Cela fait-il une différence?

— Une très grande différence! Ce n'était qu'une nuit de lune comme toutes les autres, une de ces nuits où l'on aime demeurer plus longtemps dehors, simple-ment parce que la lumière est belle. Votre présence en fait quelque chose de merveilleux. Vous changez toutes choses autour de vous.

— Seriez-vous poète? Vous n'en avez pas l'air et je ne l'aurais jamais cru.

— Moi non plus. Sans doute est-ce l'une de ces choses que vous avez changées pour moi, comme tout le reste de ma vie d'ailleurs.

— Moi? J'ai changé votre vie?

— Et qui d'autre? J'étais venu à Tours pour accomplir une pénitence imposée par mon évêque. Cette corvée terminée, j'allais rentrer chez moi au plus vite. Et puis, près du tombeau, je vous ai vue, j'ai rencontré vos yeux, les plus beaux yeux qu'il m'ait jamais été donné de contempler. Alors, tout a basculé autour de moi, en moi et au lieu de regagner mon château en Vermandois, me voilà en route vers le bout de la terre en compagnie d'une bande de pèlerins inconnus.

– Le bout de la terre ? Est-ce que vous n'exagérez pas un peu ? Nous n'allons pas à Jérusalem.

– Vous pourriez aussi bien y aller sans que je renonce. Par le bout de la terre, j'entendais aussi loin qu'il vous plairait de me mener car je ne désire vraiment qu'une chose : c'est vous suivre et être auprès de vous.

Cette fois, Marjolaine ouvrit de grands yeux. Pourtant, elle n'eut pas envie de rire. Cet homme parlait comme du fond d'un rêve. C'était à la fois étrange et captivant, mais elle refusa l'enchantement.

– Êtes-vous bien certain d'être dans votre bon sens, sire baron ? Vos paroles me semblent folles. On ne tourne pas le dos à sa vie habituelle pour suivre une parfaite inconnue.

Hughes sourit et, une fois de plus, la jeune femme fut bien obligée de constater que son sourire avait un bien grand charme.

– Mais vous n'êtes pas pour moi une inconnue. Il me semble au contraire que je vous ai toujours connue, toujours attendue.

– Quelle folie ! Qu'attendez-vous donc de moi ?

Il secoua ses puissantes épaules, hocha la tête et eut un drôle de sourire en coin.

– Je n'en sais rien. Mais, ce que je sais, c'est que la seule idée de ne plus vous voir m'est devenue insupportable. Alors, au lieu d'aller chez moi, je vais là où vous allez. C'est aussi simple que cela.

Il y eut un silence. Seuls, les bruits que la nuit éveille sur la campagne endormie prirent possession de l'espace. Marjolaine écoutait en elle l'écho des paroles de son compagnon. Des paroles si étranges et si douces qu'elle dut faire effort pour échapper à leur charme.

Il ne faut pas, dit-elle enfin, il ne faut pas me suivre. Il n'est pas trop tard pour renoncer. Rentrez chez vous comme vous l'aviez décidé.

– C'est impossible. Je n'en ai plus l'envie. Rien ne m'y attire d'ailleurs.

– Comment vous croire ? Êtes-vous donc seigneur d'une terre déserte, d'un château vide ? N'avez-vous pas une châtellenie que votre absence laisse exposée au danger ?

– Mon frère Gerbert y veille et aussi dame Ersende sa jeune femme. Avec eux, la châtellenie n'a rien à craindre.

– Vous pourriez avoir aussi une fiancée ? N'y a-t-il pas là-bas quelque belle dame en peine de vous ?

– Non, aucune dame. Même ma femme a quitté Fresnoy.

Le mot tomba droit sur Marjolaine, cent fois plus écrasant que la pierre dont elle avait failli être victime. Sa gorge s'étrangla, lui refusant l'usage de la parole pendant d'interminables secondes, puis se libéra brusquement et elle s'entendit crier :

– Vous êtes marié ?

– Oui, mais plus pour longtemps je crois, et bientôt ne le serai plus.

– Quand on est marié, on reste marié. Ainsi le veut la loi du Seigneur.

Elle s'était levée et, possédée de la plus violente colère qu'elle eût jamais éprouvée, elle se dressait en face de lui comme un petit coq furieux.

– Rentrez chez vous, baron, et vite ! Que venez-vous chercher auprès de moi avec vos paroles mielleuses ? Que venez-vous faire au milieu de ces gens à

254

la recherche de leur salut ? Marié ! En vérité, vous êtes marié et vous prétendez me suivre ? Mais quelle honte ! Allez-vous-en ! Que je ne vous voie plus jamais !

Elle voulut fuir, mais il la retint de force.

– Vous ne comprenez pas. Ma femme et moi sommes séparés ; en vérité nous l'avons toujours été. Nous n'avons pas d'enfants et notre mariage sera cassé de par sa volonté à elle. Cela me chagrinait un peu, mais à présent cela n'a plus d'importance puisque je vous aime, moi qui n'ai jamais aimé personne !

– Vous m'aimez ? Vraiment ?

D'un geste plein de rage, elle arracha le voile qui couvrait son visage et en tourna le côté abîmé vers la lumière pour que le baron le vît mieux.

– Regardez-moi ! Et osez dire encore que vous m'aimez !

Hughes avait trop contemplé de blessures, reçues en tournois ou au cours de coups de main, pour s'émouvoir de ce qu'il voyait : une large cicatrice en forme d'étoile irrégulière qui tiraillait la joue, remontait un coin de la bouche et étirait un peu l'une des narines. Le travail de Sanche le Navarrais était parfait et la peau plissait aussi naturellement que s'il se fût agi d'une véritable trace de brûlure, mais Hughes n'éprouva aucune horreur, pas même le mouvement de recul que Marjolaine avait escompté avec un amer désespoir. Rien qu'une immense pitié... et aussi la satisfaction de constater que le côté intact du visage était bien joli.

– C'est vous, m'a-t-on dit, qui avez fait cela ? fit-il calmement.

– Oui, c'est moi. Moi-même, pour échapper à l'ignoble amour d'un misérable. Alors qu'en dites-vous, baron ? ironisa-t-elle amèrement, avez-vous encore envie de me suivre «jusqu'au bout de la terre»?

Hughes leva la main. D'un doigt plein de douceur, il voulut caresser la cicatrice, mais Marjolaine l'en empêcha en s'écartant brusquement. Il entendit sa respiration plus courte, plus pressée et devina, ou crut deviner ce qu'elle souffrait.

— Mon pauvre amour, dit-il avec une tendresse dont il ne se serait jamais cru capable, je crois que je vous aime encore plus à présent que je sais la vérité. Et vous venez de me donner une raison nouvelle d'aller à Compostelle, une raison que vous ne pouvez refuser.

— Laquelle?

— Je prierai Monseigneur saint Jacques de vous guérir. Il le peut, ayant toute-puissance et je prierai tant qu'il faudra bien qu'il m'écoute.

Il fit un geste pour attirer la jeune femme à lui, mais elle le repoussa rudement. Éclatant brusquement en sanglots, elle s'écria:

— Laissez-moi! Je vous déteste! Oh, comme je vous déteste! Vous n'avez pas le droit de vous en prendre à mon âme. Allez-vous-en. Je ne veux plus vous voir, plus jamais.

Courant comme si elle était poursuivie par l'enfer tout entier, elle s'enfuit, aveuglée par les larmes, pour rejoindre l'étouffante chambrette qui lui paraissait à présent le plus proche et le plus sûr refuge.

Vers la fin de la nuit, des nuages venus de la mer apportèrent la pluie et quand vint, pour les errants de Dieu, le moment de reprendre la route, une bruine fine et pénétrante noyait le paysage, arrachant quelques soupirs, voire quelques grognements, à ceux qui partaient. C'était une chose que marcher sur une bonne route par temps frais et soleil nouveau, et une autre que courber le dos interminablement contre l'averse en s'efforçant de conserver le plus de chaleur intérieure possible.

Marjolaine qui n'avait pas fermé l'œil de la nuit offrait une mine si défaite et paraissait si lasse que Colin, persuadé qu'elle allait le rabrouer, alla trouver Odon de Lusigny pour lui demander d'ordonner à la jeune femme de prendre place sur une mule, au moins pour l'étape de ce jour. Or, à sa grande surprise celle-ci accepta sans élever la moindre protestation. Elle avait, en effet, l'impression qu'elle ne pourrait pas faire cent pas sans s'effondrer car le poids de sa nuit sans sommeil s'ajoutait à celui de sa longue journée de marche. Et, docilement, elle se laissa mener vers sa mule, à la grande joie d'Aveline que, dès lors, plus rien n'obligeait à cheminer à pied. Et qui espérait bien reprendre, avec Bertrand, le début de romance auquel avait prélude un grand échange de regards et de sourires.

Tout en rejoignant les montures, Marjolaine ne pouvait se défendre d'une certaine inquiétude. Elle se demandait si Hughes de Fresnoy allait, oui ou non, renoncer à la poursuivre tout au long du voyage comme il l'avait annoncé. Il semblait un homme obstiné, mais son orgueil pouvait s'offenser des paroles violentes qu'elle lui avait jetées au visage. Elle se sentait pleine d'incertitude et ne savait plus trop si elle craignait davantage de le rencontrer que de ne plus le voir. La haute silhouette et le terrible regard vert n'avaient que trop tendance à la hanter.

Or, à peine fut-elle hors de l'auberge qu'elle le vit venir droit sur elle. Il était pâle et peut-être n'avait-il pas dormi beaucoup, lui non plus.

– Vous voilà, dit-elle, tandis qu'il la saluait avec une courtoisie un peu raide. Venez-vous me dire adieu ?

– Pas encore. Pardonnez-moi, gracieuse dame, mais il y a une question que je souhaite vous poser avant de décider de ce que je dois faire.

– Que voulez-vous savoir ?

Il hésita un instant comme s'il craignait les mots qui allaient suivre. Puis, désignant Ausbert Ancelin que le moine irlandais aidait à marcher jusqu'à la mule :

– Cet homme auquel vous montrez tant d'intérêt, me direz-vous ce qu'il est pour vous ?

– Je ne comprends pas le sens de votre question.

– Elle est simple pourtant, mais je vais la répéter sous une autre forme : est-ce que vous l'aimez ?

Sous le regard angoissé du jeune homme, Marjolaine se sentit soudain mal à l'aise. Il y avait, dans ces yeux-là, trop de choses qu'elle refusait de voir, bien qu'elle en mourût d'envie. Et puis la question était vraiment directe et elle tenta de l'éluder, mais elle était trop lasse pour être adroite.

– En quoi mes sentiments peuvent-ils vous intéresser ?

– Faut-il vraiment vous l'expliquer ? C'est simple, dame, si votre cœur appartient à cet homme, cela voudra dire que je n'ai plus rien à espérer.

– De toute façon, vous ne pouvez rien espérer puisque vous êtes marié.

Il chassa l'objection d'un geste agacé qui traduisait bien le peu d'importance qu'avait Hermelinde à ses yeux.

– Oubliez cela et répondez-moi. Si vous aimez cet homme je retournerai chez moi comme vous me l'ordonniez cette nuit. Je vous en prie, dites-moi la vérité, l'aimez-vous ?

Qu'elle était donc facile à dire, cette vérité ! C'était si simple de dire qu'Ausbert, victime pitoyable des machinations d'Étienne Grimaud, ne lui inspirait que compassion et simple amitié. Mais, instinctivement, Hughes avait tendu les mains vers elle en un geste inconscient de prière et, sur l'une de ces mains brillait l'anneau d'or du mariage, et le cœur de la jeune femme se serra. Cet homme était à une autre et il fallait se garder de lui. Avec tout son charme il n'était qu'une séduisante image du péché. D'un péché d'autant plus grave qu'il prétendait ouvrir son abîme fleuri tout au long du rude chemin de la rédemption. Accepter de continuer avec lui jusqu'à Compostelle, c'était la damnation assurée puisque apparemment la vue d'un visage abîmé n'avait pas réussi à le décourager. Et combien de temps, elle-même, réussirait-elle à maîtriser l'élan étrange qui la poussait vers cet homme ? Toute la nuit, elle avait entendu cette voix chaude lui murmurer : «Mon pauvre amour, je crois que je vous aime encore plus à présent que je sais la vérité. »

C'était trop doux, trop tentant pour son cœur solitaire. Elle comprit qu'elle avait envie de les entendre encore, et même d'entendre d'autres mots semblables. Et que le péril était sérieux. Alors, elle choisit le pieux mensonge.

— Oui, souffla-t-elle, je l'aime.

Elle n'osa pas lever les yeux sur Hughes, mais elle vit que ses mains se crispaient et elle l'entendit respirer plus lourdement.

— Vous l'aimez ? répéta-t-il comme s'il ne parvenait pas à y croire. En êtes-vous certaine ? Vous êtes si jeune.

Elle haussa les épaules avec lassitude.

— Si je ne l'aimais, pourquoi serais-je partie pour ce long et périlleux voyage ? N'est-ce pas là véritable preuve d'amour ?

Il y eut un moment de silence qui parut à Marjolaine durer un siècle. Elle ferma les yeux, craignant

de ne plus parvenir à se maîtriser mais, au moment
où peut-être elle allait se démentir, crier la vérité, elle
entendit la voix d'Hughes, devenue soudain froide et
lointaine :

– Pardonnez-moi, dame. Je ne vous importunerai
plus. Adieu !

Les yeux soudain pleins de larmes, elle le vit
rejoindre son écuyer qui l'attendait un peu plus loin,
tenant en main leurs deux chevaux. Il sauta en selle,
tourna la tête de son cheval vers le nord et, les
épaules basses, disparut derrière un bouquet d'arbres
dans le brouillard humide de ce triste matin. Seul,
Bertrand se retourna et fit un geste de la main. Alors,
derrière elle, Marjolaine entendit quelqu'un éclater en
sanglots et vit que c'était Aveline.

9

Bénigne prêt-à-bien-faire, passant du Saint Devoir

Lorsqu'ils la virent apparaître, érigée sur le ciel au soir d'une longue marche, les pèlerins crurent que Poitiers était quelque cité céleste. Dressée sur son promontoire vert au milieu des eaux claires du Clain et de la Boivre qui l'encerclaient, la ville blanche, éclairée par le couchant d'un soleil qui s'était décidé à paraître en fin d'après-midi, ressemblait à une île miraculeuse portée à la fois par les eaux et par les nuages. Ce fut tout juste s'ils ne s'agenouillèrent pas à sa vue et Bran Maelduin, plein d'admiration, demanda si ce n'était pas là l'île d'Avalon dont rêvaient les bardes de son pays. Et ce fut d'un pas ragaillardi qu'ils attaquèrent la dure rampe qui menait aux remparts.

Quand ils en franchirent les portes, la ville éclata autour d'eux comme un feu de joie. Résidence favorite de la duchesse Aliénor, devenue reine de France, dont le superbe château flanqué de sa tour Maubergeon proclamait la puissance et la richesse, Poitiers était alors en plein épanouissement grâce à la puissante protection dont elle bénéficiait. Marchands et artisans s'y associaient, comme à Paris, dans les communautés de métiers dont l'influence pesait de plus en plus fortement sur la vie de la cité. Un air de prospérité se laissait respirer dans les rues étroites aux boutiques bien achalandées, aux auberges pleines d'activité, aux visages aimables et ouverts de ses habitants comme aux places où tailleurs de pierre et « imagiers » étaient à l'œuvre pour la plus grande gloire de Dieu sur des chantiers d'églises en construction qui promettaient d'être magnifiques et dignes de la capitale d'une grande reine.

Toute la ville résonnait des marteaux, non seulement des bâtisseurs, mais aussi des armuriers car les heaumes et hauberts de Poitiers étaient célèbres pour la solidité et la perfection, jusque dans les terres les plus lointaines, jusque dans l'île d'Islande. Cette renommée attirait les marchands flamands et vénitiens aux grandes halles neuves de la ville et si l'essai de commune que les gens de Poitiers, forts de leur richesse, avaient tenté en 1137, n'avait pas abouti, du moins la colère royale avait-elle été fort tempérée et la ville n'en avait pas souffert.

Odon de Lusigny avait prévenu ses compagnons que l'on passerait deux nuits à Poitiers afin de vénérer convenablement les trois saints patrons de la ville : Notre-Dame, à laquelle on était en train d'élever l'un des plus beaux sanctuaires jamais vus, le grand saint Hilaire, faiseur de miracles réputé, et la presque aussi grande sainte Radegonde, reine jadis mariée au sauvage roi Clotaire Ier, une effroyable brute qu'elle avait choisi de fuir. Il leur promit d'ailleurs de leur raconter, en temps utile, les merveilleuses histoires de ces deux derniers et, tout en gagnant l'hospice Saint-Jacques, neuf lui aussi et bâti pour les marcheurs de Compostelle au sud-ouest de la ville près de la porte de la Tranchée, les pèlerins anticipaient déjà entre eux les plaisirs du lendemain et les nombreuses grâces qu'ils allaient retirer de leurs pieuses visites. Modestine et son lugubre époux, qui d'ailleurs avait toujours mal aux dents, en pleuraient presque de joie.

Seules, Marjolaine et son Aveline ne participaient pas à l'allégresse générale, même si l'une d'elles s'efforçait courageusement de faire semblant. Aveline, pour sa part, ne prenait pas la peine de cacher le chagrin qui l'habitait depuis que l'on avait vu le baron et son écuyer disparaître dans la brume d'un matin pluvieux. Elle larmoyait pour un oui ou pour un non, ce qui avait le don d'agacer prodigieusement Colin.

— En voilà des pleurnicheries pour un grand tranche-montagne avec qui tu n'as pas dû dire vingt paroles ! Si j'étais notre dame, je te battrais un bon coup pour te remettre les idées à l'endroit !

— Notre dame Marjolaine ne sait pas ce que c'est que battre quelqu'un. Et toi, mêle-toi de tes affaires et me laisse pleurer si je veux !

Certes non, Marjolaine n'avait pas envie de battre sa petite suivante. D'autant qu'elle se sentait tout de même responsable de ce chagrin. Elle l'enviait, au contraire de pouvoir donner libre cours à ses sentiments sans être retenue par un respect humain dont elle n'avait que faire mais dont Marjolaine, fidèle par force à l'image irréelle qu'Aubierge lui avait forgée, devait rester prisonnière. Pourtant, ce qu'elle éprouvait n'était pas vraiment de l'affliction. En fait, elle enrageait surtout de constater à quel point la disparition d'Hughes de Fresnoy lui était pénible. Avait-elle fait assez d'efforts, cependant, pour se persuader elle-même du fait qu'il était, avant tout et uniquement, un être odieux et détestable ! En dépit de cela, elle était obligée d'admettre, au plus profond de son cœur, que cet être impossible lui manquait et qu'à ne plus sentir, dans les longues marches, la chaleur de son regard sur sa nuque et ses épaules, elle ressentait une impression de froid et de solitude.

Sans doute allait-il falloir beaucoup de temps et beaucoup de patience pour effacer le souvenir de ce qui aurait pu être le plus délicieux des péchés. L'interminable chemin allait lui laisser tout loisir de ressasser les instants trop courts où elle avait cru entendre son propre cœur battre à un rythme différent. Peut-être trouverait-elle alors la réponse à la question qu'elle se posait sans cesse depuis la nuit de Sainte-Catherine : était-ce donc cela l'amour ?

Le drame qui éclata au soir du second jour à Poitiers lui offrit de nouvelles matières à réflexion sur l'étrange puissance de cet amour et sur ce qu'il pouvait être lorsqu'il était totalement vécu.

Les pèlerins venaient de rentrer à l'hospice après une journée bien remplie, les yeux encore éblouis de ce qu'ils avaient vu : la châsse de saint Hilaire, ruisselante d'or et bosselée de pierreries, plus riche encore peut-être que celle de saint Martin, les splendeurs de sainte Radegonde et surtout la fabuleuse imagerie que des hommes simples aux mains de lumière faisaient fleurir sur la façade de Notre-Dame-la-Grande encore en construction. Ils avaient vu Adam et Ève, et le Serpent, les Prophètes, l'ange de l'Annonciation, la touchante Nativité, les apôtres, saint Hilaire et saint Martin et bien d'autres merveilles encore, telle la grande abbaye bénédictine de Montierneuf où reposaient sous de superbes tombeaux les ducs d'Aquitaine, comtes de Poitou, ancêtres d'Aliénor.

Tous ces chantiers mettaient dans la cité une vie intense. Les pierres neuves se renvoyaient des lumières et créaient, au détour des rues étroites, de grands éclats éblouissants. Les voies ramenaient toutes aux parvis. Les échafaudages, noircis par les intempéries, n'en prenaient pas moins, sous le soleil, une couleur de vermeil qui en faisait autant d'entre-lacs précieux, tendus comme de gigantesques toiles d'araignées, sur les monuments en train de naître. Sur ces toiles d'araignées œuvraient, au péril de leur vie souvent, des hommes vêtus de blanc qui, avant de gagner leur dangereux travail du jour, avaient souvent demandé une absolution et la sainte communion.

A contempler tant de beauté pure, Marjolaine avait un peu oublié son tourment. Elle se sentait lasse et, n'ayant pas faim, elle souhaitait seulement dormir une grande nuit pour être dispose au matin suivant.

Elle venait de regagner la petite chambre qui lui avait été attribuée, par chance, pour Aveline et elle, quand la jeune Pernette fit irruption dans la pièce et, secouée de sanglots, vint s'abattre à ses pieds.

— Dame, par pitié, Dame, sauvez-moi, sauvez-nous !

Ce fut si soudain que Marjolaine, stupéfaite, ne trouva rien à dire sur l'instant. Curieusement, ce fut Aveline qui réagit la première et se précipita vers la jeune femme qui étreignait les genoux de Marjolaine en sanglotant de plus belle et suppliait, hors d'elle, qu'on voulût bien la sauver. Elle essaya de la relever, mais Pernette se cramponnait comme se cramponne à une branche quelqu'un en passe de se noyer. Elle tremblait de tout son corps et Marjolaine revenue de sa surprise joignit ses efforts à ceux d'Aveline.

— Calmez-vous, mon petit, dit-elle doucement. Per-sonne ne vous fera de mal si je peux l'empêcher. Et d'abord relevez-vous et venez vous asseoir auprès de moi. Il faut me dire ce que je peux faire pour vous.

Un peu calmée par sa voix apaisante, la petite se laissa relever et conduire jusqu'au lit où Marjolaine s'assit auprès d'elle. Mais elle pleurait toujours et ses mots entrecoupés étaient à peu près impossibles à saisir. Il était question d'un oncle, d'un danger mortel, de Pierre. Mais impossible de démêler tout cela. En désespoir de cause, Marjolaine lui fit avaler un peu d'eau fraîche, ce qui n'alla pas sans hoquets ; finalement, Pernette retrouva suffisamment le contrôle d'elle-même pour raconter ce qui venait de se passer : en rentrant à l'hospice avec les autres, elle avait soudain aperçu deux cavaliers couverts de poussière qu'elle avait reconnus avec terreur car c'étaient deux hommes qu'elle espérait bien ne plus jamais revoir. C'était cela qui avait causé la panique dont elle tremblait encore.

– Vous comprenez. Ces deux hommes sont mon oncle qui est aussi mon tuteur, et son fils.

– Et vous en avez si peur ? Mais pourquoi ? demanda Marjolaine.

– Parce que je me suis enfuie de chez eux. Mon oncle veut me faire épouser son fils et je l'ai en horreur !

– Mais, voyons, comment cela peut-il être possible ? N'êtes-vous pas déjà mariée avec ce garçon qui vous accompagne ?

Pernette enfouit son visage dans ses mains et se remit à pleurer.

– Non... Nous ne sommes pas mariés... pas vraiment !

Elle raconta alors son histoire, une histoire bien simple et bien triste : celle d'un amour entre gens qui n'auraient jamais dû se rencontrer. D'abord, elle ne venait pas de Suresnes mais de Pontoise, la petite cité royale à laquelle le feu roi Louis VI avait apporté tant de soins. Doublement orpheline car sa mère était morte en couches et son père, un petit seigneur des environs, avait été tué, assez étrangement, dans une

266

embuscade tendue par des brigands dont on n'avait plus jamais entendu parler, elle avait été élevée par son oncle, seul tenant à présent du fief paternel. Or, de sa mère qui les lui avait légués en mourant, Pernette avait quelques biens, quelques terres dont l'oncle tenait à assurer la propriété à son fils en le mariant à sa pupille.

Si le cousin avait été un garçon semblable à beaucoup d'autres, c'est-à-dire s'il avait pu faire un mari possible, Pernette n'aurait jamais songé à fuir sa maison. Mais il était laid et contrefait, et c'était surtout une jeune brute sournoise et cruelle dont les instincts auraient fait honte au moins sympathique des animaux. La seule idée de passer une nuit avec lui révulsait d'horreur la jeune fille.

Quand l'âge lui était venu de se marier, elle comprit qu'il allait lui falloir se défendre. Mais, comment, alors que l'oncle, remplaçant naturel du père, avait sur elle tous les droits ? Elle en venait peu à peu, et cela en dépit d'une foi profonde, à songer au lit de l'Oise comme au suprême recours qui pouvait lui rester. C'est alors que l'amour, et le plus inattendu de tous, était entré dans son cœur.

De la façon la plus subite et aussi la plus simple, Pernette s'était éprise de Pierre qui, cependant, était bien loin d'elle par la condition. C'était un jeune apprenti charpentier qui travaillait alors à la construction de Saint-Maclou, la belle église neuve qui s'élevait à Pontoise. Pernette et lui s'étaient rencontrés à la messe, et le premier regard échangé avait été définitif : chacun d'eux y avait mis tout son cœur. Mais en fille bien élevée, Pernette n'avait rien fait pour revoir le jeune homme. C'était lui qui l'avait suivie discrètement pour voir où elle habitait, qui l'avait attendue lorsque accompagnée d'une servante – facilement achetée – il l'avait rencontrée aux offices ou quand elle se rendait dans Pontoise pour les achats nécessaires à la vie du petit manoir familial. L'oncle Mathieu, en effet, était veuf depuis de longues années et jugeait normal de laisser à Pernette les tâches d'une maîtresse de maison.

Peu à peu, l'amour avait grandi entre les deux jeunes gens au point de devenir, pour l'un comme pour l'autre, l'unique raison d'exister. Aussi, quand l'oncle avait annoncé à Pernette que ses fiançailles avec son cousin Guy auraient lieu le dimanche suivant celui de Pâques, Pierre et sa douce amie s'étaient affolés. Il fallait faire quelque chose et les idées les plus folles leur étaient venues. Pierre voulait même tuer l'affreux cousin, et Pernette avait eu beaucoup de peine à lui faire comprendre qu'il serait alors pris, pendu et qu'alors elle n'aurait plus qu'à reprendre son premier projet : piquer une tête dans la rivière pour en finir avec une existence dépourvue désormais du moindre charme. Restait la fuite à deux avec le risque d'être repris et toutes les conséquences désagréables qui pourraient en découler.

Et puis, l'idée miraculeuse était venue. Pierre avait un cousin qui, pour échapper à l'enfer d'une épouse odieuse, était parti un beau matin pour la Galice. Il en avait rapporté de grandes grâces et, surtout, une assurance qu'il n'avait jamais eue. Une telle considération dans son village que la femme impossible s'était faite son humble servante. Le cousin racontait les miracles de toutes sortes qui s'accomplissaient au tombeau de l'apôtre. Alors peu à peu, à travers ses récits naïfs et enthousiastes s'était implantée chez le jeune homme l'idée que tout devenait possible dès l'instant que l'on allait prier sur le tombeau du tout-puissant intercesseur.

Pernette et Pierre avaient donc décidé de partir ensemble. Ils s'étaient confessés à un vieux moine qui avait vu naître la jeune fille et qui, simple et miséricordieux, avait accepté de les unir en mariage afin qu'ils ne s'engagent pas sur la voie de l'irrémissible péché. Mais il avait exigé d'eux la promesse formelle de rester chastes durant toute la durée du saint voyage afin d'expier la faute commise en se passant de l'autorisation familiale. A Compostelle, s'ils y arrivaient vivants, ils pourraient demander une nouvelle bénédiction et considérer leur mariage comme valable. Ils deviendraient alors des époux véritables à qui nul ne contesterait ce droit puisque aussi bien ils n'avaient aucune intention de revenir au pays.

Tous deux avaient juré. Le moine leur avait remis alors l'autorisation de départ au nom de Pierre L'Aubier accompagné de sa femme. C'était d'ailleurs une protection supplémentaire puisque Mathieu d'Oigny ne savait rien du roman de sa nièce et ignorait jusqu'à l'existence du jeune homme. Et deux nuits avant le grand départ, les fugitifs avaient gagné Paris pour se mêler à la troupe des pèlerins. Hélas, toutes ces précautions n'avaient servi à rien puisque l'oncle et le cousin avaient su retrouver leur trace et qu'ils étaient arrivés jusqu'à Poitiers.

— Je vous en supplie, dame Marjolaine, aidez-nous ! Si vous ne le faites, nous sommes perdus. Ils tueront Pierre et me ramèneront de force.

— Croyez-vous qu'ils m'écouteront, moi qu'ils ne connaissent pas ?

— Vous peut-être pas car ils méprisent les femmes et leur faiblesse, mais messire de Lusigny vous a en haute estime. Si vous lui parliez...

Déjà Marjolaine était debout.

— Restez ici. J'y vais. Il faut se hâter ! Ferme cette

porte derrière moi, ordonna-t-elle à Aveline, et ne laisse entrer personne.

Elle se mit aussitôt à la recherche d'Odon de Lusigny.

Dans la cour entourée d'arcades, elle l'aperçut, assis sur une pierre. Il causait avec le grand charpentier que l'on avait pris à Tour tout en profitant d'un dernier rayon du soleil qui avait brillé toute la journée. Le soupir de soulagement qu'elle allait pousser s'arrêta dans sa gorge car, à l'entrée de ladite cour, elle vit soudain deux hommes poussiéreux dans lesquels, grâce à la description qu'en avait faite Pernette, elle n'eut aucune peine à reconnaître Mathieu d'Oigny et son fils Guy. Ce dernier était vraiment d'une laideur abominable et la pitié qu'elle éprouva soudain pour Pernette, menacée d'être livrée pour la vie à cet avorton, renforça sa détermination de l'en sauver à tout prix.

Les deux hommes causaient avec l'un des moines qui assuraient le service de l'hospice et celui-ci, d'un geste du bras, était justement en train de leur désigner le groupe formé par Odon et le charpentier. Marjolaine s'élança, traversa la cour en courant et dit en s'efforçant de ne pas élever la voix :

— Vite, sire Odon ! Venez vite ! Il se passe quelque chose de grave ! Venez aussi, frère pèlerin. Nous n'aurons pas trop de vous deux.

— Mais que se passe-t-il ? demanda le templier.

— Je vais vous le dire, mais je vous en supplie, venez tout de suite.

L'agitation que montrait Marjolaine suffisait à prouver qu'il se passait en effet quelque drame et les deux hommes la suivirent sans poser d'autres questions. Elle les conduisit dans la chapelle, déserte à cette heure et où elle était certaine que l'on n'oserait pas la suivre.

– Eh bien ? dit Lusigny.

– Pardonnez-moi de vous avoir arraché un peu brusquement à votre repos, mais il était plus que temps. Il y a à l'entrée de cette maison, deux hommes qui vont demander à vous parler, mais il faut que je vous apprenne avant eux ce qu'ils ont à dire afin d'éviter un grand drame.

– Comment savez-vous ce qu'ils ont à dire ? Les connaissez-vous ?

– Je ne les ai jamais vus. Mais je vous en prie, écoutez-moi. Le temps presse.

– Dois-je, moi aussi, entendre ce que vous avez à dire ? fit Bénigne.

– Vous aussi, en effet. On m'a dit que vous êtes maître charpentier. Est-ce vrai ?

– C'est vrai, mais...

– Alors vous pouvez peut-être beaucoup pour les deux malheureux dont je veux parler !

Rapidement, mais clairement, Marjolaine refit le récit de Pernette.

– A présent, dit-elle en conclusion, l'oncle et le cousin sont là. Je les ai vus et ils doivent vous chercher.

Sous l'éclairage pauvre de la lampe d'autel qui était la seule lumière de la sombre et étroite chapelle, le visage d'Odon de Lusigny lui apparut sévère et plus sévère encore le regard qu'il posa sur elle. Un instant, elle eut peur d'avoir mal choisi le dépositaire de ses confidences. Et aussi, elle regretta Hughes de Fresnoy. Il avait une manière à lui de régler les questions les plus épineuses qui n'était peut-être pas très morale mais qui, au fond, était bien commode.

– De par la loi féodale, dit Odon, ce seigneur possède tous droits paternels sur sa nièce, à défaut des parents. Nul ne doit s'opposer à lui pour décider du sort de sa pupille.

– Si, coupa Marjolaine sèchement, la nature d'abord et la charité ensuite. Quand vous aurez vu le cousin, messire, vous comprendrez – du moins je l'espère – que cette malheureuse enfant eût été prête à choisir le pire pour échapper à un tel sort. Penseriez-vous qu'elle eût mieux fait de se noyer ?

– Certes pas ! fit-il avec horreur, mais fuir avec ce garçon...

– Auquel elle est mariée, ne l'oubliez pas.

– Sans le consentement paternel, ne l'oubliez pas non plus.

– De toute façon, personne n'a le droit de la juger, ni vous, ni moi. Je veux savoir si vous êtes disposé à l'aider.

– Je ne vois pas comment.

– C'est simple pourtant. De mariage ni du mari il ne saurait être question puisque aussi bien l'oncle ignore tout de l'un comme de l'autre.

– En êtes-vous certaine ?

– Pernette dit qu'il lui paraît impossible qu'il l'ait su. Je pense donc prendre toute la faute sur moi et dire à ces hommes que j'ai engagé Pernette à m'accompagner dans ce pèlerinage dans l'espoir que la grâce de monseigneur saint Jacques la toucherait et lui permettrait de voir plus clair en elle-même.

– Mais le garçon ? Tel que je le connais – et je le crois courageux – il revendiquera hautement son titre d'époux.

– Et se fera tuer sans que personne puisse quoi que ce soit pour lui. Mais il y a peut-être aussi une solution : il est charpentier comme vous, frère pèlerin. Ne pourriez-vous dire qu'il vous accompagne, qu'il est...

Un grand sourire éclaira soudain le large visage du charpentier bourguignon.

– Mon apprenti ? Pourquoi pas. Nous sommes de même métier et à ce titre je lui dois assistance. L'idée est bonne. Dites-moi où je peux le trouver afin que je le prévienne et l'empêche de se montrer. J'espère seulement qu'il n'est pas trop tard.

Renseigné par Marjolaine, Bénigne quitta la chapelle précipitamment pour se mettre à la recherche de Pierre, laissant la jeune femme et le chef des pèlerins face à face. Ce dernier, visiblement, réfléchissait, hésitait.

— Je vous supplie, gémit Marjolaine, il faut vous décider. Voulez-vous nous aider ?

Il haussa les épaules.

— Je n'ai plus guère le choix à présent que Bénigne a pris parti. Mais avez-vous songé que si ces gens interrogent n'importe lequel de nos compagnons de voyage, ils seront fixés ?

— C'est un risque, je l'admets, mais plus nous tarderons et plus ce risque sera grand.

— Eh bien, allons, et que Dieu nous pardonne les mensonges que nous allons proférer.

Lorsqu'ils revinrent dans la cour, le cœur de Marjolaine manqua un battement : les deux hommes étaient en train de parler avec Nicolas Troussel. Leur mine lui parut singulièrement sombre bien que celle du jeune homme fût désinvolte et souriante à son habitude. Les voyant paraître, il s'écria :

— Tenez, voici messire de Lusigny, notre chef. Adressez-vous à lui, moi je ne comprends rien à ce que vous me racontez.

— De quoi s'agit-il ? dit calmement Odon.

— Si j'ai bien saisi ce qu'il dit, ce seigneur prétend que nous avons enlevé sa nièce.

Marjolaine ne laissa pas au chef des pèlerins le temps de répondre.

— Êtes-vous donc le sire d'Oigny ? demanda-t-elle à l'aîné des deux hommes qu'elle n'avait pas eu besoin de regarder deux fois pour constater que c'était bien un rustre et de la pire espèce : celle qui essaie de faire montre d'une certaine grandeur seigneuriale.

La cupidité était inscrite dans ses petits yeux gris, froids et durs comme pierre, et la méchanceté dans la minceur sinueuse de sa bouche. La belle qualité des vêtements, sous la poussière qui les recouvrait, ne changeait rien à l'aspect du personnage, pas plus que les airs de tête superbes qu'il s'efforçait de prendre. Peut-être pour se mieux différencier de son rejeton, qui lui ressemblait beaucoup, mais en bossu, bigle et contrefait.

– Je suis en effet le sire d'Oigny, répondit l'homme avec hauteur. D'où me connaissez-vous ? Et d'abord qui êtes-vous, la fille ?

Le mot fit passer définitivement Odon dans le camp de Marjolaine.

– Si vous voulez que nous vous répondions, je ne saurais trop vous conseiller la politesse ! gronda-t-il. Cette jeune dame...

– Laissez, messire, coupa doucement la jeune femme. Je vais lui répondre. J'ai nom Marjolaine des Bruyères, dame Foletier, ajouta-t-elle en se retournant non sans hauteur vers Oigny, et c'est moi qui ai invité Pernette à m'accompagner au cours de ce saint voyage vers Compostelle de Galice. Son âme était en peine et si proche du désespoir que le recours à un grand saint m'est apparu comme tout naturel.

– Vraiment ? Vous l'avez invitée ? Et de quel droit ? Ne saviez-vous pas qu'elle est sous mon entière dépendance ? Un tel voyage ne se pouvait accomplir sans ma permission.

– La lui auriez-vous accordée ?

– Sûrement pas ! Ma nièce doit épouser mon fils que voici.

274

– Je sais. L'âme de n'importe quelle jeune fille serait en peine en face d'une telle perspective.

– Une fille n'a pas à donner son avis dès l'instant que ses parents ont décidé. Elle doit seulement obéir !

– Sans doute. Mais justement Pernette ne souhaitait pas vous obéir. Si vous voulez tout savoir, elle songeait à mettre fin à ses jours lorsque je suis intervenue.

– Mettre fin à ses jours ? fit l'homme comme si ces mots n'avaient pas de sens pour lui.

– Mais oui. Se tuer, si vous préférez. Devant un tel péril j'ai voulu parer au plus pressé, messire.

– Dame Marjolaine a pensé, coupa Odon de Lusigny, que les grâces que l'on reçoit au tombeau de l'apôtre auraient le pouvoir de ramener votre nièce à une plus saine compréhension de ses devoirs. C'est pourquoi j'ai accepté qu'elle accompagne dame Marjolaine.

– Dame Marjolaine, dame Marjolaine ! gronda Oigny. C'est la première fois que j'entends ce nom ! Qui êtes-vous, d'où sortez-vous ? Et d'abord pourquoi cachez-vous votre figure ?

– Elle n'a pas à vous répondre sur ce point, gronda Odon. Sachez seulement que l'histoire de cette dame est de celles qui forcent le respect et que, tous ici, nous avons pour elle la plus haute estime. Votre nièce ne pourrait être entre de meilleures mains.

– C'est possible, mais cela ne me dit pas d'où elle vient ni surtout comment ma nièce a pu la connaître, alors que je ne l'ai jamais vue. Habitez-vous donc à Pontoise ou aux environs ?

– Non, mais j'y fais de fréquents séjours au couvent des Bénédictines dont la prieure est de mes parentes, affirma la jeune femme qui, cette fois, ne mentait pas car elle s'était souvenue qu'une cousine de son père, Marguerite d'Avesnes, dirigeait en effet à Pontoise un couvent de moniales. C'est à l'église, ajouta-t-elle, que j'ai connu votre nièce. Nous sommes devenues amies et, en la voyant si désespérée, j'ai voulu l'aider. Il ne faut pas m'en vouloir, messire, ni à elle d'ailleurs. Elle n'est pas coupable autant que vous l'imaginez.

– Allez la chercher !

Le ton était rude et Marjolaine sentit se lever en elle le vent de la colère. Elle allait peut-être répondre avec quelque vivacité, mais la main de Lusigny se posa sur son bras, apaisante.

– Il n'y a là rien que de très naturel, ma sœur. Allez chercher cette enfant.

Inquiète, malgré tout, car la figure de Mathieu d'Oigny ne lui disait rien qui vaille, Marjolaine s'exécuta. Elle alla chercher Pernette que, chemin faisant, elle mit rapidement au courant de ce qui se passait et de ce qu'elle avait dit. La petite n'en tremblait pas moins comme une feuille quand, au bras de son amie, elle marcha vers son oncle avec plus de crainte sans doute qu'elle ne l'eût fait en allant au gibet.

Elle avait quelques raisons de craindre car, après l'avoir accablée de reproches qu'elle écouta tête basse et en pleurant, à la grande indignation de Marjolaine, Mathieu la saisit par le bras et l'attira à lui violemment.

– A présent, venez, nous partons ! Et que personne n'essaie de nous en empêcher !

Brusquement, il avait saisi son épée et, l'agitant au-dessus de lui, il en menaçait alternativement Marjolaine et le chef des pèlerins.

– Vous êtes ici dans une maison-Dieu, tonna celui-ci. Comment osez-vous y tirer l'épée ? C'est un péché mortel.

– Apprends ceci, bonhomme, ricana le déplaisant personnage, j'obtiens toujours ce que je veux parce que je ne reconnais à personne, même à Dieu, le droit de m'en empêcher. Alors ne bougez pas, vous deux, tandis que nous partons. Emmène ta fiancée, mon fils.

— Il aurait du mal, fit une voix goguenarde. S'il fait seulement mine d'y toucher, je lui tranche la gorge.

Avec un vif soulagement, Marjolaine vit que Nicolas Troussel avait ceinturé l'affreux Guy d'un bras et que, de l'autre, il lui maintenait sous le cou le tranchant d'une dague. Mathieu se tourna vers lui comme un furieux.

— Lâche mon fils, ou je t'embroche ! cria-t-il.

— Essaie toujours, fit l'étudiant en riant. Il sera mort avant moi.

Et la dague s'appuya un peu, arrachant au garçon un hurlement de terreur.

— Faites ce qu'il vous dit, mon père ! Et laissez-les emmener cette garce !

— Jamais !

— Soyez raisonnable. Le voyage est long, dangereux. Si elle crève, vous aurez son bien sans que j'aie à l'épouser.

Lentement, Mathieu d'Oigny baissa son arme. Une lueur d'intérêt s'était allumée dans ses petits yeux.

— Après tout, qu'elle continue. Mais nous irons avec elle. Faisons-nous pèlerins, mon fils. Cela pourra être amusant.

C'était apparemment plus que n'en pouvait supporter Odon de Lusigny. Arrachant l'épée des mains du triste sire, il la jeta au loin puis, l'empoignant par le col de sa tunique, il le porta à bout de bras jusqu'à l'entrée de l'hospice, faisant ainsi preuve d'une force peu commune. Arrivé là, il l'envoya rouler sans ménagement dans la poussière du chemin, tandis que Nicolas en faisait autant pour le fils.

— Les misérables tels que toi n'ont rien à faire avec ceux qui peinent pour trouver la vérité et la grâce !

Va-t'en et ne te retrouve jamais sur notre chemin car, aussi vrai que je me nomme Odon de Lusigny, je te briserai comme je brise cette épée que tu es indigne de porter.

— Nous nous retrouverons quand même, hurla l'autre tendant un poing menaçant, et alors je te jure que je te le regretteras !

La lourde porte de l'hospice, claquée par Nicolas, lui coupa la parole. Odon essuya son front où coulait la sueur et regarda sévèrement son jeune compagnon.

— Merci de votre aide, Nicolas Troussel.

— Oh, je pense que vous vous en seriez bien tiré tout seul, fit le jeune homme avec insouciance, mais cela vous aurait obligé à tirer l'épée. J'ai pensé qu'il valait mieux que le péché de dégainer dans une maison-Dieu soit pour moi.

Lusigny fronça le sourcil.

— Qui vous a dit que j'ai une épée ?

Cette fois, Nicolas se mit à rire.

— N'en avez-vous pas ? Vous seriez bien le premier templier qui s'en passerait. Et ne me demandez pas qui m'a dit que vous apparteniez au très saint ordre du Temple de Jérusalem. Votre robe s'est écartée un peu l'autre jour quand vous avez maintenu l'un des chevaux qui s'emballait. J'ai vu la croix.

— Alors oubliez-la ! ordonna Odon sèchement. Il n'entre pas dans mes plans que tout un chacun le sache, sinon je ne dissimulerais pas ma tunique.

— Ne me donnez pas d'explications, dit Nicolas, angélique. J'ai déjà oublié.

Sous les arcades, ils retrouvèrent Marjolaine qui, assise auprès de Pernette, s'efforçait de la réconforter. Les voyant revenir, la petite épouse de Pierre se jeta à leurs pieds pour les remercier de l'avoir protégée. Odon de Lusigny la releva et, d'un geste plein de douceur, essuya les larmes qui roulaient sur le joli visage.

— Vous avez commis une grande faute, mon enfant ; pourtant je ne vois pas qui pourrait avoir le courage de vous la reprocher. J'ai fait ce que j'ai pu, mais la vérité m'oblige à vous dire que le danger n'est pas écarté. Cet homme est plein de haine et fera tout pour se venger. J'ai peur qu'il ne veuille nous suivre.

— Au milieu de vous tous, je ne crains rien, dit Pernette. Et puis Pierre saura bien me protéger. Puisque vous avez été miséricordieux au point de ne pas nous rejeter, nous ne craindrons plus rien.

— J'aimerais pouvoir en dire autant. De toute façon, il faut prendre certaines dispositions. Nicolas, allez me chercher Pierre et Bénigne. Ramenez-les avec vous dans la chapelle. Venez avec moi, dame Marjolaine, et vous aussi Pernette.

Quand les trois hommes les rejoignirent dans la chapelle, il pria Nicolas de veiller à la porte afin que personne ne vienne les déranger.

— Nous vous dirons ce que nous aurons décidé, ajouta-t-il avec un sourire. Je crois que vous en avez acquis largement le droit.

Le jeune homme salua, sourit et s'esquiva, tandis que Lusigny se tournait vers Pierre qui, à peine eut-il aperçu sa Pernette, s'était précipité sur elle et l'entourait de ses bras.

— Ce n'est ni le lieu ni l'heure des effusions, lui dit-il avec sévérité.

— Je sais, mais j'ai eu si peur de la perdre. Vous ne savez pas ce que je viens de souffrir.

— Oh, c'est simple, dit tranquillement Bénigne, je me suis demandé un moment si je ne serais pas obligé de l'assommer pour le faire tenir tranquille. Ce garçon était déchaîné. Il voulait à tout prix venir pourfendre l'oncle.

– Elle est ma femme devant Dieu ! s'écria le jeune homme révolté. Pourquoi n'aurais-je pas le droit de la défendre, de nous défendre ?

– Parce que vous n'auriez rien pu défendre du tout, dit Marjolaine. La seule chose que vous auriez réussi à faire, c'eût été de détruire notre ouvrage et, à cette heure, Pernette serait sans doute aux mains du seigneur d'Oigny et vous en route pour la prison. Peut-être pour pis encore.

– Je savais quels risques nous allions prendre et je n'ai jamais demandé à personne de me protéger. Je veux...

– En voilà assez ! gronda Lusigny. Tu as de l'audace, mon garçon, d'oser élever la voix ici. Songe à regarder tes fautes avant de proclamer tes droits. Tu as détourné de ses devoirs une fille de noble maison, alors que tu es du peuple, tu l'as enlevée et vous vous êtes introduits parmi nous grâce à un mensonge.

– Quel mensonge ? Nous sommes mariés.

– Oserais-tu jurer que ton mariage est valable ? Avais-tu sollicité l'autorisation paternelle que détenait son oncle ?

Pierre haussa les épaules.

– N'aurait-ce pas été le meilleur moyen de la perdre à jamais ? Nous n'avions pas le choix.

– Peut-être, mais nous l'avions, nous, le choix. Le droit féodal nous ordonnait de rendre Pernette à sa famille et de te remettre toi à la justice. Nous ne l'avons pas fait. Mieux encore, pour vous sauver nous avons menti, dame Marjolaine et moi, de façon éhontée : elle qui est l'honneur de ce voyage, moi qui suis chevalier ! Il nous faudra faire pénitence pour cela. Y penses-tu ?

Maté, Pierre baissa la tête puis, humblement, s'agenouilla devant le templier.

– Pardonnez mon emportement, sire chevalier. Je

n'ai pas voulu vous offenser. Voyez-vous, je l'aime tellement que l'idée de la perdre me rend fou.

– Pourtant, il va falloir vous séparer. Pour un temps tout au moins.

Instantanément, Pierre fut debout, à nouveau prêt au combat.

– Nous séparer ? Jamais !

– J'ai dit : pour un temps seulement. Et tu dois accepter car c'est ta seule chance de vivre ensuite avec elle tous les autres jours de ta vie.

Rapidement, il raconta la scène qui s'était déroulée dans la cour. Il dit comment il avait fini par jeter dehors les deux Oigny et il dit aussi sa conviction que les choses n'en resteraient pas là.

– Ou je me trompe fort, ou ces deux hommes vont nous suivre afin de surveiller Pernette. Toi, dès maintenant tu es attaché à Bénigne prêt-à-bien-faire, maître charpentier ici présent.

– Et les autres ? Ceux qui sont partis de Paris avec nous ? Que vont-ils penser ? Si les autres nous suivent, ils seront vite renseignés.

– Je ne crois pas car vous agirez de façon que personne ne s'étonne. Quant aux étrangers, ils ne vous connaissent même pas.

– Bien. Je voyagerai avec maître Bénigne. Si c'est cela la séparation, elle ne sera pas bien pénible. Je pourrai voir Pernette tout le jour et la nuit, vous le savez, nous ne dormions ensemble qu'au milieu de tous.

Odon de Lusigny poussa un soupir et vint, lentement, poser sa main sur l'épaule du jeune homme.

– Non, car Bénigne ne nous accompagne pas à Compostelle. Il nous quittera avant Saint-Jean-d'Angély, dans trois jours, et cela pour accomplir une mission de la plus haute importance. Tu devras le suivre, garçon.

– Alors j'irai avec lui, s'écria Pernette. Il n'y a aucune raison pour que je ne le suive pas.

– Si, il y en a une, et très grave. Si vous ne poursuivez pas la route avec dame Marjolaine, Mathieu d'Oigny vous cherchera, vous trouvera et mettra alors en danger mon plan ou plutôt le plan du Temple qui ne saurait être mis en péril de quelque façon que ce soit. Au retour, vous irez rejoindre votre époux.

– Mais où va-t-il ? Où pourrais-je le retrouver ?

Ce fut Bénigne qui se chargea de la réponse.

– Avec votre permission, messire, laissez-moi leur expliquer. Ils comprendront alors qu'ils ont eu une grande chance de s'embarquer avec nous mais que, pour en bénéficier entièrement, il faut qu'ils jouent le jeu.

Puis, se tournant vers Pierre :

– Écoute, garçon. Si tu es l'époux, elle te doit obéissance et ce sera à toi de décider en connaissance de cause puisqu'à présent tu sais qui je suis.

– Vous me l'avez dit tout à l'heure, dit le garçon avec un respect qu'il ne semblait pas disposé à accorder au chef des pèlerins. Vous êtes Bénigne prêt-à-bien-faire, passant du Saint Devoir de Dieu.

– Qu'est-ce donc ? ne put s'empêcher de demander Marjolaine.

– Plus tard, si vous le voulez bien, noble dame. Sachez seulement que c'est un titre très significatif pour un jeune compagnon charpentier ou tailleur de pierre. Maintenant, il me faut expliquer à ce garçon la mission dont je suis investi.

– Excusez-moi, s'il vous plaît, fit Marjolaine un peu vexée.

– Voilà des mois que, par ordre de monseigneur Robert de Craon, grand maître du Temple de Jérusalem au service duquel j'ai mis tout ce que je sais,

282

j'étudie sur les côtes de Normandie l'art de construire ces bateaux rapides qui, durant tant d'années, ont amené sur nos terres les pirates vikings, et même de les améliorer afin qu'ils puissent entreprendre de nombreux voyages sur la mer infinie, à la découverte des terres inconnues qui s'étendent au-delà. A présent, j'ai appris ce que je voulais savoir et je peux construire aussi bien des bateaux solides qu'établir les chantiers et aménager, pour eux, un port.

— Mais il n'y a pas de terres au-delà de la mer, dit Pierre. Il n'y a qu'un abîme sans fond où se précipitent ses eaux, emportant les imprudents qui osent s'y aventurer.

Bénigne sourit, ce qui conféra à son rude visage un charme enfantin.

— Il y a bien des choses que tu ignores, garçon, mais ce n'est pas de ta faute car bien peu en connaissent plus que toi. Sache qu'en Orient, le Grand Maître est entré en possession d'antiques documents qui disent d'étranges choses dont le Temple veut s'assurer la véracité. C'est pourquoi il veut des bateaux, c'est pourquoi nous allons en construire.

— Où cela ?

Du regard, Bénigne interrogea Lusigny. Pouvait-il en dire davantage encore ? Ce fut le grand pèlerin qui choisit d'assumer la suite.

— A quelques dizaines de lieues d'ici, dans un village au bord de l'océan que l'on appelle Rochella et où, déjà, nos frères ont obtenu quelque terre.

Bénigne ouvrit des yeux pleins de surprise.

— Je croyais, messire, que nous nous installions à Châtelaillon qui possède déjà bien des installations.

— Cela a été changé. Je te l'aurais dit en temps utile. Depuis que le duc d'Aquitaine, père de la reine Aliénor, a ravagé trop facilement Châtelaillon, cet endroit nous est devenu suspect. En outre, la mer semble gagner sur une langue de terre qu'elle pourrait peut-être faire disparaître dans un temps assez proche. Rochella, avec son plateau calcaire bien abrité au fond d'une baie et défendu, côté terre par des marécages, peut et doit devenir un grand port. C'est de là que partiront les navires du Temple pour découvrir les terres dont parlent les documents. C'est là que tu rejoindras les frères qui t'attendent déjà, toi et l'or promis.

— Soyez sans crainte. Nous arriverons l'un et l'autre à destination. À présent, mon garçon, ajouta-t-il en revenant à Pierre, c'est à toi de nous dire ce que tu choisis : accepter la séparation d'avec tes amours et cela pendant quelques mois, pour m'aider à accomplir ma tâche ou bien l'aventure, seuls tous les deux, avec le risque d'être bientôt unis dans la mort.

Pierre se tourna vers Pernette dont les grands yeux pleins de larmes ne le quittaient pas. Il vint à elle, prit doucement son visage entre ses mains et baisa ses lèvres tremblantes.

— Ma douce, j'ai envie de vivre et de vivre avec toi. Ce que l'on nous offre est inespéré. Je voudrais accepter.

— Ta volonté a toujours été la mienne. Je t'obéirai.

Elle ravalait courageusement ses larmes et même s'efforçait de sourire.

— Moi aussi, dit-elle, j'ai envie de vivre avec toi. Peut-être que nous pourrons aller, nous aussi, à la recherche de ces terres inconnues ?

— C'est bien, dit Odon de Lusigny. Tu es un homme, Pierre. En retour, j'engage ma foi de chevalier qu'il n'arrivera rien de mauvais à ton épouse tant que je vivrai. Je te la ramènerai moi-même quand nous aurons accompli notre vœu et vous pourrez alors espérer une belle vie sous la puissante protection du Temple. À présent, il est temps d'aller rejoindre les autres. Le repas du soir va bientôt être servi.

Comme ils sortaient de la chapelle, Bénigne retint Marjolaine.

– Je n'ai pas voulu vous offenser tout à l'heure, gracieuse dame, en refusant de vous répondre. Voulez-vous me pardonner ?

– Ma question était irréfléchie, maître Bénigne. C'est à moi de m'excuser.

– Je vous en prie. Laissez-moi, à présent, vous expliquer ce qu'est le Saint Devoir car je crois que vous pouvez comprendre ces choses. Messire de Lusigny vous tient en haute estime et dit que peu de femmes ont votre entendement.

– Il a trop de bonté. Pourtant, s'il s'agit d'un secret, je vous supplie de croire que je comprendrai sans peine.

– Un secret ? En réalité c'en est un, mais il est de ceux gardés par la Lumière et que les paroles ne peuvent trahir hors des lieux d'initiation. Le Saint Devoir est une règle à laquelle prêtent serment ceux qui ont été jugés dignes d'en être les dépositaires. Une règle de travail.

– Une règle de travail ?

– Mais oui. Elle a été établie voici peu d'années dans mon pays de Bourgogne, à l'abbaye de Fontenay où se réunissent des hommes de grand savoir, des moines... et d'autres, dépositaires d'antiques traditions dans l'art de bâtir. Là, nos maîtres ont mis au point un procédé géométral de coupes de charpentes et de pierres tiré des principes d'un Grec nommé Euclide et dont est en train de sortir un art nouveau. Ce procédé s'appelle le Trait et nous, compagnons passants du Saint Devoir de Dieu, nous devons en appliquer les merveilles de par le monde. Et nous allons par les routes là où l'on a besoin de notre savoir. Comprenez-vous ?

Marjolaine sourit.

– Ce sont choses bien difficiles pour l'esprit modeste d'une femme, maître Bénigne, mais je crois que j'ai compris grâce au soin que vous avez pris pour m'expliquer. Tout ceci paraît simple.

– Et pourtant, je ne vous ai rien dit en réalité. Voilà pourquoi j'ai parlé de secrets gardés par la Lumière. Ils sont, de tous, les mieux défendus.

– Me permettrez-vous de montrer encore un peu de curiosité ?

L'indulgent sourire du charpentier se teinta d'un très léger dédain.

– Vous êtes femme, cela vous sied. En outre, vous êtes intelligente. Que voulez-vous savoir ?

– Le terme curiosité était impropre, j'aurais dû dire inquiétude. Messire de Lusigny, tout à l'heure, a parlé d'or et j'ai cru comprendre que cet or vous accompagnait puisque vous devez, l'un et l'autre, arriver en bon état à destination.

– J'y compte bien, dit Bénigne sans se compromettre, mais assez froidement.

– Ne croyez pas que je m'intéresse à cet or lui-même. Je crains seulement de comprendre qu'il se trouve ici avec vous. Autrement dit, si une somme importante est transportée parmi nous, les dangers de la route se trouvent décuplés. Un tel chargement ne peut que faire courir des risques aux simples pèlerins que nous sommes. Vu les difficultés du voyage, n'est-ce pas un peu trop ?

Bénigne ne répondit pas tout de suite. Il baissait la tête, semblant chercher au bout de ses souliers une réponse valable à une question difficile.

– Vous avez raison et, croyez-le, nous avons soigneusement pesé le pour et le contre avant d'entreprendre cette aventure. Mais, en toute sincérité, je ne crois pas que vous et vos compagnons couriez un grand risque. Ce secret-là est gardé à la fois par l'évidence et par la crainte. En outre, vous serez bientôt libérés de ce danger. Un important groupe de pèlerins est une bonne protection. Nous n'aurions pas pu en trouver de meilleure et la cause, qui est celle de Dieu malgré tout, méritait que nous prenions ce risque. Puis-je cependant vous recommander le silence sur ce sujet ? Messire de Lusigny a parlé un peu vite, tout à l'heure, et j'ai regretté qu'il mentionne l'or. On ne craint pas ce que l'on ignore. Votre question prouvait seulement que j'avais raison.

– Soyez sans crainte. Je ne dirai rien à personne et je saurai imposer le silence à Pernette qui, d'ailleurs, ne doit pas se soucier beaucoup de cela.

Cette nuit-là, Marjolaine resta longtemps éveillée. Les yeux grands ouverts dans l'obscurité, écoutant les paisibles respirations d'Aveline et de Pernette qu'elle avait aussitôt fait installer avec elle, la jeune femme repassait dans sa mémoire la pénible scène de tout à l'heure. Elle revoyait le visage convulsé de rage de Mathieu d'Oigny et celui, pire encore, de son fils. A l'idée que des hommes, pleins de haine et de rancune, allaient s'attacher à leurs pas, guetter les occasions d'assouvir leur vengeance et de reprendre Pernette, l'angoisse lui serrait le cœur. La présence de l'or, si bien caché qu'il fût, n'arrangeait rien et elle comptait mentalement ceux de ses compagnons sur lesquels on pourrait s'appuyer en cas d'attaque, surtout quand le gigantesque Bénigne et Pierre les auraient quittés. Certes, Odon de Lusigny était fort et vaillant, comme l'étaient tous ses frères du puissant ordre guerrier. Mais – et Marjolaine se le reprochait sans parvenir pour autant à atténuer ses regrets – comme elle se fût sentie plus rassurée si elle avait pu savoir derrière elle certain chevalier pourvu d'un écuyer, d'une lourde épée et d'une paire d'yeux particulièrement insolents. Mais ledit chevalier devait être loin à présent, en route pour rejoindre un château et une vie dans lesquels Marjolaine n'aurait jamais sa place.

Fermant les yeux, elle chercha le sommeil. Mais ce fut seulement quand les larmes commencèrent à mouiller son cou qu'elle s'aperçut qu'elle pleurait.

10
Le coupe-gorge

La guerre entre frère Fulgence et Bran Maelduin se ralluma dès le lendemain. Se sentant mieux et ne voulant pas exaspérer inutilement son gardien, Ausbert avait humblement remercié Marjolaine de sa charité et lui avait fait rendre la mule prêtée. Mais quand il était apparu, appuyé sur ses béquilles et le pied enveloppé de linge, Fulgence, fort de la disparition de Fresnoy, avait exigé que l'on retirât le pansement.

– Il doit marcher pieds nus ! répétait-il, impitoyable.

Apparemment, Bran avait prévu cela. Il s'agenouilla tranquillement devant le pénitent, lui ôta le linge incriminé puis, tirant de sa robe une paire de sandales comme en portent les moines, c'est-à-dire des semelles de cuir retenues par une simple lanière, il entreprit d'en chausser Ancelin.

– Ôtez cela, hurla Fulgence. J'ai dit pieds nus !

– Je prétendre pieds être nus, fit l'Irlandais, montrant les orteils de son protégé à peine couverts par les minces lanières.

Cette distinction était sans doute trop subtile pour l'irascible moine car il refusa d'accepter cette forme de nudité. Il prétendit ôter les sandales, Bran Maelduin s'y opposa, d'un mot en vint un autre et, sous l'œil à la fois intéressé et stupéfait de leurs compagnons de route, Fulgence et Bran Maelduin échangèrent une collection d'injures qui faisaient grand honneur à leurs connaissances en cette matière et dont certaines, pour être teintées de folklore irlandais, n'en étaient pas moins efficaces. Ils en fussent peut-être venus aux mains si Odon de Lusigny, alors occupé à remettre, au nom de tous, une aumône au prieur de l'hospice, n'avait fait son apparition.

Les soucis que lui causait la suite du voyage étaient inscrits en grosses rides sur son visage et les criailleries de Fulgence l'agaçaient prodigieusement. Il intima aux deux hommes l'ordre de se taire, leur fit honte de s'être laissé aller à s'injurier entre chrétiens, leur imposa une pénitence pour la halte du soir et comme Fulgence, d'une voix offensée, entreprenait de lui exposer la cause du débat, il lui coupa la parole :

— En voilà assez, frère Fulgence ! Nous allons bientôt aborder une région où il vaudra mieux, pour la sécurité de tous, que notre groupe comporte surtout des hommes valides. Celui-ci est vigoureux et, grâce à notre frère irlandais, il est presque guéri. Il est inutile et même dangereux pour tous de le transformer à nouveau en invalide.

— Une région dangereuse ? Quelle sorte de danger ?

— Toutes sortes : les rivières en crue vers le bassin de la Garonne, les sables dans la région désertique qui s'étend au sud de Bordeaux, puis les montagnes et leurs pièges, enfin les hommes un peu partout, ajouta-t-il, pensant aux deux Oigny. Son regard passant au-dessus de son troupeau s'efforçait de déceler leur présence dans la petite foule d'habitants de Poitiers qui étaient venus assister au départ des pèlerins.

Il ne les vit pas et en éprouva un certain réconfort. Non qu'il eût peur de ce que ces hommes pouvaient faire car il avait confiance en sa force et en son propre courage, mais il n'aimait pas l'idée qu'une double haine pouvait cheminer autour de tous ces braves gens dont il assumait la charge. Et ce matin-là, durant la messe, il adressa au Seigneur une prière plus fervente encore que de coutume, afin d'obtenir que le chemin ne devînt pas trop cruel pour les errants qu'il devait mener en Galice.

Apparemment, Dieu n'était pas disposé à l'écouter car, au sortir de la messe, on vint lui dire que la dame danoise, souffrante, décidait de rester quelques jours à Poitiers où elle était descendue dans la meilleure auberge. Elle et ses gens étant tous montés, ils n'auraient guère de peine à rattraper les marcheurs avant les grandes montagnes ; son chapelain, qui lui servait d'interprète, comptait s'adresser à des guides successifs pour ne pas perdre le chemin.

Lusigny ne put que s'incliner mais non sans regrets : l'escorte de la dame représentait une dizaine d'hommes solides et bien armés qui pouvaient se révéler d'un précieux secours. Un instant, il caressa l'idée de demander, jusqu'à Saint-Jean-d'Angély, une escorte armée au gouverneur de la ville, comme cela se pratiquait souvent dans les endroits difficiles. Mais le Poitou, bien administré au nom de la reine et peuplé de gens hospitaliers en général parce que maîtres de bonnes terres, ne représentait aucunement une région dangereuse. Et puis pourquoi jusqu'à Saint-Jean-Angély et pas au-delà ?

C'était difficile à expliquer, mais le templier se sentait envahi d'un pressentiment désagréable, né sans doute de la responsabilité que représentait l'or à lui confié par les frères de Paris. L'or que cinq de ses hommes – quatre à l'extérieur et un à l'intérieur jouant le malade et qui changeait chaque jour – transportaient dans la fameuse litière qui avait si fort intrigué, puis terrifié ses compagnons. L'or qui avait ainsi parcouru sans danger la plus grande partie du trajet. Il y avait tout lieu de croire que la fin du parcours sous la garde de Bénigne, Pierre et les cinq autres gardiens s'accomplirait aussi heureusement. Quant à Lusigny, il ne se dissimulait pas que le danger représenté par les deux Oigny lui paraîtrait beaucoup plus négligeable quand le trésor aurait quitté les pèlerins pour se diriger vers Rochella. Cela représentait encore près de trois jours de marche jusqu'au carrefour d'Aulnay où devait s'accomplir la séparation.

Bien sûr, il eût été possible de la réaliser le jour même car sous les murs du château de Lusignan où l'on devait passer, s'ouvrait un chemin en direction de la mer. Mais, serpentant à travers une dangereuse région de marais, il était mal connu et n'offrait aucune protection. Le chargement et son escorte pouvaient s'y engloutir sans que personne puisse dire ce qu'ils étaient devenus et sans laisser d'autre trace que deux ou trois grosses bulles sur de la boue. Mieux valait s'en tenir à ce qui avait été d'abord décidé.

Pourtant, ce jour-là, il ne se passa rien. Au pied du promontoire que couronnait Poitiers, le chemin filait droit à travers une vaste plaine coupée d'eaux claires qui creusaient de fraîches vallées rocheuses et des bois touffus. Des ruines romaines, parfois imposantes, surgissaient de loin en loin, des ruines qui ne tarderaient pas à disparaître car leurs pierres bien taillées leur valaient de servir de carrières pour l'édification de nouveaux villages, et surtout de l'étonnante floraison d'églises blanches que l'on voyait s'élever un peu partout. Dans ce Poitou riche et bien administré, le moindre village, le plus modeste monastère se voulaient possesseurs d'une merveille neuve. C'était comme si tout le pays se rassemblait pour faire chanter aux pierres la gloire d'un Dieu qui avait su le préserver de l'envahisseur sarrasin et qui régnait plus haut encore que la toute-puissante comtesse-reine.

Le ciel, traversé d'oiseaux, était gris et doux. La brume vint sur le soir quand on vit apparaître, au sommet d'une petite colline, la chapelle et les granges où l'on allait faire halte.

Le second jour, on traversa quelques-unes de ces brandes poitevines tapissées de bruyères, d'ajoncs, de genêts et de fougères qui laissaient le regard vagabonder à son aise sur les vastes étendues d'un paysage rassurant. Malheureusement, la pluie était revenue avec le matin et enlevait beaucoup de son charme à cette campagne fleurie. Les pèlerins en supportèrent les inconvénients sans se plaindre. Seul Léon Mallet emplissait l'air de ses plaintes et gémissements, mais personne ne songeait à lui en vouloir car sa joue enflée disait assez qu'il endurait le martyre. Modestine d'ailleurs, quittant la compagnie de Marjolaine, l'entourait de soins qui, pour être excessifs, n'en étaient pas moins touchants car elle essuyait en retour plus de rebuffades que de remerciements.

Quand, à la nuit tombante, on trouva abri dans les dépendances d'un château solide et bien clos dont Odon de Lusigny connaissait le maître, le chef des pèlerins sentit son cœur s'alléger. Quelques heures encore, et l'on se séparerait de l'encombrante litière. En vérité, Lusigny se sentirait nettement plus léger.

Bien sûr, il faudrait trouver une explication pour les autres pèlerins. Mais la litière marchait toujours avec un certain écart sur les autres, justifié par la légende qui l'entourait et que ses distances accréditaient. Quand elle aurait disparu, vraisemblablement les autres se contenteraient de pousser un soupir de soulagement. Quant à Bénigne et Pierre, le mieux serait qu'ils s'écartent, eux aussi, avec une apparente imprudence. A la halte de Saint-Jean-d'Angély, on s'apercevrait de leur absence. On ferait mine de les chercher et, finalement, on reprendrait la route sans eux. Pernette pleurerait abondamment, mais il n'y aurait certainement pas besoin de la forcer beaucoup pour obtenir ce résultat. La petite se cramponnait à Marjolaine comme un jeune chien qui a perdu son maître. Il lui était dur de ne plus marcher la main dans la main avec Pierre qui, à quelques pas derrière elle, cauoait métler avec Bénigne mais, surtout, elle appréhendait l'instant de la séparation et cherchait, dans l'amitié de la jeune veuve, un rempart contre un désespoir dont elle savait bien qu'elle aurait beaucoup de mal à se défendre.

Après la généreuse distribution de pain et de soupe à laquelle il procéda lui-même dans les salles basses et les granges, le maître de Bouix prit Odon de Lusigny à part.

— Mon ami, lui dit-il, il vous faudra veiller à maintenir vos gens bien groupés lorsque vous atteindrez la grande forêt d'Aulnay. Et surtout, à ne pas dévier du chemin, ce qui n'est pas facile par temps de brume comme nous avons ce soir et risquons d'avoir encore demain matin. Il y a surtout, à la Croix-Pèlerine, une croisée de chemins où cela est plus aisé encore.

— Je m'en souviens. J'y suis déjà passé, il y a trois ans, quand je me suis rendu en Aragon.

— Ne vous fiez pas à vos souvenirs. Les moines de La Villedieu ont tracé d'autres chemins. Il est vrai qu'ils ont placé au carrefour de la Croix un poteau de bois avec, clouée au sommet, une planche qui indique la route de Saint-Jean mais, quand le brouillard est là, les directions s'apprécient mal et l'on peut se tromper encore.

— Ce qui nous obligerait à un détour. Je n'y tiens pas car je veux ménager les jambes de mes bonnes gens. Leur chemin est bien assez long...

— Sans doute, mais ce n'est pas de cela que je veux parler. Depuis quelques mois, une bande de routiers tient la forêt autour du prieuré de Saint-Mandé à l'est d'Aulnay. Ils en ont exterminé les moines, à ce que l'on dit.

— Comment, à ce que l'on dit ? N'y êtes-vous pas allé voir ? Que font les seigneurs d'alentour si une bande de truands peut trucider des moines impunément ?

— L'hiver a été rude, sire Odon, et nous sommes peu nombreux à posséder castel ou maison forte. Nous n'avons guère de soldats. Il faut attendre les beaux jours pour se réunir et mener battue avec les gens du gouverneur de Saint-Jean qui nous a promis secours. Jusque-là, nous pensons surtout à protéger nos maisons et nos gens. Mais si vous ne déviez pas du bon chemin, vous aurez moins à craindre car, peu après le carrefour, la forêt s'éloigne de la route et les embuscades ne sont plus guère possibles. D'autant que vous êtes nombreux.

Lusigny fit la grimace.

— Sans doute, mais j'ai peu d'hommes rompus aux armes : des moines, de bons bourgeois, des marchands aussi, et des malades. Et aussi le pénitent que vous avez vu. Ces routiers sont-ils nombreux ?

— On l'ignore. Certains disent une vingtaine, d'autres une foule. Mais c'est peut-être parce qu'ils ne savent pas compter et que, quand on a peur, une poignée d'hommes fait l'effet d'une armée. De toute façon, vous voilà prévenu. Préparez-vous en conséquence et préparez vos hommes. Si j'étais vous, je ferais ôter, pour cette étape, les chaînes du pénitent. Il est grand, vigoureux, et peut être utile dans une bataille.

— Sans doute, mais le frère qui le garde ne le permettra pas et j'ai déjà eu suffisamment d'ennuis à ce sujet. Merci de vos avis, mon ami. J'en tiendrai compte mais, surtout, je m'en remettrai à la grâce de Dieu.

Cette nuit-là, ce fut au tour d'Odon de Lusigny de ne pas fermer l'œil. Il maudissait la prudence excessive du gouverneur de Saint-Jean-d'Angély qui avait besoin d'attendre les beaux jours pour purger sa région d'une bande de malfaiteurs. N'avait-il donc jamais chassé le loup en hiver ? Il était temps, peut-être, pour le bien de ce pays, que les chevaliers du Temple poursuivent leur implantation dans cette région où, jusqu'à présent, aucun don de terres ne leur avait été fait. Celles qu'ils possédaient autour de Rochella, ils les avaient fait acheter discrètement par des hommes dévoués qui, ensuite, en feraient hautement don au Temple, procédé qui ne pourrait manquer de déchaîner d'autres générosités. Cette route, l'une des plus importantes reliant la chrétienté au pèlerinage majeur de Compostelle, avait besoin d'être protégée.

Au matin du troisième jour, une pluie diluvienne noyait les alentours, serrant le cœur de tous ceux qui allaient devoir marcher pendant des heures sous cette averse. Aussi quand, un peu avant l'aube, Bran Maelduin célébra la messe dans la grange où la plupart des pèlerins avaient dormi, les oraisons furent plus ferventes encore que de coutume et, plus que les autres, celles d'Odon de Lusigny qui ne parvenait pas à se débarrasser d'un sombre pressentiment. Après la bénédiction, il tombait de véritables trombes d'eau et Modestine s'approcha du chef des pèlerins.

– Ne pourrait-on retarder un peu notre départ, messire ? Mon pauvre mari n'a pas dormi de la nuit tant il souffre. Regardez sa joue, elle est deux fois plus grosse que l'autre.

– C'est impossible, ma pauvre femme ! Et justement à cause de ce vilain temps. S'il continue, nous allons rencontrer beaucoup de rivières en crue et le passage deviendra impossible. Dites à votre époux qu'il prenne sur lui. Un peu de courage encore ! A Saint-Jean-d'Angély, qui est forte ville, nous trouverons sûrement un mire.

– Pourquoi mire ? protesta Bran Maelduin qui avait entendu. Je pouvoir soigner dent malade. Je arracher et tout fini. Mais époux douillet. Il refuser.

Un long hululement lui fit écho. A la seule idée que l'énergique petit moine pourrait s'attaquer à sa dent malade avec un instrument barbare qui ne pourrait être qu'une paire de tenailles, Léon Mallet se sentait défaillir... Ce fut Modestine qui traduisit.

– L'arracher ? Vous risqueriez de le tuer, mon frère ! La douleur serait trop forte et son cœur n'est pas bien solide, bien qu'il n'ait pas l'air.

– Pffuit ! Petit instant grande douleur puis douleur envolée, finie ! Homme sans courage ! conclut-il avec une commisération affligée.

Puis, soudain, fouillant dans son sac, il en tira un minuscule objet brun foncé qu'il mit dans la main de Modestine et que celle-ci considéra d'un air méfiant : cela ressemblait un peu à un clou et dégageait une odeur agréable.

– Tu dire mari sucer et mettre sur le dent malade. Épice précieuse et bonne pour dents.

Convaincre Léon ne fut pas chose aisée, mais Modestine y parvint et, à sa grande surprise, elle constata bientôt que les lamentations de son époux diminuaient d'intensité. Et l'on put envisager de quitter Brioux.

Ce ne fut pas de gaieté de cœur que l'on se mit en route ce matin-là, par des chemins si détrempés, si boueux que l'on avait souvent peine à en arracher ses pieds, quand ils ne se transformaient pas en fondrières où l'on se trempait jusqu'à mi-mollet. Personne ne songeait à chanter et si, parfois, Odon de Lusigny ou Bran Maelduin, ou le frère Fulgence entamaient une prière, ils ne trouvaient guère d'écho, chacun ayant bien trop à faire à surveiller l'endroit où il posait le pied. On marchait de son mieux en arrondissant le dos sous l'averse qui réussissait à percer les bures les plus épaisses. Il allait falloir des jours et des jours de soleil ou un feu d'enfer pour arriver à sécher tout cela.

Les trois mules de Marjolaine étaient à présent montées par Pernette, Aveline et elle-même. Colin qui allait gaillardement à pied l'avait exigé car le pas sûr des bêtes leur faisait éviter les plus mauvais endroits et si les trois femmes avaient le dos mouillé, du moins leurs jambes restaient-elles à peu près au sec.

Quand on atteignit la Croix-Pèlerine, Lusigny poussa un soupir de soulagement. Il pleuvait encore, certes, mais ce n'était plus le déluge de tout à l'heure et le carrefour des chemins avec le poteau indiquant celui de Saint-Jean se voyait clairement.

– Dieu est avec nous, mes enfants, s'écria-t-il joyeusement. Allons, faisons à présent un effort et chantons pour le remercier. J'avais peur que nous ne puissions trouver le bon chemin avec cette forte pluie aussi opaque qu'un brouillard.

Il entama vigoureusement l'habituel chant de marche tout en s'engageant, lui le premier, dans le chemin choisi. Pour se donner meilleur cœur au ventre, chacun tira de son bissac qui un morceau de pain sec, qui une tranche de lard un peu rance, qui un fromage de chèvre dur comme pierre.

— C'est commode, rit Nicolas Troussel. Pour boire, il n'y a qu'à ouvrir la bouche.

On alla ainsi pendant près d'une demi-lieue. A mesure que l'on avançait, non seulement Odon de Lusigny cessait de chanter, mais encore sa figure s'assombrissait peu à peu. La forêt, en effet, ne s'écartait pas de la route ainsi que dans son souvenir, mais elle semblait au contraire se rapprocher, étrangler le chemin qui devenait un étroit layon. Soudain celui-ci plongea avec une pente de toit, vers le fond d'une combe qui parut aux voyageurs d'autant plus sinistre que, sous l'abri serré des arbres, quelques croix de bois hâtivement taillées au moyen de branches sortaient de la mousse et des feuilles pourries par l'hiver précédent. Certaines portaient des coquilles, signe certain que ceux qui dormaient là étaient des pèlerins. Mais tués par qui ? Odon de Lusigny s'arrêta et, levant son bâton, fit arrêter toute la colonne.

— Mes frères, dit-il, ce chemin n'est pas le bon. Il faut retourner à la Croix-Pèlerine.

— Pourquoi ne serait-il pas le bon ? dit quelqu'un. Il allait dans la même direction que son voisin et nous n'avons fait aucun coude.

— Ce n'est tout de même pas le bon et je crains même qu'il soit beaucoup plus mauvais que vous ne l'imaginez.

— Êtes-vous certain de ne pas vous tromper ? reprit l'homme qui était l'un des marchands. Je vois là des coquilles accrochées à ces croix. Ce sont donc des pèlerins qui reposent ici. Donc ce chemin est le bon. Le connaissez-vous si bien ? Êtes-vous de ce pays ?

— Non, mais j'ai déjà suivi cette route, il y a trois ans et je ne la reconnais pas.

– Tout change en trois ans ! Quant à revenir en arrière, ce serait peut-être peine inutile, surtout par ce temps abominable. Je suis d'avis de continuer. Nous rencontrerons peut-être un charbonnier, un bûcheron qui nous diront ce qu'il en est.

La pluie se remettait à tomber avec violence et personne n'avait envie de revenir en arrière. Lusigny le sentit. Il aurait mis ses souvenirs en doute s'il ne se rappelait ce qu'avait dit, la veille, le châtelain de Bouix : la forêt s'écartait de la route peu après la Croix-Pèlerine. Elle l'avait fait, en effet, mais pour revenir plus proche et plus dense.

– Avançons encore un peu, plaida Bran Maelduin qui voyait Ausbert Ancelin peiner plus durement que les autres. Nous trouverons peut-être un abri et, comme dit notre frère, quelqu'un pour renseigner. Dans toute forêt nombreux chemins.

Lusigny hésitait. S'il parlait des bandits signalés par leur hôte de la veille, il risquait de déchaîner une panique dont il ne viendrait pas à bout. L'important était que l'on marchât toujours vers le sud et l'on n'était pas encore à la hauteur d'Aulnay. Un chemin de traverse était toujours possible.

– Marchons encore un peu, dit-il enfin à contrecœur. Peut-être trouverons-nous, en effet, une aide.

– J'aperçois quelque chose là-bas, entre les arbres, cria Nicolas. On dirait les murs d'une chaumière, des bâtiments.

Ce n'en étaient que les ruines. Des ruines noircies auprès de gros arbres tordus par un feu récent, des ruines de cauchemar car, cloué sur une porte de grange encore debout pendait le corps crucifié, lacéré et défiguré d'une femme dont le ventre ouvert laissait pendre les entrailles. Deux autres cadavres, des hommes cette fois, gisaient dans la boue, face contre terre, à ses pieds.

Au cri d'horreur des femmes répondit le gronde-
ment furieux des hommes mêlé à quelques gémissements terrifiés.

– Ceux qui ont fait ça doivent être de rudes sauvages ! dit Nicolas d'une voix blanche, cependant que
Marjolaine se jetait à l'écart pour écarter son voile et
vomir le peu qu'elle venait d'avaler.

Un silence suivit, accablé d'horreur. Les pèlerins se
serraient les uns contre les autres comme un troupeau
terrifié. Seuls Odon de Lusigny, Bran Maelduin, Nicolas, Bénigne, Pierre, les deux marchands et Colin se
plaçaient instinctivement en rempart des autres. Frère
Fulgence avait choisi pour sa part de se faire tout
petit et de s'abriter derrière la haute silhouette de son
prisonnier aux chaînes duquel il se cramponnait en
dépit des protestations de celui-ci qui voulait à tout
prix participer à la défense commune au cas où
l'ennemi se montrerait.

– Qu'allons-nous faire ? chevrota Léon Mallet.

– Nous ne pouvons faire qu'une seule chose sur
deux : avancer ou reculer, répondit Lusigny. Je crois
me souvenir que vous teniez essentiellement à avancer, alors que je vous avais bien avertis : ce chemin
n'est pas le nôtre.

Tous les yeux se tournèrent vers le tunnel de
branches et de jeunes feuilles qui, à présent, paraissait
à tous singulièrement menaçant. Et il n'y eut qu'une
voix unanime pour réclamer le retour à la Croix-
Pèlerine. Malheureusement, il était déjà trop tard.

En travers du chemin d'aval, il y eut soudain quatre
hommes déguenillés, mais armés jusqu'aux dents ;
quatre autres prirent position en amont et, de chaque
côté du chemin, d'autres encore surgirent on ne
savait d'où. C'était comme si chaque arbre avait
donné soudain naissance à un bandit. L'un d'eux, un

géant hirsute, vêtu de peaux de loup, qui semblait le chef se planta à quelques pas de Lusigny, les mains aux hanches et ricana.

— Que voilà un bon troupeau bien gras pour remplacer celui que l'hiver nous a mangé ! Ça va être une joie de le tondre, n'est-ce pas, garçons ? Et de le tondre jusqu'à l'os ! Mais on n'abîmera pas les femmes. Celles qui sont encore jeunes tout au moins...

— Nous ne sommes que des pèlerins de Saint-Jacques, dit Odon de Lusigny en s'efforçant au calme. Nous sommes pauvres et nous n'avons rien qui puisse assouvir votre convoitise.

— Rien ? Allons donc ! Vous êtes riches au contraire : vous avez des mules, des chevaux, des souliers, de bons vêtements, alors que nous allons en guenilles. Vous avez même là-bas, si je vois clair, une grande litière qui doit être bien agréable.

— Si tu y touches, tu mourras et tes hommes aussi. Cette litière contient un malade qui s'en va implorer sa guérison.

— Pas de maladies qu'un bon coup d'épée ne puisse guérir.

— Crois-tu ? Le sang même qu'il répandra peut tuer. Il est impur. L'homme est lépreux.

Un frisson d'horreur secoua les pèlerins au souvenir des moments où ils avaient approché, si peu que ce soit, la litière. Nicolas en devint blême aussi car il avait beaucoup tourné autour, s'étant juré de savoir ce qu'elle contenait. Le chef des routiers eut une grimace dégoûtée.

— On la brûlera avec ce qu'elle contient quand on en aura fini avec vous. De toute façon, je sais que vous êtes riches. On a été prévenus de votre arrivée.

— Comment l'avez-vous pu ? Nous nous sommes

trompés de chemin. L'homme eut un large sourire qui découvrit toute une collection de dents gâtées dont certaines étaient franchement noires.

– Avec notre aide. C'est nous qui avons changé la direction du poteau de ces braves moines. Mais en voilà assez !

A cet instant, un homme surgit de derrière ses peaux de loup crasseuses et Lusigny reconnut, non sans dégoût, Mathieu d'Oigny.

– Un moment ! sire Loup, dit-il. Songe à ta promesse. C'est moi qui t'ai renseigné. Fais-moi à présent rendre ma nièce.

Le gémissement de Pernette lui coupa la parole :

– Oh non ! Non, par pitié !

Marjolaine, à laquelle la petite se cramponnait, sentit soudain que son bras se libérait. Terrassée par la peur, Pernette venait de glisser à terre, évanouie.

Loup, puisque apparemment c'était son nom, haussa ses formidables épaules.

– Plus tard, les épanchements. Tu n'auras qu'à la chercher toi-même. Alors, les pèlerins, êtes-vous disposés à nous remettre tout ce que vous avez sur vous ?

Calmement, Odon de Lusigny rejeta son manteau et la longue robe brune qu'il portait en dessous pour apparaître vêtu de la blanche cotte à croix rouge portée sur un justaucorps et des chausses de cuir. L'apparition de cette croix déjà célèbre fit froncer les sourcils au Loup.

– Un templier ? Que fais-tu sous cet habit de pèlerin ? Et où est ton frère ? On dit que vous devez aller toujours par deux.

– La règle n'interdit pas que l'on se sépare quand il s'agit d'aller, pour le pardon d'une faute, faire dévotion au tombeau d'un grand saint. Mais nous ne sommes pas là pour discuter notre règle. Ces bonnes gens me sont confiés et, si tu prétends les dépouiller du peu qu'ils ont, il te faudra d'abord me tuer. Et ce ne sera pas si facile.

Tout en parlant, le chevalier avait dégainé la longue épée à deux tranchants qu'il portait à sa ceinture avec un couteau d'armes.

— On va toujours essayer ! Holà, vous autres ! Sus au troupeau et pas de quartier.

Au milieu du groupe des pèlerins avec les autres femmes, Marjolaine ferma les yeux, entamant une prière tout en s'efforçant de protéger Pernette que nul n'avait songé à relever. L'enfer se déchaîna autour d'elles. Contre la troupe du Loup, les pèlerins qu'avaient rejoints ceux de la litière se battaient comme ils le pouvaient, sachant bien que leur vie était en jeu. Même les marchands et le jeune Anglais geignard faisaient preuve d'un courage inattendu. Tous avaient des armes, cachées sous leurs robes quasi monacales et, apparemment, savaient s'en servir. Mais l'avantage du nombre n'était pas pour eux, car, parmi leurs compagnons, certains, comme frère Fulgence et Léon Mallet étaient des couards de la plus belle eau.

Ce n'était pas le cas d'Ausbert Ancelin. Il avait noué ses deux mains et, se servant de sa chaîne comme d'un fléau d'armes, il abattait de la bonne besogne et s'attira ainsi les compliments enthousiastes de Nicolas. Cette image fut la dernière qu'il fut donné à Marjolaine de contempler. Assommée par un coup violent qui lui fut asséné par-derrière, elle s'abattit, sans connaissance, auprès de Pernette, cependant qu'une voix lui parvenait de très loin, une voix qui criait son nom par-dessus le vacarme :

— Marjolaine ! Où êtes vous, Marjolaine ?

304

Elle rouvrit les yeux dans un endroit qui lui parut être l'antichambre de l'Enfer. Il y faisait sombre en dépit des lueurs que jetaient ici et là des bouquets de flammes et une sorte de démon au visage sanglant se penchait sur elle. Mais ce devait être tout de même un assez bon diable car il lui faisait boire de l'eau fraîche. Un autre, dont elle ne distinguait rien, qui devait être tout noir et animé d'intentions beaucoup moins bonnes, s'efforçait d'ouvrir sa robe et palpait son épaule qui lui faisait très mal.

— Elle revient à elle, souffla le démon rouge d'une voix qui fit ouvrir instantanément en grand les yeux de la jeune femme.

— Comment ? C'est encore vous ? murmura-t-elle avec stupeur car, au milieu de ce masque taché de sang, elle venait de voir briller deux yeux d'une certaine couleur verte dont elle ne parviendrait jamais à oublier la nuance. Du coup, elle vit briller également les dents blanches du personnage.

— C'est encore moi ! dit gaiement Hughes de Fresnoy. Moi qui n'ai pas pu me résigner à vous laisser aller sans défense aux hasards de la route et qui vous suis de loin depuis Sainte-Catherine.

— Seigneur ! Mais pourquoi ?

— Je viens de vous le dire : je n'étais pas tranquille. Et vous devriez me remercier car, sans la bonne besogne que nous avons abattue, Bertrand et moi, vous ne seriez plus beaucoup à respirer l'air du bon Dieu à l'heure qu'il est !

— Plus être beaucoup tout de même ! grogna le démon noir qui n'était autre que Bran Maelduin à cause de la boue qui couvrait sa figure. S'il vous plaît, ajouta-t-il avec impatience, en continuant à tirailler la robe je vouloir regarder le blessure de jeune dame. Appeler fille servante pour enlever la robe.

— Quelle blessure ? fit Marjolaine qui, mal remise de sa surprise, ne se rendait absolument pas compte qu'elle dévorait Hughes des yeux. J'ai seulement un peu mal à la tête.

— Votre robe est pleine de sang. Vous avez été assommée si j'en crois la bosse que vous avez là, fit Hughes en appuyant sur l'endroit indiqué arrachant un long gémissement à la jeune femme et par-dessus le marché on vous a poignardée dans le dos. Mais, grâce à Dieu, c'est près de l'épaule que votre robe est déchirée. Ce ne sera rien, j'espère.

Il s'efforçait de parler avec légèreté pour mieux masquer l'angoisse affreuse qui s'était emparée de lui quand, le combat terminé, il avait appelé, puis cherché Marjolaine, pour la découvrir finalement parmi les morts. Il l'avait emportée inconsciente et couchée sur de la paille dans la grange qui n'avait brûlé qu'en partie grâce à la pluie violente du matin.

Il chercha Aveline des yeux, la vit un peu plus loin qui, assise par terre, prodiguait des soins attentifs à Bertrand, blessé au bras, et l'appela un peu rudement.

— Venez un peu vous occuper de votre maîtresse, la fille ! Mon écuyer est capable de se soigner tout seul.

Puis il se pencha de nouveau vers Marjolaine, hésitant à essuyer la boue qui maculait son visage et rendait plus sinistre encore la grande cicatrice.

— Il faudrait laver cela, dit-il.

— Je faire après ! riposta Bran Maelduin. Je pas aimer le sang, elle coule. Saleté pas dangereuse, sang oui.

Confuse d'avoir manqué à ses devoirs, Aveline joignait à présent ses efforts à ceux du moine pour mettre à nu l'épaule de Marjolaine. Celle-ci leva les yeux sur Fresnoy.

– Par grâce, sire baron, veuillez vous éloigner. Il ne convient pas que l'on me déshabille devant vous.

Hughes allait répliquer qu'il voulait seulement s'assurer du degré de gravité de la blessure quand Nicolas Troussel, sale à faire peur et couvert de sang lui aussi, apparut soudain dans la lumière de la lanterne que Bran Maelduin venait d'allumer.

– Messire de Lusigny vous réclame, sire Hughes, dit-il d'une voix chargée de tristesse. Venez vite ! J'ai peur qu'il n'en ait plus pour longtemps.

– Il est blessé ? demanda Marjolaine.

– Vous voulez dire qu'il est presque mort. Allons, messire ! Il faut faire vite.

À quelques pas de l'endroit où Marjolaine était étendue, le templier gisait à même la terre battue de la grange, soutenu par Bénigne dont les yeux étaient lourds de larmes contenues. Avec un bouillonnement sinistre, le sang s'échappait, à chaque respiration d'une blessure à la poitrine et achevait de teindre en rouge la blanche tunique. Ses yeux étaient clos, mais il les ouvrit à l'approche des deux hommes. Hughes, aussitôt, s'agenouilla auprès du grand corps foudroyé.

– Me voici, seigneur chevalier, dit-il avec respect. Que puis-je pour vous ?

– Déjà... vous avez pu beaucoup ! Sans vous... nous serions tous morts, je pense. Sommes-nous encore nombreux ?

– Guère plus d'une trentaine, dit Nicolas tristement. Et certains sont blessés. Heureusement, après la mort de leur chef que vous avez tué de votre main, les derniers brigands ont pris peur et se sont enfuis.

– Trop tard ! Tant de morts, mon Dieu, tant de... morts !

De lourdes larmes emplissaient à présent les yeux de l'agonisant. Hughes ne put le supporter.

— Vous avez tant fait, sire Odon ! Jamais, de mémoire de chevalier, je n'ai vu combattre avec tant d'ardeur, tant de vaillance. Vous avez fait tout ce qu'il était possible et même au-delà puisque vous voilà, vous aussi, aux portes de la mort.

— Je... le devais. J'étais le chef... Que vont devenir les survivants, à présent ?

— Le mieux, je crois, est de les ramener chez eux. Je le ferai pour vous...

— Les ramener ? Quiconque... s'engage dans les chemins... de Dieu, doit les parcourir jusqu'au bout ! Ils n'accepteront pas. Il faut les conduire là où ils doivent aller. Je vous les confie.

— A moi ?

— A vous... Ah ! J'étouffe. Pourtant, il faut que je parle !

Du sang jaillit de sa bouche. Bran Maelduin qui arrivait lui tourna légèrement la tête pour que ce sang s'écoule mieux.

— Je dire déjà pas trop parler, reprocha-t-il doucement. Vie partir plus vite.

— C'est... sans importance. Sire Hughes, vous vouliez suivre... une femme jusqu'à Compostelle. Je vous demande maintenant de l'y conduire avec ceux qui sont encore capables de s'y rendre !

— Moi, mener des pèlerins ? Pourquoi ne pas les confier à cet homme que je vois auprès de vous, votre ami ?

— Parce que sa route n'est pas celle-là. Je... oh, explique-lui, Bénigne.

Tandis que Lusigny reprenait un peu de souffle, Bénigne raconta en quelques mots ce que Marjolaine savait déjà.

— Deux des gardiens ont été tués, dit-il en conclusion mais, grâce à Dieu, la litière est intacte. Tout à l'heure, pendant le combat, un bûcheron de la forêt dont la famille a été exterminée est venu se joindre à nous. Lui aussi a fait de la bonne besogne et, surtout, il pourra nous remettre sur le bon chemin.

– Pourquoi ne pas mettre sire Odon dans votre damnée litière ? Il y serait mieux que là et...

– Je suis moine-soldat, coupa Lusigny. Un moine... doit mourir à terre... Écoutez encore, car ma mission était double : mener le troupeau... mais aussi servir l'Ordre. Oh, aidez-moi, mon frère, je sens la vie qui s'en va... Quelques minutes encore !

Bran lui fit avaler quelques gouttes d'un petit flacon tiré de son sac et un peu de rose revint aux joues blêmes du mourant.

– Merci... Tenez, prenez ça !

Aidé de Bénigne, il ouvrit sa tunique, ôta un curieux bijou qu'il portait au bout d'une chaîne de fer. La forme était celle d'un trident dont l'une des faces portait, superbement ciselé mais usé par le temps, un soleil à face humaine encadré de deux hippocampes. Le métal dont il était fait était inconnu d'Hughes : assez semblable à de l'or mais plus sombre et surtout plus lourd.

Lusigny lui mit cet objet dans la main.

– Écoutez, souffla-t-il. A l'ouest de Santiago, au bord de la mer, il y a un petit port appelé Noya. Ceux qui le peuplent sont des hommes de l'océan, descendants d'un peuple... englouti par les eaux il y a des centaines d'années... loin à l'Occident, un peuple très savant, très puissant qui savait parcourir les terres et les mers. On les appelait... les Atlantes. Cherchez le chef de ce village... montrez-lui le trident. Donnez-le-lui aussi, mais en échange du secret de navigation de ses ancêtres. Vous le rapporterez à Bénigne, là où il vous dira.

Avec un râle douloureux, il se rejeta en arrière, cherchant l'air. Cependant Hughes contemplait avec stupeur l'étrange joyau.

– Comment cela est-il venu jusqu'à vous ? ne put-il s'empêcher de demander.

L'ombre d'un sourire passa sur le visage de l'agonisant.

– Le secret... du Grand Maître ! Le peuple de la mer avait des colonies... Tartessos, au sud de l'Espagne, engloutie mais aussi... Tyr. Oh, je meurs ! *Non nobis, Domine, non nobis... sed nomini tuo... da gloriam* [1].

Le dernier mot emporta son dernier souffle. D'un doigt léger, Hughes ferma les yeux las qui venaient de s'ouvrir à l'éternité et se releva, tandis que Bénigne laissait, avec respect, le corps reposer de tout son long sur la terre et lui joignait pieusement les mains sur son épée ébréchée.

– Je lui obéirai, dit Hughes. Sa mission, je l'accomplirai !

A son tour il passa à son cou la chaîne de fer supportant le trident et fit disparaître le tout sous sa chemise. Mais quelle étrange histoire ! Comment croire à ce peuple fabuleux totalement disparu !

– Disparu en une seule nuit ! dit gravement Bran Maelduin. Chez nous, l'ancienne druide connaître royaume atlante. Raconter l'histoire merveilleuse. Je raconter aussi plus tard.

– Je commence à croire que j'aurais dû me faire templier, grogna Hughes. C'est beaucoup plus passionnant que d'être baron.

– Tous les frères du Temple ne sont pas aussi savants que l'était messire Odon, dit doucement

1. Pas pour nous, Seigneur, mais pour ton nom, donne la gloire (devise du Temple).

Bénigne. Il était l'un des maîtres, un initié investi de la confiance toute particulière du Grand Maître, messire Robert de Craon. Mieux vaut ne pas parler de tout cela.

— Aussi n'en parlerai-je pas, fit Hughes un peu raide. A présent il faut que je voie où en sont tous ces malheureux dont j'ai la charge. Ensuite, nous verrons ensemble ce qu'il convient de faire. Mais je crois que notre premier devoir est d'enterrer sire Odon.

— Non, répondit Bénigne. Avec votre permission, seigneur, il prendra place dans la litière et je l'emmènerai afin qu'il repose dans une terre de l'Ordre. Il l'a bien mérité.

— Comme il vous plaira.

Suivi de Bertrand qui portait à présent le bras gauche en écharpe, Fresnoy alla d'abord rejoindre Marjolaine qui le rassura : sa blessure n'était pas profonde, la lame ayant dévié, sans doute par la maladresse de celui qui avait frappé.

— Celui-là, dit Hughes, il va falloir que je le retrouve. Avez-vous une idée de qui cela peut être ?

— Aucune idée. Je ne l'ai pas vu. Mais dans le chaos qu'était cette bataille, on pouvait prendre un mauvais coup à chaque instant.

— Certes, mais il est facile de reconnaître une femme quand on l'a devant soi. On vous a d'abord assommée puis frappée. Il n'est pas difficile de deviner que l'on voulait vous tuer.

Il faillit ajouter « et ce n'est pas la première fois », pensant à l'histoire de la pierre détachée du toit de la maison-Dieu à Tours. Mais il préféra ne pas reparler de cet incident désagréable pour ne pas affoler la jeune femme. Il se reprochait déjà suffisamment d'avoir succombé à un mouvement de jalousie qui la lui avait fait perdre de vue assez longtemps pour que le mystérieux assassin ait le temps de frapper avant son arrivée.

— N'ayez pas peur, ajouta-t-il doucement, désormais c'est moi qui veillerai sur vous. Sire Odon, avant de mourir, m'a confié son troupeau. C'est moi qui vais en être le berger jusqu'à Compostelle.

— Vraiment ?

L'éclair joyeux qui illumina les beaux yeux tant aimés lui fit chaud au cœur. Inclinant sa haute taille, il prit la petite main sale et y posa, un court instant, ses lèvres.

— Vraiment. A présent et pour le temps qui vous plaira, je me déclare votre chevalier, dame Marjolaine !

Elle le regarda sortir, puis se laissa aller dans la paille, ferma les yeux pour que l'on ne pût y lire la joie qui l'emplissait. C'était merveilleux de savoir que, jusqu'au bout du chemin, elle aurait auprès d'elle cette force redoutable, cette protection, et cela sans qu'il fût besoin de se la reprocher. Odon de Lusigny avait jugé bon de remettre la conduite de ses pèlerins au courage d'un chevalier qu'il avait su apprécier. C'était donc la volonté de Dieu qui s'était exprimée par la bouche d'un homme de bien mourant pour sa gloire. Cela ne voulait pas dire que Marjolaine fût prête, soudain, à oublier ses devoirs, ni surtout l'anneau qui brillait à la main d'Hughes, mais, durant quelques semaines au moins, elle allait vivre à ses côtés sans qu'il y eût péché. Pendant quelques semaines elle allait engranger suffisamment de souvenirs, suffisamment de bonheur pour éclairer tout le reste de sa vie quand, au retour, viendrait le moment de refermer sur elle les portes d'un cloître.

Hors de la grange ruinée, le spectacle qui s'offrit à la vue de Fresnoy était dramatique, même pour un homme habitué aux combats et à la mort. Les corps s'entassaient, pèlerins et bandits mélangés à l'instant du retour à la poussière commune. Aidé de Pierre et d'Isidore Bautru, le petit Parisien qui regardait toujours en arrière, Nicolas était déjà en train de creuser des fosses pour y enterrer ceux de ses compagnons qui ne verraient pas le ciel de Galice, tandis que deux autres hommes commençaient à faire le tri.

– Va les aider, dit Hughes à Bertrand. Moi, je vais préparer des croix.

Tirant son poignard, il alla couper des branches d'un saule qui poussait là, auprès d'un ruisseau, et chercha, pour les lier ensemble, en forme de croix, les lanières et les rubans qui serraient les chausses autour des mollets des hommes. Les morts auxquels il les prit n'en auraient plus besoin.

Ce faisant, il aperçut un homme abondamment chevelu et barbu, vêtu de toile grossière qui, à quelques pas de lui, se livrait à une affreuse besogne sur les corps des routiers que l'on avait séparés des autres. D'un coup d'une énorme cognée, il leur ouvrait la poitrine, en arrachait le cœur et le jetait à deux chiens qui l'accompagnaient. Horrifié, Hughes se jeta sur lui pour lui arracher son arme, mais l'homme était d'une force herculéenne et rejeta Fresnoy comme s'il n'eût pas pesé plus qu'un oiseau.

– Arrière ! gronda-t-il. Ne te mêle pas de mes affaires si tu ne veux pas tâter de ma cognée ou des crocs de mes chiens !

– Pourquoi fais-tu cela ? demanda Hughes en se relevant. N'es-tu pas chrétien pour insulter la mort ?

– J'étais chrétien ! Mais ces hommes, eux, ne l'ont jamais été. Ils ont tué les miens. Celle que tu as vue là, crucifiée sur la porte, éventrée après les avoir subis, c'était ma femme ! Mes trois enfants, ils les ont jetés vivants dans les flammes qui ont dévoré ma maison... Alors, laisse-moi à ma besogne.

— C'est toi le bûcheron qui es venu combattre avec nous ?

— Oui, c'est moi. Si seulement vous étiez arrivés au lever du jour !

— Nous nous sommes trompés de route. Nous n'aurions pas dû passer par ici. On m'a dit que tu pouvais nous remettre sur le bon chemin ?

— Je connais cette forêt aussi bien que les lièvres et les sangliers. Je vous conduirai.

— Merci. Mais ne donne pas toute cette mauvaise viande à tes chiens, tu vas les faire crever.

L'homme retint la cognée qui allait frapper encore et parut réfléchir.

— Tu as peut-être raison. Et comme ils sont tout ce qui me reste, j'aimerais les garder encore. Après tout, les loups sauront bien cette nuit achever ma besogne.

— Des loups ? Il y en a par ici ?

— Un peu, oui ! Et une sacrée bande. Quand nos maisons étaient debout, on était tout de même à l'abri et puis, mes frères et moi, on en tuait. Mais si j'étais vous, je ne laisserais pas tous ces gens ici, dans le mauvais abri d'une grange qui ne tient presque plus debout. Ces carnes vont les attirer. En plus, si la pluie recommence il vaudrait mieux trouver un refuge avant la nuit.

— Je ne demande pas mieux, mais où ?

— Pas loin d'ici, il y a Saint-Mandé, un prieuré où naguère il y avait une dizaine de moines. Les hommes du Loup les ont massacrés et s'y sont installés un temps, mais ils n'y sont pas restés. Les bâtiments sont vides et ils n'ont pas tout brûlé. Et puis il n'y pleut pas.

— Alors d'accord. Quand nous aurons enterré nos compagnons, nous partirons.

— C'est bien. Je vais vous donner un coup de main.

Bran Maelduin, qui avait fini de panser les blessés, vint à son tour pour dire une dernière prière et bénir les corps des compagnons que l'on ensevelissait dans la terre lourde d'eau. Le corps de la femme du bûcheron avait été décroché de la porte et reçut, avec ceux de ses deux frères, les mêmes soins pieux. Puis l'on planta les croix qu'avait façonnées Hughes.

C'est alors qu'au drame, à l'horreur vint se mêler le grotesque le plus saugrenu. A peine les dernières psalmodies du *De Profundis* s'éteignaient-elles qu'une voix affreusement nasillarde faisait retentir les échos de la forêt, une voix qui chantait :

> *C'étaient trois dames de Paris*
> *Qui aimaient le petit vin gris.*

Et frère Fulgence, virant sur un pied, déboucha de l'angle de la grange, les bras gracieusement arrondis, dansant et saluant à la ronde et donnant tous les signes d'une absolue béatitude. Trottant à ses côtés, Ausbert Ancelin, auquel il semblait vouer soudain la plus exubérante tendresse, tentait vainement d'obtenir de lui un comportement plus conforme à la gravité de l'instant.

Un murmure indigné parcourut les rangs de ceux qui étaient venus assister à l'ensevelissement, mais Fulgence n'en parut que plus heureux, et ce fut avec assurance qu'il clama :

> *Ainsi les laissa toutes nues*
> *Trébuschiées en deux monciaux*
> *Plus emboeés que pourciaux...*

Hughes se précipita, tandis que Bran Maelduin retenait de justesse Pierre qui allait se jeter sur le moine.

– Qu'est-ce qui lui prend ? demanda Fresnoy en empoignant le moine par sa robe, qu'il se hâta d'ailleurs de lâcher car Fulgence, décidément plein d'une universelle affection, prétendait l'embrasser. Il est ivre, ma parole ! On va lui mettre la tête dans l'eau.

— Hélas non, seigneur, il n'est pas ivre, répondit Ancelin. Je crois qu'il est devenu fou, fou de peur ! Tout à l'heure, pendant la bataille, il se cramponnait à moi, criant et pleurant, essayant de m'entraîner avec lui sous le couvert des arbres. Il claquait des dents comme par temps de gel et sa voix chevrotait. Et puis, tout à coup, il m'a lâché. Il a éclaté de rire... et voilà ! Il est comme ça depuis. Il y a un instant, il voulait à tout prix cueillir des fleurs. Il cherchait des violettes.

— C'est incroyable ! Peut-on vraiment avoir peur au point d'en perdre la raison ?

Ancelin sourit.

— Ça paraît difficile à un homme aussi vaillant que vous, sire chevalier. Le danger, la bataille, le risque, c'est toute votre vie. Mais lui, voyez-vous, c'est seulement un petit moine un peu malingre qui ne souhaitait rien d'autre que passer une vie paisible et protégée dans la belle abbaye de Saint-Denis. Et voilà que monseigneur Suger l'a choisi pour le jeter au hasard et au péril des chemins en compagnie d'un homme accusé d'un crime et qu'il imaginait couvert de péchés. Un homme dont la force lui faisait peur. Et je crois bien qu'il a peur depuis que nous avons quitté Paris. C'est pour cela, je crois, qu'il s'est montré dur avec moi.

Fresnoy regarda curieusement l'homme enchaîné.

— Et tu ne lui en veux pas de ce qu'il t'a fait endurer ? Il avait tellement envie de retourner à Saint-Denis qu'il faisait tous ses efforts pour que tu meures le plus vite possible.

– Ce n'était pas tout à fait sa faute. Je viens seulement de le comprendre.

– Comprendre ça ? Eh bien, mon ami, je commence moi à me demander si tu n'es pas du bois dont on fait les saints.

– Ne dites pas ça ! Je n'ai pas tué maître Foletier, mais j'aurais pu le faire car j'étais jaloux de ma femme. Seulement, je l'aimais et je ne voulais pas croire qu'elle me trompait. J'avais peur de la perdre. Alors, ne dites pas que je pourrais être un saint. Je suis seulement un pauvre homme un peu lâche.

– Lâche ? Après t'être battu comme tu l'as fait ? D'ailleurs je vais te faire déferrer. Viens ici, bûcheron ! Tu dois bien être capable d'ôter ces chaînes.

L'homme s'approcha pour examiner les fers, mais Ausbert le repoussa.

– Le frère est devenu fou, mais je suis toujours condamné ! Je garderai mes chaînes. J'en ai fait bon usage, Je crois.

– Mais tu ferais encore meilleur usage d'une épée ou d'une hache. Nous ne sommes plus que le tiers de ce que nous étions et j'ai besoin d'hommes solides.

– Je suis solide et je dois subir le jugement de Dieu. Déjà je n'ai reçu que trop de secours.

Marjolaine, qui était sortie avec les autres pour la dernière prière et qui, un peu pâle mais debout, s'approchait des deux hommes, choisit d'intervenir.

– Nous savons tous que vous êtes innocent, mon ami. Et Dieu le sait qui a permis que nous vous aidions un peu. Vous n'avez aucune pénitence à subir. Et nous avons tant besoin d'aide à présent.

Ausbert eut pour elle un sourire tellement lumineux, tellement extasié qu'Hughes sentit la jalousie lui mordre à nouveau le cœur.

– Dame, dit l'homme enchaîné, je vous dois beaucoup. Je voudrais vous faire plaisir, mais il me semble que profiter du malheur de ce pauvre moine pour me libérer de ma charge, ce serait mal et Dieu ne serait pas satisfait. C'est à lui de juger. Pas à moi.

— Le malheur de ce pauvre moine ! ricana Hughes. Il a l'air, pour l'instant, cent fois plus heureux que nous tous. Fais comme tu veux, l'ami mais, je le répète, j'ai besoin de bras. Ta chaîne n'est qu'une mauvaise arme, même si tu en as fait bon usage. Pense un peu aux autres. Certains sont totalement incapables de se défendre.

— Je vous en prie, cher Ausbert, murmura Marjolaine, écoutez le chevalier. Messire Odon l'a investi de toute sa puissance et de toute sa charge aussi. Il faut l'aider.

Ausbert hésita un instant. Marjolaine avait pris l'une de ses mains et il regardait, avec une sorte d'horreur, ces jolis doigts fins reposant sur le fer grossier.

— En ce cas, je veux bien que l'on m'enlève la chaîne de mes mains. Ainsi, je pourrai porter une arme. Mais je garderai les fers de mes jambes.

Hughes eut un soupir agacé.

— Soit ! Bûcheron, enlève cette chaîne. Au fait, comment t'appelles-tu ?

— On me dit Guegan, mais tu peux m'appeler comme tu veux !

— Ça ira comme ça, grogna Hughes qui tourna les talons, incapable de voir plus longtemps la main de Marjolaine posée sur le bras d'Ausbert Ancelin.

11
Les bateliers du Gave

– Adieu, dit Bénigne. Et que Dieu vous garde, sire baron. Vous n'aurez pas la tâche facile.

– Vous non plus, dit Hughes. Vous n'êtes plus que quatre hommes pour défendre la litière.

Le charpentier sourit.

– N'oubliez pas sire Odon ! Un mort que l'on porte en terre est d'une grande puissance sur les esprits...

L'heure était venue de la séparation. Grâce à Guegan on avait atteint Aulnay-de-Saintonge sans autre incident après une nuit passée dans l'antique église, alors abandonnée, du prieuré de Saint-Mandé. La pluie avait cessé mais demeuraient les brouillards matinaux d'où surgissaient les échafaudages et les pierres nouvellement posées d'une église en construction. Là, c'étaient des moines qui s'activaient pour offrir à Aulnay ce qui allait être une nouvelle merveille de l'art roman.

A la croisée des chemins, la poignée de pèlerins échappée au coupe-gorge attendait, assise sur les talus. Pernette, la tête cachée contre l'épaule de Marjolaine, pleurait, sans retenue. Elle allait devoir continuer le chemin sans son Pierre, ainsi que l'avait prescrit le templier car, si l'on avait bien retrouvé, parmi les cadavres celui de Guy d'Oigny, son dérisoire fiancé, celui du père était demeuré introuvable. On ne savait où était passé Mathieu. Peut-être se cachait-il sur les pas des pèlerins, guettant, attendant une autre occasion d'attaquer à nouveau. La mort de son fils ne pouvait le rendre que plus haineux et puisque, à présent, seule la mort de Pernette lui assurerait la possession de ses biens, il ferait vraisemblablement tout pour parvenir à tuer la jeune femme. Il était impossible de faire peser ce danger supplémentaire sur la litière et sa faible escorte. Mais il était bien dur pour la pauvre enfant de ne pouvoir, à cet instant de la séparation, pleurer tout à son aise dans les bras de Pierre par crainte d'être vue de l'invisible Mathieu. Leurs adieux avaient eu lieu toutes portes closes dans la chapelle de Saint-Mandé.

Avant de s'éloigner, Bénigne dit encore, sans essayer de dissimuler son inquiétude :

— Sire Odon avait déjà accompli trois fois ce voyage au tombeau de l'apôtre. Mais vous, seigneur Hughes, saurez-vous trouver le bon chemin ?

— J'ai une langue, l'ami, je me renseignerai. Tous ceux qui vont là-bas n'ont pas toujours pour guide quelqu'un ayant déjà fait la route. Chaque soir, à chaque étape, je préparerai celle du lendemain, comme je l'ai toujours fait lors d'expéditions guerrières. Je suppose qu'il est possible de trouver des guides.

— Ne vous y fiez pas trop. Le mauvais guide qui vous mènera droit dans un traquenard est plus facile à trouver que le bon.

Hughes eut un large sourire qui fit briller ses dents de loup.

— Il s'apercevra alors que je ne suis pas un pèlerin tout à fait comme les autres. Moi, je ne vais pas en

Galice pour y accomplir un vœu, mais uniquement parce que sire Odon m'a confié son troupeau, et j'emploierai tous les moyens, tant que j'aurai la vie, pour remplir ma mission. Tous les moyens, vous entendez ? Et d'abord celui-ci, ajouta-t-il en montrant la large épée qui pendait à sa ceinture. Pour l'instant, d'ailleurs, je n'ai pas à me soucier du chemin. Guegan, que voici, nous conduira jusqu'aux Saintes.

— Je t'accompagnerai plus loin encore si tu veux de moi, dit le sombre bûcheron. Ma vie est derrière moi, sire chevalier. Plus rien ne m'attache à cette forêt qui était tout mon horizon. A présent je peux aussi bien aller mourir là où il plaira à Dieu de me conduire. Si tu nous nourris, moi et mes chiens, nous te servirons bien.

Hughes accepta sans hésiter et même avec un certain soulagement. La force de l'homme et les crocs de ses bêtes représentaient une aide appréciable contre les dangers du chemin, même si les ombres de son âme désespérée en faisaient un assez sombre compagnon.

— Vous voyez, ajouta-t-il en se retournant vers Bénigne, le Seigneur Dieu prend déjà soin de nous. Allez en paix. Bientôt, j'espère, je vous rapporterai ce que l'on m'a demandé.

Bénigne sourit, salua et s'en alla prendre la tête de sa petite troupe. La litière et son funèbre fardeau s'engagèrent dans le chemin de droite, celui qui s'en allait vers la mer. La haute silhouette du charpentier que doublait celle de Pierre disparut à la corne d'un bois.

— Comment se fait-il que le garçon quitte ainsi son épouse ? fit aigrement Léon Mallet qui ne songeait même pas à dissimuler sa réprobation.

Hughes faillit lui dire que cela ne le regardait pas, mais maîtrisa sa langue. S'il commençait à houspiller ses troupes, le chemin serait encore plus pénible. Il s'efforça à l'aménité.

– Il ne la quitte pas, il s'en sépare pour un temps. Il est très pauvre. Maître Bénigne qui est charpentier, comme lui et qui s'en va construire une église neuve sur la côte du grand océan lui a proposé du travail.

– Et son vœu ? protesta l'autre, son vœu de pèlerinage ? Il n'a pas l'air d'en faire grand cas ?

– Si, justement ! Et c'est la raison pour laquelle ces deux enfants se séparent. Ils ont décidé que la jeune femme accomplirait seule le pèlerinage afin que Dieu et monseigneur saint Jacques n'y perdent rien. Au retour elle ira le rejoindre. Encore une question à poser ?

Le ton laissait entendre que la patience du baron de Fresnoy venait d'atteindre sa limite extrême. En dépit de l'épaisseur de son entendement, Léon le borgne le sentit et préféra se rappeler qu'il avait une dent malade. Il laissa donc Hughes pour s'absorber dans ses souffrances dont, à longueur du jour, il allait rebattre les oreilles de ses compagnons de route. Il les accabla tellement de ses gémissements, plaintes, grognements et même hurlements qu'à l'étape du soir, Bran Maelduin, excédé, jugea que les choses avaient assez duré.

– Je guérir lui très vite, déclara-t-il à Hughes qui était en train de tancer le mercier et de le lui faire honte de son peu de courage, vous s'écarter un peu.

Retroussant sa manche crasseuse, le petit moine prit un peu de recul, ferma un poing noueux comme un vieux cep et frappa. Le coup vigoureusement appliqué atteignit le geignard au menton et l'expédia au pays des songes. Alors sans perdre une seconde, ni d'ailleurs se soucier de Modestine qui piaillait et en appelait à la justice du Ciel, il se jeta sur Léon sans connaissance, s'installa à califourchon sur sa poitrine, lui ouvrit la bouche, fourra le nez dedans, examinant les lieux à la lumière de la lanterne que lui tenait Hughes et, finalement, tirant de sa poche une paire de pinces trouvée Dieu sait où, l'introduisit dans la bouche ouverte et, d'un vigoureux arrachement, extirpa la dent coupable, un extraordinaire vieux monstre noir et biscornu qu'il montra triomphalement à la ronde.

– Vous dormir tranquille à présent ! conclut-il aimablement.

Puis, sans paraître déployer le moindre effort, il retourna Léon Mallet sur le ventre afin que le sang ne l'étouffât pas en coulant dans sa gorge et le laissa finalement aux soins éplorés de sa femme.

Les autres pèlerins avaient suivi la scène avec un intérêt évident et Hughes ne put s'empêcher de rire.

– Je ne vous savais pas si rude compagnon, frère étranger. Vous avez retourné ce bonhomme aussi facilement que s'il était un sac de blé. Et on dirait aussi que vous savez vous servir de vos poings.

– Oh, tous savoir chez nous, fit Bran modestement. Et je ne sais pas être très fort. Ma vénérée père être l'homme qui peut porter une sanglier sous chacun des bras.

– Je ne suis pas sûr que le frère n'en serait pas capable, dit Ausbert Ancelin. Il fallait le voir durant la bataille contre les routiers ! Il avait empoigné une grosse branche et frappait à tour de bras sur l'ennemi. Ça tombait autour de lui comme mouches en automne.

– Mais puisque vous êtes si vaillant combattant, pourquoi donc être devenu moine ? demanda Marjolaine à son tour.

Bran Maelduin rougit comme cela lui arrivait chaque fois que la jeune femme lui adressait la parole et baissa les yeux.

— Oh, parce que ma vénéré père juger je être de la fragile constitution et tout juste bon à chanter cantiques. Et puis, ajouta-t-il avec un rayonnant sourire qu'il distribua généreusement à tous, je aimer avec tout le cœur le Seigneur Dieu !

Et, sur ce, le petit moine s'en alla sous un arbre pour y prier dévotement ce Dieu qu'il aimait tant.

Machinalement, Hughes le suivit de loin. Cet homme plein de certitudes parce qu'il savait s'ouvrir tout naturellement aux ordres du destin l'attirait. Tout était simple pour Bran Maelduin. Il lui suffisait de s'en remettre à la volonté de Dieu en s'abstenant soigneusement d'y mêler si peu que ce soit de ses propres désirs. Mais peut-être venait-il, après tout, d'une autre planète, d'un monde enchanté où êtres, choses, plantes et animaux communiquaient quotidiennement avec la divinité et les esprits étrangers, impalpables, bienveillants ou malveillants suivant les cas, qui gravitent inlassablement entre terre et ciel. Ainsi l'Irlandais, membre hautement déclaré de l'Église, trouvait-il tout naturel de se déclarer aussi hautement descendant et héritier de ces anciens druides qui, jadis, vénéraient le soleil, la lune, les astres, les grands chênes et toutes les forces cosmiques dont s'agite la Nature. Tout ce qui, pour le cerveau de Fresnoy fleurait quelque peu l'idolâtrie et qui, pour cet être venu d'ailleurs, semblait entièrement naturel.

L'étrange mission dont Odon de Lusigny avait chargé Fresnoy n'étonnait pas Bran Maelduin. Et pas davantage le fait qu'un simple charpentier, comme Bénigne, s'en allât en compagnie d'un noble cadavre et d'un coffret d'or fonder un port, construire des navires pour une destination parfaitement insensée dont, selon toutes probabilités, il ne reviendrait pas.

Chacun savait bien, en effet, que l'immense mer occidentale n'avait d'autre fin que le gouffre insondable de l'infini.

La veille au soir, dans les salles désertes du prieuré de Saint-Mandé, tandis que les pèlerins rescapés du coupe-gorge, exténués et meurtris, s'efforçaient de retrouver, dans le sommeil, un peu de force pour continuer leur route, Hughes avait longuement parlé avec le charpentier et le petit moine pour essayer au moins de comprendre quelque chose à ce qui lui arrivait.

Il y avait surtout ces gens qu'il devait rencontrer, ces descendants d'un grand peuple englouti par la mer et supposés détenteurs de secrets si précieux que l'on pouvait sacrifier allègrement des vies humaines pour se les approprier. Mais, à toutes ses questions, Bénigne avait répondu avec cette foi tranquille qui défie les doutes les mieux ancrés. Il répétait toujours la même chose : en Orient, le grand maître du Temple avait découvert des traces, des écrits de ce peuple mystérieux, le Grand Maître savait pour tous, le Grand Maître ordonnait à tous. En conséquence de quoi sa volonté, qui ne pouvait être que celle de Dieu lui-même, devait être accomplie.

Et Bran Maelduin renchérissait sur ces rêves fantastiques. Comme Bénigne, ce reflet du Grand Maître, il croyait qu'au-delà de la Grande Mer existaient d'autres terres, d'autres hommes. Il parlait d'un certain Brendan, saint homme de son pays qui, parti sur les flots à la recherche du paradis, s'en était revenu pour décrire les merveilles d'une île fabuleuse découverte après des jours et des jours de navigation.

— Mes deux saints patrons, Maelduin et surtout Bran, fils de Fébal, avoir passé deux mois dans la Terre des Fées, une île couverte de pommiers d'or. La doute ne pouvoir exister. Je peux être aller avec toi quand ta première bateau fini ? ajouta le moine avec un sourire plein d'espoir auquel répondit celui de Bénigne.

— Il y aura toujours place sur nos bateaux pour un homme de Dieu tel que toi, frère moine, dit-il doucement.

Hughes finit par renoncer. Ces gens semblaient sûrs de leur fait et, après tout, s'ils tenaient à prendre des légendes pour argent comptant, c'était leur affaire. Mais lui n'était aucunement convaincu et Marjolaine qui, lovée au creux de la paille où elle était censée dormir, avait écouté attentivement la conversation des trois hommes, ne put s'empêcher de sourire : c'étaient là, en effet, choses bien étranges pour l'entendement d'un baron habitué à n'entendre parler que de chasses, tournois, guerres et filles à trousser. Aussi quand, entamant sa dernière ronde, Hughes passa auprès d'elle, elle lui dit :

— Vous n'y croyez pas, n'est-ce pas, sire Hughes, à ces terres merveilleuses, à ces îles lointaines où le soleil brille tous les jours ?

Il s'arrêta, la regarda, si frêle et si touchante dans son creux de paille avec cet éternel voile blanc qui ne laissait voir que son regard envoûtant. A cet instant, l'envie de la prendre dans ses bras lui fut si violente qu'il dut faire un énorme effort pour n'y pas succomber. Il se contenta de mettre genou en terre devant elle, non par révérence, mais tout simplement pour être plus à sa hauteur.

— Vous y croyez, vous ?

— Bien sûr. Pourquoi n'y croirais-je pas ? Je ne sais rien ou si peu sur le monde qui nous entoure, sinon qu'il n'est pas bien beau quand on y regarde de près en dépit de toutes ces belles églises que l'on y bâtit.

Il renferme tant de misère, tant de souffrance, tant de violence. Alors imaginer qu'il existe quelque part une terre où les fleurs durent toute l'année, où il n'y a pas d'hiver, pas de boue, pas de neige et où le soleil est plein de générosité, des terres qui ressemblent au paradis, cela fait du bien d'y croire.

– Vous n'aimez pas le monde où nous vivons ?

– Pourquoi l'aimerais-je ? Il ne m'a guère donné de raisons pour cela. La maison de mon père était pauvre et la vie y était rude, pourtant je regrette la maison de mon père. Je l'ai regrettée dès le jour où je l'ai quittée pour la riche maison de mon époux car aucune joie ne m'y attendait. Et je ne suis pas la seule. Il y a trop de différences entre les êtres, trop d'injustice surtout. Regardez ce pauvre Ausbert Ancelin condamné sans la moindre preuve à si dure pénitence.

Encore Ancelin ! Du coup, Hughes se releva, trouvant un plaisir pervers à dominer la jeune femme de toute sa haute taille.

– Votre exemple est mal choisi, dit-il sèchement. Ancelin a eu de la chance : il aurait pu être pendu. C'est déjà bien qu'on lui ait accordé le bénéfice du doute.

Marjolaine sentit le changement de ton, mais n'en comprit pas la raison, l'attribuant seulement au fait qu'en attirant l'attention d'un si haut baron sur le sort d'un simple tonnelier, elle avait dû froisser son orgueil de caste. Elle avait oublié, à le voir si simple et si prévenant, que Fresnoy n'était pas, ne pouvait pas être un pèlerin comme les autres. Elle lui sourit avec contrition, ce qui n'en fit pas moins briller ses prunelles turquoise.

– Vous avez raison : cela aurait pu être bien pire. Irréparable ! Voilà pourquoi je dis que notre monde n'est pas aussi beau qu'il en a l'air et qu'il est doux de rêver d'un autre ailleurs.

Mécontent, Hughes préféra rompre les chiens.

– D'où vient que votre servante n'est pas auprès de vous ?

– Je ne sais pas. Elle a dû vouloir respirer un peu l'air du soir. La fin de cette journée si cruelle nous a apporté un peu de douceur. Et je ne souffre presque pas de mon épaule.

Hughes imaginait sans peine où se trouvait Aveline. Avec Bertrand, introuvable lui aussi, bien sûr. Il avait bien de la chance, celui-là, ses amours ne rencontraient pas de problèmes. Il était garçon, la petite était fille et, à condition qu'il sût éviter de désagréables conséquences, il pouvait fleureter avec sa belle sans que personne y trouvât à redire. Tout le monde n'avait pas sa chance et le baron Hughes, soudain mécontent de tout, de tous, et plus encore de lui-même pour s'être laissé embarquer dans cette histoire de fous, s'en était allé rejoindre son coin de grange pour y prendre au moins la part de sommeil dont il avait si grand besoin. Mais quand Bertrand, un peu confus, le rejoignit environ une heure plus tard, il n'avait pas encore réussi à fermer l'œil.

– Alors, grogna-t-il, ça va les amours ?

Bertrand baissa le nez sans parvenir à dissimuler un sourire ravi.

– Je crois que oui. Est-ce que cela vous ennuie, seigneur Hughes ? Pardonnez-moi ce retard, je n'ai pas senti passer le temps.

– Le contraire m'étonnerait. Ne t'excuse pas : la petite est charmante. Mais ne fais pas de bêtises. Je n'aimerais pas contrarier dame Marjolaine à qui elle appartient. En outre, tu es de bon lignage et ce n'est qu'une petite servante. Ton père ne serait sûrement pas d'accord pour un mariage.

– Oh, je sais, soupira Bertrand toute joie soudain envolée. Cela me tourmente assez car Aveline me plaît de plus en plus et j'ai grand-peur d'être en train de me mettre à l'aimer.

Il semblait si malheureux tout à coup qu'Hughes se reprocha d'avoir contrarié son bonheur. C'était la toute première fois que le garçon, si secret habituellement, se laissait aller à entrouvrir son cœur. La chose devait être grave.

– Que feras-tu si cela arrive ? Je veux dire, si tu l'aimes vraiment ?

– Je ne sais pas. Je me dis parfois que l'aventure où nous sommes engagés apportera sans doute une solution. Tout ce qui nous arrive depuis Tours est si étonnant. Monseigneur saint Jacques daignera peut-être nous aider, lui qui fait de si beaux miracles. Et puis il y a toujours la possibilité de laisser nos os dans ce voyage si mal parti. Alors pourquoi se soucier de demain si aujourd'hui sourit ? Demain ne viendra peut-être jamais.

Cette fois, Hughes regarda son écuyer avec admiration. Il aimait cette philosophie et l'eût volontiers faite sienne. Le malheur voulait seulement qu'à lui-même l'amour ne sourît guère. Il devait conduire jusqu'au bout de la terre une femme qui se proclamait éprise d'un autre tout en veillant soigneusement sur cet autre. Il devait en outre accomplir une mission mystérieuse confiée par un homme qu'il ne connaissait pas et pour une cause qui ne l'intéressait pas. En vérité, à certains instants comme celui-là, il se demandait si la vie avait un sens.

Il allait se le demander plus souvent qu'à son tour dans les jours qui suivirent, tandis qu'il menait par plaines et par vaux sa troupe psalmodiante ou geignante suivant les circonstances, mais le plus souvent de mauvaise humeur. Le tout par un temps exécrable qui n'incitait guère à chanter des cantiques.

Car, décidément, les esprits célestes semblaient en vouloir à cette malheureuse troupe de pèlerins et s'ingénier à compliquer la tâche à son chef. Chaque matin, le départ s'effectuait sous des averses rageuses qui obligeaient à cheminer tout le jour dans des vêtements déjà humides pour n'avoir pas eu le temps de sécher pendant la nuit et qui arrivaient trempés à l'étape.

Aussi, lorsque l'on fut à Bordeaux, après avoir traversé la Gironde en bateau depuis Blaye, Hughes décida-t-il que l'on resterait trois jours dans l'hospice tout neuf, fondé par le duc Guillaume X d'Aquitaine, père de la reine Aliénor, pour les pèlerins de Saint-Jacques.

Cet arrêt s'imposait. Beaucoup de pèlerins avaient pris froid. Certains, comme Agnès de Chelles, toussaient et mouchaient à longueur de journée. D'autres – et Léon Mallet était de ceux-là – avaient senti se réveiller de vieux rhumatismes et Bran Maelduin ne suffisait plus à la tâche. D'autant que les réserves de son sac à remèdes n'étaient pas inépuisables et que le vilain temps ne lui avait guère permis de se livrer à la recherche des bonnes herbes qui doivent être cueillies par temps sec sous peine de pourrir. Il réussit néanmoins à soulager notablement ses rhumatisants par des applications de feuilles de chou et en fit, en quelques heures, une consommation qui stupéfia l'économe de l'hospice. Quant à ses enrhumés, il les bourra d'ail écrasé au point d'incommoder toute la communauté. Pour éviter les plaintes, il dépouilla de ses feuilles vernies un mur couvert de lierre et en fit des tisanes amères et peu agréables mais d'une odeur supportable et qui firent merveille.

Pour sa part, Marjolaine ne souffrait de rien, sinon d'une sorte de vague à l'âme depuis qu'à Blaye on lui avait montré le tombeau de la belle Aude, la douce fiancée du paladin Roland, morte de douleur en apprenant la nouvelle de sa mort sous les coups des Sarrasins à Roncevaux. Aude reposait sous une belle pierre gravée entre son frère Olivier, le preux compagnon de Roland, et celui qu'elle avait aimé plus que la vie. Et Marjolaine avait rêvé longuement sur cette nouvelle preuve de la puissance d'un grand amour, de cet amour qu'à présent elle commençait à souhaiter connaître tout en le redoutant. Instinctivement, en quittant le tombeau, elle avait cherché le regard d'Hughes de Fresnoy. Mais le jeune baron ne s'intéressait pas aux amours de légende : appuyé contre un mur du porche de l'église, il causait avec Bertrand en attendant que sa troupe eût fini de visiter. Quand elle passa devant lui, il ne leva même pas les yeux et la laissa descendre jusqu'à l'embarcadère en la seule compagnie de Colin et d'Aveline.

D'ailleurs, depuis la halte de Saint-Mandé, il ne s'occupait pratiquement plus d'elle. Il la saluait le matin, la saluait de nouveau le soir en lui souhaitant la bonne nuit mais plus jamais la jeune femme ne sentait sur elle le poids irritant et doux de son regard. Hughes semblait avoir totalement oublié qu'il lui avait, un soir, parlé d'amour.

Marjolaine en avait éprouvé d'abord un peu de déception, puis cela lui avait été, du côté du cœur, comme un petit pincement assez désagréable qui n'était pas encore du chagrin mais qui, peut-être, en était le signe avant-coureur. Alors, elle se réfugia dans la prière et s'efforça de ne plus tourner les yeux vers lui.

A Bordeaux, laissant Colin, dont le nez et les yeux pleuraient sous les attaques d'un rhume sévère, subir les thérapeutiques odorantes du moine irlandais,

Aveline continua à son aise le rêve éveillé dont Bertrand était la cause et qui lui donnait l'air d'une somnambule. La jeune femme, flanquée de Modestine, s'en allait vénérer le corps du saint local, Seurin, qui reposait dans l'église d'une vaste abbaye bénédictine. On lui montra le bâton de saint Martial et l'olifant de ce Roland dont l'histoire d'amour l'avait si fort émue à Blaye, ce qui réveilla sa mélancolie.

Contrairement à elle, Modestine était gaie, heureuse d'échapper pour un moment aux plaintes de son époux plié en deux par ses douleurs. Elle bavardait sans arrêt, ce qui distrayait un peu Marjolaine, mais lui faisait regretter tout de même la présence de Pernette qui comptait, elle, au nombre des enrhumés.

La compagnie de la petite épouse de Pierre était en effet devenue chère à Marjolaine. Elle aimait à l'interroger sur son amour et prenait plaisir à l'entendre raconter comment elle avait connu Pierre et comment elle l'avait aimé. Pernette ne se faisait jamais prier car ces confidences lui rendaient moins cruelle la séparation en la rapprochant de celui qu'elle aimait tant.

En quittant l'église, les deux femmes, profitant de l'un des rares rayons de soleil de ce printemps pourri, s'arrêtèrent dans le vieux cimetière et s'assirent sur les pierres écroulées d'une ancienne tombe abandonnée. Marjolaine se sentait lasse mais, en vérité, elle l'était surtout de l'incessant bavardage de sa compagne sans savoir comment y mettre fin.

— J'aime cet endroit, fit-elle à tout hasard. Restons là un instant pour écouter les oiseaux.

— C'est une jolie idée.

Il y eut un instant de bienheureux silence qui ne dura guère. Bientôt, Modestine reprenait la parole. Dans les meilleures intentions du monde, il est vrai.

— Je vous trouve un peu pâle, dame Marjolaine, dit-elle, vous sentez-vous bien ?

– Mais oui. Peut-être est-ce un peu de fatigue. Ces derniers jours ont été rudes.

– Pourtant, vous n'avez pas été malade sur le bateau, vous ? envia la mercière qui avait pensé mourir durant la courte traversée. Mais je crois que vous ne mangez pas suffisamment. Le plus souvent vous donnez une part de votre nourriture aux autres. C'est bien, mais c'est une erreur quand on accomplit d'aussi longues marches.

– J'ai une mule à ma disposition, alors que les autres vont à pied. Et puis j'ai bonne santé.

– Peut-être, mais il faut tout de même prendre garde. Tenez, pour me faire plaisir vous allez faire collation avec moi. Ce matin, j'ai acheté quelques gâteaux à l'anis. Prenez-en un.

Elle avait ouvert son aumônière et en tirait, bien « pliés » dans un mouchoir blanc, deux gâteaux ronds qui embaumaient l'anis et en offrit un que Marjolaine prit par crainte de la désobliger.

– Je n'ai pas très faim, dit-elle en souriant. Avec votre permission, je le mangerai plus tard.

– Oh, vous n'allez pas me laisser manger seule ? fit l'autre en mordant à pleines dents la croûte dorée de son gâteau.

– Moi je vous tiendrais volontiers compagnie ! s'écria une voix joyeuse. Et la tête de Nicolas Troussel apparut au-dessus d'un buisson de buis auquel s'adossait la tombe en ruine. Je meurs toujours de faim.

– C'est que je n'ai que deux gâteaux.

– En ce cas, prenez le mien, ami Nicolas, dit Marjolaine. Je n'ai vraiment pas faim et ainsi dame Modestine aura compagnie.

– Oh ! Ce ne sera pas la même chose, fit la mercière, la mine chagrinée.

Nicolas à son tour mordait avec appétit dans la pâtisserie odorante. Ce spectacle, apparemment, ne plut guère à Modestine car, se levant brusquement, elle secoua les miettes qui demeuraient sur sa robe.

— Si vous êtes reposée, dame Marjolaine, nous pourrions rentrer à l'hospice. Je suis en peine de mon époux et ne souhaite pas le laisser trop longtemps tout seul.

— Comme vous voudrez. Rentrons donc. Vous venez, Nicolas ?

— Ma foi, volontiers. J'ai tout vu et l'heure du souper approche !

Comme on arrivait aux abords de l'hospice, Modestine s'aggripa tout à coup au bras de Marjolaine et se courba en deux, haletant comme une bête malade.

— Faites excuses, je... je ne me sens pas bien... Oh ! mon Dieu, que m'arrive-t-il ?

— Qu'y a-t-il, dame Modestine ? Vous êtes malade ?

La regardant, Marjolaine la trouva plus pâle que d'habitude. Son nez se pinçait et elle gémissait en se tenant le ventre.

— On... on dirait du feu ! Oh, j'ai mal... j'ai mal.

Inquiète, Marjolaine la fit asseoir sur le banc de pierre qui se trouvait sous le porche.

— Restez là, je vais chercher du secours ! Veillez sur elle, Nicolas, ajouta-t-elle comme Modestine se mettait à vomir.

Elle s'engouffra dans l'hospice, ameuta un moine et une dame hospitalière sur son passage, et se rua à la recherche de Bran Maelduin qu'elle trouva en oraisons à la chapelle.

— Venez vite, frère Bran ! Il y a une malade.

Il y en avait même deux car, lorsque le petit moine et Marjolaine débouchèrent du porche, ils trouvèrent Modestine étalée sur le banc aux mains de la dame hospitalière et le bénédictin agenouillé auprès de Nicolas qui se tordait de douleur sur le sol.

– Mon Dieu, dit Marjolaine. Ces gâteaux à l'anis devaient être mauvais.

– Quels gâteaux ? Gâteaux à l'anis ? dit Bran Maelduin.

Elle raconta comment Modestine avait acheté deux gâteaux au marché, comment elle lui en avait offert un et comment Nicolas avait mangé celui qui lui était destiné, tandis que la mercière mangeait le sien.

– De la lait ! clama l'Irlandais, beaucoup de la lait ! Vite, mon sœur, de la lait ! Eux être sûrement empoisonnés !

Tandis que la dame hospitalière courait à la cuisine, on emportait les malades et, soudain, Marjolaine se trouva en face d'Hughes qui arrivait, attiré par le bruit. Il demanda naturellement ce qui s'était passé et Marjolaine dut refaire son récit qu'il écouta, sourcils froncés.

– Où cette Modestine a-t-elle acheté ses gâteaux ? demanda-t-il.

– Je n'en sais rien. Sans doute ce matin quand nous avons fait un tour au marché. Elle m'a dit les avoir achetés à un talmelier, mais lequel ? Elle est comme nous tous, elle ne connaît personne ici. Comment voulez-vous que nous le retrouvions ? A moins qu'elle ne sache exactement où se trouvait son échoppe.

Hughes ne répondit pas. Il réfléchissait. Cette histoire ne lui plaisait pas et moins encore le fait que Marjolaine aurait dû manger ledit gâteau. Et puis il y avait autre chose : c'était la seconde fois que la jeune veuve frôlait un danger mortel en compagnie de la mercière.

– Qu'y a-t-il, sire Hughes ? demanda la jeune femme inquiète d'une si sombre mine. Pourquoi cet air farouche ? Ce n'est qu'un accident et j'espère sincèrement que ces deux malheureux vont guérir rapidement.

– Je l'espère aussi. Allons voir où ils en sont.

Modestine, qui avait beaucoup vomi et avalé ensuite un grand bol de lait, semblait en assez bon état. Étendue sur son lit, les yeux clos, elle s'efforça, d'une voix ténue, de répondre aux questions d'Hughes. Oui, elle avait acheté ces gâteaux au marché et même elle en avait mangé deux dès le matin. Non, elle ne se souvenait pas à qui. Ils étaient sur un éventaire. Prié doucement par la dame hospitalière de laisser la malade reposer, Hughes s'en alla chez les hommes.

Bien plus inquiétant était l'état de Nicolas. Bran Maelduin l'avait fait vomir en lui fourrant un doigt dans la gorge, puis, après l'avoir emballé de couvertures et cloisonné de pierres chaudes, il s'était mis en devoir de lui faire avaler le contenu d'un énorme pot de lait dont le pauvre garçon rejetait d'ailleurs les trois quarts. Mais, apparemment, le quart qui restait faisait son œuvre bienfaisante. Petit à petit, les spasmes douloureux parurent s'espacer et, après deux heures de lutte, cessèrent complètement. Épuisé, les traits plombés et les yeux creux, Nicolas finit par s'endormir.

– Qu'en pensez-vous ? demanda Hughes à Bran Maelduin presque aussi exténué que son malade et qui commençait à remettre de l'ordre dans l'infirmerie avec l'aide d'un frère convers.

Le petit moine haussa les épaules avec lassitude et repoussa du bras ses mèches couleur de paille que la sueur trempait.

– Dieu savoir ! Si la pauvre garçon encore vivant demain, être sauvé peut-être. De toute façon, pas pouvoir repartir. Je rester avec lui.

– Pas question de vous laisser en arrière, mon frère. Vous nous êtes trop précieux. Nous attendrons.

– Pour cette nuit, dit Marjolaine, je le veillerai.

Les larmes aux yeux elle avait assisté, avec ceux des pèlerins qui étaient en bonne santé, à l'épuisant combat mené par le petit moine. Mais tout de suite Hughes s'insurgea :

– Il n'en est pas question ! Ce n'est pas la place d'une femme.

– De n'importe quelle autre femme, peut-être. Mais si Nicolas n'avait pas mangé, à ma place justement, ce maudit gâteau, c'est moi qui serais actuellement dans ce lit et peut-être en train de mourir.

« Non, pensa Hughes sombrement, tu ne serais pas à sa place, ma douce, car tu es moins vigoureuse que lui. Tu n'aurais sans doute pas eu la force de rentrer à l'hospice et tu serais couchée dans quelque rue avec cette pauvre idiote, cause de tout le mal. »

Cette idée de la voir morte lui causa une douleur si insupportable qu'il s'en étonna. N'ayant jamais rencontré la passion, il n'en connaissait pas la terrible puissance et il s'en effraya, comme un enfant s'affole au seuil de ténèbres profondes. Pourtant il sentait qu'à présent la vie sans Marjolaine ne serait plus que cela : d'insondables ténèbres. Il lui fallait la préserver de tout mal. Aussi ne pouvait-il être question de la laisser veiller et il le lui fit entendre fermement.

– Vous allez dormir. Nous nous relaierons, Bertrand et moi, pour veiller Nicolas.

– Pourquoi pas moi ? protesta Ausbert Ancelin. Vous ne me demandez jamais mon aide, alors que je vous dois tant.

C'était vrai. Hughes évitait aussi soigneusement que possible la compagnie de l'obstiné pénitent qui avait la chance inouïe de posséder la sollicitude et peut-être même l'amour de Marjolaine.

– N'avez-vous pas assez à faire avec ce Fulgence que vous vous obstinez à traîner avec nous, alors que vous pourriez le laisser dans n'importe quel couvent ?

Cela aussi c'était vrai. Ancelin s'était fait le guide, l'ange tutélaire de celui qui avait été son geôlier et même son bourreau avant qu'il ne perdît la raison. La sagesse eût voulu que l'on confiât Fulgence à quelque monastère de son ordre, au moins en attendant de le reprendre au retour. Mais Ausbert s'y était toujours farouchement opposé, présentant des arguments qui, d'ailleurs, n'étaient pas sans valeur.

– D'ordre de son abbé, il doit aller à Compostelle avec moi. C'est son devoir. Et puis, peut-être qu'au tombeau de l'apôtre il retrouvera la raison.

On avait beau lui dire que si Fulgence recouvrait la raison, il récupérerait du même coup son caractère acariâtre, alors que la folie le rendait doux, bénin et aussi gai qu'un pinson au printemps. En dépit du mauvais temps et des difficultés de la route il y avait toujours quelqu'un qui chantait dans la troupe des pèlerins. Il est vrai que ses chansons n'étaient pas toujours des chefs-d'œuvre de piété, mais il chantait et c'était le principal.

– Vous savez pourquoi je souhaite l'emmener, reprit gravement Ancelin. Il est le témoin de ma pénitence accomplie. Et comme en ce moment il dort, je ne vois pas pourquoi je ne veillerais pas au moins le tiers de la nuit. Vous aussi avez besoin de repos, messire Hughes.

Le baron capitula.

– Soit. Prenez la première veille. Je viendrai à minuit. Prenez seulement soin de bien faire ce qu'ordonnera notre frère Bran.

Revenant à Marjolaine, Hughes lui offrit la main pour la reconduire chez elle. Il sentit les doigts de la

338

jeune femme trembler dans les siens, mais se méprit sur la cause de son émotion.

– Ne soyez pas en peine, douce dame, fit-il du ton tendre de la consolation, je crois sincèrement que le plus fort du danger est passé puisque le garçon s'est endormi. Il est de belle constitution, il s'en tirera.

Les yeux baissés, Marjolaine regardait leurs deux mains unies. C'était la première fois que le baron la traitait comme l'une de ses égales et lui offrait son appui pour la mener quelque part. Et puis la nuance tendre de ces deux petits mots, « douce dame », qu'il employait pour la première fois, lui avait aussi fait chaud au cœur. Brusquement, elle eut envie de lui dire là, sans autre préambule, qu'elle lui avait menti au soir de Sainte-Catherine-de-Fierbois, qu'elle n'avait jamais eu pour Ausbert Ancelin d'autre sentiment qu'une profonde pitié doublée de remords car elle aurait dû normalement, sachant la vérité sur la mort de son époux, accepter le martyre, plutôt que le laisser subir ce calvaire. Elle eut envie de dire qu'elle l'aimait, lui, Hughes de Fresnoy, d'un amour qui ne la quitterait qu'avec la vie et, s'il avait tourné son regard vers elle à cet instant, surtout avec cette expression d'ardente prière qu'elle y avait lue naguère, elle eût été incapable de résister. Mais il marchait calmement, regardant devant lui la perspective du large couloir qu'ils suivaient, et sa main à lui ne tremblait pas. Par contre, il semblait soucieux.

Arrivé à destination, il retint un instant encore la main de sa compagne.

– Êtes-vous en grande amitié avec cette Modestine Mallet ? demanda-t-il.

– Amitié n'est pas le mot juste et je me le reproche car elle a plaisir, je crois, à ma compagnie. Je m'efforce de lui rendre cette amitié mais...

– Mais vous n'y parvenez guère. Ne vous forcez pas, dame Marjolaine. Et même j'aimerais que vous vous teniez le plus possible à l'écart.

Elle le regarda avec surprise.

– Pourquoi donc ? Cette pauvre femme a acheté des gâteaux dans la meilleure intention et ce n'est pas sa faute s'ils se sont révélés faits de mauvaise farine. Vous avez vu comme elle était malade.

– Malade, oui, sans doute. Beaucoup moins que Nicolas pourtant.

– Parce qu'elle a eu la chance de vomir très vite.

– Un peu trop vite, justement. Écoutez-moi, Marjolaine ne la fréquentez pas trop. C'est la deuxième fois qu'il vous arrive quelque chose en sa compagnie. Je n'aime pas ces coïncidences.

Il allait s'éloigner quand il se ravisa.

– Au fait, sauriez-vous me dire où elle se trouvait quand vous avez été blessée durant la bataille ?

Cette fois, Marjolaine éclata de rire.

– Vous ne la soupçonnez tout de même pas de m'avoir poignardée ? Elle n'en aurait jamais eu la force, la pauvre.

– Il n'y faut pas tant de force, surtout pour manquer son coup. Mais répondez-moi, où était-elle ?

– Ma foi, je n'en sais rien. Messire de Lusigny nous avait fait mettre, nous les femmes, au centre du cercle que formaient autour de nous ceux qui pouvaient combattre et je ne me souviens pas du tout d'avoir vu Modestine. Elle devait être assez loin de moi, sans doute, occupée de son mari qui souffrait beaucoup de ses dents.

« Ou bien derrière toi, pensa Hughes, ce qui est encore la meilleure position pour frapper quelqu'un sans en être vue. » Mais il ne voulut pas affoler complètement la jeune femme.

– Oubliez cela, dit-il gentiment. Il se peut que je me trompe. Mais tout de même, fréquentez moins cette femme. Ne fût-ce que pour me faire plaisir.

– J'essaierai, dit Marjolaine.

Nicolas Troussel ne mourut pas. Après quatre jours de repos au lit et de saine nourriture il retrouva toute sa belle humeur et Hughes put envisager de reprendre la route, avec d'ailleurs des effectifs remontés car la dame danoise laissée à Poitiers les avait rejoints. Sa joie fut de courte durée car à peine fut-on à Belin, à quelque dix lieues au sud de Bordeaux sur la grande voie romaine qui menait droit aux Pyrénées, que la Danoise décidait de s'arrêter de nouveau afin de rendre un hommage prolongé au tombeau de son compatriote, Ogier le Danois, de légendaire mémoire, qui s'était illustré si glorieusement au temps du puissant Charlemagne. Ses os reposaient à présent dans une chapelle en compagnie de défunts tout aussi célèbres que lui, ses compagnons d'aventures : Arastain de Bretagne, Garin le Lorrain, Gondebaud roi de Frise, et bien d'autres pairs de Charlemagne qui, après avoir vaincu les armées païennes, furent massacrés en Espagne pour la foi du Christ. La comtesse Dagmar se prétendant, en outre, descendante d'au moins deux de ces preux, le Danois et le Frison, il fut impossible à Hughes, en dépit de l'impression qu'il lui fit, de la décider à abréger ses dévotions au culte des ancêtres.

– Juste une petite semaine, plaida son interprète, il faut au moins cela. Songez, seigneur, que la comtesse ne reviendra pas de sitôt en terre franque.

– Nous n'avons déjà perdu que trop de temps, rétorqua Hughes, et nous n'avons, nous autres pèlerins, aucune raison de chanter oraison pendant une semaine à des étrangers, même des compagnons de Charles le Grand. Je vous rappelle que nous allons à Compostelle !

Et l'on repartit, à la secrète satisfaction de Marjolaine, qui n'avait pas beaucoup aimé le regard caressant dont la Danoise avait enveloppé Hughes en le découvrant installé aux lieues et places d'Odon de Lusigny. Il fallait que sa piété filiale fût bien forte pour la décider à demeurer en arrière, car son refus de l'attendre, en dépit de la force armée qu'elle représentait, l'avait visiblement déçue. Or, ledit regard caressant avait occupé des yeux d'un bleu de lin, beaucoup trop grands et beaucoup trop bleus pour la tranquillité de Marjolaine. Et ce fut avec un vif sentiment de délivrance qu'elle s'engagea avec les autres sur le chemin qui traversait les Landes.

Ce n'était pourtant pas, et de loin, un chemin agréable. La voie romaine piquait droit à travers un pays désolé, une plaine sablonneuse où les villages étaient rares. On n'y trouvait ni viande, ni poisson, ni vin. L'eau de source y était presque inconnue et, pour la première fois, les pèlerins bénirent le mauvais temps qui au moins, leur permit de boire et leur évita d'être harcelés par les taons qui abondaient dans ces landes dès le début de l'été comme le leur expliqua le moine qui accepta de servir de guide jusqu'à Ostabat.

En outre, durant les trois jours de la traversée de l'inhospitalière contrée, tout le monde dut faire la route à pied, ceux qui possédaient des montures devant les tenir en bride afin de ne pas ajouter à leur poids. Cette terre était faite de sables marins qui semblaient vouloir la dévorer tout entière et il n'était pas rare que l'on enfonçât jusqu'au genou. Un guide était indispensable pour éviter, aux abords de la mer, les sables mouvants qui, en quelques secondes, pouvaient engloutir sans espoir de les revoir jamais un homme ou même un cheval.

Tout ce chemin, Marjolaine l'accomplit encadrée de Pernette et d'Aveline avec Colin sur ses talons. Le jeune homme auquel Hughes de Fresnoy avait fait de sévères recommandations ne la quittait plus d'une semelle et il ne consentait à la laisser échapper à sa vue, ne fût-ce que pour les besoins les plus naturels, que dûment escortée par ses deux compagnes. Ils firent tant et si bien que Modestine ne réussit pas à échanger plus de trois paroles avec la jeune femme. Encore ne fut-ce pas sans témoins.

— Je suis sûr que sa vie est en danger, avait dit Hughes à Colin. S'il lui arrive la moindre des choses durant le reste du voyage, je te tuerai de ma main.

— Vous n'aurez pas à vous donner cette peine, riposta le jeune valet non sans insolence, je le ferai bien tout seul.

Ce fut donc avec un vif soulagement qu'on atteignit les agréables terres gasconnes où l'abstinence prit fin grâce à un excellent vin rouge et à de la nourriture fraîche. On trouva du pain blanc, de la volaille, du miel, du millet, des fruits, des jambons et d'excellents poissons, dont on se régala grâce à la générosité des pèlerins les plus riches que les dangers vécus en commun incitèrent à une plus juste compréhension de la fraternité et qui payèrent pour les plus pauvres. Tous les courages se trouvèrent renouvelés par cet excellent repas, en dépit du temps qui s'obstinait à demeurer détestable.

C'est ainsi que l'on arriva, vers la fin d'un jour aussi gris que les autres, sur la rive d'une rivière qu'on leur dit s'appeler gave.

Ce n'était pas une rivière très large, mais elle était grosse de tout ce vilain temps qui s'était abattu comme une calamité sur tout le pays. Ses eaux roulaient, jaunâtres et tumultueuses, entre des berges verdoyantes et aussi entre les piles encore visibles d'un antique pont romain que personne, apparemment, n'avait eu le courage de reconstruire. Par contre, une grosse corde attachée à d'énormes troncs de châtaigniers reliait les deux rives.

– Si c'est tout ce qu'il y a pour passer, dit Ausbert, cela ne va pas être facile.

– Je vais interroger ces gens, dit Hughes en désignant deux hommes maigres, noirs et déguenillés qui, assis sous un arbre, regardaient couler la rivière aussi tranquillement que s'il eut fait soleil.

– Ils n'ont pas trop bonne mine, dit Colin.

Bertrand haussa les épaules.

– Ils ne sont que deux et nous sommes une troupe suffisante. Espérons seulement qu'ils parlent un langage de chrétiens.

Depuis Bordeaux, en effet, on avait quelques difficultés à se faire comprendre. Mais ces deux-là devaient être habitués à voir passer du monde car ils répondirent fort clairement à la question d'Hughes. Bien sûr, il y avait un moyen de passer cette eau. Cela se faisait habituellement en barque, la corde n'étant là que pour la maintenir en ligne à cause de la crue.

– Je ne vois pas de barque, dit Hughes.

– On ne la laisse pas voir, dit l'un des hommes. Sans ça, on nous la volerait. On ira la chercher si on fait affaire.

– Affaire ? Qu'est-ce que ça veut dire ?

– Qu'il fait bien mauvais temps, qu'il n'y a qu'une barque et qu'il va falloir faire plusieurs voyages pour passer tout ce monde. Ça vous coûtera une pièce de monnaie par personne et quatre par cheval.

– Voleur !

Indigné, Bertrand allait sauter à la gorge du bonhomme, mais Hughes le retint.

– Tu es trop gourmand, l'ami ! Nous ne sommes
que des pèlerins en route pour Compostelle.

– Ça se peut. Vous, en tout cas, vous ne ressem-
blez guère à un pèlerin. Vous auriez plutôt l'air d'un
seigneur.

– Ce que je suis ne te regarde pas. Veux-tu, oui ou
non, aller chercher ta barque ?

– C'est selon ! Voulez-vous oui ou non payer ?

– Et si je t'étripais, siffla Fresnoy entre ses dents,
tout en posant la main sur la garde de son épée.

– Ça ne vous donnerait pas pour autant le moyen
de passer l'eau.

– Ton compagnon serait peut-être plus conciliant ?

– Ça m'étonnerait. C'est mon frère, mais il est sourd
et muet. Le seigneur d'Aspremont le trouvait trop
bavard, il lui a coupé la langue et, pendant qu'il y
était, il lui a aussi coupé les oreilles. Alors vous traitez
avec moi ou pas du tout. Maintenant, ajouta-t-il en se
relevant et en secouant ses guenilles où s'attachaient
des brins d'herbe, si le cœur vous en dit vous pouvez
toujours essayer de passer en vous tenant à la corde,
comme celui que vous voyez là-bas, ajouta-t-il en
désignant de l'autre côté de l'eau une grosse tache
noire prise dans les herbes un peu en aval. Ça irait
peut-être pour vos hommes et vous qui êtes jeunes et
solides. Mais les dames...

Marjolaine et ses deux compagnes étaient, en effet,
descendues rejoindre Hughes et l'homme les considérait avec un sourire narquois.

– Il y en a parmi nous qui n'ont presque plus
d'argent, plaida Pernette. Ne nous ferez-vous pas charité, brave homme ? La route est encore longue et il y
aura sûrement encore des rivières.

La mince figure brune de l'homme s'étira en un mauvais sourire.

– Pourquoi donc qu'on vous laisserait l'argent pour les autres ? Vous vous arrangerez avec eux quand il sera temps. D'ailleurs, pour une jolie fille comme vous, ça ne devrait pas être bien difficile.

– Nous avons assez discuté, sire Hughes, coupa Marjolaine. Je paierai pour ceux qui n'ont pas assez. Il faut passer car il se fait tard et d'après l'homme qui nous a conduits jusqu'ici, il y a encore une demi-lieue pour atteindre l'abbaye Saint-Jean-de-Sorde où nous devons faire étape.

– Je vais payer, moi, dit Hughes. Mais l'abbé entendra parler de toi ce soir, l'ami !

L'homme eut un rire qui laissa voir d'éclatantes dents blanches.

– Ça m'étonnerait. Il est mort y a deux jours. Les moines ont assez à faire à se chamailler pour la succession. Allez, faites voir votre monnaie et on va chercher la barque.

Fresnoy laissa tomber quelques pièces dans la main crasseuse. L'homme, alors, alla secouer son frère qui n'avait pas bougé un doigt durant la discussion et tous deux descendirent jusqu'au niveau de l'eau, puis disparurent un instant de la vue des pèlerins. Quand ils revinrent, ceux-ci purent constater que la barque en question était tout juste un gros tronc d'arbre grossièrement équarri et qui ne pouvait guère prendre plus de cinq personnes en sus du batelier.

– C'est ça ta barque ? gronda Guegan dont les chiens flairaient les chausses déguenillées de l'homme en grognant. Comment veux-tu qu'on mette un cheval là-dessus ?

– J'ai jamais dit que je passerais les chevaux. Les quatre pièces ça donne seulement droit au propriétaire de les tenir en bride depuis la barque. Ça nage

346

très bien un cheval. Quant à tes chiens, retiens-les ! Sinon, je refuse de te passer. Eux aussi, faudra qu'ils nagent.

– En voilà assez ! cria Hughes. Nous allons commencer à passer. Dame Marjolaine, dame Pernette, Aveline, Bertrand et Colin, vous embarquez. Après, tous les autres passeront cinq par cinq. Moi, je passerai le dernier. Bertrand, tu assureras l'arrivée sur l'autre rive.

– A ce train-là on n'en finira jamais ! grogna le batelier. La barque peut en tenir deux de plus. C'est ça où je pars pas ! Tiens, ces deux-là ! ajouta-t-il en empoignant Modestine et Léon Mallet qui se mirent à glapir.

Colin et Bertrand s'installèrent à l'arrière du bateau pour guider la nage des mules et du cheval de l'écuyer. Puis l'homme empoigna une longue rame qui reposait au fond et, tandis que son frère saisissait la corde, détacha l'embarcation de la rive. Mais il fut tout de suite évident qu'elle était trop chargée ainsi que l'avait craint Hughes. Les bords de bois rugueux affleuraient l'eau. Elle mouillait les mains des femmes qui s'y agrippaient.

Marjolaine s'efforçait de ne regarder ni cette eau dont le bouillonnement lui faisait peur, ni ce cadavre près duquel, tout à l'heure, on allait passer. Elle tenait son regard obstinément fixé sur le chemin qui escaladait l'autre rive entre de grands arbres chevelus. Si elle n'avait eu si peur, elle eût aimé cet instant car l'air semblait se purifier depuis que la pluie avait cessé, en début d'après-midi, et l'on pouvait entendre le son argentin d'une cloche qui sonnait l'Angélus, quelque part devant elle. Sans doute celle de l'abbaye.

On était à peu près arrivé au milieu du gave quand le tumulte des flots, autour de l'une des anciennes piles de pont, secoua légèrement le bateau, mais trop fort encore pour Modestine qui, poussant un cri de terreur, voulut se lever. Le déséquilibre qu'elle imprima à l'embarcation fit chavirer celle-ci. Hurlante, la mercière tenta de se raccrocher et saisit à deux mains le manteau de Marjolaine. Les deux femmes glissèrent dans l'eau grise...

Ce fut si soudain que Marjolaine n'eut pas le temps de crier, mais le hurlement de Modestine lui valut d'avaler une large rasade d'eau sableuse. L'une se cramponnant à l'autre, les deux femmes ne disparurent pas tout de suite dans le flot tumultueux. Grâce à l'ampleur de leurs vêtements, elles se maintinrent un instant à la surface de l'eau, mais les tissus s'alourdirent rapidement et les entraînèrent.

Trop terrifiée pour se débattre, Marjolaine ne voyait plus rien, seulement consciente de ce poids frénétique qui s'accrochait à ses vêtements car Modestine n'avait pas lâché prise.

Dans un réflexe de conservation, la jeune femme détacha l'agrafe qui retenait le lourd manteau autour de son cou et le vêtement glissa vers le fond du gave avec la mercière toujours agrippée à lui. Mais l'impression de délivrance fut de courte durée. Les flots roulèrent Marjolaine contre de gros rochers et, au moment où elle reparaissait à la surface, l'un d'eux heurta sa tempe. Elle plongea alors comme une pierre dans les ténèbres de l'inconscience.

– Un miracle ! C'est un miracle ! Jésus, Marie, soyez bénis ! Le Seigneur nous favorise d'un miracle !

Le marmottement quasi mécanique d'une prière se fit entendre, ce qui acheva de persuader Marjolaine qu'elle était morte. Mais en ouvrant les yeux, elle découvrit, penchés sur elle, un cercle de visages trop connus pour appartenir au peuple du paradis. En tout premier lieu, celui d'Hughes. Ses cheveux noirs inondaient encore son visage et elle n'eut aucune peine à deviner qu'il s'était jeté à l'eau pour la sauver. Mais son regard avait la même expression émerveillée que ceux des autres

– Guérie ! souffla-t-il avec une émotion qui lui enrouait la voix, vous êtes guérie, douce dame ! Dieu a fait le miracle que j'espérais tant.

Instinctivement, Marjolaine porta la main à son visage et comprit. Non seulement son voile était resté dans l'eau mais aussi la cicatrice qu'elle avait d'ailleurs de plus en plus de mal à faire tenir avec toute cette humidité. Elle en éprouva un curieux mélange de joie – puisque cela lui procurait le bonheur d'apparaître dans sa beauté intacte aux yeux de celui dont elle osait enfin s'avouer qu'elle l'aimait – mais aussi de gêne. Tous ses compagnons n'allaient pas manquer de la déclarer sainte, ce qu'à l'avance elle refusait avec horreur. C'était inscrit sur leurs visages extasiés et dans la dévotion de Pernette qui lui baisait les mains.

Elle voulut les lui retirer.

– Je vous en prie, murmura-t-elle, ce n'est pas un aussi grand miracle que vous le pensez. Depuis quelque temps, la brûlure de mon visage s'atténuait sensiblement.

– Mais il n'en reste rien ! Pas la plus petite trace !... Vous voyez bien que c'est un miracle. Oh, dame Marjolaine, je suis si heureuse ! Vous êtes si bonne et je vous aime tant !

C'était impossible de la détromper puisqu'elle éprouvait une telle joie. D'ailleurs, à regarder les autres et, surtout, à rencontrer le regard inquiet de Colin et le geste qu'il fit de mettre discrètement son doigt sur sa bouche, Marjolaine comprit que les détromper serait une faute grave car ils retomberaient alors de trop haut. Ils se sentaient tous honorés et distingués par Dieu à travers elle puisqu'ils avaient la chance de voyager désormais avec une miraculée. Quelqu'un d'ailleurs entonna le chant du *Te Deum* et tous le reprirent en chœur tandis que Pernette et Agnès de Chelles, dont les yeux mouillés de larmes rayonnaient d'espérance, aidaient la rescapée à s'asseoir puis à se relever. Hughes lui jeta son propre manteau sur le dos et l'y enveloppa avec des gestes presque pieux. C'est alors qu'elle aperçut Modestine que l'on avait réussi à sauver elle aussi.

Étendue dans l'herbe, elle recevait les soins que Bran Maelduin lui prodiguait avec l'assistance d'Ausbert. L'Irlandais s'occupa de la vider de toute l'eau ingurgitée, la frictionna avec vigueur. Mais quand elle vit se dresser Marjolaine à quelques pas d'elle, débarrassée de son mystérieux voile et montrant un visage intact, Modestine poussa un cri, repoussa ceux qui la soignaient et, se relevant péniblement à quatre pattes, vint sur les genoux jusqu'à la jeune femme. Un instant, elle la contempla avec une stupeur épouvantée. Puis, éclatant en sanglots, elle se prosterna face contre terre en balbutiant :

– Pardon ! Oh, pardon ! Je ne voulais pas. Oh, pardonnez-moi ! Je ne recommencerai pas.

Ses paroles tombaient comme des pierres au milieu d'un silence que troublait seulement le bruit du gave.

– Qu'est-ce que vous ne recommencerez pas ? demanda Hughes, tandis que Marjolaine, affreusement gênée, s'efforçait de relever la femme qui s'obstinait à vouloir lui baiser les pieds.

Mais Modestine n'eut pas le temps de répondre. Déjà son époux s'était précipité sur elle et, non sans la secouer d'importance, l'emballait dans un manteau et tentait de l'arracher à sa prosternation.

– Rien du tout, messire ! J'ai bien peur que ma pauvre femme ne soit devenue folle. Cet accident, la peur qu'elle a eue. Vous avez vu comme elle regardait dame Marjolaine ? Elle a dû la prendre pour une apparition. Il ne faut pas faire attention à ce qu'elle dit. Je vais la soigner.

Il parlait vite comme quelqu'un qui a besoin de persuader, d'ajouter des mots les uns aux autres pour ne laisser place à aucune question. Hughes l'écoutait sans parvenir à trouver une conviction. A présent, Modestine sanglotait dans les bras de son mari qui l'entraînait à l'écart avec trop de vigueur pour qu'elle pût lui résister.

– Je voudrais tout de même bien lui poser quelques questions, fit Hughes entre ses dents.

Il allait suivre le couple, mais Marjolaine s'interposa.

– Laissez-la, sire Hughes. Maître Mallet a raison. La pauvre, dans sa frayeur, a eu l'esprit dérangé.

Il lui sourit, calmé et prêt à toutes les obéissances pour un sourire de cette créature que Dieu lui restituait dans tout l'éclat d'une beauté plus éblouissante encore qu'il ne l'avait imaginée.

– Nous allons vous conduire à l'abbaye, dit-il avec douceur. Puisque nous sommes tous passés, remettons-nous en route, sinon la nuit va nous gagner de vitesse. Et vous avez besoin de repos.

Il n'ajouta pas qu'il avait bien l'intention, une fois Modestine remise de sa frayeur, de lui faire subir, loin des oreilles de son mari, un interrogatoire de sa façon car ce pardon que la mercière suppliait qu'on lui accorde, à quelle faute, à quel crime pouvait-il bien correspondre ?

Il allait remonter la pente de la berge pour rejoindre le chemin quand Marjolaine l'arrêta.

— Nous sommes pèlerins, seigneurs, et en route pour le salut de notre âme. Ne croyez-vous pas que ce serait un grand péché que laisser le corps de ce malheureux pourrir dans les roseaux ? La nuit est proche, mais nous avons peut-être le temps de lui donner une sépulture chrétienne ? Et si nous ne l'avons pas, prenons-le.

— Vous avez raison.

Déjà Ausbert et Nicolas étaient redescendus vers l'eau. Le jeune garçon pataugeait dans les herbes, armé de la longue rame du bateau au bout de laquelle Ancelin s'arc-bouta pour le retenir. Accroché à cette branche de salut, il parvint à saisir le vêtement du mort et, lentement, le tira vers la berge où les autres hommes le saisirent. On le tira de l'eau, on le posa dans l'herbe, on le retourna.

Pernette, alors, poussa un grand cri et retomba à genoux. Le cadavre que l'on venait de tirer du gave était celui de Mathieu d'Oigny. Il ne s'était pas noyé : on l'avait poignardé avant de le jeter à l'eau.

Vivement, Hughes se retourna pour chercher les deux bateliers. Mais, dès que le corps avait été au sec, ils avaient repris leur rame et s'éloignaient aussi vite qu'ils le pouvaient.

— Le homme méchant trouver la méchante mort ! soupira Bran Maelduin.

Et, traçant un large signe de croix, il entama la prière des morts, tandis qu'Ausbert et Colin se mettaient à creuser la tombe de Mathieu d'Oigny, mort sans avoir assouvi sa vengeance.

12
Modestine

A mesure que l'on montait, le vent se faisait plus aigre. Il ne cessait de souffler sur les contreforts des Pyrénées, chassant et ramenant tour à tour les longues écharpes de brouillard qui cachaient parfois jusqu'aux rochers les plus proches du chemin.

Depuis que l'on avait quitté, à l'aube, le village de Saint-Jean-au-pied-du-Port, l'antique voie romaine grimpait d'une seule lancée, durant plus de trois lieues, jusqu'au col de Bentarté. C'était un chemin étroit, mal tracé et rendu difficile par les fragments des anciennes dalles posées par les Romains que le gel et les années avaient fendues et cassées. Le pied y butait plus souvent qu'à son tour et il fallait prendre grand soin de ne pas tomber, du moins pour ceux qui n'avaient pas la chance de bénéficier du pied sûr d'une mule. Le sentier était rude aussi et montait raide à travers un paysage toujours plus aride et qui finissait par se confondre avec le ciel chargé de nuages.

On l'avait préféré à celui, pourtant plus facile, du Val-Carlos, à cause des bandits basques et navarrais qui l'infestaient car, en dépit de la petite troupe fidèle formée de Guegan, d'Ausbert, de Nicolas, de Colin, de Bran Maelduin et même du timide Isidore Bautru, si effacé qu'on l'oubliait sans cesse, sans oublier Bertrand et les deux marchands flamands, Hughes craignait de ne pas disposer de forces suffisantes pour affronter une troupe bien entraînée. Et Dieu sait quelles terribles histoires couraient sur le compte de ces malandrins dont on disait qu'ils ne faisaient quartier ni à femme, ni à vieillard, ni à enfant.

En dépit de la présence de Marjolaine que tous, à présent, semblaient considérer comme leur porte-drapeau, personne n'avait dit mot depuis le départ, à l'aube. La montée était trop dure pour dilapider, même en cantiques, un souffle que l'altitude rendait plus court. Et puis l'idée de ces brigands dont on avait trop parlé et qui pouvaient peut-être changer de route pour une fois, occupait toutes les pensées.

Comme à son habitude, Hughes allait en tête, menant son cheval par la bride, suivi d'Ausbert Ancelin et de Bran Maelduin. Marjolaine venait ensuite, escortée d'Aveline, de plus en plus rêveuse, et de Pernette, heureuse depuis que la mort tragique de son oncle l'avait définitivement délivrée d'un grave danger. Et c'était avec enthousiasme qu'à présent elle marchait vers Compostelle où elle n'avait plus à offrir que la plus vibrante action de grâces. Ensuite, elle pourrait revenir joyeusement vers le bonheur qui l'attendait à Rochella.

Colin, bien sûr, suivait toujours Marjolaine, mais les craintes d'Hughes semblaient désormais sans objet. Non seulement Modestine ne recherchait plus la compagnie de la jeune femme mais, tout au contraire, elle se tenait à l'écart d'elle autant qu'elle le pouvait, marchant dans les derniers rangs, juste avant Bertrand, Guegan et ses chiens qui fermaient la marche et veillaient aux arrières.

En dépit des objurgations de son époux, elle refusait de quitter cette place humble et, s'il l'avait écoutée, ils eussent marché plus en arrière encore, complètement détachés du groupe des pèlerins. Mais Léon Mallet ne l'entendait pas de cette oreille et il ne quittait plus la main de sa femme qu'il obligeait à marcher au moins sous la garde des hommes et des bêtes.

Depuis le passage du gave de Pau, elle avait beaucoup changé Modestine. Plus d'interminables bavardages, plus de longues oraisons psalmodiées durant les heures de marche en écho de son époux. Personne n'entendait plus le son de sa voix, même pendant les prières communes. Aux étapes, elle se retirait dans le coin le plus éloigné des autres, le plus caché, là où il y avait le plus d'ombre. On pouvait voir, alors Léon le borgne l'y rejoindre, lui parler à voix basse d'un air pressant, mais elle ne répondait pas, se contentait de hocher la tête négativement, puis fermait les yeux et s'endormait ou feignait de dormir.

Apitoyée, Marjolaine avait tenté de l'atteindre dans ce désert désespéré où elle semblait se complaire, mais Modestine l'avait regardée avec une telle frayeur qu'elle n'avait pas osé insister. Bran Maelduin, qu'elle avait dépêché quand elle avait constaté que la pauvre femme mangeait si peu que rien, n'avait pas eu plus de succès : à toutes ses objurgations et à ses prières, Modestine ne répondait que par le silence et des larmes. Elle regardait le moine d'un air désolé et ne disait rien.

– J'ai bien peur que ma pauvre femme n'ait laissé la raison dans cette maudite rivière, se désolait Léon Mallet. Elle n'arrivera jamais jusqu'au tombeau, si cela continue. Pourtant il faudrait bien, car seul Monseigneur saint Jacques peut lui rendre le sens.

355

Et il se livrait à un désespoir bruyant qui n'émouvait personne, sauf Agnès de Chelles dont la charité et le cœur pur ne savaient rien des feintes de l'âme humaine. Elle le plaignit mais, plaignant plus encore Modestine, elle s'obligea à quitter la réserve, faite sans doute de timidité, qui la rendait un peu distante et qui avait été son comportement habituel depuis que l'on avait quitté Paris. Elle marchait près de Modestine, lui offrant son bras quand elle trébuchait, s'installait de préférence auprès d'elle et la rejoignait à l'écart des autres dans ces coins obscurs que la mercière affectionnait. Elle essayait doucement, patiemment de briser l'espèce de maléfice qui figeait la malheureuse dans cette absence douloureuse. Mais en vain. Le seul résultat positif qu'elle obtînt fut que Modestine ne la fuît pas et même acceptât de sa main un peu de nourriture.

Cette situation troublait Marjolaine et lui inspirait du remords, comme si elle en eût été coupable. Peut-être après tout était-ce vrai, puisque le début de folie de Modestine était dû à un faux miracle. Elle se désolait de ne pouvoir lui être d'aucune aide, ce qui avait le don d'agacer Hughes. Il aurait eu plutôt tendance à se féliciter de ne plus voir Modestine bourdonner autour de Marjolaine comme une mouche de mauvais augure.

Quand on fut au col de Bentarté, le vent se mit à souffler en rafales si violentes que les voyageurs durent se courber pour avancer. Il n'y avait plus à monter pour le moment, mais il fallait suivre le sentier des crêtes qui longeait les sommets déchiquetés. Le ciel semblait si bas que Marjolaine avait l'impression qu'en tendant la main elle pourrait toucher les nuages. Elle avait froid et parfois elle avait chaud : c'était quand Fresnoy se retournait pour l'envelopper d'un regard qui faisait bondir son cœur de joie, mais qui désespérait son âme. Saint Jacques, Notre-Dame et Dieu lui-même parviendraient-ils à l'empêcher de se laisser aller à cet amour défendu pour un homme en puissance d'épouse ? La lutte, en tout cas, risquait d'être dure, plus dure encore que ce chemin dangereux.

On descendait, à présent, vers le col d'Ibaneta ou de Roncevaux où s'élevaient, au milieu des sapins, les toits bas et les murs épais soutenus de vigoureux arcs-boutants de l'hospice neuf, vieux d'à peine quinze ans et bâti par l'effort conjugué de l'évêque de Pampelune, Sanche de la Rose, et du roi de Navarre Alphonse le Batailleur. Le chemin traversait le couvent sous une voûte et une tour carrée, où s'accrochait la cloche, dominant l'ensemble. Mais on ne s'attarda pas à admirer le puissant refuge bâti pour l'éternité et pour le secours de tous ceux qui, par piété ou pour toute autre raison, devaient gravir, venant de France ou venant d'Espagne, les difficiles chemins des Pyrénées. Tous étaient recrus de fatigue et les mains secourables des moines en robe de bure noire en aidèrent plus d'un à franchir les quelques mètres qui séparaient la route de la grande salle où les attendait le réconfort. Ce dernier et cependant minime effort leur était devenu impossible. Cette étape était sans doute la pire que les pèlerins eussent connue, après celle qui les avait décimés.

Cette fois, il n'était pas question de chambres pour deux ou trois ou même de dortoirs. C'était là un lieu de passage, non de séjour. Seuls les malades, les blessés pouvaient recevoir des soins dans une infirmerie. Tous les autres s'entassaient dans une grande salle pourvue d'un âtre immense.

Il y avait beaucoup de monde sous les voûtes déjà noires de suie : «jacquaires» revenant de Galice, leur chapeau cousu de la coquille emblématique et leurs yeux pleins de la joie tranquille de ceux qui ont accompli leurs vœux, muletiers que l'approche de la nuit avec le danger des loups et des ours avaient contraints de s'arrêter – avec joie d'ailleurs – au grand refuge, paysans navarrais en tunique noire, souvent en mauvais état, montrant leurs jambes brunes et leurs pieds encrassés dans les *lavarcas* de cuir poilu qui laissaient les orteils à l'air, soldats de fortune portant de vieux haubertes aux mailles tordues, voyageurs anonymes heureux d'échapper à la solitude mortelle. Tous s'entassaient autour du grand feu, assis à même le sol ou sur des bancs de bois grossier, acceptant avec reconnaissance le pain et la soupe que leur distribuaient les moines qui, dans leurs robes noires marquées d'une croix rouge, ressemblaient à autant de fantômes.

Marjolaine, Pernette et Aveline, parce qu'elles étaient des femmes, avaient trouvé place sur la pierre même de l'âtre. Une écuelle chaude serrée entre leurs mains, elles reprenaient peu à peu leurs couleurs et sentaient la vie revenir dans leurs corps glacés par le froid des sommets : la neige était encore présente sur les hauteurs, et peu éloignée de la route.

Marjolaine suivait des yeux la haute silhouette d'Hughes qui, flanqué de Bertrand, allait et venait dans la salle, comptant son monde pour s'assurer qu'il ne manquait personne. Mais, à sa mine soucieuse, la jeune femme sentit que quelque chose n'allait pas et, comme il passait non loin de la cheminée, elle l'appela :

– Vous semblez inquiet, sire Hughes ?

– Je ne semble pas, je suis inquiet. La dame de

Chelles et cette pauvre Modestine manquent. On ne sait où elles sont.

— Comment cela ? Ne marchaient-elles pas juste avant maître Ancelin et votre écuyer ? D'ailleurs, je vois là-bas maître Mallet qui mange sa soupe de grand appétit : il n'a pas l'air inquiet.

Hughes haussa des épaules méprisantes.

— Il n'a jamais l'air inquiet. Depuis que dame Agnès s'occupe de sa femme, il semble vivre bien tranquille. Quoi qu'il en soit, elles ne sont là ni l'une ni l'autre. Bertrand dit qu'à peu de distance du couvent, dame Modestine qui souffrait du ventre a voulu s'isoler et, naturellement, dame Agnès l'a suivie.

— Ne les avez-vous pas attendues ? demanda Marjolaine.

— Non, fit Bertrand visiblement gêné de discourir sur un sujet aussi délicat. Elles nous ont demandé d'aller. Il n'y avait plus guère de chemin à parcourir, donc plus de danger. Avant d'arriver au couvent, nous les avons attendues, appelées même. Une voix nous a répondu : «Un instant, nous venons ! Laissez-nous prier.» Mais ça fait un moment maintenant qu'elles prient et nous avons prévenu sire Hughes. Il a examiné les gens de cette salle, pensant qu'elles avaient pu arriver par un autre sentier.

— A présent, il faut voir où elles sont. Guegan !

Le bûcheron n'était jamais loin d'Hughes dont il s'était fait le gardien.

— Seigneur ?

— Viens avec tes chiens. Il faut trouver ces femmes. Prier dans la solitude, quand la nuit tombe et dans un lieu aussi désert, c'est de la folie. Tu n'aurais pas dû les laisser, Bertrand.

— Je ne pouvais tout de même pas me mêler de ce qu'elles voulaient faire ! Que ce soit prier ou autre chose.

359

– Bon. Laissons cela et partons à leur recherche. Il fait nuit à présent. Va demander des torches au frère hôtelier.

Il n'eut pas le temps d'en dire davantage. La porte de la salle venait de s'ouvrir, laissant s'engouffrer une rafale de vent qui souleva la poussière. Moitié soutenue, moitié portée par un moine coiffé, sur son camail, d'un large chapeau noir, Agnès de Chelles, la robe déchirée et le visage ensanglanté apparut, sanglotante et dans un tel état que d'un même mouvement Marjolaine et Hughes coururent à elle. Mais ce qui venait de se passer était sans doute au-delà de ses forces car à peine ses pieds eurent-ils touché les dalles de la grande salle qu'Agnès, échappant à la main de son guide, glissait à terre évanouie.

On l'emporta près de l'âtre, on l'étendit sur un matelas, cependant que le moine racontait ce qu'il savait de l'histoire : il revenait au couvent après avoir aidé un berger à retrouver quelques-unes de ses bêtes qui s'étaient égarées quand il avait entendu des sanglots et des appels qui semblaient venir d'au-delà des arbres. Il savait qu'il y avait là une profonde faille dans les rochers et il s'était inquiété, pensant que quelqu'un y était tombé et appelait à l'aide.

En fait, il avait trouvé, au bord du trou, cette femme cramponnée à un arbuste, les pieds pendant dans le vide. Elle semblait s'être battue avec toute une portée de chats sauvages et gémissait faiblement, s'efforçant de garder assez d'énergie pour se retenir encore. Il l'avait sortie de là et aidée à revenir au couvent, mais il n'en savait pas plus.

– N'avez-vous trouvé qu'une seule femme ? demanda Hughes. Elles étaient deux pourtant.

Le moine hocha la tête tristement.

– Je n'en ai trouvé qu'une. L'autre est tombée dans la faille. C'est tout ce que j'ai pu tirer de cette malheureuse : sa compagne est au fond du trou, s'il y en a un. Les jours d'orage, on entend l'eau gronder au fond.

A l'arrivée d'Agnès, Léon le borgne avait enfin abandonné sa soupe, ou plutôt son écuelle vide. Il s'était approché en traînant les pieds et considérait à présent le groupe formé autour de la femme étendue. Son regard vide et vaguement stupide s'attacha au moine qui l'avait ramenée.

– Que dis-tu donc, homme noir ? Ma femme est morte ?

– S'il s'agit de la compagne de celle-ci, alors oui, ta femme a rejoint le Créateur, répondit le religieux.

Mallet retroussa la lèvre d'un air mauvais à la manière d'un chien qui va mordre.

– C'est celle-là qui l'a tuée alors ! gronda-t-il en se penchant sur la forme étendue et en la menaçant de son poing fermé.

– Personne ne l'a tuée. Elle est tombée, voilà tout.

– C'est pas vrai. Cette femme a dû la jeter dans le trou. Y a qu'à voir sa figure : ma pauvre Modestine s'est débattue.

– Mais enfin, coupa Hughes, il n'y avait aucune raison. Dame Agnès, depuis le passage du gave, s'occupait de votre femme avec beaucoup de bonté. Elle n'allait pas subitement la traîner vers le premier trou venu pour l'y jeter.

– D'autant, renchérit Bertrand, que c'est Modestine qui a voulu s'écarter du chemin en disant qu'elle avait mal au ventre. Pas vrai, Guegan ?

– Sûr ! dit celui-ci. On avait bien, depuis le col, aperçu ce trou près des arbres, mais on pensait pas que c'était dedans qu'elle voulait aller.

Mais l'autre ne voulait pas être convaincu. Contre toute raison, il s'obstinait à prétendre qu'Agnès avait tué sa femme et qu'elle devait être punie pour ça. Il y mettait tant de hargne que Marjolaine, révoltée, lui imposa silence.

– Personne ne souhaite écouter vos sottises ! Quand dame Agnès reviendra à elle, nous saurons ce qui s'est passé. Et cela ne tardera guère.

Grâce aux soins de Bran Maelduin, les couleurs revenaient peu à peu au visage d'Agnès qui, débarrassé du sang qui le couvrait, montrait des griffures profondes. On lui fit boire du vin chaud, on l'enveloppa de peaux de chèvre et on l'installa plus confortablement.

– Alors ? reprit Mallet avec insolence. Vous allez enfin nous dire, méchante femme, pourquoi vous avez jeté Modestine dans ce trou ?

– Je ne l'ai pas jetée, j'ai seulement voulu l'en empêcher et nous nous sommes battues auprès de ce trou. C'était affreux. Tout a été horrible, dès l'instant où nous avons quitté la file des pèlerins parce qu'elle avait besoin de s'isoler. J'étais inquiète parce qu'elle paraissait souffrir et j'ai voulu l'aider à s'accroupir mais, au lieu de cela, elle s'est jetée à genoux et elle s'est mise à pleurer en frappant sa poitrine à coups redoublés et en disant qu'elle était coupable. Elle voulait parler et parler à moi seule. Et puis elle a dit des choses abominables.

Elle s'arrêta un instant, cherchant des yeux Léon Mallet qui, chose curieuse, avait quitté le premier rang et reculait dans le groupe qui s'était formé autour de l'âtre. Voyant cela, Agnès tendit soudain le doigt vers lui.

– Il faut arrêter cet homme ! C'est un assassin ! Et un assassin assez lâche pour se servir de sa femme afin d'accomplir ses crimes.

Si la stupeur figea soudain ses auditeurs, il n'en fut pas de même pour Hughes ni pour Bertrand. Le pre-

362

mier s'élança vers Mallet qui cette fois se frayait à coups de poing un passage vers la porte dans l'intention évidente de fuir. L'autre alla barrer cette porte.

Pris entre ces deux hommes également menaçants, le mercier se laissa tomber à genoux et croisa ses bras au-dessus de sa tête pour se garantir des coups éventuels. Mais ni le baron ni son écuyer n'avaient l'intention de frapper. Ils se contentèrent d'empoigner Mallet par les bras et le ramenèrent vers Agnès comme s'il s'agissait d'un gros panier.

– Parlez, à présent, dame. Et dites tout ce que vous avez à dire.

Ce fut vite fait. Modestine prise d'une véritable crise de désespoir et emportée par le besoin de se laver des remords qui la ravageaient, avait livré d'un seul coup toute la lamentable supercherie : elle et son mari n'étaient pas de vrais pèlerins. Ils avaient touché une belle somme pour entreprendre le pèlerinage et faire en sorte que Marjolaine Foletier n'en revînt pas vivante.

Suffoquée, celle-ci n'en croyait pas ses oreilles. Il fallut qu'Agnès répétât une seconde fois pour qu'elle admît qu'une chose aussi monstrueuse pouvait être possible.

– C'est Étienne Grimaud qui vous a payés ? demanda-t-elle en se penchant sur l'homme que Bertrand et Hughes maintenaient à genoux.

Elle espérait, sans trop savoir pourquoi, qu'il allait nier, qu'au moins Étienne ne s'était pas chargé la conscience d'un nouveau crime. Mais Léon le borgne avait trop peur à présent pour songer à nier. Les doigts de fer de Fresnoy lui entraient dans la peau, meurtrissant douloureusement sa chair, menaçant même ses os.

– Oui, c'est lui. Il avait renoncé à épouser dame Marjolaine depuis qu'elle s'était défigurée, mais il n'avait pas renoncé à sa part de fortune. Ce qu'il voulait, c'était tout l'héritage de son défunt oncle et cela n'était possible que si la veuve disparaissait.

— C'est limpide, gronda Hughes dont l'envie d'étrangler le mercier était si manifeste que Bran Maelduin vint vers lui et posa sa main sur son épaule. Alors, à Tours, la pierre tombée du toit de l'hospice ?

— C'était moi. J'avais donné des instructions à Modestine pour qu'elle amène dame Foletier juste à l'endroit où je l'attendais...

— C'est donc toi que j'ai aperçu, fit Bertrand. Je savais bien que j'avais vu quelqu'un là-haut.

Mais Hughes lui fit signe de se taire.

— Et d'un ! Et le coup de couteau durant le combat de la forêt ?

— C'était encore moi, mais j'ai été gêné dans mes mouvements. Ça remuait tellement à cet instant... Le coup a été mal appliqué. La lame a glissé...

— Et de deux ! Si nous parlions des gâteaux à l'anis de Bordeaux ? Tu n'y serais pas pour quelque chose ?

— Si. C'est moi qui les ai achetés. J'ai mis dedans une poudre que m'avait donnée, à Paris, un vieil homme de la rue de la Juiverie, mais bien sûr il y en avait un où je n'en avais pas mis : rien qu'une autre poudre destinée à faire vomir. C'est celui qu'a mangé Modestine.

— De mieux en mieux ! Enfin, parlons de la chute dans la rivière quand nous avons passé.

— Ah non ! protesta Mallet. Là je n'y étais pour rien. Ma pauvre Modestine me craignait, mais pas au point de se jeter à l'eau pour m'obéir. Elle avait bien trop peur. C'est même parce qu'elle avait si peur qu'elle s'est accrochée à dame Marjolaine et l'a entraînée avec elle. Qu'allez-vous faire de moi ?

— Te tuer ! gronda Ausbert Ancelin. Et je me chargerai volontiers de la vilaine besogne, sire Hughes !

Pour tout le mal qu'il a voulu faire à dame Marjolaine, je suis prêt à vous servir de bourreau car votre noble épée ne peut se souiller d'un sang si vil !

– Non, intervint Marjolaine, ne le tuez pas, sire Hughes ! Ce n'est pas lui le vrai coupable, c'est celui qui a commandé le crime. C'est Étienne Grimaud, car il est aussi le véritable meurtrier de maître Foletier, mon défunt époux.

Ancelin releva vers elle des yeux effarés, incrédules.

– Comment savez-vous cela ?

– Parce qu'il me l'a dit. C'est à mon tour, à présent, de me confesser, pauvre Ausbert Ancelin, car vous avez souffert tout ce calvaire uniquement parce que j'ai eu peur de parler.

Elle avait élevé la voix et toutes les têtes se tournaient vers elle. Colin alors s'approcha.

– Vous direz cela plus tard, dame. Vos affaires ne regardent pas tous ces étrangers.

– Ceux qui sont nos compagnons de route depuis tant de jours ne sont pas des étrangers, dit-elle doucement. Quant aux autres, ils ne comprennent pas notre langue pour la plupart.

C'était vrai. Les paysans, les muletiers, les pèlerins de langues étrangères, après s'être intéressés un instant à ce qui venait de se passer, retournaient qui à son repas, qui à son somme. Autour de Marjolaine qui s'était assise auprès d'Agnès et la soutenait, il n'y avait plus guère que ces gens qui lui étaient devenus peu à peu familiers.

– Il faut que je parle, reprit la jeune femme, afin que tous ici présents vous puissiez juger cet homme en toute équité.

Elle baissa la tête un moment pour une courte prière afin d'obtenir la grâce de tout dire puis, calmement, d'une voix paisible et claire, elle entama le récit de ce qu'avait été la mort de Gontran Foletier. Elle dit tout : les amours de Gontran avec l'épouse d'Ancelin, le crime, le marché odieux que lui avait imposé Étienne Grimaud et comment, pour lui inspirer l'horreur, elle avait cherché le moyen de détruire sa beauté malfaisante. Elle faillit dire sa visite à Sanche le Navarrais mais le regard implorant de Colin la retint. A l'exception d'Hughes et de Bran Maelduin, tous étaient des gens simples, épris de merveilleux et qui ne lui pardonneraient pas d'avoir détruit la belle illusion du miracle. Cela, elle le garderait pour les seules oreilles de l'homme qu'elle aimait quand viendrait le moment inévitable de la séparation afin qu'il ne gardât pas d'elle une image trop haute. L'humiliation qu'elle ressentirait alors serait sa punition, librement choisie, pour n'avoir pas tout dit à cet instant-là.

Hughes avait écouté attentivement le récit de Marjolaine. Quand ce fut fini, son regard fit le tour de tous les visages pour juger de leur impression, puis finalement s'arrêta sur la figure barbouillée de larmes de Léon Mallet auquel il n'avait pas permis de se relever.

— A présent que dame Marjolaine nous a dit son histoire, qu'allons-nous faire de cet homme, compagnons ?

Le moine qui avait ramené Agnès fit entendre sa voix le premier :

— La justice appartient à Dieu, mais si vous prétendez l'exercer, vous l'exercerez ailleurs qu'en cette maison, dit-il gravement. Ceci est un asile, non une prison doublée d'un échafaud.

— Je ne crois pas que notre intention soit de souiller cette sainte demeure, fit Hughes sèchement. Votre conseil, frère Bran ?

Le petit moine eut quelque peine à se faire

entendre car tous les autres criaient en même temps que Mallet méritait cent fois la mort et qu'en quittant l'hospice il faudrait le pendre au premier arbre rencontré. Bran Maelduin attendit alors paisiblement que le tumulte s'apaise pour déclarer en se tournant vers Marjolaine :

– Je suis pensant que mort appelle mort, que sang appelle sang, mais où est mort ?

– Mais enfin, cria Nicolas, il a voulu la tuer trois fois et il aurait sans doute recommencé si sa pauvre femme n'était devenue folle.

A nouveau Marjolaine intervint. Son regard doux s'attachait aux yeux bleus du petit moine et elle lui sourit afin de lui faire entendre qu'elle l'avait compris.

– Peut-être pas. Notre frère veut dire que je ne suis pas morte.

– Ce n'est pas sa faute, dit Pernette. On ne doit pas lui pardonner. Ce qu'il a fait est trop grave.

– Mais je ne demande pas qu'on lui pardonne. Je pense qu'il doit continuer avec nous, dit Marjolaine. Continuer et revenir avec nous afin de témoigner devant monseigneur l'abbé de Saint-Denis de l'innocence pleine et entière d'Ausbert Ancelin. Songez qu'il est le seul témoin que nous avons. Il faut lui laisser la vie pour qu'il puisse accuser le véritable meurtrier et laver définitivement le faux coupable.

Il y eut un silence. Chacun pesait, à part soi, la valeur de l'argument, mais l'idée de faire la route avec un assassin reconnu ne plaisait à personne.

– Et puis, dit Bertrand traduisant la pensée des autres, il aura peut-être l'occasion de se sauver. Sans compter que la vie de dame Marjolaine sera encore en danger tant qu'il sera avec nous.

– Pourtant, il faut le ramener à Paris, coupa Hughes. C'est en effet le seul moyen d'obtenir justice pour tous.

— Et si, une fois revenu à Paris, il refuse de parler ?

— Nous sommes tous témoins. Et je vous jure qu'il parlera, sinon, sur le salut de mon âme, je fais ici serment que je le tuerai de ma main !

Léon se prosterna alors à ses pieds.

— Emmenez-moi, sire baron ! Je parlerai, je le jure ! Si vous me faites grâce de la vie, je dirai tout ce que vous voudrez. Tenez, si vous avez peur que je me sauve, mettez-moi les fers que maître Ancelin a portés si longtemps et qu'il porte encore. Et puis faites-moi garder. Jamais plus je n'essaierai de mal faire. Je le jure sur mon âme et à Compostelle je demanderai pardon publiquement et je recommencerai à Saint-Denis. Mais, par grâce, dites quelques prières pour ma pauvre Modestine. Je... je l'aimais bien et elle n'était pas mauvaise, elle.

C'était tellement inattendu que personne ne trouva rien à dire. Les larmes que versait cet homme dur et égoïste n'étaient-elles pas nées uniquement de la peur ? S'y glissait-il une part de chagrin réel ?

— Tu aimais ta femme, dit Hughes gravement, et cependant tu l'as obligée à tuer.

Mallet baissa la tête et cacha sa figure dans ses mains.

— Je ne voyais que l'argent. Et puis, cette Marjolaine, maître Grimaud m'avait dit qu'elle était mauvaise, que c'était un suppôt de Satan, une sorcière qui avait pris son brave homme d'oncle dans ses filets, qu'elle devait mourir et que ce serait bonne chose. Modestine aussi aimait la richesse et elle m'aimait. Elle m'obéissait en tout. Et maintenant elle est morte, morte sans confession, morte de sa main à cause de moi ! Et elle n'entrera pas en paradis.

A nouveau, le silence troublé seulement par le crépitement des flammes et les ronflements de ceux qui dormaient dans les coins sombres de la salle. Marjolaine se leva, vint s'accroupir auprès du misérable et, lui relevant la tête, essuya doucement les larmes qui inondaient sa figure ravagée par le chagrin.

– Demain, promit-elle, nous irons tous prier sur la tombe qu'elle s'est choisie. Et je crois qu'elle obtiendra miséricorde car elle n'avait plus son esprit lorsqu'elle est allée volontairement à la mort.

« Seigneur, ne me reprenez pas dans votre fureur et ne me châtiez pas dans votre colère... »

Autour de la faille noire où s'était engloutie Modestine, emportant un remords trop lourd pour elle, le cercle des pèlerins se refermait, se serrait, tandis que la voix forte de l'abbé de Roncevaux adjurait le Tout-Puissant de ne pas accabler celle qui gisait là, sous le poids plus intolérable encore de sa malédiction. Le jour se levait à peine sur les pentes boisées et le vent vif du matin, venu des neiges proches, s'engouffrait dans les amples manteaux de route. Chacun regardait ce trou irrégulier entre les rochers, hérissé de maigres branches et d'où montait une brume légère comme une respiration en temps d'hiver.

« Je suis la résurrection et la vie. Celui qui croit en moi vivra lors même qu'il sera mort... »

En face de l'endroit où elle se tenait, Marjolaine pouvait voir Léon Mallet, agenouillé sur la pierre d'où Modestine s'était précipitée. Il portait les fers que l'on avait hier ôtés à Ausbert Ancelin et celui-ci se tenait auprès de lui, déjà prêt à lui porter secours. Et Marjolaine pensa que l'âme humaine pouvait receler d'étranges surprises, le meilleur et le pire.

L'eau de la bénédiction tombait à présent sur le néant de Modestine, puis les fumées bleues de l'encens montèrent vers le ciel, pur pour la première fois depuis bien des jours. Pas un nuage sur l'immensité d'un bleu d'ardoise où brillait, solitaire et superbe, l'étoile du matin. Le ciel pâlissait d'instant en instant, annonçant que la journée allait être belle et que les premiers pas vers l'Espagne se feraient sans peine, avec cette sorte de joie qu'apporte un beau matin.

La voix de l'abbé s'enfla.

« ... Par les entrailles de la miséricorde de Dieu qui a voulu que ce soleil levant vînt d'en haut nous visiter pour éclairer ceux qui demeurent dans les ténèbres et dans l'ombre de la mort et pour diriger nos pas dans le chemin de la paix... »

A cet instant, comme délivré d'invisibles entraves, le soleil bondit par-dessus les pics neigeux qui s'illuminèrent d'une tendre lumière d'aurore.

– Il est temps de reprendre la route, dit Hughes.

Ausbert Ancelin se pencha et aida Léon le borgne à se relever.

13
Une nuit d'orage

Dès l'instant qu'il se leva sur le dernier adieu à Modestine, le soleil se fit le compagnon quotidien des errants. Ce fut comme si la haute barrière des Pyrénées avait fermé sur eux les portes du mauvais temps.

La chaleur, la lumière dispensèrent un courage tout neuf et l'on chanta d'un cœur unanime, tandis que l'on descendait vers le village de Saint-Michel, au pied des cols. L'étape du jour, jusqu'à Viscarret, passa sans que l'on s'en aperçût, et aussi celle du lendemain, qui mena les pèlerins jusqu'à la petite cité de Pampelune, bâtie sur une éminence au-dessus du *rio* Arga dont les méandres encerclaient le promontoire et qui, de ce fait, leur rappela un peu Poitiers.

Étroitement corsetée de rudes remparts, la capitale de la Navarre leur offrit, dès l'entrée, l'asile de l'hospital de la Magdalena. Mais tous n'y entrèrent pas car, au seuil même de la ville, Isidore Bautru, le petit pèlerin parisien qui faisait si peu de bruit qu'on l'oubliait toujours et qui, si longtemps, avait regardé davantage en arrière qu'en avant, vint aux genoux d'Hugues et de Bran Maelduin pour leur annoncer qu'il était arrivé et qu'il n'allait pas plus loin.

— Je viens demander mon pardon, dit-il en baisant la robe effrangée du petit moine. J'ai fait le voyage avec vous jusqu'ici, mais je ne suis pas un vrai pèlerin.

— Vous non plus ? s'écria Hughes, stupéfait de constater combien de mobiles assez étrangers à la dévotion se cachaient au milieu de la piété générale.

Outre lui-même embarqué pour l'amour d'une femme, il y avait eu Pierre et Pernette partis pour avoir le droit de vivre ensemble, Léon Mallet et Modestine qui avaient pris la route pour accomplir une infâme mission, le jeune Anglais David tué par les brigands, à qui l'on avait fait obligation de partir pour avoir droit de recueillir un héritage, les deux marchands flamands dont les buts étaient aussi commerciaux que pieux, Marjolaine elle-même qui s'était engagée dans le seul but de protéger Ausbert Ancelin, lui-même condamné par voie de justice. Et si l'on y ajoutait l'étrange mission du templier mort au combat et le fait que la troupe des pèlerins avait servi à dissimuler l'or destiné à la fondation d'un port, Hughes en venait à penser que, dans ceux qui formaient le petit groupe familier qui l'entourait, il n'y avait guère de vrai pèlerins que Bran Maelduin et Agnès de Chelles. Car, pour Nicolas Troussel, le doute était permis : le garçon ne cachait nullement qu'il voyageait surtout pour voir du pays. Restait à savoir à présent pourquoi Isidore abandonnait à son tour, et il le lui demanda d'un ton assez rude qui fit baisser le nez du petit homme.

— Je fuis à la fois des créanciers voraces et une épouse acariâtre qui, tout en dévorant mon bien, a fait de ma vie un enfer. A Pampelune où il y a une importante colonie française, j'ai un cousin qui est drapier comme moi et qui m'accueillera volontiers. Là, personne ne pourra me retrouver.

372

– Et le Seigneur Dieu ? fit sévèrement Bran Maelduin. Tu mentir à lui ! C'est chose indigne.

– Il a raison, dit Hughes. Vous pourriez au moins venir avec nous jusqu'au bout. Personne ne vous empêcherait de vous arrêter au retour.

– C'est impossible. Il faut que je mette tout de suite en train certaine affaire sur laquelle mon cousin m'avait écrit. Mais ensuite, j'en fais serment entre vos mains, frère Bran, je finirai le voyage. Un peu plus tard seulement, et avec d'autres que vous, sans doute. Mais je vous regretterai : ce sera là ma pénitence. Me pardonnez-vous ?

– En ce qui me concerne, dit Fresnoy, je n'ai rien à vous pardonner, chacun arrange sa vie comme il l'entend.

– Je non plus, soupira Bran dont le visage s'était détendu et qui avait retrouvé son habituelle aménité. Mais seulement si vous promettre d'aller faire pèlerinage d'ici un an.

Tout de suite, Bautru rayonna.

– C'est promis ! Vous ne voulez pas venir avec moi chez mon cousin ? Il habite le quartier Saint-Sernin où sont les Français. Il sera content de vous voir.

– Non, merci, dit Hughes. Nous devons nous occuper des frères qui nous restent. Allez avec Dieu, comme on dit par ici.

Ils regardèrent la silhouette allègre du drapier disparaître à l'angle d'une des nombreuses ruelles poussiéreuses et noires qui constituaient la majorité des artères de Pampelune.

– Encore un de moins, soupira Hughes en rejoignant sa troupe qui attendait sagement devant la porte de la ville. Je me demande combien nous serons quand nous arriverons en Galice ?

– Un seul suffire si son cœur est toute pure, sourit l'Irlandais.

Hughes préféra ne pas répondre. Il avait grand-peur de constater que, s'il s'agissait de lui, ce ne serait pas le cas. Depuis ce qu'il croyait être la guérison miraculeuse de Marjolaine, il vivait d'étranges jours et de plus étranges nuits encore. Les sentiments que lui inspirait la jeune femme offraient un curieux et assez désagréable mélange de vénération – celle que l'on doit normalement aux objets sacrés – et de folle passion. A présent qu'elle lui était apparue dans tout l'éclat de sa beauté intacte, Fresnoy avait senti s'éveiller en lui son démon familier. La continence qu'il s'était imposée, par force, depuis Tours, lui devenait affreusement pénible et quand, seul avec lui-même, il s'efforçait de se persuader de l'entière pureté de son amour pour Marjolaine, il entendait, tout au fond de sa conscience, ricaner le vieux démon qui lui soufflait une tout autre vérité : jamais encore il n'avait désiré de femme comme il désirait celle-là. Et ne s'arrêtant plus à l'éclat magique de ses yeux couleur de mer, il lui arrivait souvent, quand il savait n'être pas observé, de laisser son regard errer sur l'humble robe sombre qu'elle portait, cherchant à deviner les trésors qu'elle recouvrait et dont les mouvements de la jeune femme révélaient au moins la forme.

La chaleur qui augmentait chaque jour à présent n'arrangeait rien. Son sang battait lourdement dans ses veines chaque fois que la jeune femme s'approchait de lui et il en venait à la fuir par crainte de ne pouvoir se contrôler. Pour avoir vu, la veille au soir, Aveline ouvrir la robe et la chemise de sa maîtresse pour rafraîchir ses épaules et sa nuque d'une eau de senteur, il n'avait pas fermé l'œil de la nuit, se tournant et se retournant dans la paille de sa couche, tandis que se reformait continuellement devant ses yeux la vision de la naissance d'une gorge qu'il devinait exquise.

Il décida de marcher désormais le plus loin possible d'elle et, laissant Bran Maelduin et Ausbert Ancelin mener la file des pèlerins, il s'en alla rejoindre Bertrand à l'arrière-garde.

Mais il devait garder longtemps le souvenir du soir de Pampelune comme d'un ultime instant de douceur avant l'enfer d'un chemin aride enduré au milieu des tourments de la jalousie.

Généreusement entretenu par les souverains de Navarre, l'hospital de la Magdalena offrait plus de charme et de bien-être que la meilleure auberge. Au moment des repas, les pèlerins étaient conviés dans un immense réfectoire proche d'une vaste cuisine comme on n'en voyait guère en France qu'à l'abbaye de Fontevrault et où des frères lais et des marmitons s'agitaient autour de marmites pleines de succulences. Ensuite, une fois restaurés, on pouvait aller respirer l'air du soir dans un cloître planté d'arbustes, d'herbes odorantes et de fleurs en franchissant un portail élégamment sculpté.

Le contraste entre ce charmant jardin et la rudesse de la ville environnante en augmentait la grâce. Et plus encore ce soir-là où une chanson s'y faisait entendre : appuyé négligemment au tronc d'un olivier argenté, un petit homme brun, élégamment vêtu de fine toile brodée, caressait un luth en chantant à la lune.

Indifférent au groupe des pèlerins qui s'échelonnaient silencieusement le long du cloître, il murmurait à la nuit des mots qui ne pouvaient être que des mots d'amour, mais dans une langue inconnue, et souriait, découvrant sous la lune d'éclatantes dents blanches.

Immobile près de l'un des piliers du cloître, Marjolaine l'écoutait chanter et, peu à peu, prise par la voix caressante, elle ferma les yeux pour mieux écouter. Elle ne vit pas Hughes s'approcher d'elle. Il n'avait fait d'ailleurs aucun bruit et, un instant, il resta éloigné de quelques pas pour mieux la contempler.

Sous l'éclairage irréel de la nuit, les tresses de ses cheveux clairs semblaient faites d'argent pur. Hughes pouvait voir son fin profil se détacher sur le fond plus sombre de la pierre lisse. Et si lumineuse était cette nuit qu'il pouvait distinguer même les ombres douces de ses longs cils et le léger tremblement de ses lèvres entrouvertes.

Elle était émue. Une respiration plus rapide soulevait ses seins sous le tissu plus mince de la robe de toile, toute propre, qu'elle avait mise pour ce soir. Pouvait-il y avoir au monde plus belle, plus douce dame ? Hughes sentit les battements de son cœur s'accélérer et son sang monter vers ses tempes à la lourde cadence du désir. Il fallait qu'il l'approche, qu'il la touche. Elle était la fleur apparue soudain au revers d'un sentier aride, la rivière de fraîcheur après un jour de poussière.

Un dernier reste de prudence lui fit regarder où étaient les autres. Mais personne ne faisait attention à lui, ni à elle d'ailleurs. Chacun semblait au contraire chercher un instant d'isolement pour mieux se laisser baigner par la beauté de la voix chantant en ce jardin. Les femmes quittaient plus volontiers l'ombre du cloître pour s'asseoir au milieu des plantes. Alors, très doucement il fit un pas, puis un autre. Perdue dans son rêve, elle ne l'entendit pas. Ce fut seulement quand la main d'Hughes se referma sur la sienne qu'elle ouvrit les yeux et tourna lentement la tête vers lui.

Le cœur d'Hughes bondit. Marjolaine n'avait même pas tressailli et le lumineux regard qu'elle levait vers l'homme était sans surprise. C'était comme si elle attendait cet instant. Peut-être, sans le savoir, Hughes venait-il de pénétrer au cœur de son rêve, un rêve que grâce à ce chant d'amour la jeune femme ne savait plus démêler de la réalité. L'instant suivant, elle était dans ses bras.

Hughes eut soudain l'impression d'avoir contre lui toutes les fleurs d'un jardin au printemps. Cette femme-enfant n'était que fraîcheur et douceur. Ses lèvres délicates semblaient fondre sous l'ardeur de ce baiser dont il ne pouvait plus contrôler la passion. De tout son corps avide, Hughes épousait les courbes tendres de ce corps qui s'abandonnait et déjà les cloches de la victoire sonnaient à ses tympans. Il la sentait s'appesantir entre ses bras et commencer à vibrer sous la très lente, très prudente caresse de sa main qui glissait le long du cou mince vers la rondeur de l'épaule pour s'acheminer ensuite vers des rondeurs plus douces encore.

Soudain grands ouverts, les yeux d'Hughes fouillèrent les ombres du jardin, cherchant l'asile où, dans un instant, dans une seconde, il l'emporterait pour enfin la faire sienne quand, à cet instant précis, le fil de la chanson cassa net sur un cri d'amour et un accord glorieux qui passa sur les nerfs d'Hughes comme une râpe. Des applaudissements éclatèrent tout autour du cloître. Réveillé de son rêve, le chanteur sourit, salua. Marjolaine s'éveilla à son tour, s'arracha des bras qui croyaient si bien la tenir.

Elle recula, enveloppa Hughes d'un regard qui n'avait plus sa pureté habituelle, ouvrit la bouche pour dire quelque chose et n'y réussit pas. Comprenant qu'elle allait peut-être crier, il ne dit rien, tendit seulement les mains vers elle dans un geste implorant. Marjolaine regarda ses grandes mains fortes dont elle venait d'apprendre la douceur, cet homme qui venait de bouleverser son être d'une sensation inouïe, telle que jamais elle n'aurait cru pouvoir en éprouver, cet homme qu'elle adorait et qui l'aimait sans doute. L'envie de se laisser prendre à nouveau par ces mains-là, de retrouver la force et la sécurité de ces bras, de cette poitrine d'homme, fut si forte que la jeune femme crut qu'elle allait y succomber. Mais un éclat de rire se fit entendre quelque part dans l'ombre du cloître. Alors, tournant le dos à la divine tentation, Marjolaine s'enfuit en courant.

Toute la nuit, Hughes demeura au jardin, assis contre un cyprès, revivant son instant de paradis et espérant à chaque instant qu'il allait reprendre, que Marjolaine allait venir le rejoindre. Mais l'aurore embrasa les toits de Pampelune sans que Marjolaine eût reparu.

Quand vint l'heure du départ, elle n'osa même pas lever les yeux sur lui et ce fut en silence qu'elle alla reprendre, entre Pernette et Aveline, sa place habituelle. Hughes, le cœur lourd, s'en alla, comme il l'avait décidé, veiller à l'arrière-garde. Selon sa courte logique masculine, il avait cette nuit essuyé un échec. S'il avait pu lire, rien qu'un instant cependant, dans le cœur ensoleillé de Marjolaine, il se fût senti bien plus heureux que le plus grand roi de la terre. Mais le cœur de Marjolaine était le lieu le plus secret et le plus fermé du monde.

En dépit de l'envie qu'elle en avait et peut-être même à cause de cette envie qui lui brûlait le corps, la jeune femme s'efforça de ne plus quitter ses compagnes un seul instant, de fuir Hughes autant qu'elle le pouvait, sachant bien qu'à son contact elle ne pourrait plus résister longtemps aux appétits normaux de sa jeunesse si longtemps déçus, à la passion qui la poussait vers cet homme et vers les délices interdites qu'il représentait. Et le malentendu s'installa entre ces deux êtres que tout jetait l'un vers l'autre.

Passé Pampelune, on s'engagea dans ce qu'on appelait le chemin des étoiles parce qu'il suivait en allant vers l'occident, le tracé de la Voie lactée. San Juan de la Cadena, San Antonio, Zizur, Menor, Basongaiz, Legarda et Obanos virent passer le cortège à présent bien réduit de ceux qui étaient partis, un matin d'avril, d'une île fluviale qui s'appelait Paris. On atteignit ensuite Puente la Reina et son vieux pont romain. Là se rejoignaient les deux routes venues de France, celle de Roncevaux et celle du Somport. Et, en arrivant à l'hospice, Hughes et les siens constatèrent, non sans quelque contrariété, qu'une troupe de pèlerins français et étrangers menés par un moine du Puy-en-Velay s'y trouvait déjà et que la place y serait réduite.

Marjolaine pour sa part ne vit qu'une chose : dans la cour de l'hospice, elle reconnut immédiatement l'un des hommes de la comtesse Dagmar qui menait à l'écurie un cheval trop bien harnaché pour n'être pas reconnaissable. La belle Danoise devait être à Puente la Reina et la jeune femme n'en éprouva aucun plaisir.

— Comment a-t-elle fait ? pensa tout haut Nicolas Troussel. Si elle avait suivi le même chemin que nous, on s'en serait aperçu. Qu'est-ce que c'est que ce col du Somport ?

Personne ne pouvant lui répondre, il alla aux renseignements auprès de l'un des nouveaux venus qui arrivait de Savoie et qui possédait quelques connaissances. Il apprit ainsi que le Somport se trouvait beaucoup plus à l'est que leur propre chemin – au moins vingt lieues ! – mais que, pour quelqu'un venant de Bordeaux, et même de Belin, on pouvait l'atteindre en ligne directe en passant par une ville nommée Mont-de-Marsan.

– Eh bien, conclut le garçon, elle a dû courir, la belle dame, pour être déjà là ! Il est vrai qu'elle a des chevaux, elle.

– En tout cas, dit Pernette en riant, elle n'est certainement pas restée trop longtemps en oraisons au tombeau de son ancêtre. Ce qui m'étonne c'est qu'elle ne nous ait pas rattrapés.

– Rappelez-vous cet affreux pays des Landes ! On a bien failli se perdre, nous. Elle a dû y réussir. Et comme elle ne parle aucune langue chrétienne, elle s'est rallongé le chemin.

Nicolas se trompait en ce qui concernait les langues chrétiennes ; la comtesse Dagmar ne parlait pas français en effet, mais elle parlait un peu le latin, tout au moins le latin d'église tel qu'on l'apprenait dans les abbayes et les châteaux d'Europe, afin qu'il fût possible de suivre le déroulement des nombreuses cérémonies religieuses. Aussi fut-ce dans la langue de Virgile, corrigée mais certainement pas améliorée par des siècles de psalmodies plus ou moins exactes, qu'elle aborda Hughes dès qu'elle l'aperçut dans la cour de l'hospice après avoir mis sur ses lèvres, pour la circonstance, un éblouissant sourire qui fit pétiller ses grands yeux bleus.

– Quelle impudence ! marmonna Marjolaine devenue toute rouge. J'aimerais bien savoir ce qu'elle lui veut.

– Je peux aller demander à messire Bertrand, proposa Aveline avec l'empressement qu'elle mettait dès que s'annonçait une occasion de rejoindre son doux ami.

Occasion qu'elle n'avait pas souvent la chance de saisir. Mais cette fois, Marjolaine accepta.

— Si tu veux, fit-elle d'un air faussement détaché.

La petite revint bien vite, mais beaucoup trop lentement pour l'impatience de sa maîtresse.

— Alors ? demanda-t-elle.

— Ses serviteurs ont chassé et pêché. Elle invite messire Hughes à partager son repas.

— Oh ! Et... il accepte ?

— Je ne sais pas. Mais on dirait bien.

Fresnoy en effet, après avoir écouté avec un demi-sourire les difficiles explications de la dame blonde, semblait accueillir avec plaisir ses propos. Il désignait d'un air d'excuse ses vêtements chargés de poussière puis, finalement, s'inclina avec un large sourire qui ne pouvait avoir qu'un seul sens : il allait partager le repas de la Danoise.

— Noble dame et noble seigneur être faits pour l'entente ! commenta philosophiquement Bran Maelduin qui avait suivi la scène lui aussi.

Pour la première fois depuis leur rencontre, Marjolaine lui jeta un coup d'œil sans tendresse. Elle aussi était une noble dame, après tout, et Hughes l'autre soir semblait préférer sa compagnie à toute autre. Mais il avait fallu que cette grande dinde nordique reparaisse et sourie pour qu'il n'ait même pas pour elle un seul regard.

Cette nuit-là, ce fut au tour de Marjolaine de ne pas fermer l'œil.

Au soleil suivant, ce fut une véritable cohorte qui passa le pont romain et s'engagea sur le chemin qui se tordait comme une couleuvre sur les collines jaunes et pelées de cette terre sèche et rude. Les deux troupes allaient faire ensemble le reste du chemin comme cela se pratiquait toujours. Mais n'ayant pas subi d'attaque meurtrière comme ceux de Paris, les pèlerins que menait Gerbert, le moine du Puy, étaient plus nombreux que les autres. En outre, ils étaient arrivés à Puente la Reina avant eux et considéraient que cela leur donnait droit à une certaine avance. Ils s'élancèrent donc dans l'intention évidente d'arriver premiers aux églises que l'on devait visiter obligatoirement en chemin pour en vénérer les reliques, et de prendre les meilleures places aux étapes.

Hughes et les siens les regardèrent d'abord forcer l'allure sans bien comprendre à quoi cela rimait sur une terre si fatigante. Ils comprirent quand, à la première étape, ils durent se contenter d'une grange à demi démolie, l'auberge et l'hôtellerie du petit couvent local étant déjà envahies par leurs confrères.

Cela n'arrangea pas les relations. Des disputes éclatèrent après que Fresnoy eut, avec hauteur, reproché à Gerbert son peu de goût pour la charité et son curieux sens de la fraternité chrétienne. Ce à quoi Gerbert répondit qu'il avait charge de corps autant que d'âmes et qu'il n'avait aucune raison de laisser place à des gens guidés par un laïc incapable de se débrouiller convenablement.

Cela déchaîna, entre tenants des deux chefs, une assez jolie bataille qui heureusement ne laissa pas de traces plus graves que des yeux pochés et des dents sautées, mais qui valut aux combattants de la part de l'abbé de Logrono devant qui elle s'était déroulée une verte semonce, jointe à l'obligation d'accomplir à genoux deux chemins de croix au lieu d'un, comme le voulait la coutume. Hughes n'apprécia guère la pénitence et décida que, lorsque l'on atteindrait Burgos, on attendrait au moins vingt-quatre heures après le départ des gens du Puy. Ce serait chose facile car la capitale de Castille était riche en couvents, hospices et fondations pieuses dues au repentir d'Urraca, « l'infante à l'âme cruelle », qui avait passé le plus clair de sa vie à tirer de ses ennemis d'implacables vengeances et à construire des monastères.

La halte était d'ailleurs nécessaire pour plus d'un. Le soleil était ardent, tout au long du jour, sur cette terre sans ombre. Les chemins sans herbe, poudreux et caillouteux, étaient durs aux pieds qui enflaient et se blessaient dans les chaussures bien usées déjà. On procura à ceux qui allaient à pied des espèces d'espadrilles qui leur apportèrent un vif soulagement, surtout à Léon Mallet que les fers hérités d'Ancelin faisaient beaucoup souffrir. Comme il refusait de les enlever, Bran Maelduin les lui enveloppa d'une mince bande de chiffon pour éviter que leur frottement ne fît trop enfler ses pieds.

Pour sa part, Marjolaine avait été heureuse de cette nouvelle halte. D'abord parce qu'en digne fille du Nord, elle supportait assez mal les ardeurs d'un soleil inhabituel, ensuite parce qu'elle espérait que la Danoise continuerait avec ceux du Puy. Malheureusement, ceux-ci partirent sans elle et quand on reprit la route, il fut évident qu'elle entendait s'éloigner d'Hughes le moins possible. Quand le baron allait à cheval, la monture de Dagmar collait presque à la sienne et quand il choisissait de cheminer à pied, la comtesse en faisait autant. Il y avait dans son attitude quelque chose qui exaspérait Marjolaine : un air d'humilité, étrange chez une femme si altière, joint à un comportement de propriétaire, exactement comme si elle eût été la dame de Fresnoy. Quand par hasard elle ne se trouvait pas auprès de lui, elle s'arrangeait pour ne pas le perdre de vue.

En vérité, Hughes ne semblait guère l'encourager et ne lui montrait pas plus d'empressement qu'il ne fallait, mais Marjolaine ne le voyait pas ainsi : pour elle le moindre regard que le baron adressait à son admiratrice ne pouvait qu'être chargé d'amour. Le chemin, pour la jeune femme, devint alors une longue souffrance car son corps, n'étant plus soutenu par un esprit serein, souffrit lui aussi.

Chaque jour, il lui était plus difficile de se remettre en route, cette route qu'elle s'obstinait à vouloir parcourir à pied dans l'espoir que la fatigue viendrait à bout de son tourment d'amour. Et cela en dépit des prières et objurgations de Colin, d'Aveline et même d'Ausbert Ancelin, qui observait Marjolaine avec une inquiétude croissante. Abandonnant Fulgence le fou aux soins de Léon Mallet, il s'efforçait de lui offrir son bras dans les endroits difficiles chaque fois que c'était possible. Il pensait, en effet, que Marjolaine, poursuivie par le remords de l'avoir laissé condamner, s'astreignait volontairement, et à cause de lui, à une pénible pénitence.

Le soir où Marjolaine s'évanouit en arrivant à la halte, ce fut au tour de Pernette de s'inquiéter. Elle aussi observait sa compagne préférée. Elle s'était aperçue qu'elle ne mangeait guère, mais elle-même mangeait peu, la chaleur du jour et les relents de la cuisine locale n'excitant guère l'appétit.

Quand Marjolaine revint à elle, Pernette le lui reprocha vivement et, aidée d'Aveline, réussit à lui faire avaler un peu de lait de chèvre, du pain et du miel.

— Vous n'irez pas jusqu'au bout, mon amie, si vous n'êtes pas plus raisonnable.

— Je n'ai plus jamais faim. Seule l'eau me tente.

— Il faut manger, sinon je préviendrai frère Bran. Je l'aurais fait si vous n'étiez revenue bien vite à vous.

— Surtout pas. Il a bien assez à faire avec les autres. J'essaierai de manger davantage pour vous faire plaisir.

Rassurée, Pernette gagna son côté de la couche de fortune qu'on leur avait attribuée à toutes trois mais ne trouva pas le sommeil. Elle sentait que quelque chose n'allait pas et que le mal de Marjolaine ne venait pas uniquement de son manque d'appétit. Elle en eut la certitude quand, plus tard dans la nuit, elle l'entendit pleurer doucement, à petit bruit, pour ne pas éveiller ses compagnes qu'elle croyait endormies. Elle la laissa pleurer afin de ne pas la priver de ce soulagement qu'apportent les larmes, mais elle en chercha la raison. Il ne lui fallut qu'un instant, le lendemain, pour la découvrir : Hughes faisait le tour de ses compagnons pour leur dire bonjour quand apparut la comtesse Dagmar qui, naturellement, se précipita vers lui, non sans bousculer ceux qui s'en trouvaient proches. Pernette vit alors s'assombrir encore le regard las de Marjolaine qui se détourna et s'éloigna vers les chevaux comme si tout le reste de la scène avait cessé de l'intéresser. Dans son esprit, Pernette s'efforça de revoir le comportement de son amie depuis que la Danoise les avait rejoints définitivement et comprit que le mal était là : Marjolaine souffrait parce qu'elle aimait Hughes et le croyait épris de la fougueuse comtesse.

Ce n'était pas une constatation agréable et, sur le moment, Pernette chercha en vain quel remède pourrait être apporté au chagrin de son amie : on ne pouvait obliger la Danoise à quitter encore une fois le groupe et pas davantage prier Hughes de la tenir à distance. Peut-être le ferait-il s'il était possible de lui révéler les sentiments de Marjolaine, mais Pernette ne reconnaissait ce droit à personne. Même dans les meilleures intentions du monde, le secret de la jeune femme n'était qu'à elle seule.

Elle retournait la question tandis que le cortège du départ se formait au milieu de l'agitation habituelle, des sonnailles des muletiers, des dernières prières avant la route et des cris des gens du pays qui appelaient sur eux et leurs familles les bénédictions des pieux voyageurs. De l'angle d'une ruelle débouchèrent soudain Aveline et Bertrand qui se tenaient par la main et se regardaient dans les yeux. Ils se séparèrent en se voyant si proches des autres et Bertrand se dirigeait déjà vers son maître justement occupé à tenir l'étrier à la Danoise. Pernette, sans plus réfléchir, fonça sur lui.

— Puis-je vous parler un instant, messire ?

— Bien sûr ! Je crois que nous avons encore quelques minutes.

Pernette alors se jeta à l'eau. Délibérément, elle se plaignit de l'attitude égoïste et irresponsable du baron. A quoi pensait donc messire Hughes de consacrer exclusivement ses soins à l'étrangère alors que tout le monde, ou presque, avait besoin de lui ? Il ne faisait plus attention à personne sinon à cette grande cavale blonde qui l'accaparait. Certes, sire Odon de Lusigny ne lui avait pas confié son troupeau errant pour que le voyage lui permît de filer le parfait amour avec la dernière venue ! Un pèlerinage n'était pas fait pour cela, d'autant que le seigneur de Fresnoy était marié et que, très certainement, la comtesse avait dû laisser, vu son âge et sa beauté, un quelconque époux dans son pays perdu. Ce n'était ni honnête ni convenable et, surtout, c'était d'un déplorable exemple pour les gens simples que le seigneur Hughes s'était chargé de guider.

Ayant tout lâché, Pernette s'arrêta hors d'haleine, laissant s'installer entre elle et Bertrand un petit silence assez gêné du côté de la jeune femme, légèrement surpris de la part de l'écuyer. Si une autre que Pernette était venue lui tenir ce langage virulent, Bertrand se fût contenté de sourire et de la prier d'adresser ses réclamations à qui de droit : cela aurait simplement signifié que son séducteur de maître avait encore fait des siennes. Mais il connaissait bien Pernette à présent et savait qu'aucun homme au monde, eût-il le charme et la beauté de Lucifer, ne pouvait rien contre un cœur qui était tout à Pierre. Ce cœur-là était de ceux qui ne se reprennent pas, une fois donnés. Il y avait donc autre chose.

Pour en savoir plus, il décida de pousser la petite dans ses retranchements.

– Pourquoi venez-vous me dire cela à moi, Pernette ? Je ne suis que l'écuyer de sire Hughes et je n'ai aucun droit de juger son comportement, encore moins de lui faire entendre qu'il se conduit mal, en admettant que ce soit le cas.

– Il est difficile de penser autre chose : il est tout le temps avec cette femme !

– Je dirais plutôt que c'est elle qui est tout le temps avec lui. Il y a une nuance... Mais d'où vient que vous vous intéressiez tellement à mon maître ? L'éloignement vous a-t-il fait oublier celui que vous disiez tant aimer ?

– Moi ? Oublier mon Pierre ?

Le cri d'indignation vibra énergiquement.

– Alors ?

– Nous errons pour accomplir pénitence et obtenir merci de nos fautes ! N'est-il pas scandaleux de voir ceux qui nous doivent l'exemple en faire si bon marché ?

Bertrand se mit à rire.

– Allons, Pernette, ne montez pas sur vos grands chevaux. Vous n'êtes ni prude, ni tellement soucieuse du comportement des autres. Alors, si vous me disiez la vérité ?

— Quelle vérité ?

— La seule ! Vous ne seriez jamais venue me tenir ce langage s'il s'agissait d'exprimer votre façon de penser. Ce n'est pas vous qui êtes choquée, c'est une autre. Une autre que vous voulez aider parce qu'elle est jalouse, parce qu'elle souffre peut-être...

— Pas peut-être ! Je vous en prie, sire Bertrand, puisque vous avez deviné la vérité, ne m'en demandez pas davantage.

— Si, car j'ai besoin d'en savoir plus, si vous voulez que je vous aide. Cette autre, ce n'est pas Aveline qui, je crois, m'a donné sa foi. Et comme ce ne peut pas être cette sainte créature d'Agnès de Chelles qui d'ailleurs n'a plus l'âge des folies du cœur, je ne vois guère qu'une personne qui vous soit chère au point de vous inciter à cette étrange démarche. Cette autre, ce ne peut être que...

— Par pitié, ne dites pas son nom ! Je me reproche déjà assez d'avoir livré un secret qui ne m'appartenait pas. Mais elle est si malheureuse, sire Bertrand, si malheureuse ! Elle ne mange plus, elle pleure la nuit et elle s'oblige à peiner sur ce dur chemin pour expier cet amour qu'elle considère comme péché mortel. Alors qu'au moins votre maître n'étale pas ses amours sous ses yeux, qu'il la laisse gagner en paix le tombeau de l'apôtre qui peut-être la guérira.

Elle avait les larmes aux yeux et Bertrand sentit son cœur s'attendrir. Elle essuya rapidement son visage au revers de sa manche car, là-bas, on les appelait. Elle allait partir quand il la retint.

— Encore un mot, dame Pernette. Vous considérez que c'est un si grave péché d'aimer sire Hughes ?

Elle leva sur lui son clair regard qui plongea bien droit dans le sien.

— Il est marié, non ?

– Oui, mais...

– Il n'y a pas de « mais ». Vous venez de répondre à ma place.

En allant rejoindre Fresnoy, Bertrand passa devant Marjolaine que Colin, prévenu par Aveline du malaise qu'avait éprouvé sa maîtresse la veille du soir, était en train d'installer de force sur sa mule en menaçant d'appeler à la rescousse le frère Bran ou même sire Hughes en personne, si elle ne se laissait pas faire. L'écuyer ne put s'empêcher de dévisager la jeune femme sous l'ombre du grand chapeau qui, après l'avoir préservée de la pluie, la gardait à présent du soleil trop ardent. Pauvrette ! Quelle triste figure elle avait. Son joli visage semblait diminué de moitié et les cernes qui entouraient ses beaux yeux tristes en mangeaient toute la chair. Pourquoi donc Aveline ne l'avait-elle pas prévenu du piteux état de sa maîtresse ? Il est vrai que lorsqu'ils étaient ensemble ils ne pensaient guère qu'à eux-mêmes oubliant tous les autres d'un commun accord, même ceux qui leur étaient le plus chers. Il allait devoir faire quelque chose. Mais quoi ?

En vérité, Bertrand ne comprenait plus grand-chose au comportement de son maître depuis que la comtesse Dagmar avait fait son entrée dans sa vie. Cet homme, qui se disait éperdument amoureux de la douce Marjolaine, amoureux au point de tout abandonner pour la suivre sur les pires chemins d'Europe, semblait avoir complètement oublié pourquoi il avait entrepris ce voyage insensé. Depuis Puente la Reina, il s'entretenait souvent avec la Danoise et, bien que leurs conversations fussent plutôt réduites par les difficultés du langage, il semblait prendre plaisir à sa compagnie. En fait, il se laissait adorer par cette femme avec la satisfaction apparente d'un matou qui, après un bain dans une rivière glacée, retrouve la chaleur familière d'un bon feu.

Évidemment, le Fresnoy qu'il avait connu jusqu'à l'aventure de Tours, paillard, coureur de jupons, toujours entre deux lits, courant de la couche de l'une aux bras de l'autre, n'avait rien de commun avec le chevalier de chanson de geste, épris de pur amour et de haute spiritualité, qu'il s'efforçait d'être depuis qu'il avait rencontré Marjolaine. Et, en fait, c'était le vieil homme que la pulpeuse Dagmar avait réveillé avec ses grands yeux bleus faussement innocents, qui rappelaient si fort à Bertrand ceux d'Osilie Le Housset. Bertrand ne s'y trompait pas quand, presque chaque soir, son maître quittait la chambrée commune au moment du coucher en disant qu'il s'en allait prendre l'air. Il ne rentrait en général que deux heures après et tellement fatigué qu'il tombait sur sa paillasse comme une masse pour s'y endormir d'un sommeil de plomb.

N'ayant jamais cru à la possibilité d'un avenir quelconque avec une jeune femme belle comme une fée, mais dont la manière de vivre était celle d'une nonne, Bertrand n'avait vu aucun inconvénient à la soudaine volte-face sentimentale de son maître. C'était même mieux ainsi, car cela éviterait toutes sortes de complications lorsque viendrait le temps du retour et de l'obligatoire séparation. Mais ce que venait de lui apprendre Pernette, ce qu'il avait deviné de la souffrance de Marjolaine, changeait bien des choses.

Durant la marche du jour, l'écuyer tourna et retourna le problème dans son esprit. A cause de la chaleur et d'un orage qui avait menacé tout le jour, et qui fit entendre son premier coup de tonnerre, on s'arrêta au bout de quatre lieues, dans un village aux maisons de torchis serrées autour d'une église et d'un hospice en construction. Les moines bâtisseurs n'avaient guère à offrir qu'une salle tout juste achevée dans laquelle les hommes s'installèrent, tandis que les femmes trouvaient abri chez l'alcade du village dont la maison forte s'élevait non loin du chantier. A peine fut-on à l'abri que l'orage éclatait, laissant tomber sur la terre des trombes d'eau qui, en quelques minutes, la transformèrent en lac de boue rouge.

Bertrand apprécia à leur juste valeur le temps et le logement. Pour ce soir, Marjolaine ne risquait pas de souffrir davantage : Hughes n'avait aucune chance d'aller rejoindre sa Danoise à moins d'apprécier l'amour dans la boue. D'autre part, il était difficile d'entamer une discussion intime, donc forcément épineuse, au milieu des autres hommes. Il n'y avait donc rien d'autre à faire qu'à attendre une occasion plus favorable et à passer une bonne nuit.

Ayant dévoré à belles dents son souper composé d'olives, de poisson séché et de pain de seigle heureusement arrosé d'un excellent vin castillan qu'il s'était procuré à Burgos, Bertrand s'endormit du sommeil du juste, bercé par le crépitement de la pluie sur les tuiles du toit et par les oraisons vespérales que murmurait Bran Maelduin. Il dormit si bien qu'il n'entendit pas l'orage s'éloigner vers les montagnes, le bruit de la pluie décroître peu à peu, puis cesser. Il n'entendit pas davantage Hughes se lever tout doucement, se diriger vers la porte, l'ouvrir et se glisser au-dehors. Les autres, il est vrai, ronflaient avec tant d'ardeur qu'ils auraient couvert le réveil d'une compagnie tout entière.

L'orage avait soigneusement balayé la nuit. Elle était claire et lumineuse, fraîche aussi comme elle ne l'avait pas été depuis longtemps. Hughes aspira à longs traits la brise légère qui venait à lui chargée des odeurs de la terre mouillée. Une terre si aride et si dure qu'elle avait déjà bu presque toute l'eau déversée par le ciel. La boue ocre n'était plus que flaques espacées ici et là et, demain, redeviendrait poussière.

Levant la tête, il regarda la longue traînée scintillante de la Voie lactée qui traçait un chemin laiteux sur le bleu profond du ciel. C'était le chemin de Saint-Jacques immense et majestueux, que le «Camino francès», le chemin terrestre des pèlerins, suivait exactement, comme jadis les Rois mages avaient suivi l'Étoile. Jamais sa splendeur n'avait frappé Hughes comme ce soir, et il le contempla, ce grand chemin d'étoiles, avec une humilité toute nouvelle chez lui. Il en avait tant espéré en s'engageant follement sur la route de Galice à la suite de l'exquise et mystérieuse Marjolaine. A présent, il se sentait plus éloigné d'elle qu'il ne l'avait jamais été. Elle le fuyait, ne posant même plus sur lui l'un de ces regards bleus qu'il aimait tant. L'avait-il donc blessée à ce point quand il s'était laissé aller à son amour dans le jardin de Pampelune ? Elle semblait malade depuis et triste aussi. Seul ce misérable Ausbert Ancelin qui la suivait comme un chien inquiet recueillait les rares sourires qui éclairaient encore son doux visage.

Hughes en était venu à penser qu'il lui faisait horreur et quand, à Puente la Reina, Dagmar s'était littéralement jetée à son cou, il l'avait acceptée comme un remède nécessaire, celui qu'il employait toujours à Fresnoy lorsqu'il avait quelque souci, car le corps consentant d'une femme avait toujours été pour lui le meilleur baume. Dès le premier soir, il avait couché avec elle avec l'impression étrange de se retrouver plusieurs mois en arrière, quand il s'en allait rejoindre Osilie. La Danoise en avait les larges yeux un peu troubles, les seins fermes et la croupe généreuse. Elle en avait aussi le furieux appétit d'amour et, entre ses bras, Hughes s'était délivré avec soulagement d'une trop longue continence, pensant avoir définitivement exorcisé le sortilège qui le retenait prisonnier de deux yeux couleur de mer.

Mais il se trompait. Cela n'avait été qu'une impression fugitive chassée par le retour du jour et, sortant d'une chapelle, le simple passage de Marjolaine dans un rayon de soleil.

Par trois fois, depuis, il était retourné au lit de la Danoise. Par trois fois, à l'instant où il se répandait en elle, il s'était cru délivré, mais il oubliait Dagmar dès l'instant où il l'avait quittée. Le seul souvenir qui refusait de lâcher prise c'était celui, divinement doux et crucifiant tout à la fois, de la minute où il avait eu contre lui le corps de Marjolaine, les cheveux de Marjolaine et ses lèvres. Marjolaine qui ne le regardait plus et qui revenait à cet Ancelin dont elle avait prétendu avoir pitié.

Contrairement à ce qu'aurait pensé Bertrand s'il l'avait vu sortir, Hughes n'avait aucunement l'intention de rejoindre la comtesse. Il avait simplement besoin d'un peu de solitude, besoin de se séparer un moment de ces gens dont le hasard et sa propre folie avaient fait ses compagnons de chaque instant. L'interminable longueur de la route lui pesait aussi. Peut-être eût-il abandonné une seconde fois s'il n'y avait eu la promesse faite à un mourant. Mais un chevalier pouvait-il, sans renoncer définitivement à son honneur, manquer à son serment ?

Comme cela lui était arrivé dans les instants de doute et de découragement, il chercha sous sa chemise l'étrange emblème d'un peuple plus étrange encore, celui que Lusigny lui avait remis et dont il ne se séparait jamais. Chaque fois que ses doigts se refermaient sur lui, Hughes avait l'impression que la force et le courage lui revenaient.

Aux heures de plaisir, Dagmar lui avait posé bien des questions à ce sujet, elle avait même essayé de se faire donner, en digne fille d'Ève, ce qui lui semblait être un joyau unique. Il avait coupé court à toutes ses questions, en prétendant que cet objet était dans sa famille depuis des générations et que, sous peine de malédictions, il ne devait s'en séparer sous aucun prétexte. Superstitieuse, la Danoise n'avait pas insisté. Elle semblait au contraire prendre un plaisir pervers à sentir les pointes du trident s'imprimer dans sa peau quand Hughes la serrait contre lui et elle en recherchait le contact.

Les yeux levés vers les étoiles, le bijou serré dans sa paume, Hughes marcha lentement à travers le village. Ce fut quand il découvrit les murs quadrangulaires d'une maison forte qu'il s'aperçut qu'il était allé spontanément vers la demeure de l'alcade où les femmes avaient reçu accueil. Un vieil olivier tordu par tous les vents de Castille s'élevait à côté, non loin d'un auvent où l'on abritait la paille et les outils de culture. Hughes alla vers lui et s'adossa au tronc noueux, cherchant à imaginer derrière lequel de ces murs grossièrement crénelés reposait Marjolaine.

Il l'imagina étendue dans ses cheveux de soie claire, ayant dépouillé les lourds vêtements pour laisser l'air plus frais de la nuit caresser sa peau douce. Et son esprit la lui montra avec une précision si brûlante qu'elle lui incendia le sang. Qu'elle fût une miraculée ne signifiait plus rien pour lui, même si cela voulait dire que Dieu mettait sur elle un sceau d'interdiction. Il avait faim et soif de cette femme. Il la voulait de toutes ses forces, de toute l'ardeur de sa jeunesse et de son exigeante virilité, dût-il, pour une seule heure d'amour, se damner irrémédiablement.

– Qu'elle vienne seulement à moi, pria-t-il avec une fureur désespérée. Qu'elle vienne et que je sois maudit !

Il crut alors que le diable avait entendu sa prière. A quelques pas de lui, la porte armée d'énormes clous venait de s'entrouvrir pour livrer passage à une silhouette féminine. A la lumière des étoiles, Hughes vit briller des cheveux clairs et sentit son cœur s'arrêter car la femme venait droit à lui. Emporté par son désir, il courut vers elle les bras prêts à étreindre. Ce fut seulement quand elle s'abattit contre sa poitrine qu'il reconnut Dagmar.

Furieux, il voulut la repousser, mais elle avait jeté ses bras autour de son cou et le tenait bien.

– Toi, toi... Deux nuits sans toi, souffla-t-elle en mauvais latin. J'attendais et tu es venu. J'étais là, ajouta-t-elle, désignant de la tête le couronnement de la maison. J'ai vu.

Sans prendre garde aux mains qui essayaient de la détacher, elle couvrait de baisers son visage et son cou, collant au sien un corps déjà frénétique et simplement protégé d'une longue chemise. Il tendit le cou pour éviter son baiser.

– Dagmar ! Non. Je ne suis pas venu pour ça.

– Si, si ! Je veux, je te veux.

Elle gagnait du terrain peu à peu sur cet homme déjà en proie au désir d'une autre. Instinctivement, le corps d'Hughes répondit aux sollicitations de celui, brûlant, qui épousait le sien en commençant une danse sournoise mais singulièrement efficace. Brusquement il abandonna la lutte : à quoi bon résister, refuser le soulagement délicieux qui serait le sien dans un instant ? Cette femme lui apportait l'oubli d'un moment, la possibilité d'apaiser sa fièvre, de trouver ensuite un peu de sommeil. Il l'enleva de terre, se jeta avec elle dans la paille entassée sous l'auvent et la débarrassa de sa chemise avant de plonger en elle comme on se jette dans une eau profonde avec l'idée d'y laisser sa vie.

Emporté par la frénésie amoureuse, les oreilles résonnant des battements de son sang, il n'entendit pas, derrière les halètements heureux de la Danoise, le petit cri de douleur qui éclata bien près de lui cependant. Pas plus qu'il n'entendit le bruit de pas légers qui s'enfuyaient.

Le chant enroué d'un coq voisin éveilla Hughes du profond sommeil dans lequel il s'était englouti. La Danoise dormait à ses côtés, sommairement recouverte d'un pan de sa chemise qui laissait apparaître une jambe parfaite. Hughes la réveilla d'une claque sur la cuisse puis, se levant, lui montra la maison du doigt. Le jour allait venir. Il était plus que temps de rentrer.

Sans même un mot d'adieu, il lui tourna le dos et reprit en courant le chemin de l'hospice. La psalmodie des moines bâtisseurs qui chantaient l'office de l'aube avant de retourner au travail vint au-devant de lui. Et aussi Bertrand qu'il rencontra dans la cour encombrée de madriers. Les bras croisés sur sa poitrine, l'écuyer écœuré regardait son maître opérer sa rentrée en pensant qu'il avait la mine d'un chat qui regagne son gîte après une nuit passée sur les toits.

— Inutile de demander si la nuit a été joyeuse, sire baron ? gronda-t-il sans songer à dissimuler une colère qui stupéfia Hughes. Curieuse façon de se conduire, n'est-ce pas, pour qui a charge d'âmes ?

— Ça veut dire quoi, ça ? grogna Hughes avec hauteur.

– Que chanter cantiques et faire oraisons tout le long du jour à tous les saints que nous rencontrons sur ce foutu chemin et passer les nuits à forniquer avec la Danoise, ça ne va pas tellement ensemble ! Quand, à Compostelle, vous raconterez ça au prêtre qui vous confessera, je me demande quel genre de pénitence il vous infligera.

La colère, née de sa mauvaise conscience, s'enfla tout à coup en Hughes. Il leva le poing.

– Et toi, quelle pénitence vais-je t'infliger pour te punir de t'attaquer à ton seigneur ? Le fouet me paraît la plus appropriée !

– Frappez si ça vous amuse, vous ne ferez qu'aggraver votre cas. Sur ce chemin, nous ne sommes que des chrétiens, tous au même niveau, et j'ai le droit de vous dire que vous vous conduisez mal, vous qui devriez donner l'exemple.

– Ça te regarde, dis ? Ça te regarde ? Je fais ce que je veux, tu m'entends.

Les mains en avant, Hughes s'était rué sur son écuyer et le saisissait à la gorge. Bertrand ne se défendit pas, bien que les doigts durs commençassent à serrer. Il se contenta de dire :

– Est-ce que vous ne lui avez pas encore fait assez de mal ?

– A qui ?

– Vous le savez bien. A elle !

Instantanément Hughes lâcha prise. Hagard, il essuya la sueur qui perlait à son front d'un revers de manche.

– Sottise ! Elle se moque bien de moi. Il n'y a que son Ancelin qui compte.

Bertrand haussa les épaules.

– Ancelin ? Comment pouvez-vous être aveugle à ce point ? C'est la même vilaine histoire qui les a embarqués dans cette aventure. Ils sont, chacun à sa manière, les deux victimes d'un même misérable. Il est normal qu'ils s'entraident, qu'ils s'appuient l'un sur l'autre. Quand vous étiez le chevalier de dame Marjolaine, elle ne s'occupait guère d'Ancelin sur le compte duquel elle était rassurée. Seulement, c'est derrière les jupes d'une autre que vous courez.

— Tu es fou. Tu inventes...

— J'invente ? Vous n'avez pas vu la mine qu'elle a ? Vous savez qu'elle ne dort plus, qu'elle ne mange plus, qu'elle s'oblige à marcher dans l'espoir de briser définitivement son corps et qu'elle va y arriver parce qu'elle est malade ? Et pourquoi tout cela ?

— Dis-le-moi si tu sais tant de choses !

— Non ! Découvrez-les vous-même. Et si vous ne croyez pas, interrogez donc Pernette. Tenez, la voilà justement !

Pernette en effet accourait, la coiffe sur le dos, sa robe claquant au vent de sa course. Elle semblait terrifiée et Aveline la suivait dans le même état d'agitation.

— Marjolaine... fit-elle haletante en s'abattant presque sur Hughes.

— Eh bien ?

— Elle a disparu !

14
La dernière étape

Ce n'était que trop vrai. Au milieu de tous les pèlerins hâtivement rassemblés, Pernette et Aveline recommencèrent leur court récit. Dans la nuit, Marjolaine avait voulu sortir après l'orage, afin de respirer un peu d'air frais. Elle n'avait pas voulu qu'on l'accompagne, disant qu'elle avait besoin d'être seule, qu'elle ne resterait pas longtemps dehors. Elle semblait plus calme et moins lasse que d'habitude, et elle avait presque bien mangé si l'on tenait compte de la frugalité du repas servi par l'alcade.

– On n'a pas osé l'empêcher d'aller faire un petit tour, dit Aveline. Cela semblait lui faire tant plaisir. Après son départ, je me suis rendormie.

– Moi aussi, dit Pernette. Et je ne suis pas près de me le pardonner. Quand nous nous sommes réveillées, elle n'était pas dans la chambre. Nous avons pensé qu'elle était allée faire un peu de toilette à la fontaine de la cour. Mais elle n'y était pas non plus.

Alors, elles avaient cherché partout, avec l'aide des serviteurs de l'alcade, d'Agnès et des autres femmes. On avait fouillé autour de la maison en appelant Marjolaine, visité les quelques rues du village et la petite église. Mais nulle part il n'y avait trace d'elle.

— Mais enfin, personne ne l'a vue ? s'écria Ausbert. Je ne sais pas, une servante, l'une des femmes de la dame danoise ? Il est vrai qu'il est difficile de s'en faire comprendre.

— Et pourquoi pas la dame danoise elle-même ? fit Bertrand sarcastique. Elle a un interprète pour se faire entendre.

— Je vais l'interroger moi-même, coupa Hughes. Et il s'avança au-devant de Dagmar qui, avec ses gens, venait rejoindre le gros de la troupe.

Mais elle non plus n'avait pas vu Marjolaine.

— Partie faire petit tour ? suggéra-t-elle avec un sourire dont l'équivoque donna à Hughes l'envie de la battre.

L'angoisse l'étreignait à présent. Il questionna Pernette pour essayer de situer le moment où Marjolaine était sortie. Juste après l'orage ou un peu plus tard ? C'était juste après l'orage, dès que le bruit de l'eau sur le toit eut cessé. En lui-même, il pensa que la jeune femme devait être dehors quand il était sorti lui-même et qu'elle y était encore quand Dagmar l'avait rejoint sous l'olivier. L'idée que, peut-être, elle les avait vus l'effleura, mais il la repoussa avec une sorte d'horreur où la honte tenait une grande place. D'ailleurs, sa disparition ne pouvait avoir de lien quelconque avec son aventure avec la Danoise. Marjolaine s'était peut-être éloignée un peu trop dans ce pays inconnu, elle avait peut-être eu un léger accident. On allait la rechercher, on allait la retrouver...

— Il faut nous mettre tous à sa recherche, ordonna-t-il. Naturellement, il ne peut être question de partir d'ici sans elle. Je vais chez l'alcade pour lui demander son aide.

400

– Et aussi celle de la frère moine, renchérit Bran Maelduin. Eux sont très bien connaissant la pays tout autour.

On se dispersa dans toutes les directions, moines, pèlerins, paysans, mais Colin n'avait pas attendu l'ordre d'Hughes pour se lancer à la recherche de sa chère maîtresse. Le cœur serré et les larmes aux yeux, il avait commencé de décrire, autour de la maison de l'alcade, des cercles toujours plus larges, le nez au sol, guettant une trace, la moindre chose qui pouvait indiquer une direction. Mais sur ce rêche plateau raboté de vent où les arbres étaient rares et où, en été, l'eau désertait les rivières, il était bien difficile de relever une trace. Pourtant, après l'orage, les pas auraient dû se relever facilement. Or, il n'en était rien. En outre, la terre mouillée n'avait pas conservé d'odeurs.

Hughes s'en aperçut quand, ayant demandé à Aveline un vêtement appartenant à Marjolaine, il le fit renifler aux chiens de Guegan : les bêtes, visiblement déroutées d'ailleurs par cette terre et ce climat qui leur était inhabituels et dont elles souffraient, ne parvinrent pas à se décider pour une direction nette. Néanmoins, elles semblaient tirer plus volontiers en direction des montagnes qui se dessinaient à l'horizon.

Le jour passa, épuisant, désespérant. Tandis que les hommes battaient la campagne dont les ondulations jaunes ressemblaient à des dunes de sable, les femmes agenouillées dans l'église priaient. Seule Pernette avait voulu suivre les recherches.

Elle avait interrogé Bertrand. Avait-il parlé à son maître ? Oui, il l'avait fait, mais seulement ce matin quand, avant l'aube, il était rentré. L'écuyer avait fidèlement rapporté ce qui s'était passé entre eux, juste avant que l'on n'apprît la disparition de Marjolaine.

– Ainsi, conclut Pernette, sire Hughes était avec cette femme cette nuit. Où sont-ils allés ?

– Je n'en sais rien. Dans ce pays pelé, je ne vois pas où ils ont pu trouver asile. Il n'est tout de même pas allé la rejoindre dans la maison de l'alcade.

– Certainement pas. Elle a dû sortir. Peut-être en même temps que Marjolaine. Si elle les a vus... Mon Dieu, il faut la retrouver ! Elle a dû avoir si mal ! Dieu sait ce qu'elle a pu faire ! S'enfuir droit devant elle ou pire encore !

– La rivière est à sec, elle n'a pas pu s'y jeter. Et je ne vois pas comment elle aurait pu faire pour se détruire dans ce désert.

– Quand on veut mourir, on trouve toujours un moyen. Rappelez-vous Modestine. Il faut fouiller partout, dans le moindre trou que l'on pourra trouver.

C'était ce que l'on avait fait durant des heures mais sans succès. A présent le soleil était bien près d'achever sa course et les hommes découragés revenaient les uns après les autres. Seul Hughes, escorté de Guegan et des chiens, s'obstinait, accroché à cette idée simple qui l'empêchait de devenir fou : Marjolaine n'avait pu se volatiliser. Et pourtant, il semblait bien qu'elle eût disparu de la surface de la terre.

Pendant ce temps, Fulgence s'ennuyait. Sous le coup de l'émotion causée par la disparition de Marjolaine, on s'était peu occupé de lui ce jour-là. Ausbert Ancelin, son habituel mentor, courait la campagne comme les autres et l'avait laissé à la seule compagnie de Léon Mallet qui ne s'était guère déplacé à cause d'une cheville qui le faisait sérieusement souffrir, et puis, fatigué par la chaleur, il avait été prier à l'église après avoir vaguement participé aux recherches. Enfin, s'était endormi. Et Fulgence, qui n'avait pas la moindre envie de dormir, en avait profité pour aller faire un petit tour.

Quittant l'hospice dont le chantier demeurait désert, il se dirigea vers le lit presque à sec d'une assez large rivière qui se trouvait à environ un quart de lieue du village. Tout à l'heure avec Mallet, il était passé près de ce ravin pierreux où poussait tout de même quelque végétation et il y avait aperçu des fleurs jaunes qui le tentaient. Tout naturellement il avait voulu descendre les chercher, mais Léon n'avait rien voulu savoir. On n'était pas là pour cueillir des fleurs et, en outre, il avait besoin du bras de son compagnon pour rentrer au gîte. Du coup, Fulgence avait boudé : il avait plus que jamais envie de ses fleurs.

Avec l'espèce d'instinct que déploient les fous lorsqu'il s'agit de satisfaire un désir, le moine de Saint-Denis retourna droit au lieu qu'il avait remarqué et poussa un grand soupir de satisfaction en constatant que les fleurs étaient toujours là. Retroussant sa robe élimée et effrangée, il entreprit donc de descendre parmi la pierraille et les rochers pour les atteindre.

A cet instant Colin, revenant avec Pernette de leur quête décourageante, aperçut la robe du moine qui s'agitait en contrebas du chemin.

– Allons bon ! grogna-t-il. Léon a laissé filer le fou. Le voilà qui cueille des fleurs à présent.

– Ce n'est pas bien méchant, soupira Pernette qui ne sentait plus ses jambes. Je n'aurais jamais cru qu'il pût pousser une seule fleur dans ce désert jaune.

– N'empêche qu'on ne peut pas le laisser là. Je vais le chercher.

A son tour, le jeune homme, pestant et ronchonnant, descendit vers le lit asséché. Mais à peine eut-il rejoint Fulgence qu'il l'abandonna aussitôt. En face de lui, de l'autre côté de la ravine, il venait d'apercevoir, à demi caché par une touffe de grands roseaux que l'on pouvait voir du chemin mais sous un angle différent, quelque chose de sombre qui lui fit battre le cœur.

Aussitôt il bondit, sautant de rocher en rocher ou enfonçant dans le sable gravillonneux, et atteignit les roseaux. Le hurlement qu'il poussa dut s'entendre jusqu'au fond de la province.

– La voilà, Pernette... La voilà, je l'ai trouvée !

Le cri de joie de la jeune femme répondit au sien et, à son tour, elle s'élança vers le fond de la rivière. Cependant, Colin examinait Marjolaine avec inquiétude. L'idée qu'elle pouvait être morte ne l'effleura pas car elle était très rouge, mais elle était inconsciente et sa respiration était difficile. Il posa sa main sur le front de la jeune femme et le trouva brûlant : en dépit du frêle rempart des roseaux, le soleil avait dû taper d'aplomb sur elle.

– Retournez-vous, je vais ouvrir sa robe, dit Pernette qui arrivait auprès de lui. Il faudrait un peu d'eau.

– Ne croyez-vous pas que le mieux serait de l'emporter à l'hospice ? Aidez-moi à la soulever. Je peux la porter jusque-là.

Mais quand il voulut la soulever, Marjolaine poussa un gémissement et Pernette, qui s'apprêtait à saisir ses chevilles, suspendit son mouvement : le pied gauche de la jeune femme faisait avec sa jambe un angle inhabituel.

– J'ai bien peur qu'elle ne se soit cassé une jambe. Il faut un brancard pour la ramener. Allez chercher du secours, Colin, je resterai auprès d'elle, mais courez car le soleil se couche.

Colin partit comme une flèche. Cependant, Pernette, après avoir délacé la robe de la blessée, allait jusqu'au filet d'eau qui s'obstinait à couler entre les bancs de sable, y trempa son mouchoir et revint l'étendre sur ce visage dont la rougeur l'effrayait presque autant que l'inconscience de la jeune femme et sa respiration si peu naturelle.

Il ne s'écoula guère qu'une demi-heure jusqu'au retour de Colin escorté de deux moines portant une sorte de civière, faite de roseaux et de toile grossière. Bran Maelduin les précédait. Sa robe retroussée à deux mains, il trouvait le moyen de courir encore plus vite.

Le diagnostic de l'Irlandais fut vite établi.

– C'est la soleil ! Elle chuter nocturnement, démolir sa pied, trouver juste force pour l'abri dans la roseau, puis soleil taper dessus !

– Mais enfin pourquoi n'a-t-elle pas crié ? Nous sommes passés ici au moins deux fois sans rien voir.

– Elle était sans doute déjà inconsciente. Elle s'est peut-être aussi cogné la tête en tombant, dit Pernette. Enfin, elle n'avait peut-être pas tellement envie d'être sauvée.

– Pas envie d'être sauvée ? Pourquoi ? fit Bran Maelduin.

La jeune femme rougit.

– Je ne sais pas. Une idée. Elle était tellement triste tous ces jours. C'était comme si la vie lui était de plus en plus à charge.

– A cause de le seigneur baron ?

Cette fois, Pernette ne répondit pas, se contentant de détourner la tête. Il était décidément bien difficile de dissimuler la moindre chose à la perspicacité de ces candides yeux bleus. Il y avait des moments où Bran Maelduin donnait l'impression qu'il avait le pouvoir d'ouvrir les cœurs humains et d'y lire sans la moindre difficulté.

Installée avec précaution sur la civière, Marjolaine, à qui Bran Maelduin avait réussi à faire boire une gorgée d'eau, fut ramenée au village toujours inconsciente, au milieu de la gloire triomphante d'un admirable coucher de soleil. La terre, le ciel et les montagnes, qui déjà bleuissaient, semblaient faits d'or en fusion, mais aucun de ceux qui entouraient la jeune femme ne participait vraiment à cette splendeur. Pernette se demandait seulement, le cœur serré, si dans toute cette lumière elle n'allait pas voir s'ouvrir pour la douce Marjolaine les portes d'or du Paradis.

En arrivant, on trouva tout le monde rassemblé, sauf Hughes qui n'était pas encore rentré. Au milieu d'un profond silence, le petit cortège gagna la maison de l'alcade où les servantes et la maîtresse du logis s'étaient hâtées de préparer le meilleur lit. Aidée d'Aveline en larmes et d'Agnès de Chelles, pas beaucoup plus vaillante, Pernette y coucha Marjolaine, mais ce fut Bran qui la déchaussa, découpant sans hésiter sa chaussure pour dégager le pied qui, heureusement, ne présentait aucune blessure apparente. Peut-être n'était-il que déboîté.

Profitant de l'inconscience de la jeune femme, il remit le pied en place puis, de ses doigts habiles et singulièrement légers, il procéda à un examen aussi consciencieux que possible.

– Possiblement pas cassé, murmura-t-il.

Pendant que, sur ses instructions Pernette, à intervalles réguliers, faisait boire à Marjolaine une gorgée d'eau, il réclama de la graisse de mouton, y écrasa quelques feuilles sèches, en fit une pommade qu'il étala sur la cheville meurtrie avant de l'envelopper d'une bande de toile fine puis d'une autre bande plus raide. Cela fait, il baigna doucement le visage brûlé par le soleil puis, réclamant de l'huile d'olive, l'en enduisit, avant de mettre des compresses humides.

Hughes revint à cet instant, rappelé par la cloche de l'église, dont on avait convenu qu'elle frapperait un certain nombre de coups pour prévenir que la jeune femme était retrouvée. Les femmes et Bran Maelduin le virent surgir comme un fou dans la chambre où l'on soignait Marjolaine. Il avait tant couru et tant transpiré qu'il était ocre des pieds à la tête, et que les femmes, à son aspect, poussèrent un cri de frayeur. Mais il n'y prit pas garde : il ne voyait que cette forme étendue, ce visage que des linges blancs lui cachaient à nouveau.

— Elle n'est pas ?...

— Non, dit sèchement Pernette. Elle vit. Reste à savoir pour combien de temps.

— Demain seulement savoir si la soleil a tué jeune Marjolaine, ou seulement esprit... ou rien du tout !

— Vous voulez dire qu'elle peut mourir, ou devenir folle ?

— C'est exactement ce qu'il veut dire : peut-être qu'elle guérira, si Dieu le veut. Mais peut-être aussi qu'elle mourra ou qu'elle ne retrouvera jamais la raison comme le pauvre Fulgence. Et le seul coupable de ce désastre, ce sera vous !

— Moi ? Êtes-vous folle ?

— Je ne crois pas. Cette nuit, vous avez rejoint la Danoise comme les autres nuits. Vous ne pouvez pas le nier, car ce serait mentir.

— Qui songe à nier ? fit Hughes avec hauteur. Je vous trouve hardie d'oser me demander des comptes.

— Pourtant je vais continuer à vous en demander. Où avez-vous rejoint votre maîtresse après l'orage ?

— Je ne l'ai pas rejointe, je l'ai rencontrée.

— A qui ferez-vous croire ça, s'écria Pernette hors d'elle-même. Pas à dame Marjolaine en tout cas, si elle pouvait vous entendre. Je suis sûre qu'elle vous a vus ensemble. Et c'est pour cela qu'elle a fui droit devant elle comme une folle qu'elle était en train de devenir. Mais au fond, c'était bien cela que vous vouliez ?

– Que je voulais ? répéta machinalement Hughes abasourdi par cette furieuse sortie que les autres écoutaient sans broncher.

– Bien sûr ! Elle s'était laissé prendre aux douces paroles que vous lui disiez naguère, la pauvre. Seulement, elle était pure et ne voulait souiller ni son âme, ni surtout le saint voyage qu'elle s'était imposé, en s'abandonnant comme l'autre ! Alors vous avez voulu l'en punir et, jour après jour, soir après soir, vous avez étalé devant elle vos sales et diaboliques amours. Seulement, elle vous aimait sans oser se l'avouer à elle-même. A présent, vous voyez le résultat. Aussi, je proclame hautement ici, comme je le proclamerai devant tous, que si Marjolaine meurt, c'est vous, Hughes de Fresnoy, qui l'aurez tuée.

En face de Pernette dressée telle une déesse de la vengeance, Hughes, à la grande surprise des témoins de la scène, baissa la tête.

– J'étais jaloux, avoua-t-il d'une voix que les larmes enrouaient. Je croyais qu'elle aimait Ausbert Ancelin. Elle me l'avait crié un soir. Je l'ai crue. A présent, je sais que c'est vous qui avez raison, dame Pernette.

Au milieu d'un profond silence, il marcha vers le lit, se pencha, prit la main brûlante qui reposait sur le drap et en baisa doucement les écorchures. Puis, se retournant, il regarda Bran Maelduin droit dans les yeux.

– Voulez-vous m'entendre au tribunal de la Pénitence ? demanda-t-il simplement.

L'Irlandais hocha la tête.

– Viens, dit-il.

Durant trois jours, Marjolaine ne vit ni l'aube, ni le crépuscule, ni la nuit succédant au jour. Elle oscillait entre la conscience et le néant, brûlée d'une fièvre qui ne lâchait pas prise, la tête pleine de feu et le corps traversé de douleurs sourdes. Mais c'était l'esprit qui souffrait le plus. Du fond de l'abîme où il se débattait, il recréait sans cesse la scène cruelle dont Marjolaine avait été témoin après l'orage : Hughes embrassant la Danoise puis l'emportant dans ses bras, s'abattant avec elle dans la paille et lui faisant l'amour.

Pourtant, elle allait un peu mieux ce soir-là et si elle avait voulu sortir, c'était vraiment pour respirer la fraîcheur, regarder la nuit et les étoiles comme elle l'avait fait au soir de Sainte-Catherine-de-Fierbois. Elle avait marché un peu autour de la maison de l'alcade. Puis elle avait entendu des pas et, cachée derrière l'angle de la construction, elle avait vu Fresnoy venir sous l'olivier. Une joie infiniment douce l'avait envahie alors : il venait à elle comme il était venu sous l'orme de Sainte-Catherine, il avait entendu l'appel qu'inconsciemment, silencieusement, elle lui adressait. Cette fois, elle ne lui dirait plus qu'elle en aimait un autre, elle ne fuirait plus son amour comme elle l'avait fait à Pampelune. Elle allait s'élancer vers lui, avouer l'amour trop lourd pour elle et qui la ravageait. Elle allait voler dans ses bras, se laisser serrer, emporter, anéantir. Et puis, la Danoise était apparue. C'était elle qu'Hughes attendait, c'était sur elle qu'il avait refermé ses bras. Alors Marjolaine avait senti qu'en elle quelque chose craquait. Elle avait éprouvé un déchirement terrible et si douloureux qu'elle s'était enfuie droit devant elle, courant comme une folle, aveugle et sourde à tout ce qui n'était pas cette souffrance dont elle voulait se libérer. Elle n'obéissait plus à aucune raison. Elle ne savait pas où elle allait. Elle ne voyait rien... Et puis il y avait eu la chute et elle avait basculé dans l'enfer. Cet enfer qui continuait à la tourmenter au fond de sa fièvre et que la mort miséricordieuse ne semblait pas disposée à éteindre.

Durant ces trois jours, Hughes rôda autour de la maison comme un loup malade qui cherche gîte et nourriture. Bran Maelduin l'avait absous de son péché de luxure, mais il ne parvenait pas à se pardonner à lui-même. Le cœur ravagé d'angoisse, il guettait l'instant où sa vie prendrait fin, l'instant où l'on viendrait lui dire que la bien-aimée avait cessé de vivre.

La Danoise était partie avec ses servantes et ses gardes, chassée par Bran Maelduin. Avec elle, étaient partis les quelques pèlerins étrangers qui avaient échappé au coupe-gorge et qui n'avaient fait que suivre le train des autres sans jamais vraiment s'y mêler. Parmi eux, les marchands flamands à qui les gardes de la comtesse semblaient une garantie autrement précieuse que la robe usée de Bran Maelduin ou même la longue épée du sire de Fresnoy. D'autant que les trois quarts de la route étaient faits et que, pour gagner Compostelle, il suffisait de suivre le «Camino francés» jalonné d'églises, de couvents, d'hospices et de montjoies en allant toujours vers le coucher du soleil. Et ils ne furent plus qu'une poignée à demeurer au village, guettant le dernier soupir de Marjolaine ou son retour à la vie : Hughes et Bertrand, Aveline, Colin, Pernette et Agnès, Bran Maelduin, Nicolas, Ausbert, Fulgence, Léon Mallet et Guegan. Les femmes se relayaient au chevet de la malade, les hommes chassaient ou aidaient les moines pour payer leur hébergement, tous imploraient le Ciel pour que le drame leur fût épargné.

410

Au matin du quatrième jour, comme Aveline, les paupières rougies par l'insomnie, se penchait sur Marjolaine et posait sa main sur son front pour en évaluer la température, elle vit soudain s'ouvrir tout grands les yeux de la jeune femme, des yeux qui avaient retrouvé leur clarté naturelle et qui lui sourirent doucement avant de faire le tour de la pièce inconnue.

– Qu'est-ce que je fais ici ? demanda Marjolaine.

Aveline fut tellement saisie qu'elle resta un instant bouche bée.

– Vous vous sentez mieux ? demanda-t-elle au bout d'un moment qui lui parut durer l'éternité.

– Oui, je crois. Il me semble que je vais presque bien.

Elle n'eut pas le temps d'achever sa phrase : déjà Aveline s'était ruée hors de la chambre, clamant à pleins poumons :

– Dame Marjolaine est guérie ! Dame Marjolaine est guérie ! Venez tous, elle est guérie !

Elle riait et pleurait tout à la fois, criant comme une folle et éveillant tous les échos du village. En un instant, tous furent rassemblés devant la maison. Les femmes déjà s'étaient précipitées dans la chambre. Mais, quand Hughes voulut s'élancer dans l'escalier qui y menait, Bran Maelduin lui barra le passage.

– Non ! Je aller seul d'abord. C'est sa corps qui va mieux.

– Vous avez peur que je lui fasse du mal ? Je veux seulement lui dire que je l'aime.

– Moment peut-être pas bien choisi pour parler de l'amour.

En entrant chez Marjolaine, le petit moine constata qu'en effet elle allait beaucoup mieux. La fièvre était tombée et, si sa faiblesse était grande encore, si son pied la faisait souffrir, du moins accueillit-elle volontiers la nourriture qu'on lui apporta.

Avant l'arrivée de Bran Maelduin, Pernette, avec beaucoup de ménagements, avait appris à la jeune femme comment s'était achevée sa terrible aventure, comment on l'avait retrouvée, ramenée, soignée et comment, depuis quatre jours à présent, l'existence de tous avait tourné autour de la sienne. Aussi remercia-t-elle chaleureusement l'Irlandais de ses soins, regrettant seulement que l'on eût, à cause d'elle, interrompu le voyage.

— Voyage pas interrompu, dit Bran paisiblement. Qui a vouloir partir, parti.

— Ceux dont on n'avait pas besoin sont partis, traduisit Pernette avec ressentiment. La Danoise est partie avec ses gens et tout le mal qu'elle avait apporté ! Il n'y a plus autour de vous que des amis. Et sire Hughes.

Marjolaine tressaillit, tandis que Bran Maelduin jetait à Pernette un regard chargé de reproche.

— Est-il donc encore ici ? Il n'est pas parti avec les autres ?

— Non. Il est là, en bas. Il a été là tous les jours, toutes les nuits, à toutes les heures. Oh ! chère Marjolaine, il a été si malheureux du mal qu'il vous a fait et...

De la main, la jeune femme l'interrompit.

— Il ne m'a fait aucun mal. Moi seule suis coupable ! Moi et ma folle imagination. J'ai failli céder à une tentation diabolique et j'en ai été punie, comme il se devait. C'est très bien ainsi, n'accusez personne.

— Alors, reprit Pernette, je peux lui dire que vous lui pardonnez ? Je peux l'autoriser à venir vous voir ?

— Je n'ai rien à lui pardonner. Dites-le-lui. Dites-lui aussi qu'il sera meilleur pour lui comme pour moi de ne plus nous revoir. Je voudrais qu'il parte, qu'il rejoigne les autres. Nous n'avons besoin que de frère

Bran pour nous conduire à Compostelle. Et le baron a une mission à accomplir.

– Partir sans vous ? Il n'acceptera jamais.

– Il faudra bien. De toute façon, nous n'avions plus beaucoup de chemin à faire ensemble. J'avais décidé qu'à Compostelle nous nous séparerions. Ne me posez pas d'autres questions, Pernette. Laissez-moi reposer un peu et ne m'en veuillez pas. Ce soir, frère Bran, je voudrais que vous reveniez causer avec moi. J'ai besoin de voir clair et de décider avec vous de ce que je dois faire.

Ayant dit, elle ferma les yeux. En silence, tous se retirèrent, mais Bran Maelduin se contenta de dire à Hughes que Marjolaine s'était endormie et qu'elle était trop lasse pour recevoir qui que ce soit. Le chagrin qui était inscrit sur ce dur visage d'homme lui inspirait une profonde pitié, née d'ailleurs dans la confession désespérée qu'il avait reçue de lui. Il serait bien temps demain de lui apprendre que la jeune femme ne voulait plus le revoir jamais et qu'elle désirait qu'il parte. Le petit moine, à présent, appréhendait ce moment dont il savait qu'il serait pénible.

Pour se donner du courage, il s'en alla prier un moment dans la petite église du village. C'était une église pauvre et nue : des murs de torchis, un autel de pierre brute, une grande croix de bois noir devant laquelle brûlaient des chandelles de cire jaune qui ne sentaient pas bon. Mais par son dépouillement, elle rappelait à l'Irlandais les chapelles de son pays et il y retrouvait la même paix.

A genoux sur la terre battue dont était fait le sol, il pria longtemps pour ces deux êtres qu'il aimait, qui s'aimaient et que pourtant tout s'acharnait à séparer.

– Toi qui es justice et bonté, Seigneur, pourquoi les as-tu fait se rencontrer puisque rien n'était possible ?

Elle est trop pure pour lui qui n'est qu'un homme de chair et de sang. Il ne peut lui offrir qu'un amour humain et l'amour humain la terrifie, lui fait même peut-être horreur parce qu'elle y voit un péché. Pourtant, elle l'aime et elle accepterait tout si tout était possible. Mais il est marié ! Oh, Seigneur, je t'en prie, fais-leur miséricorde. Donne-leur au moins l'oubli puisque le bonheur n'est pas possible. Et moi, ton serviteur maladroit, aide-moi à leur adoucir la cruauté de la séparation. Aide-moi à trouver les mots, moi dont le langage est différent, pour leur dire qu'un jour, auprès de toi, ils se retrouveront pour l'éternité.

Ce fut dans cette même église, au pied de cette même croix qu'il choisit de dire à Hughes, ce soir-là, ce que Marjolaine lui avait confirmé : elle voulait qu'il parte vers Compostelle sans attendre sa guérison qui d'ailleurs ne saurait tarder. Elle-même ne ferait qu'y passer juste le temps nécessaire pour accomplir entièrement son vœu de pèlerinage. Ensuite, elle gagnerait un port voisin car elle avait appris à Blaye qu'il était possible de gagner Compostelle par mer en débarquant dans un port nommé La Coruña [1]. Et c'est par mer qu'elle reviendrait en France pour s'y enfermer dans un couvent jusqu'à la fin de ses jours.

– Elle veut que je parte ? demanda Hughes d'une voix blanche.

– Oui.

– Que je parte sans la revoir ?

– Oui, dit encore Bran Maelduin, sans oser regarder cet homme qui semblait frappé à mort tant il était pâle.

[1]. La Corogne.

Parce qu'il le sentait prêt à s'évanouir, il ajouta que Marjolaine demandait qu'on libérât Léon Mallet définitivement. Point n'était besoin de le livrer à la justice pour obtenir la punition d'Étienne Grimaud. Quand elle aurait atteint l'asile qu'elle se choisirait, elle ferait parvenir à son «neveu» une donation en bonne et due forme, l'abandon total de tous ses biens à l'exception de la dot qu'elle apporterait, dans l'espoir qu'il deviendrait meilleur. Elle demandait encore qu'Hughes voulût bien veiller à ce qu'Ausbert Ancelin pût reprendre une vie normale, déchargé enfin de toute accusation.

Les poings serrés, Hughes écoutait ces recommandations qui ressemblaient si fort à un testament. Il ferma les yeux pour opposer la barrière des paupières aux larmes qu'il sentait monter. Il avait envie de pleurer, de crier, de se rouler par terre, de frapper même cet ami dont la voix pourtant compatissante disait des choses qui lui faisaient tant de mal. Ne plus la voir, ne plus l'entendre! Savoir seulement qu'elle existait quelque part enterrée toute vive sous les pierres d'un couvent de moniales. Quant à Marjolaine, elle garderait de lui l'image ignoble d'un homme accouplé sans amour à une autre femme. Il serait cela dans son esprit et tant qu'elle vivrait. Elle ne voulait pas lui permettre de pleurer à ses pieds, de lui dire qu'il n'était pas seulement comme elle l'avait vu, et que son amour aurait pu faire de lui un autre homme, un homme digne d'elle. Alors, comme Bran Maelduin lui demandait s'il acceptait ce que Marjolaine lui demandait, il dit:

– Oui. Mais à une seule condition. Je partirai pour Compostelle cette nuit même. Je la laisserai achever sans moi le voyage que j'aurais voulu si beau. Mais je veux la revoir à Compostelle. Je veux la revoir une seule fois!

415

— Elle pas accepter.

— Si. Elle ne pourra pas refuser. Je veux la revoir dans la cathédrale, au tombeau de l'apôtre où j'avais juré de la conduire. Je vous dirai le jour et l'heure car je saurai quand vous arriverez. Je la reverrai au milieu d'une foule, mais je la reverrai ! A ce prix seulement j'accepte de partir.

Il y eut un silence. Bran Maelduin ne disait rien. Les yeux baissés, les mains au fond de ses manches effrangées, il semblait réfléchir, ou prier. Hughes murmura :

— Vous lui demanderez ?

L'Irlandais hocha la tête. Alors Hughes dit encore :

— Elle viendra ?

— Oui. Je saurai dire. Elle viendra.

La nuit était encore noire et le coq venait de chanter quand le pas des chevaux éveilla les échos du village endormi. Marjolaine, qui ne dormait pas, l'entendit croître, s'arrêter un instant près de la maison, enfin s'enfler en un galop qui décrut bientôt et s'éteignit tout à fait. Le coq chanta une seconde fois.

Auprès d'elle, la jeune femme entendit pleurer Aveline et dit doucement :

— Tu le reverras, petite. Je l'ai promis.

— Mais pour combien de temps ? C'est fini à présent. C'est fini !

— Qui sait ? Tu es libre, si tu veux. Tu pourras le suivre quand je partirai.

— Vous... vous savez bien que non. Il n'est qu'écuyer, mais il sera peut-être chevalier. Il est noble et moi je ne suis rien. Je savais que ça finirait un jour. J'aurais seulement voulu que ça dure encore un peu, rien qu'un peu.

Marjolaine ferma les yeux. Quelque chose se noua dans sa gorge et, sur la douleur de sa petite servante, elle laissa couler les larmes qu'elle se refusait à elle-même.

Deux jours plus tard, Marjolaine et ses derniers compagnons quittaient à leur tour le petit village de Castille. Il était plus que temps pour eux tous d'aller chercher la paix et l'oubli dans la cité où le miracle était le pain quotidien.

Un soir, du haut du mont de la Joie où, suivant le rite, ils plantèrent tous une petite croix, les pèlerins aperçurent enfin les clochers et les toits de Compostelle. C'était au coucher du soleil et la ville flamboyait sur un fond d'or liquide, tellement semblable à leurs rêves, sous cette lumière irréelle, que tous se jetèrent à genoux pour baiser cette terre tant espérée et pour prier. Tout à l'heure, dans la petite rivière dont le nom gaillard de Lavamentula avait fait s'esclaffer Nicolas Troussel, ils s'étaient tous baignés, lavés aussi soigneusement que possible. Il s'agissait d'abandonner les dernières poussières, les dernières sanies de la route pour aborder aussi propres que possible la ville qui leur semblait l'antichambre même du paradis.

Depuis qu'ils étaient en Galice, d'ailleurs, le chemin leur avait paru moins rude. Finie l'aridité sauvage de la Castille, finis les paysages inhumains sans herbe et sans verdure. La Galice avec ses forêts de pins et de chênes verts, ses cyprès et les fleurs que les douces pluies faisaient pousser dans les jardins, avec le vent salé qui lui venait de la mer proche, était déjà pour eux un lieu de délices et de rémission. Les dernières étapes avaient paru s'enfuir allègrement sous leurs pas, tandis que leurs esprits laissaient la joie effacer tant d'épreuves, tant de peines, tant de souffrances. Ils étaient partis près d'une centaine et ils arrivaient dix fois moins nombreux. Et plus d'un se demandait s'il aurait le courage de refaire, en sens inverse, le terrifiant voyage. Tous savaient que Marjolaine rentrerait par mer et tous pensaient que ce ne serait peut-être pas une si mauvaise idée d'en faire autant puisque le vœu était accompli...

Il ne restait guère aux errants que trois petites lieues environ pour atteindre leur but final et, comme la soirée était douce, ils campèrent sur place, au pied de l'église neuve qu'un archevêque avait fait construire quelques années plus tôt à la gloire de la Sainte-Croix. Ils y dormirent tous comme des enfants, couchés à même l'herbe courte, heureux d'être arrivés et confiants dans Celui qui les avait menés jusque-là.

Il y avait beaucoup de monde à cette ultime étape. D'autres pèlerins étaient déjà arrivés, d'autres arrivèrent encore avant que le soleil ne fût complètement avalé par l'horizon. Aussi, quand revint le jour, ce fut une assez belle troupe qui descendit vers la ville dans la douceur d'une aurore rose. Tous avaient envie de courir, mais on se retenait parce qu'il y avait des malades que l'on brancardait, des boiteux, des estropiés qui avançaient plus lentement, bien qu'on les aidât de son mieux.

Et puis ce fut la ville. Les guetteurs, du haut des tours, avaient signalé l'approche des pèlerins. Déjà un petit cortège de prêtres entourant une croix était sorti de l'enceinte et venait au-devant d'eux en chantant. Tous tombèrent à genoux pour le recevoir et attendre la première bénédiction que leur distribua un petit chanoine sec comme un sarment de vigne dont les yeux noirs brûlaient d'un feu fanatique. Après quoi, l'on repartit tous ensemble en chantant un cantique d'action de grâces, emportés par l'appel de la grosse cloche qui là-haut, dans l'air bleu, battait en leur honneur.

La porte de France avala le cortège qu'une foule attendait déjà, resserrant la rue, se pressant en commentant leur apparence. Il y avait là aussi les valets des auberges, venus pour récupérer ceux des arrivants qui leur paraissaient le plus argentés et, autour de ceux qui avaient chevaux ou mules, on se battait presque. Pourtant, ces gens savaient bien que personne ne les suivrait avant d'avoir fait, à la cathédrale où était le tombeau, la première oraison.

La foule était si dense que Marjolaine ne vit pas Hughes qui se tenait dans l'ombre de la porte. Mais Bran Maelduin, lui, le vit et lui fit signe de les suivre.

Depuis qu'il les avait quittés, Marjolaine vivait dans un brouillard gris que ne perçait plus le soleil. A cause de son pied blessé qui lui interdisait la marche, elle n'avait plus quitté sa mule et se laissait porter par elle sans rien voir, sans rien entendre. Elle ne participait plus aux prières communes ni aux chants. C'était comme si, en s'éloignant d'elle, Hughes avait emporté avec lui un organe essentiel à sa vitalité, et ceux qui l'entouraient regardaient avec une sorte de crainte cette femme qu'ils croyaient bien connaître et qui, cependant, leur apparaissait maintenant somme toute différente. Sa voix était toujours aussi douce, ses gestes toujours aussi mesurés et sa gentillesse intacte. Le changement tenait tout entier dans son sourire, beaucoup plus rare à présent et plus figé que bienveillant, et surtout dans ses yeux qui n'avaient plus de lumière.

La cathédrale, dont les chrétiens du monde entier rêvaient plus encore que de Rome et presque autant que de Jérusalem, apparut enfin aux yeux des pèlerins, passé l'angle d'une rue. Certains se mirent à pleurer : là, devant eux, ils voyaient apparaître, les accueillant et les bénissant, le Christ en majesté et le

419

glorieux saint Jacques dont ils espéraient tant. Et puis l'église, resplendissant de toutes ses pierres claires qui semblaient absorber le soleil, l'église immense avec ses tours et ses trois portails sculptés, ses neuf nefs inférieures, ses six nefs supérieures entourant une grande chapelle qui était celle du Sauveur, l'église qui leur parut le témoin même de la gloire de Dieu. Avec un sanglot, Agnès de Chelles tomba à genoux pour s'avancer vers le seuil de la demeure divine.

Les gens de France devaient entrer par le portail nord devant lequel se trouvait l'hospice des pèlerins pauvres. Au-delà s'étendait un parvis auquel on accédait en descendant neuf marches. Au bout de ces marches s'élevait la plus belle fontaine qu'ils eussent jamais vue : une immense vasque de pierre où quinze hommes eussent pu se baigner et d'où jaillissait une haute colonne de bronze. En haut de cette colonne, quatre lions de pierre crachaient une eau claire que le soleil faisait étinceler. Au-delà c'était le marché, le plus bruyant et le plus pittoresque marché que ville sainte eût connu : outre les petites coquilles Saint-Jacques que tout pèlerin se devait de rapporter, on y trouvait les productions locales : outres de vin et jarres d'huile, besaces en peau de cerf, chaussures pour remplacer celles que le voyage avait usées, ceintures, manteaux, panières, ainsi que des herbes médicinales à pleines bottes et même des onguents tout préparés.

Mais sur tout cela Marjolaine posait un regard presque indifférent et si, dans sa poitrine, son cœur avait battu plus vite à la vue de la cathédrale comme il avait battu plus vite en pénétrant dans la ville, c'était parce que dans cette ville respirait l'homme qui avait envahi son âme, parce que dans cette cathédrale il allait l'attendre pour cette dernière entrevue qu'elle espérait et redoutait sans pouvoir démêler lequel de ces deux sentiments l'emportait. C'était comme si le feu de l'amour avait brûlé sa foi.

Aidée de Colin et d'Aveline, elle descendit de sa mule puis, portée plus que soutenue par eux, elle pénétra dans l'ombre fraîche des hautes voûtes. Instinctivement, son regard se détourna, chercha celui de Bran Maelduin. Était-ce le moment de l'ultime rencontre ?

– Non, murmura le moine en réponse à sa question muette. Demain, avant grande messe.

Marjolaine alors s'efforça de prier, mais le cœur n'y était pas et elle s'en effraya. Qu'était-il advenu d'elle au cours de ce long chemin pour que la piété d'autrefois eût disparu ? Jadis, elle ne pouvait approcher d'un autel sans se sentir transportée d'amour et de joie. Aujourd'hui, à l'instant d'aborder l'un des hauts lieux de la chrétienté, de s'agenouiller au tombeau du grand saint Jacques, elle n'éprouvait plus rien, aucune étincelle de joie. Son cœur n'était que douleur et ténèbres. Et ce n'était ni le Divin Sauveur, ni le Dieu tout-puissant qu'elle appelait dans sa détresse : c'était le regard, le sourire, la chaleur d'un homme qu'elle savait bien semblable à tous les autres hommes mais qui, pour elle, était unique.

A l'auberge de *L'Homme sauvage* où la petite bande s'installa après que Marjolaine eut exigé de payer pour tous, elle s'enferma dans une chambre si étroite qu'elle ressemblait à une cellule de nonne dont elle avait d'ailleurs l'absence de confort. Mais c'était la seule pièce que l'on pût donner à une personne seule. Pernette, Aveline et Agnès avaient protesté, mais elle avait tenu bon, acceptant seulement qu'on l'aide à se déshabiller et à se coucher après une rapide toilette.

Toute la nuit, elle resta sur son étroite couchette, étendue les yeux grands ouverts, les mains nouées nerveusement sur son estomac, guettant l'aurore, essayant encore de prier pour trouver la force d'affronter ce qui allait venir. Qu'allait-il lui dire ? Quelles prières lui adresserait-il ? Et que répondrait-elle ? Aurait-elle seulement la force de le rejeter encore, de lui dire en face que jamais de sa vie elle ne le reverrait, qu'il devait l'oublier parce qu'il appartenait à une autre et qu'entre eux il n'y avait pas d'amour possible.

– Il le faudra bien, pourtant, murmura-t-elle. Puis, tournant la tête vers l'étroite fenêtre par laquelle on commençait à distinguer l'un des clochers de l'église : Mais ensuite, Seigneur, accordez-moi de mourir vite, très vite !

Le jour venu, elle laissa ses compagnes l'habiller et la coiffer avec plus de soin que de coutume. Elle mit la meilleure robe qu'elle possédât encore ; une robe de fine soie violette qu'elle avait apportée en vue de la grand-messe de Compostelle. Elle avait maigri durant le voyage et le vêtement flottait un peu autour d'elle, mais elle vit dans les yeux des autres femmes qu'en dépit des fatigues endurées elle était toujours très belle.

Avant de partir, elle prit Aveline à part. Les yeux de la petite étaient rouges des larmes versées et elle l'embrassa.

– Je te le répète, Aveline, si tu veux suivre ton ami, tu es libre.

– Mais lui ne l'est pas. Il ne voudra pas contrarier les siens en épousant une servante.

– Qu'en sais-tu ? Pernette est fille noble, pourtant elle s'est enfuie avec Pierre qui est simple charpentier. Si Bertrand t'aime, il te priera de rester.

422

— Non, dame ! Il m'aime sans doute car il le dit et je le crois vrai. Mais il aime son honneur et aussi son seigneur dont il ne se séparera jamais. Je crois que, si vous le voulez bien, je vous suivrai là où vous irez comme il le suivra là où il ira. J'essaierai d'être aussi brave que vous.

Les cloches déversaient sur la ville des vagues d'harmonies joyeuses quand Marjolaine et les siens pénétrèrent dans la cathédrale. Seul Bran Maelduin manquait, mais il avait dit, la veille, qu'il les rejoindrait là-bas. Il les attendait en effet près d'un des grands bénitiers du portail nord et prit la main de Marjolaine pour la guider vers l'autel majeur où était le tombeau, disparaissant presque sous une forêt de cierges jaunes.

Il y avait déjà beaucoup de monde dans l'église, les pèlerins se groupant par «langues» autour de leurs guides mais, apparemment, le moine irlandais avait réussi à faire réserver quelques places pour ses amis et lui-même. C'est ainsi qu'ils se retrouvèrent à quelques pas seulement du tombeau qu'une cohorte de malades assiégeait de ses supplications, tendant des mains maigres ou boursouflées qui n'étaient parfois que des moignons. Des aveugles accrochés les uns aux autres et guidés par un moine approchaient lentement, des estropiés sautillaient sur des béquilles, des pénitents chargés de chaînes ou couronnés d'épines se traînaient sur les dalles déjà usées par tant de foules. Ils ressemblaient à un cortège de fantômes errant dans le brouillard d'encens qui s'échappait de grands vases dorés.

Soudain, Bran Maelduin saisit la main de Marjolaine.

— Regardez ! ordonna-t-il en désignant de la main un groupe qui venait juste derrière la file d'aveugles.

Et Marjolaine, le cœur défaillant, vit s'avancer Hughes...

Très droit, les yeux fixés sur le buisson ardent de l'autel, il s'avançait lentement dans la nef. Sa tête était nue et ses mains croisées portaient un grand cierge allumé.

L'étrangeté de son costume frappa Marjolaine car il ne portait que sa chemise et ses braies serrées aux hanches. Ses pieds étaient nus. Derrière lui marchaient deux moines en froc noir, le visage masqué d'une cagoule. Enfin venait Bertrand portant, sur un coussin, une paire d'éperons d'or.

Devant eux, la foule des pèlerins s'écartait avec une sorte de respect mêlé de curiosité. Contre son bras, Marjolaine sentit frémir celui d'Aveline en même temps qu'une boule se nouait dans sa gorge. Qu'est-ce que tout cela signifiait ?

Hughes vint jusqu'aux marches de l'autel qu'il ne cessait de fixer et là s'agenouilla. Il pria un instant en silence puis redressa la tête et d'une voix forte s'écria :

– Moi Hughes, baron chrétien, seigneur de Fresnoy et autres terres en pays de Vermandois, je viens à toi, monseigneur saint Jacques, apôtre des Gaules et bienaimé de Dieu pour t'implorer, te supplier d'obtenir du Dieu tout-puissant pardon et miséricorde pour les crimes, fautes et péchés que j'ai commis tout au long de ma vie d'orgueil et de folie. J'ai péché contre toi car je n'ai pris la route des étoiles qui mène à toi que pour l'amour d'une femme et, à cette femme dont un roi ne serait pas digne, je n'ai su causer que douleurs et souffrances. A toi que j'ai trompé, à elle que j'aurais pu souiller, à ceux qui me suivaient et que j'ai scandalisés, je demande pardon, merci et pitié pour les tourments que j'endure et que n'apaiseront pas ceux que je réclame.

Brusquement, il se courba. L'un des moines arracha sa chemise. L'autre retroussa l'une de ses manches et, levant un fouet de cuir, l'abattit de toute sa force sur le dos offert.

Terrorisée, horrifiée, Marjolaine voulut crier, s'élancer, mais Bran Maelduin la retint d'une main vigoureuse, tandis qu'il appuyait l'autre sur sa bouche.

– Tais-toi ! gronda-t-il en latin. Tu n'as pas le droit. Il a choisi de subir devant toi cette pénitence publique. C'est sa manière à lui de te dire son amour. C'est aussi, pour que tu ne l'oublies jamais, sa manière de te dire adieu...

Le fouet était retombé une fois, deux fois, dix fois. Les dents serrées, Hughes s'efforçait de retenir des gémissements de douleur. Le sang coulait à présent sur le dos labouré. Soudain il releva la tête. Marjolaine vit sa face inondée de sueur, ses yeux verts pleins de larmes qui, comme s'il avait toujours su où elle était, cherchèrent les siens.

– Je t'aimerai toujours, souffla-t-il.

Et il s'abattit sur les marches sans connaissance. Le cierge roula à terre. Bertrand retint le bras du moine qui allait frapper encore.

– Ça suffit ! Il avait dit vingt.

D'un pas lent et solennel, il alla plier le genou devant le tombeau, y déposa les éperons d'or puis, revenant vers Hughes qui gisait toujours en travers des degrés, abandonné par les moines qui étaient repartis, leur office terminé :

– Frère Bran, dit Bertrand, voulez-vous m'aider à l'emporter ? Vous le soignerez bien une dernière fois ? Adieu, dame Marjolaine... adieu, Aveline...

Mais ni l'une ni l'autre ne l'entendirent. Marjolaine sanglotait dans les bras de Pernette et Aveline s'était évanouie dans ceux d'Agnès.

L'orgue préluda. Les chantres de la cathédrale entonnèrent le *Veni Creator,* tandis que se mettait en marche le cortège de l'évêque qui, vêtu d'une belle chape dorée, entrait pour célébrer la grand-messe. Devant lui, un diacre se hâta d'essuyer les taches de sang qui maculaient les marches de pierre de l'autel majeur.

Le lendemain, ayant dit adieu à ceux qui, durant trois grands mois, avaient été leurs compagnons de route, Marjolaine, Aveline, Pernette et Colin quittaient Compostelle par la porte de la Fajera qui regarde vers le sud-ouest. Monté sur un âne, Bran Maelduin avait décidé de les escorter un petit bout de chemin.

A peu de distance de la ville, le chemin s'épanouissait en une patte-d'oie. Ce fut là que Bran s'arrêta. Son bras noueux se tendit vers le chemin qui remontait vers le nord.

— La Coruña par là, dit-il.

Puis faisant opérer à son âne un demi-tour et désignant un autre chemin :

— Par là, Noya.

Il vint à Marjolaine et, sans descendre de sa monture, prit sa main dans les siennes.

— Demain, dit-il affectueusement, sire Hughes prendre cette chemin. Pas de regrets tu as, ma sœur ?

— Si, d'immenses..., d'infinis regrets que je porterai toute ma vie comme une croix. Rien n'était possible entre nous. Pourtant, je l'aime tant, frère Bran ! Il ne me quittera jamais jusqu'au jour de la délivrance. Dites-lui cela. Il aura peut-être moins mal.

— Je dire ! Dieu va avec toi, petite Marjolaine, et avec toi Aveline, et avec toi Colin, et avec toi Pernette.

— J'ai honte, dit la jeune femme. Je suis la seule qui va rejoindre celui qu'elle aime.

426

Marjolaine, en effet, avait proposé à Pernette de la ramener elle-même à Pierre. De Blaye à Rochella le chemin ne devait pas être bien long. Elle sourit à sa jeune amie.

– Il ne faut pas, Pernette. Tu as bien mérité ton bonheur. Il me donne le courage d'aller jusqu'au bout. Adieu à présent, frère Bran, puisque nous ne nous reverrons plus.

Brusquement, Bran Maelduin rougit de colère.

– Tu pas dicter à Dieu ce quoi il doit faire ! Je jamais dire adieu !

Et talonnant son âne auquel il fit effectuer une magistrale volte-face, Bran Maelduin reprit le chemin de Compostelle.

– Allons, dit Marjolaine. Nous avons dix lieues à faire.

Elle lança sa mule sur la route du nord dans l'espoir que le vent sécherait ses larmes.

Un chemin
pour l'Éternité

La neige recouvrait tout. Il faisait froid et noir, car le jour semblait sortir à peine de la nuit pour ne donner que bien peu de lumière. Il flottait durant quelques heures au-dessus de la terre glacée, indécis et blafard, comme un malade qui s'oblige à faire quelques pas puis retombe exténué dans l'obscurité de son lit. Le vent hurlait en courant d'un bout à l'autre de la plaine.

Assis devant l'âtre de sa grande salle où brûlait un monceau de bûches, Hughes de Fresnoy se pencha pour prendre le pot de vin aux herbes qu'un page avait posé sur la pierre brûlante afin qu'il se tînt chaud. Il en vida d'un trait une bonne moitié.

Fort et épicé, le vin entra en lui comme une flamme parfumée qui s'épanouit aussitôt, irradiant sa chaleur jusqu'au bout des doigts. C'était l'instant, bien fugitif, où Hughes avait l'impression qu'il redevenait vivant. Alors il avala le reste du pot pour prolonger la divine sensation, puis le rejeta avec une grimace avant de brailler qu'on lui en apportât un autre.

Cette fois, ce fut une servante qui accourut, excusant le page qui était aux écuries, offrant un nouveau pot. Hughes s'en saisit avec avidité et comme la fille restait là, il leva les yeux sur elle.

– Eh bien, va-t'en ! Qu'attends-tu ? grogna-t-il.

Comme elle ne répondait ni ne bougeait, il la regarda mieux et reconnut la Perrine, la servante qu'il réclamait jadis quand il allait aux étuves parce qu'elle savait laver un homme aussi bien que lui faire l'amour.

– Tiens ! Où étais-tu donc passée ? Je ne t'ai pas vue depuis mon retour.

– J'étais grosse et dame Ersende ne veut pas que les femmes travaillent quand elles sont dans l'attente, ni après la venue du petit, au moins pendant quelques semaines. A présent me voilà... toute à votre service, seigneur !

Sa voix était émue, mais ses yeux brillaient et sa bouche humide tremblait un peu. Sous prétexte de mieux étaler la paille sous les pieds du baron, elle s'agenouilla, s'arrangeant de façon que son regard pût plonger plus facilement dans l'ouverture lâche de sa chemise qu'elle avait ouverte discrètement. Elle avait de beaux seins veinés de bleu pâle que la maternité avait gonflés davantage encore. Mais alors que jadis une telle vue eût allumé l'incendie dans le sang du baron, elle le laissa cette fois parfaitement indifférent.

– Les hommes suffisent pour mon service, dit-il sans dureté. Reste à celui de dame Ersende. Elle est bonne et tu y es bien. Et puis maintenant que tu as un fils... c'est bien un fils ?

Elle fit signe que oui, débordante de fierté.

– Alors occupe-toi de lui. Et surtout, occupe-toi davantage de ton homme. Laisse-moi à présent. Ah, non ! Va aux écuries et dis au jeune Geoffroy qu'il s'occupe à me rapporter du vin.

Elle s'éloigna en traînant les pieds, visiblement déçue, tandis qu'Hughes commençait à lamper son

432

vin en regardant d'un œil vague les flammes danser au milieu des bûches. Un léger rire l'interrompit de nouveau.

— La Perrine ne te plaît plus ? Il me semble qu'elle est pourtant plus appétissante qu'avant ton départ. Tu l'aurais dévorée à belles dents autrefois.

Gerbert de Fresnoy venait d'entrer, secouait la neige qui s'attachait à son grand manteau bleu, en détachait le fermail d'or et le jetait sur un banc avant de venir rejoindre son frère devant la cheminée pour offrir au feu ses bottes trempées qui se mirent à fumer.

— Tu pues ! grogna l'aîné. Quant à la Perrine, non, vraiment, elle ne me dit plus rien. Ni aucune autre d'ailleurs ! Je suis las de ces souillons sur lesquelles je me vautrais comme un porc !

— Tu as changé.

Le silence enveloppa les deux hommes, bientôt troublé par l'entrée prudente du jeune page Geoffroy de Cérizy, un petit-cousin d'Ersende, qui arrivait portant un pot de vin, comme s'il se fût agi du Saint-Sacrement.

— Pardonnez-moi, sire Hughes, commença-t-il, mais j'étais...

— Tiens, donne-moi donc ça ! coupa joyeusement Gerbert. Je suis gelé, moi...

— Hé là ! protesta Hughes. C'était pour moi.

— Tu n'auras qu'à en demander d'autre. D'ailleurs, on va bientôt mettre les tables pour le souper et corner l'eau. Et puis tu bois trop !

— Qu'est-ce que tu veux faire d'autre par un temps pareil ?

— Une foule de choses. Tu n'étais jamais en peine autrefois quand tu avais du temps devant toi.

— Parbleu ! ricana l'autre. J'allais coucher avec une fille.

433

— A la limite, j'aimerais mieux que tu continues. Ce serait moins mauvais pour ta santé.

Gerbert but lentement deux ou trois gorgées, tout en observant son aîné par-dessus le bord du hanap qu'il reposa bientôt. Il ne reconnaissait plus son frère. Depuis qu'il était rentré, quelque dix-huit mois plus tôt de cet incroyable pèlerinage à Saint-Jacques-de-Compostelle pour lequel il était parti sans prévenir personne, grâce à quoi on le croyait mort, Hughes de Fresnoy n'avait plus jamais été le même. Sa vitalité énorme, cette espèce d'appétit de vivre qui le portait aux pires excès, cette goinfrerie de grand air et de chair fraîche qui en faisait le coq le plus infatigable d'au moins trois comtés, tout cela avait disparu, balayé, emporté par on ne savait quel mauvais vent. Gerbert et sa jeune épouse Ersende avaient vu revenir un homme sec comme un sarment de vigne, aussi brun qu'un Sarrasin, mais sombre et triste comme une maison abandonnée depuis longtemps.

C'était à cela d'ailleurs qu'il faisait penser : une demeure vide. Hughes de Fresnoy faisait mouvoir une grande carcasse sans âme, un assemblage d'os, de muscles et de nerfs que rien ne semblait plus capable d'émouvoir. Il avait écouté, sans paraître s'y intéresser le moins du monde, son frère lui rendre avec exactitude les comptes de sa gestion, l'avait félicité d'une voix monocorde, puis l'avait prié de continuer comme s'il n'était pas là.

— Tu t'en tires mieux que moi. La châtellenie s'en trouvera bien.

De même il n'avait pas ri en apprenant le retour de Gippuin Le Housset, couvert de gloire et de brillantes étoffes sarrasines, traînant après lui des esclaves à peau basanée et certain grand coffre dont on disait merveille. Cela se passait deux mois environ après le départ d'Hughes. On disait à la ronde que, trouvant son épouse enceinte jusqu'aux oreilles, il avait commencé par la battre comme il convenait, mais trop content de trouver un héritier tout fait, exploit dont il était bien incapable, il s'était donné les gants d'un noble pardon. Depuis, dame Osilie, heureuse mère d'un garçon qui apparemment ne ressemblait à personne, mais surtout pas à Gippuin, promenait partout des robes de sultane, d'étranges bijoux de filigrane d'or et des chairs plus rebondies, plus somptueuses que jamais. Aux dernières nouvelles, on chuchotait qu'elle pourrait bien être de nouveau enceinte et les paris étaient ouverts pour savoir qui pouvait bien être l'heureux père.

De cette picaresque histoire, Hughes n'avait même pas souri.

– Grand bien lui fasse ! s'était-il contenté de dire. Tout ce que je souhaite c'est de ne plus entendre parler d'elle.

Enfin, il n'avait pas montré la moindre émotion quand Anselme de Ribemont était venu lui dire qu'Hermelinde était prête à revenir au foyer conjugal. Le bruit du pèlerinage en Galice avait fait, en effet, le tour de la province. Hautement édifiée sur le compte d'un gendre qu'elle ne croyait pas capable d'un tel exploit, Ida de Ribemont avait conseillé à sa fille de reprendre sa place de dame de Fresnoy.

– Je ne puis ni la prier de revenir ni l'en empêcher, s'était contenté de déclarer Hughes qui, décidément, semblait avoir pris le goût des phrases courtes. Elle est toujours mon épouse devant Dieu.

Sans préciser à quel point il le regrettait.

Hermelinde était donc rentrée au bercail beaucoup plus timidement qu'elle n'en était partie. Elle était aussi beaucoup moins grasse et son teint, si éclatant jusque-là, s'était curieusement bruni, plombé même.

Elle semblait malade et c'était à cause de cela peut-être qu'Hughes l'avait accueillie avec gentillesse.

– Cette maison est toujours vôtre, gracieuse dame, lui dit-il en baisant sa main amaigrie. Vous pouvez y vivre à votre guise et je ferai tout pour que vous y soyez heureuse.

Tout ? Pas tout à fait. Jamais Hughes n'avait repris le chemin de la couche conjugale. D'abord, parce qu'il n'en avait pas envie et qu'Hermelinde lui était devenue plus indifférente encore que ne l'étaient les filles comme la Perrine qui, jadis, lui donnaient si joyeusement du plaisir. Ensuite, à cause de certaine mise en garde venue de Bertrand.

Peu satisfait de ce retour, l'écuyer avait interrogé, après boire, les gens de Ribemont qui avaient ramené la dame de Fresnoy. Il apprit ainsi que, persuadée de voir son mariage prochainement annulé par l'Église, Hermelinde avait accueilli, avec quelque avance, les hommages du comte de Bohain qu'elle pensait épouser ensuite. Or, en Terre sainte, Bohain avait pris une mauvaise maladie et l'on chuchotait qu'il l'avait communiquée à la dame de ses pensées. Ce qui expliquait abondamment la mine terreuse d'Hermelinde.

Mais de cela non plus, Hughes ne se souciait pas. Lui et son épouse se rencontraient aux repas quand la dame de Fresnoy ne les prenait pas dans sa chambre, comme cela lui arrivait de plus en plus fréquemment. Le mire du château la visitait régulièrement et lui faisait essayer non seulement la pharmacopée de l'époque, mais tout nouveau remède dont le bruit venait à ses oreilles. En vain, semblait-il.

Quant à Hughes, sa vie ressemblait davantage à celle d'un moine qu'à celle d'un honnête seigneur. Il ne fréquentait plus les tournois, ne chassait plus guère, sinon en compagnie de Bertrand et de cet étrange bonhomme, ce forestier nommé Guegan qu'il avait ramené avec lui; il ne le quittait pas et, avec ses molosses, effrayait les servantes. Parfois, il piquait une tête dans l'étang, ou bien faisait à pied de lentes promenades, Guegan et ses chiens sur les talons. Mais le plus souvent, il restait assis devant une fenêtre ou devant le feu, sans rien dire, se contentant de boire comme il le faisait en ce moment.

«Cela ne peut pas durer, songeait Gerbert inquiet. Il s'est passé quelque chose sur le chemin de Saint-Jacques. Mais quoi?»

Ce soir-là, après le souper où ne parut pas Hermelinde, et quand on eut enlevé les tables, le cadet alla rejoindre son frère qui avait repris sa place auprès du feu. Il embrassa Ersende qui s'en allait coucher ses enfants et lui chuchota de ne pas l'attendre et de dormir. Elle avait accepté sans mot dire, avec un sourire tendre. Ersende était une femme qui comprenait toujours tout sans qu'on eût besoin de rien lui dire.

Gerbert alla chercher l'échiquier d'ivoire et l'apporta près de son frère.

— Veux-tu jouer?

Hughes refusa de la tête sans quitter les flammes des yeux. Gerbert alors s'assit à même la pierre de l'âtre, étendit ses longues jambes et dit:

— Si tu me racontais?

— Quoi?

— Je ne sais pas... Tout! Tout ce qui ne va pas, tout ce qui t'est arrivé. Tu ne peux pas passer le reste de ta vie à regarder brûler le feu sans rien faire, sans rien dire. Tu as changé, Hughes. Et je voudrais savoir pourquoi.

— Qu'est-ce que ça peut bien te faire? Tu as une femme, des enfants, tu es heureux. Alors laisse-moi!

— Non. J'ai tout ça en effet, mais je suis ton frère. Et ni Ersende ni moi ne pouvons supporter de te voir malheureux. Ne proteste pas, tu l'es ! C'est écrit sur ta figure qui ne sait plus sourire, dans tes yeux qui n'ont plus de vie. Raconte-moi ce que tu ressasses à longueur de journée dans ta tête. Je ne pourrai peut-être rien pour toi. Mais je crois qu'après tu te sentiras mieux.

– Tu le crois vraiment ?

– J'en suis sûr. Quand une blessure s'infecte, il faut l'ouvrir.

Hughes soupira, tourna la tête. Son regard las rencontra celui amical et chaud de son frère. Aucune mauvaise curiosité sur ce visage étroit aux traits burinés. Rien que cette tendresse pudique d'un homme pour son semblable. Pour la première fois depuis son retour il ébaucha un sourire.

– Tu as raison. A toi je peux tout dire.

Et il parla.

Doucement d'abord, puis avec de plus en plus d'ardeur et de passion, il évoqua le long voyage, la route sous tous les temps et toutes les heures du jour, la fatigue, le danger, les pièges de la nature et des hommes. L'amour aussi et pour décrire celle dont l'image enchantait sa mémoire en empoisonnant sa vie, il trouva des mots si vifs, si évocateurs que Gerbert crut voir soudain se dresser, sur les dalles de la salle, la blonde silhouette aux yeux couleur de mer, la douce dame qui tenait prisonnier le cœur de son frère. Et quand, au récit du dernier adieu, il vit s'emplir de larmes les terribles yeux verts, il comprit que cet amour était de ceux dont on ne guérit pas.

– Et tu ne sais pas ce qu'elle est devenue ? demanda-t-il quand le silence revint s'installer entre eux.

– Non. A Rochella où je suis revenu avec mes compagnons pour remettre à Bénigne ce qu'Odon de

Lusigny m'avait chargé d'aller chercher, j'ai vu Pernette. Elle était heureuse. Elle avait retrouvé son Pierre. Il travaillait à bâtir une digue en bois pour abriter le nouveau port. Bénigne dessinait des plans de bateaux et aussi ceux d'une église. Pernette vit à présent au bord d'un marais vert, dans une petite maison couverte de roseaux qui lui semble le plus beau palais du monde. Mais elle ne sait pas où est Marjolaine. Celle-ci l'a remise à son époux et puis elle est partie vers le nord, m'a-t-on dit, avec Aveline et Colin.

– Tu as dû suivre la même route. Des gens l'ont sans doute remarquée. Tu n'as pas retrouvé sa trace ?

– Non. Ce n'est pas faute d'avoir cherché pourtant.

Avec Bertrand et les autres, il avait quêté au long de la route tous les renseignements possibles, interrogeant les paysans rencontrés, les couvents, les abbayes, les hospices qui jalonnaient la route. Mais personne n'avait rien pu leur dire. C'était comme si, en quittant Rochella, Marjolaine et ses deux compagnons avaient pu prendre place sur quelque char ailé qui les aurait emportés au ciel, à moins que la terre ne se fût ouverte sous leurs pas pour les engloutir.

En arrivant à Paris, Hughes reprit espoir. Avec Léon Maillet et Ausbert Ancelin, il était allé dans le quartier Saint-Barthélemy à la maison de pelleteries de feu Gontran Foletier car, en dépit de ce qu'avait exigé Marjolaine, il entendait faire expier à Étienne Grimaud tout le mal qu'il avait fait. Mais il n'avait pas trouvé celui qu'il cherchait : la justice de Dieu était passée avant lui. Une nuit, alors que le nouveau bourgeois sortait d'un bourdeau du port Saint-Landry où il avait ses habitudes avec certaine fille folieuse, il s'était fait proprement égorger par un truand qui guignait sa bourse.

Alors, avant de ramener Ausbert Ancelin et le pauvre Fulgence toujours aussi fou à l'abbé Suger Hughes était allé à la maison de Saint-Denis, non sans émotion, puisque c'était la maison qu'avait aimée Marjolaine, celle où elle avait connu les quelques rares bons moments de sa vie d'épouse. Il y avait vu dame Aubierge, en grand deuil, comme il sied à quelqu'un qui vient de perdre encore une fois son maître, mais pas autrement triste de l'événement. Par contre, elle ne savait rien, elle non plus, de Marjolaine qu'elle croyait encore en chemin.

— Je voudrais pourtant bien qu'elle revienne à présent qu'elle n'a plus rien à craindre. Elle est libre, riche et si belle ! Ce serait bonne chose qu'elle trouve un gentil compagnon qui saurait lui faire oublier ses tourments et lui faire de beaux enfants.

Cette image-là, Hughes ne l'avait pas beaucoup aimée. Néanmoins, il avait fait promettre à la gouvernante de lui faire parvenir un message dès qu'elle apprendrait quelque chose. Et Aubierge avait promis.

— Mais depuis des mois que je suis rentré, elle ne m'a rien fait tenir. Elle a oublié sa promesse.

— Ou on ne lui a pas permis de la tenir. Tu m'as dit toi-même que ta douce amie ne voulait plus te revoir jamais.

— Je sais. Mais je n'arrive pas à me résigner à l'idée de l'avoir perdue pour toujours. La suite, tu la sais déjà : j'ai laissé mes Parisiens à Paris et, avec Bertrand et Guegan, je suis revenu ici. Voilà.

— Non, tu ne m'as pas tout dit, se plaignit gentiment Gerbert. Parle-moi de ces gens que tu es allé voir à Noya. De ce qu'ils t'ont remis. L'ont-ils fait sans difficulté à la seule vue du joyau que l'on t'avait donné ?

Brusquement, le regard d'Hughes s'illumina. Noya, cela avait été une halte rafraîchissante dans le désert

440

de sa douleur. Il avait trouvé là des gens comme il ne croyait pas qu'il pût en exister et un site si beau qu'il avait eu envie d'y rester. Et tout à coup, il redevint prolixe comme il l'avait été pour évoquer Marjolaine car dans son esprit Noya et la jeune femme se rejoignaient : celle-ci était la halte, celle-là était la source et le bonheur suprême eût été de vivre auprès de l'une dans le doux climat de l'autre.

Noya, pourtant, ce n'était rien qu'un village de pêcheurs au bord d'une de ces profondes rias galiciennes où la mer rejoint un petit fleuve. Un village au milieu de la verdure, avec des maisons blanches, une église courtaude, des barques, effilées comme des poissons, à l'abri d'un petit port, des filets séchant au soleil et d'étranges pierres disséminées un peu partout, de grosses pierres portant des sculptures étranges, des dessins qui étaient peut-être une écriture, des formes de labyrinthes devant lesquelles Bran Maelduin avait pleuré de bonheur en disant qu'en son pays d'Irlande il y avait des pierres semblables. Et puis les habitants, bien différents du peuple galicien : des hommes grands, blonds le plus souvent, avec le port altier des races seigneuriales, des filles dont certaines avaient la beauté de déesses antiques, de purs profils de médailles, des cheveux d'or ou des cheveux de nuit, de grands yeux qui ne semblaient pas appartenir à ce monde. Ils parlaient entre eux une langue étrange qu'à la grande surprise d'Hughes, Bran Maelduin parlait avec une parfaite aisance. Selon lui, d'ailleurs, la chose était simple : après le cataclysme qui avait brisé l'île d'Atlantide, une petite partie du peuple, les marins surtout, avait pu fuir. Ils avaient abordé en différents points de la figure de proue européenne : en Irlande, en Armorique, en

Galice et, plus bas, à Tartessos qui était déjà une colonie atlante. La langue commune avait été apportée par eux.

Et puis, il y avait eu Arganthonios, le chef du village, le grand vieillard que tous révéraient parce qu'il détenait le savoir et les antiques traditions. Et Hughes qui s'était attendu à combattre, pour obtenir ce qu'il était venu chercher ou pour défendre l'étrange joyau qu'on lui avait confié, s'était trouvé soudain en face d'un homme aux longs cheveux blancs, d'une grande noblesse et d'un maintien si majestueux qu'il en était impressionnant. Et cet homme s'était prosterné, le front dans la poussière, quand le messager d'Odon de Lusigny avait montré le trident portant le soleil et les hippocampes. Puis il avait montré aux voyageurs le chemin de sa maison où il leur avait offert le pain et le vin, les poissons et le miel sur une petite terrasse blanche ombragée d'une somptueuse vigne chargée de pampres violets.

En échange du trident, Hughes avait reçu, pendu à un lien de cuir, un poisson de métal ciselé dont le museau pointait toujours dans la même direction : celle du sud quand on le posait sur un bol d'eau. C'était grâce à ce simple instrument que les navigateurs atlantes sillonnaient jadis les mers.

– Nous en avons tous ici, dit Arganthonios car la fabrication en est simple : il suffit de chauffer le fer à blanc quand on a découpé le poisson, puis de le jeter vivement dans de l'eau froide. Ce n'est pas un présent d'un grand prix pour toi qui nous apportes l'antique emblème royal de nos pères.

Il avait alors ajouté un rouleau de fine peau étirée et tendue où était peint le contour de l'île engloutie et des terres qui limitaient le grand océan qui la baignait.

– Si tu as le courage de t'embarquer au péril de la

Grande Mer, dit-il à Hughes, tu retrouveras peut-être des restes de ce qui fut l'Atlantide.

– N'as-tu jamais essayé ?

– Non. Nous avons perdu le secret de la construction des grands navires qui faisaient notre richesse. Et puis à quoi bon ? Je suis vieux. Notre terre est ici depuis longtemps. Mes fils chercheront s'ils le souhaitent.

Après une nuit passée au foyer du vieillard, Hughes et ses compagnons étaient repartis, emportant avec eux le souvenir d'un instant exceptionnel. A leur tour, ils avaient gagné La Coruña pour s'y embarquer car aucun ne se sentait plus le courage de refaire l'interminable chemin. Ils avaient eu hâte d'atteindre Rochella où Bénigne leur réserva un accueil enthousiaste. Mais quand il leur avait offert de rester avec lui, de travailler à ce port, à ces vaisseaux destinés à être lancés vers l'inconnu, aucun n'avait accepté car, à mesure qu'ils s'éloignaient de Noya, les rêves perdaient de leurs couleurs. Et puis, presque tous avaient été malades en mer. Chacun souhaitait retourner à sa vie et ses habitudes.

– Il y a des jours pourtant où je pense à tout cela. Peut-être aurais-je dû rester à Rochella.

– Tu es fou. J'ai déjà entendu parler de la Grande Mer occidentale. Chacun sait qu'elle ne mène à rien qu'à un gouffre sans fond, au néant. Un Fresnoy n'a rien à faire dans une si folle aventure.

– Pourtant, cette terre engloutie, s'il en restait quelque chose ?

– Si elle a existé, elle a dû glisser, elle aussi, dans l'abîme. Il ne faut pas tenter Dieu. Allons dormir à présent. La nuit est bien près de sa fin. Comment te sens-tu ?

Hughes s'étira, bâilla.

– Je ne sais pas encore. Mieux, je crois. Cela m'a fait du bien de parler d'elle.

Sorti au matin pour surprendre le bailli d'un de ses villages dont Gerbert lui avait signalé la conduite coupable, Hughes rentrant à Fresnoy trouva Bertrand qui, armé d'un arc et de flèches, tirait les corbeaux près de l'étang gelé.

L'écuyer s'était absenté deux jours pour se rendre chez son père, un petit seigneur des environs de Laon. Mais si l'on en jugeait la mine fort sombre qu'il arborait et l'espèce de rage qu'il mettait à lancer ses flèches – très mal d'ailleurs –, on pouvait supposer que cette visite ne lui avait pas été aussi agréable qu'elle aurait dû être.

– Te voilà rentré ? dit Hughes en guidant son cheval à travers l'herbe gelée. Comment vont sire Guillaume et dame Cécile ?

– Bien, grogna Bertrand sans s'étendre davantage sur le sujet.

Avançant encore, Hughes vit qu'il avait les yeux pleins de larmes et luttait difficilement pour les retenir. Du coup, il descendit de cheval et rejoignit son écuyer sur la levée givrée où il se tenait.

– Que s'est-il passé, Bertrand ? demanda-t-il. Je ne t'ai jamais vu avec cette figure à l'envers.

Lâchant à la fois son arc et ce qui lui pesait sur le cœur, Bertrand s'assit, les coudes aux genoux.

– Mon père veut me marier. Il a demandé la main d'une mienne cousine sans s'inquiéter de ce que j'en pensais.

Hughes vint s'asseoir à côté de lui.

– Tu devais bien savoir que ça arriverait un jour. Il est normal que ton père veuille te voir fonder une famille.

– Pour lui transmettre quoi ? Nous n'avons rien. Je ne suis même pas chevalier et sans doute ne le serai-je jamais car le simple achat du haubert ruinerait la famille entière.

– Cela ne devrait pas te tourmenter. Je suis là pour ce genre de choses.

– Je sais, sire Hughes, mais là n'est pas la question. Je me fiche éperdument d'être chevalier. Je suis bien avec vous. Mais je ne veux pas me marier puisqu'il ne m'est pas possible d'épouser celle que j'aime.

– Que vas-tu faire, alors ?

– Je ne sais pas. Partir.

– Et moi, qu'est-ce que je deviens dans tout ça ? Tu es mon écuyer et tu ne peux partir sans mon autorisation.

Cette fois, les larmes jaillirent en dépit de la volonté de Bertrand.

– Vous n'allez pas me la refuser, n'est-ce pas, sire Hughes ? D'ailleurs, vous n'avez plus guère besoin d'un écuyer. Pour ce que nous faisons ici depuis le retour.

Le reproche frappa Hughes au plus sensible parce qu'il faisait écho à ses propres pensées.

– Pas grand-chose, je l'avoue. Moi aussi j'aimerais partir. Pourquoi pas la Terre sainte ? Nous pourrions aller y faire quarantaine comme Gippuin Le Housset et les autres.

– Et ça changerait quoi ? A moins d'être tués, il faudrait toujours revenir ici.

– Oh, rien ne nous y obligerait. Nous pourrions nous faire templiers.

La moue de Bertrand lui fit comprendre qu'il ne souhaitait guère s'en aller en Palestine.

– Alors ? Qu'est-ce que tu proposes ? Où veux-tu aller si la défense du tombeau du Christ ne te tente pas ?

Bertrand, rageusement, essuya ses larmes. A présent il tournait vers son maître un regard incertain.

– Vous allez me prendre pour un fou.

– Nous le sommes tous plus ou moins. Dis toujours !

– Je voudrais aller rejoindre Bénigne, Pierre et les gens du Temple qui bâtissent Rochella.

– Tu veux te faire charpentier, tailleur de pierre, calfat ou quelque chose comme ça ? Drôle d'idée !

– Ne faites pas semblant de ne pas comprendre. Je veux m'embarquer sur l'un de ces navires qu'ils construisent. Je veux partir sur le Grand Océan à la recherche des restes d'Atlantide.

– Tu es fou ! Il ne reste rien. Le cataclysme a été total. En dépit de ce qu'il s'efforce de croire, Arganthonios lui-même est persuadé que la mer a tout pris et que la grande île a glissé dans le gouffre qui termine l'océan.

– Si je suis fou, Bénigne l'est aussi, et fou aussi Robert de Craon, le grand maître du Temple qui l'anime et animait Odon de Lusigny. Ces hommes croient qu'il y a quelque chose et je voudrais, moi aussi, y aller voir.

– S'il n'y a rien, dit Hughes tristement, tu ne reviendras pas.

– Et après ? Je ne souhaite pas revenir. Du moins serai-je mort en cherchant quelque chose de valable, pas pour quelques pierres, d'où le Christ est parti depuis longtemps. Si vous voulez tout savoir, je suis las des reliques, des oraisons, de tout ce que nous avons vu dans cet interminable voyage. Et s'il est bon de construire des temples nouveaux, superbes et toujours plus nombreux à la gloire de Dieu, cette dévotion à quelques fragments d'os me paraît dérisoire. Dieu a créé un monde immense : je veux voir jusqu'où il va.

446

Hughes garda le silence un instant. Puis soupira :

– D'accord ! mais dis-moi la vérité vraie. Tu espères qu'à Rochella, Pernette aura reçu quelques nouvelles ?

– Peut-être. En ce cas, j'irai vers Aveline et je lui demanderai de me suivre. Ou bien nous irons ensemble bâtir un autre monde, ou bien nous périrons ensemble. Mais tourner complètement le dos à tout ce qu'il y a ici, c'est le seul moyen que nous ayons d'être réunis, au moins dans la mort. Mon père a ricané quand je lui ai dit que j'en aimais une autre. Qu'Aveline soit belle et bonne et douce ne signifie rien pour lui : ce n'est qu'une servante. L'autre, celle qu'il veut me faire épouser, a des yeux louches, un nez qui coule perpétuellement, mais elle a une chaîne d'or et trois bouts de terre. Je ne veux pas lui sacrifier ma vie. Que je meure, mais heureux ou libre ! Et sur le plus beau chemin que Dieu ait créé pour atteindre l'éternité : la mer.

La mer ! Cette immensité dont les yeux de Marjolaine possédaient la couleur, Hughes savait qu'il l'aimait aussi. Il en avait senti les frémissements profonds sous ses pieds dans le bateau qui les ramenait de La Coruña. Non seulement il n'avait pas été malade, mais il avait éprouvé une sorte de joie animale.

Il se releva, tendit la main à Hughes pour l'aider à en faire autant.

– Viens ! On gèle ici. Rentrons. Nous reparlerons de tout cela bientôt. Peut-être as-tu raison : c'est un beau chemin pour l'éternité.

Ils en parlèrent plus tôt qu'ils ne l'imaginaient.

Le lendemain soir, tandis que les serviteurs allumaient les chandelles et dressaient les tables, l'un des soldats de garde au pont-levis vint dire à Hughes que trois hommes demandaient à le voir.

— Je voulais les chasser, dit le garde, car ils me semblaient gens de peu, mais ils ont insisté. Ils sont au corps de garde.

— Qui te permet de décider de garder ou de chasser celui qui frappe à ma porte ? gronda Hughes. Ne recommence pas ou je te fais fouetter.

L'homme s'excusa sur la petite mine des arrivants. C'était un jeune soldat qui n'avait pas encore l'habitude du château. Chez certains, on ne recevait à la nuit close que les gens connus ou les gens d'Église.

— Ont-ils donné un nom ? demanda Hughes.

— Oui. Celui qui paraît le chef m'a dit qu'il s'appelait Arcelin... ou Aucelin.

— Ancelin, imbécile ! J'y vais !

Envahi d'une joie inexplicable, si l'on s'en tenait au peu de sympathie qu'il avait naguère nourri contre le pénitent, Hughes se précipita au corps de garde et y trouva trois hommes occupés à secouer la neige de leurs manteaux. Non seulement c'était bien Ausbert Ancelin, mais ceux qui l'accompagnaient n'étaient autres que Nicolas Troussel et Léon Maillet.

Fresnoy les accueillit chaleureusement comme il aurait accueilli tout ce qui avait touché, de près ou de loin, à Marjolaine, mais sans dissimuler sa surprise.

— Ce m'est joie de vous voir, amis ! Mais quel vent vous a conduits jusqu'ici et par ce temps ?

— Il fallait que l'on vous voie, sire Hughes, dit Nicolas. Le hasard nous a fait nous rencontrer il y a trois jours, à la taverne des *Trois Maillets*. On s'est raconté notre vie et on s'est aperçus qu'elle ne nous convenait plus. Moi j'ai vu trop de choses au cours du chemin et je ne m'intéresse plus aux bagarres d'étudiants entre collèges, ni aux dissertations sur des sujets fumeux. Et surtout je n'ai pas envie d'être clerc puis prêtre comme le veut mon tuteur le prieur de Longpont. Il a été d'accord pour que je parte à Compostelle dans l'espoir que je reviendrais, doux comme un agneau, me mettre sous le joug qu'il m'a préparé. Comme je lui ai dit qu'il n'en était rien, il m'a fait fouetter et enfermer. Je me suis sauvé. Depuis, j'ai vécu chez les mendiants.

– Moi, dit Ausbert, je suis retourné, après la grâce de l'abbé, dans ma maison de Cercelles. Mais je n'y ai plus rien trouvé. Ma femme était partie et elle avait tout emporté, même mes outils de tonnelier. J'ai d'abord essayé de la retrouver, mais quand j'ai su où elle était, le maître de la maison a lancé ses chiens sur moi. Alors j'ai essayé de vivre dans mon village, mais même après que l'on m'eut proclamé innocent, il y avait encore des gens qui ne voulaient pas le croire. J'ai eu de la chance, qu'ils disaient, mais ça ne prouve pas que je n'ai pas tué. Alors je suis allé chercher refuge à Saint-Denis pour ne pas mourir de faim. Mais l'abbé a pris d'autres tonneliers. On m'y a employé à la porcherie, puisque je ne pouvais plus travailler le bois, faire mes tonneaux ; ça ne m'intéressait pas, même si j'avais à manger et un peu d'argent.

– Moi, dit Léon Maillet, j'ai bien retrouvé ma boutique où l'on ne m'avait rien volé parce que j'ai de bons voisins. Mais la mercerie, je n'y ai plus le cœur. Auner du fil, vendre des aiguilles, entendre cancaner les commères à longueur de journée, je ne pouvais plus. Si encore Modestine était revenue avec moi, mais sans elle !... Alors j'ai vendu ma boutique et j'ai commencé à boire.

– ... aux *Trois Maillets*, reprit Nicolas. C'est là qu'il nous a trouvés et, si on peut paraître devant vous habillés convenablement, c'est grâce à lui. Et puis on est venus.

– Je vois ! dit Hughes, en leur versant à chacun un

grand gobelet de vin chaud. Et j'ai vraiment joie à vous voir. Mais que voulez-vous de moi ?

Les trois hommes s'entre-regardèrent puis, finalement, Ausbert se décida.

— On est venus vous dire qu'on aimerait repartir avec vous si vous en aviez l'idée. Vous avez été pour nous un bon chef et un bon guide.

— Et puis, ajouta Nicolas, on a pensé aussi que, peut-être, vous n'êtes pas vous non plus si content que ça d'avoir retrouvé vos habitudes. Alors, si vous aviez envie de faire un autre voyage, d'aller... je ne sais pas...

— En Terre sainte ?

— Pourquoi pas, si ça vous chante ? Aller là ou ailleurs ! Les Sarrasins ne doivent pas être pires que les gens de Paris quand ils vous suspectent. Et il faut bien mourir quelque part.

— Et si je ne souhaite pas partir ? fit Hughes. Qu'allez-vous faire ? Voulez-vous rester ici ? Vous n'aurez peut-être pas une vie bien passionnante, mais vous serez à l'abri, protégés et on essaiera de vous faire travailler.

— Non, dit Ausbert. Si vous n'avez pas idée de départ, on s'en ira. J'aimerais aller à Rochella, rejoindre Bénigne.

— Moi aussi, dit Nicolas.

— Moi aussi, dit Léon.

— Mais, en ce cas, pourquoi diable n'y êtes-vous pas restés quand Bénigne vous l'a proposé ?

— Parce qu'on était idiots, soupira Léon. On espérait retrouver des choses que l'éloignement et le voyage rendaient bien plus belles qu'elles ne sont. On ne savait pas !

— Vous voulez naviguer alors que vous avez été malades comme des bêtes ?

– Qui parle de naviguer ? On a des bras pour travailler, reprit Ancelin. Bénigne et Pierre, ils travaillent le bois de charpente. Je peux m'y mettre.

– Et ils auront besoin de voiles pour leurs bateaux. Je peux les coudre, renchérit Léon.

– Et toi ? dit Hughes en regardant Nicolas.

– Moi ? Moi, je veux embarquer ! s'écria le garçon les yeux soudain pleins d'étoiles. Vous savez bien que les voyages m'attirent. Je suis un curieux, moi.

– Je sais. Mais puisque vous savez où vous voulez aller, pourquoi êtes-vous venus jusqu'ici, au risque d'être emmenés ailleurs ? Il fallait prendre la route et aller tout droit à Rochella.

– Je vais vous dire, fit Ausbert après avoir consulté ses compagnons du regard. Mais pardonnez-nous si on a l'air de s'occuper de ce qui ne nous regarde pas. Voilà. Quand on a quitté Rochella, il nous a semblé que vous n'aviez pas vraiment envie d'en partir. Vous êtes resté longtemps à regarder la mer du haut de votre cheval. Et puis vous regardiez aussi dame Pernette, comme si vous étiez quelqu'un en train de se noyer et elle une petite branche. Trois fois vous êtes revenu vers elle.

C'était vrai. Hughes avait eu beaucoup de peine à quitter Pernette. Elle avait été la compagne de Marjolaine, elle l'avait aimée, soignée et il avait l'impression que si, au monde, quelqu'un pouvait savoir où elle se cachait, c'était elle. Pourtant Pernette était claire, limpide comme une source. Si elle disait qu'elle ne savait rien, on devait la croire.

Brusquement, Hughes demanda :

– Avez-vous eu des nouvelles de dame Marjolaine ? Savez-vous ce qu'elle est devenue ?

– Non. J'aurais bien voulu pourtant. Mais on dirait qu'elle a disparu de la surface du monde, comme si le vent l'avait emportée et sans laisser la moindre trace. C'est peut-être normal d'ailleurs. Elle doit être dans quelque couvent, mais lequel? Il en est tant en France. N'avez-vous pas cherché?

– Si. Autour de Paris et dans la région où elle est née. Je suis même allé à sa maison natale. Personne n'a pu me dire quoi que ce soit. Personne ne sait où elle est.

– Voilà pourquoi nous avons pensé que vous aimeriez peut-être reprendre la route avec nous. Peut-être que, depuis le temps, dame Pernette a appris quelque chose.

– Moi, j'irai avec vous, dit Bertrand qui était entré sans qu'on l'entendît. Laissez messire Hughes. Toute sa vie est ici. Pourquoi voulez-vous qu'il reparte? Vers quel rêve fumeux? Vers quel espoir impossible? Ne faites pas miroiter de fausses espérances à ses yeux. Dame Marjolaine s'est fait disparaître elle-même. Je crois, moi, que nul n'entendra plus parler d'elle.

– Alors, dit doucement Hughes, qu'est-ce que tu veux que je fasse ici à présent? La mer, au moins, me rappellera ses yeux. Je partirai avec vous, mes amis. Il sera plus passionnant de voguer vers l'infini que de croupir dans quelque monastère.

Quelques jours plus tard, Hughes faisait ses adieux à tout ce qui avait été sa vie jusqu'à ce jour. A son frère Gerbert, il fit remise pleine et entière de ses biens terres et titres, à charge pour lui de servir pension à dame Hermelinde si elle souhaitait demeurer à Fresnoy. A ses vassaux, à ses serviteurs, il avait dit adieu au cours d'une belle et imposante cérémonie aux torches, dans la cour du château, en remettant à chacun une pièce d'argent et en leur recommandant de servir sire Gerbert comme ils l'avaient servi. A quelques pas de lui, le nouveau baron de Fresnoy pleurait sans honte auprès de sa jeune femme.

Ensuite, il était allé saluer une dernière fois celle qui avait été sa femme. Elle l'avait regardé venir du fond de l'immense lit couvert de fourrures qu'elle ne quittait plus et il avait eu le cœur serré de voir qu'à présent elle y tenait si peu de place. Son visage était mince et gris comme du parchemin et, sur la couverture de menu vair, ses mains ressemblaient à des griffes.

— Ainsi vous partez, sire Hughes, murmura-t-elle. Et vous partez sans espoir de retour, m'a-t-on dit ?

— Oui, dame. Le dur chemin de Compostelle m'a donné le désir d'en parcourir un autre, plus dur encore, pour l'expiation de mes fautes qui sont sans nombre. Mais avant de l'entreprendre, j'ai voulu venir à vous, pour vous prier humblement de me pardonner tout ce que vous avez souffert par moi.

Le petit rire qu'elle eut le surprit.

— Je n'ai pas souffert par vous, Hughes, sinon dans mon orgueil. Je ne vous aimais pas assez. Pas plus que vous ne m'aimiez d'ailleurs. Et je ne peux vous reprocher de partir, surtout pour une si noble cause. Moi-même, je vais aussi partir bientôt.

— Vous souhaitez retourner à Ribemont ?

— Non. Je vais partir pour ce pays que l'on ne peut atteindre que seul. Il est proche. J'entends déjà, la nuit, ses messagers qui m'appellent. Eussiez-vous eu quelque patience, nous serions peut-être partis ensemble.

Comme Hughes, ému, se penchait pour baiser une dernière fois sa main où brillait le large anneau d'or du mariage, elle le fit glisser de son doigt et le lui mit dans la main.

— Tenez ! Je vous délivre de moi. Que Dieu vous garde, mon seigneur ! Je le prierai pour vous s'il m'accorde la grâce infinie de l'approcher.

Elle tourna la tête sur l'oreiller et Hughes ne vit plus d'elle qu'un profil perdu. Il ne vit pas trembler ses lèvres.

Il quitta la chambre sur la pointe des pieds comme si c'eût été déjà une chambre mortuaire et descendit pour la dernière fois l'escalier de ce château qui n'était plus le sien. Dans la cour, les chevaux piaffaient. Ausbert, Nicolas et Léon étaient déjà en selle. Seul Bertrand, tenant en bride le cheval de son maître, était encore à pied. Autour d'eux toute la maisonnée formait un large cercle muet mais non silencieux. Beaucoup pleuraient...

Pour ne pas éterniser des adieux pénibles, Hughes embrassa Ersende, ses enfants et, pour finir, étreignit son frère.

— Laisse-moi au moins espérer que tu nous reviendras un jour, murmura Gerbert contre son oreille. Ce serait trop cruel !

— Il en sera ce que Dieu voudra. Moi aussi je t'aime, frère.

L'émotion enroua les derniers mots. Alors sautant sur son cheval, il le fit volter puis, le bras tendu en un dernier adieu, il s'élança au galop sous la voûte sonore du pont-levis. Il n'était plus rien qu'un chevalier errant qui s'en allait chercher sa dernière maîtresse : l'aventure mortelle.

Rochella les surprit lorsque, au terme d'une chevauchée sans histoire, ils l'atteignirent. La forêt voisine avait reculé pour faire place à une masse d'échafaudages dont certains s'avançaient dans la mer et où s'agitaient de nombreux travailleurs. Les petites maisons couvertes de roseaux étaient plus nombreuses au bord de l'étang. Deux ou trois constructions de pierres neuves s'étaient édifiées également. Sur l'une flottait l'étendard blanc et noir du Temple. Le temps était doux, la mer paisible et lisse pour une fois, du même vert que les jeunes feuilles qui, aux arbres, commençaient à paraître.

La première personne qu'ils rencontrèrent sur la petite place du village fut Pernette. Armée d'une grosse cruche, elle prenait de l'eau à la fontaine. Et sa surprise fut telle, qu'en les voyant elle lâcha ladite cruche que Nicolas rattrapa au vol.

Elle l'en remercia par un gros baiser plaqué sur sa joue mal rasée.

— Comment ? Te voilà, sacripant ? Et Ausbert ! et maître Maillet et sire Bertrand ! Et... Dieu me pardonne, vous aussi, sire baron ?

— Je ne suis plus baron, Pernette. C'est mon frère qui l'est à présent. Moi, j'ai quitté Fresnoy pour n'y plus jamais revenir. Je veux demander à Bénigne de m'envoyer en mer à la recherche des terres auxquelles il croit. Bertrand a le même désir, et aussi Nicolas. Les autres veulent seulement travailler ici avec votre époux.

— Eh bien, qu'ils aillent donc vers la mer. Ils trouveront Pierre à la grande digue et Bénigne à l'église ou au chantier de bateaux. Un peu de marche leur fera du bien par ce beau temps.

— Entendu, fit gaiement Hughes. Nous y allons.

— Non, pas vous, sire Hughes ! S'il vous plaît, venez avec moi jusque chez moi. Je voudrais que nous parlions un peu.

— Volontiers. En ce cas, donnez-moi votre cruche.

— Vous ne voudriez pas ! Un seigneur comme vous.

— Je ne suis plus seigneur, Pernette, je vous le

répète. Un simple chevalier sans sou ni maille, mais libre.

Il chargea la cruche ruisselante sur son épaule puis se mit en marche aux côtés de Pernette. Elle lui était apparue resplendissante de santé et même, sous son tablier, il était visible que la robe avait une courbe nouvelle.

– Vous attendez un enfant, n'est-ce pas ?

– Oui. Pierre est si heureux ! Et frère Bran prétend que la naissance portera bonheur à la ville.

– Comment ? Il est là, lui aussi ?

– Bien sûr ! Il est arrivé d'Irlande juste avant l'hiver. Il veut s'embarquer lui aussi, pour, dit-il, suivre les traces de son cher saint Brendam qui avait découvert le paradis. J'avoue pourtant que cela me fait peur et je suis heureuse que Pierre ne soit qu'un simple charpentier. Cette terrible aventure ne le tente pas. Mais revenons à vous. Vous m'avez dit, tout à l'heure, que vous êtes libre. Comment l'entendez-vous ?

– D'une façon bien simple. J'ai abandonné tous mes biens et titres à mon frère. Depuis que j'ai perdu Marjolaine, tout cela m'est apparu sans intérêt, dérisoire. Qu'a-t-on besoin d'un château, de riches vêtements, d'or et de joyaux, si ce n'est pour les offrir à celle que l'on aime ? Elle a disparu et je sais que je ne la reverrai de ma vie. Alors pourquoi ne pas tenter la folle aventure que prépare le Temple ? Si la mer n'a pas de fond, elle me conduira au moins là où je suis certain que je reverrai Marjolaine.

– Mais votre épouse ? L'avez-vous répudiée ?

– Non. Pourtant nous nous sommes dit adieu, fit Hughes en montrant le lourd anneau qu'Hermelinde lui avait remis. Elle était très malade quand je l'ai quittée. A cette heure, elle a sans doute cessé de vivre. Voilà, Pernette, vous savez tout. Je suis heureux d'avoir tout abandonné, d'être ici avec vous. Au moins, jusqu'à ce que vienne le jour du grand départ, je pourrai parler d'elle.

– Je crois qu'il y a quelqu'un d'autre avec qui vous pourrez en parler.

Ils avaient atteint les maisonnettes et le marais. Un peu à l'écart, Hughes reconnut celle de Pernette aux touffes de lis d'eau qui la bordaient sur un côté et au grand saule qui l'abritait. Pernette poussa la barrière et guida Hughes à travers le minuscule jardin qu'elle avait tracé de ses mains mais, au lieu d'entrer dans la maison, elle la contourna.

Derrière s'étendait un potager et, au-delà, il y avait une autre maison que la première cachait quand on venait par le chemin. Entre les deux, Hughes vit une femme, longue et mince, vêtue de futaine bleue, la tête couverte d'une large coiffe blanche. Les bras levés, elle mettait du linge à sécher sur une corde tendue.

Quelque chose, dans l'attitude de cette femme, fit battre le cœur d'Hughes à un rythme plus rapide. Sans doute la silhouette et la grâce du geste, cependant bien humble. Pernette, les mains en porte-voix, cria dans le vent :

– Je vous amène une visite ! Voilà quelqu'un qui souhaite vous saluer et vous dire qu'il n'a plus au monde que vous, si vous voulez de lui.

La femme se retourna brusquement. Son bras, encore levé, fit basculer la coiffe de lin qui tomba à terre, libérant l'épaisse natte couleur de soie claire.

– Marjolaine ! souffla Hughes pétrifié. Elle, ici ?

– Mais oui, dit Pernette très satisfaite. Ni elle ni Aveline n'ont jamais été plus loin que Rochella. Nous n'avons pas voulu, Pierre et moi, qu'elle s'en aille seule vers Dieu sait quel destin. Le couvent ne lui apparaissait plus que comme un pis-aller, nous l'avons bien compris. Et puisqu'une vie modeste ne lui faisait pas peur. Elle dit qu'elle retrouve ici son enfance.

Là-bas, Marjolaine s'était figée, elle aussi. Le cœur cognant lourdement dans sa poitrine, elle regardait la haute silhouette sombre qui accompagnait son amie. Lentement, d'un pas hésitant, elle s'avança un peu dans les hautes herbes qui s'attachaient à sa robe comme pour la défendre d'une illusion dont le réveil serait cruel. Tant de fois, elle avait rêvé de le revoir.

Alors, ce fut Hughes qui s'élança.

Pernette les regarda se rejoindre, s'étreindre, ne plus faire qu'une seule silhouette, corps confondus, ivres d'une joie si forte qu'elle semblait les envelopper de lumière. Ils n'avaient plus besoin de personne au monde.

Alors, reprenant la cruche abandonnée par Hughes, Pernette rentra dans sa maison.

Table

Épilogue

ROMAN

ASHLEY SHELLEY V.
L'enfant de l'autre rive
L'enfant en héritage

BEAUMAN SALLY
Destinée

BENNETT LYDIA
L'héritier des Farleton
L'homme aux yeux d'or

BENZONI JULIETTE
Les dames du Méditerranée-Express
   1 - La jeune mariée
   2 - La fière Américaine
   3 - La princesse mandchoue

Fiora
   1 - Fiora et le magnifique
   2 - Fiora et le téméraire
   3 - Fiora et le pape
   4 - Fiora et le roi de France

Les loups de Lauzargues
   1 - Jean de la nuit
   2 - Hortense au point du jour
   3 - Félicia au soleil couchant

Les Treize Vents
   1 - Le voyageur
   2 - Le réfugié
   3 - L'intrus
   4 - L'exilé

Le boiteux de Varsovie
   1 - L'étoile bleue
   2 - La rose d'York
   3 - L'opale de Sissi
   4 - Le rubis de Jeanne la folle

BINCHY MAEVE
Le cercle des amies
Noces irlandaises
Retour en Irlande
Les secrets de Shancarrig

BLAIR LEONA
Les demoiselles de Brandon Hall

BRADSHAW GILLIAN
Le phare d'Alexandrie
Pourpre impérial

BRIGHT FREDA
La bague au doigt

CASH SPELLMANN CATHY
La fille du vent
L'Irlandaise

CHAMBERLAIN DIANE
Vies secrètes
Que la lumière soit
Le faiseur de pluie

CHASE LINDSAY
Un amour de soie

COLLINS JACKIE
Les amants de Beverly Hills
Le grand boss
Lady boss
Lucky
Ne dis jamais jamais
Rock star

COLLINS JOAN
Love
Saga

COURTILLE ANNE
Les dames de Clermont
   1 - Les dames de Clermont
   2 - Florine

COUSTURE ARLETTE
Emilie
Blanche

DAILEY JANET
L'héritière

Achevé d'imprimer en novembre 1997
sur les presses de l'Imprimerie Bussière
à Saint-Amand (Cher)

POCKET - 12, avenue d'Italie - 75627 Paris Cedex 13
Tél. : 01-44-16-05-00

— N° d'imp. 2278. —
Dépôt légal : novembre 1997.

Imprimé en France